HEINZ G. KONSALIK

TÖDLICHES PARADIES
DIE DUNKLE SEITE
DES RUHMS

Zwei Frauenromane

WILHELM HEYNE VERLAG
MÜNCHEN

HEYNE ALLGEMEINE REIHE
Nr. 01/10269

Umwelthinweis:
Dieses Buch wurde auf
chlor- und säurefreiem Papier gedruckt.

3. Auflage

Copyright © 1997 dieser Ausgabe by
Wilhelm Heyne Verlag GmbH & Co. KG, München
Printed in Germany 1997
Umschlagillustration: ZEFA/Eugen, Düsseldorf
Umschlaggestaltung: Atelier Ingrid Schütz, München
Gesamtherstellung: Presse-Druck Augsburg

ISBN 3-453-12437-5

TÖDLICHES PARADIES

Er legte den Tennisschläger auf den Schreibtisch, erhob sich aus dem Sessel und versuchte es erneut. Der Griff leuchtete in einem angenehmen, satten Burgunderrot, in der Mitte von seinen schwitzenden Händen in hundert Tennisschlachten ziemlich geschwärzt, doch darauf saß dieser scheußliche blaue Flicken?!

Grausam...

Tim hatte sich das Klebeband bei Beinzierl in Rottach besorgt und das lose Ende auch ganz gut um die aufgerissene Stelle am Racketgriff bekommen. Nun wickelte er weiter den Griff entlang, langsam und bedacht, so, als habe er einen seiner Patienten zu versorgen.

Ging. Jawohl. – Aber die Farbe! Und eine Schere hatte er auch nicht im Schreibtisch. In die Praxis rüberlaufen? Oh, heiliger Strohsack!... Wieso bloß hast du nicht gleich Leukoplast genommen?

Er ließ das Tape fallen. Müde lehnte er an der Schreibtischkante. Mittwoch... Sein freier Nachmittag! Sechzehn Uhr. Und das Match im Club begann um fünf. Franz kam meistens schon früher. Und sicher brachte er seine Anneliese mit... Der Gedanke gefiel Tim nicht besonders, aber er würde Melissa auf Anneliese loslassen, dann war das Problem erledigt.

Das heißt?

Er ging zum Fenster. Von wegen Tennis in Rottach! Den ›Wimbledon‹ brauchst du auch nicht zu reparieren. Kauf dir 'nen neuen! Für nächsten Mittwoch. – Der Himmel war schiefergrau. Am Horizont sog er sich mit blauer, tintiger Schwärze voll, nur drüben, am Hirschberg, hatte sich eine Lichtschleuse geöffnet und warf eine letzte Bahn wäßrigen Glanzes über die Bergkette, über Hügelkuppen, über Dörfer, Höfe und das bleifarbene Auge eines Sees...

Verdammt noch mal! Gleich würde es wieder losgehen.

Um halb zwei, als Melissa den Schweinebraten aus dem Ofen holte, hatte es schon einmal angefangen: Ein bißchen Tröpfeln, darauf ein kurzer Guß – doch dann hatte der oben ein Einsehen und den Tegernseer Landregen mit dem wunderschönsten Regenbogen beendet.

Diesmal würde es sich einregnen.

Tim nahm das verdammte Wimbledon-Ding in die Hand, riß an diesem albernen blauen Klebezeug und – Scheiße! Das Band nahm gleich die Griffumwicklung mit; wie ein burgunderroter Regenwurm ringelte sie sich bis zu seinem Knie. Er schmiß alles in den Papierkorb: Schläger und Regenwurm.

Mittwoch. – Dein freier Tag!

Er schaltete den Fernseher ein. Und was sah er? Einen fernen Strand... Blaue Wellen... Ein weißes Hotel mit Tennisplatz, den die Zoom-Kamera mit Irrsinnsgeschwindigkeit heranholte. Auf dem Tennisplatz nun ein Mann seines Alters, der, den Schläger in der Hand, einer jungen Frau nachrannte.

Mit Spaß aktiv, da hat man mehr vom Leben! Ihr Leben bleibt bei uns versichert...

Ärgerlich drückte er die Aus-Taste. Hirnrissige Werbe-Heinis! Mit Spaß aktiv? Mit Spaß aktiv – und gleich würde es in Strömen gießen?! Überhaupt, Tennis spielen? Auch nur so ein eingeschliffenes Verhaltensmuster. Praxis geschlossen. Tennis mit Franz. Was denn sonst? Und dann ein Bier oder eine ›Weiße‹, Annelieses Geschwätz und das endlose Palaver über Patienten-Ärger, Kassenschikanen, Gesundheitspolitik, das Melissa so haßte...

Wo steckte Melissa überhaupt? Wieso war er mit ihr nicht nach München gebrettert, Tegernsee satt hatten sie schließlich die ganze Woche. Ja, München. Ins Kino. Woody Allen zum Beispiel. Wie stand es heute in der Zeitung? »Versäumen Sie nicht die neue Woody-Allen-Offenbarung...« Aber den Film kennst du. Woody Allen bist du doch selbst, vielleicht doppelt so groß und bestimmt dreimal so schwer – aber was du abziehst, ist der reinste Woody-Allen-Zirkus!

Tim konnte schon wieder ein wenig grinsen.

In diesem Augenblick ließ ihn das Telefon zusammenzucken. Rrrriing!...

Er dachte angestrengt nach. Mit seiner Privatnummer ging er so geizig um, als wäre sie sein einziger wertvoller Besitz. Leute, die einfach den Doktor Tim Tannert anwählen konnten, ließen sich an den Fingern abzählen. Mama? Sie war Gott sei Dank bei Irma, und seine Schwester hatte nach langen Jahren Erfahrung ein unfehlbares System entwickelt. Sie hielt Oma derartig in Trab, daß diese gar nicht mehr zum Telefonieren kam.

Wer dann?

Tim fühlte, wie tief in ihm das Unbehagen wuchs.

»Tannert.«

»Gott sei Dank! – Na, prima...«

Private Anrufer ließen ihn mit Wehwehs ungeschoren. Von ganz seltenen Ausnahmen abgesehen. Dies war eine.

»Sind's die Katzen?« fragte Tim. »Oder Sie selbst?«

Nur einen einzigen Menschen gab es, dem er nicht nur als Arzt, sondern auch als Veterinär zur Seite stand. Und Helene Brandeis hatte nicht zwei, sie hatte fünfzehn Katzen!

»Tim, ich wünschte, es wär' so.«

»Was ist es dann?«

»Ach, Tim...«

Die ganze Helene Brandeis war ein Phänomen, ihre Stimme machte keine Ausnahme. Ein ziemlich rostiges Organ, und dabei trotzdem so volltönend wie das eines Opernbaritons. Die Heiserkeit darin kratzte die Worte nicht an, sie steigerte sie ins Dramatische und stammte von den Zigarillos, die Helene Brandeis trotz Tims Warnungen und ihrer fünfundsiebzig Jahre unbeirrt weiterrauchte.

»Eine Frage, Tim: Was haben Sie heute vor?«

»Ich? Wissen Sie doch...«

»Stimmt, ja. Mittwoch.«

»Richtig«, sagte Tim. »Mittwoch!«

Er sah durch das Westfenster des Arbeitszimmers, und sein Blick wanderte hinauf zur Hügelkuppe. Dort, zwischen schwarzen, windzerzausten Tannen stand ein Haus, nein, mehr: eine Villa, eine Jugendstil-Villa, ein düsterer Akkord aus Türmchen, Zinnen, efeubewachsenen Erkern und pompöser Verlorenheit.

Dort wohnte sie. Vielleicht starrte sie genauso herunter?

Er hatte sich getäuscht...

»Doktor! Weißt du, wo ich bin?«

»Gleich wird's regnen«, sagte er zerstreut.

Der Himmel wurde noch dunkler.

»Das habe ich schon hinter mir.« Ein Schwanken war in ihrer Stimme, das er noch nie vernommen hatte: »Außerdem, hier regnet's noch immer. Friedhofswetter, wie man's im Kino sieht. Und auf dem Friedhof bin ich. Im Regen. Kennst du das, Doktor?«

Er überlegte. Er kannte es. Es war noch gar nicht lange her, damals vor zwei Jahren... Das Wasser war ihm in den Kragen gelaufen, und die Erde, dieses kleine Häufchen Erde, das er über Klaus' Sarg gestreut hatte, war so klebrig gewesen, daß er es kaum von der Schaufel bekam. Nie hätte er gedacht, daß eine Studienfreundschaft so enden konnte... Doch die Brandeis? Wieso sie?

Er blickte wieder durch das Fenster zum Himmel hoch. Grau. Alles grau. Eine Farbe wie nasser Granit mit Schwefelrändern. Was sollte das? Was sollte das Ganze? Wo war sie überhaupt?

»Wo sind Sie denn, Helene?«

»Wo ich bin? Ich rede doch schon die ganze Zeit davon. In München. Auf dem Nordfriedhof.«

»Was tun Sie am Nordfriedhof?«

»Was tut man hier schon?« Die Stimme, die gerade noch so energisch klang, zitterte wieder ein wenig: »Man geleitet jemand zu Grabe oder wie das heißt. Das habe ich gerade getan...«

»So? Haben Sie?« Angestrengt überlegte Tim, ob nun ein ›Mein herzliches Beileid‹ angebracht wäre. Doch dann dachte er: ›Dein freier Mittwoch!‹ Sie am Nordfriedhof, eine Millionärin und Kugellager-Erbin, die irgendwelche Leute zu Grabe geleitet?!

»Kannst du nicht herkommen?«
»Wie bitte?«
»Bring doch deine bezaubernde Melissa gleich mit.«
Über dem Hirschberg flammte ein erstes Leuchten. Der Donner war nicht zu hören, das war noch zu weit. Oder doch, ja...

»Meine Frau...«
»Richtig.«
»Wohin? Zum Nordfriedhof?«
»Sieh mal, Tim, ich kapiere ja, daß das ein bißchen überraschend ist. Aber ich möchte es hinter mich bringen, wirklich. Und es wäre gut, wenn du deine bezaubernde Melissa gleich mitbringen würdest. Sie wird sich freuen.«

»Ich fürchte«, brummte er in einem verzweifelten Anlauf, humorig zu sein, »die wird mir den Marsch blasen.«

»Trotzdem, Tim – bitte!«
»Ich will ja gerne alles tun, nur...«
»Es ist so wichtig für mich. Und für euch. Nun glaube mir doch. Sieh mal: Ihr habt doch nächste Woche am Montag euren ersten Hochzeitstag? Und den wolltet ihr doch im Ausland feiern, stimmt's?«

Tim nickte benommen. Er erinnerte sich nicht, darüber mit Helene Brandeis gesprochen zu haben. Oder doch? Vielleicht hatte Melissa es getan... Eine andere Erklärung gab es nicht.

»Und?« fragte er vorsichtig.
»Und? – Jetzt, wo Luise... Jedenfalls, ich habe eine Möglichkeit, eine großartige Idee, glaub' mir.«
»Ich glaube ja.«
»Es ist wirklich ein fabelhaftes Angebot. Du brauchst

nur hierherzukommen, ja zu sagen, und du wirst den schönsten Hoch...«

Die Stimme brach ab. War das nicht ein Schluchzen? Das Wort Hochzeitstag zu wiederholen, schien über ihre Kraft zu gehen. Tim schluckte. Hatte der alten Dame dieses Begräbnis derartig zugesetzt? Vielleicht hatte sie Fieber? Wäre ja kein Wunder bei dem Sauwetter.

»Steig in dein Auto und komm!«

»Zum Nordfriedhof?« wiederholte er wie ein Idiot.

Friedhöfe...

Birken, Buchen, Buchsbaum. Tannen und Trauerweiden, die ihre Zweige über Gräber hängen lassen. Drumherum die Mauer. Und natürlich der Gedanke, daß unter solchen Bäumen, hinter diesen Mauern einmal alles enden wird...

Seine fast schon pathologische Abneigung gegen Friedhöfe teilte Tim mit den meisten Medizinern. Schließlich: Was war sein Leben schon anderes, als Jahr um Jahr vierundzwanzig Stunden und sechsundfünfzig Wochen gegen den Friedhof anzurackern?

Bei Melissa biß er auf Granit: »Die Brandeis? Nach München? Und auch noch zum Nordfriedhof?! Na, hör mal, ist das dein Ernst?«

»Ach, Melissa!« – Sie hatte gerade noch die Wäsche reingebracht, nicht rechtzeitig vor dem Regen, aber beinahe. Nun streifte sie ihr feuchtes, blaues Hauskleid ab, stand da, langbeinig, zornig, in weißer Glätte, nichts am Leib als Slip und BH. Sommersprossengesprenkel auf zarten Schultern. Und sprühendrotgoldene, jetzt regenfeuchte Locken! Wenn er trotz der Widrigkeiten, die das Leben so brachte, unbeirrt fest an ein exklusives, fabelhaftes und nur ihm zugedachtes Tim-Tannert-Glück glaubte, so war das Melissa zuzuschreiben. Oder besser, der unfaßbaren Tatsache, daß ein solches Wesen aus dem Märchenbuch sich für ihn entschieden hatte. Ach, seine Melissa!...

Nun – Helene Brandeis hatte ja recht – erwartete sie der erste Hochzeitstag.

»Ein fabelhaftes Angebot, hat sie gesagt?«

In Melissas Augen, Augen von einem so unbeschreiblichen Grün, daß er stets andächtig wurde, erwachten winzige Lichter. Sie tanzten. Lichter des Zorns. Und schon blähten sich auch die Nasenflügel. »Ist ja riesig! Ein Angebot!... Und ich, was bin eigentlich ich für dich? Wenn's schon regnet, dann...«

Sie ließ den Rest unausgesprochen. Sie griff, wie immer, wenn sie um die Beherrschung kämpfte, nach einer ihrer rotgoldenen Locken und wickelte sie erbittert um den Zeigefinger. Melissa – nichts als weißhäutige, grünäugige Empörung:

»Du willst also tatsächlich...?«

Natürlich wollte Tim nicht. Aber genauso natürlich behielt die Oberhand, was Melissa seine ›geradezu charakterlose Gutmütigkeit‹ nannte. Eine verzweifelte Helene Brandeis?! Schon das kaum vorstellbar, aber eine Helene Brandeis, die gerade auf dem Friedhof im Regen gestanden hatte, eine alte Frau, die um Hilfe flehte und dazu noch ihre Bitte mit verrückten Angeboten bereicherte, sie allein zu lassen – wie war denn das zu schaffen? Wer brachte das übers Herz?

Ein Tim Tannert doch nicht.

Naß und schwarzrot glänzte die Backsteinmauer. Tim sah von weitem die von ihm so gehaßten Friedhofsbäume und am Eingang eine Gruppe schwarzer Regenschirme.

Er stieg aus und versuchte sich zu orientieren. Drüben auf der anderen Seite der breiten Straße waren die Friedhofsgärtnerei, Grabsteinbildhauer, Sarggeschäfte... Nicht gerade die Umgebung für jenen Italiener, den sie als Treffpunkt genannt hatte. Und doch – tatsächlich, dazu auch noch direkt unterm Halteverbot, sah er einen Wagen, den er kannte: Ein nougatbrauner Uralt-Mercedes mit rundgeschwungenem majestätischen Hintern. Eine richtiggehende Adenauer-Karosse: Helene Brandeis' Daimler. Sie liebte ihn. Sie ließ ihn von einem Mann, der auch noch Ernst Putzer hieß und in der Hügelvilla als Faktotum diente, täglich wienern. Überdies hatte der Daimler auch noch einen respektgebietenden Namen bekommen: ›Sir Henry.‹ An den Tagen aber, an denen die alte Dame Sir Henry selbst steuerte, verwandelte er sich in den Schrecken des Landkreises. Verkehrspolizisten nahmen vor ihm mit einem Hechtsprung Reißaus, keine rotgeschaltete Ampel, die nicht mißachtet wurde, kein Parkverbotsschild, unter dem er nicht gemütlich auf die Chefin wartete.

Dies schien ein solcher Augenblick zu sein.

Und gleich hinter Sir Henrys nougatbraunem Dach las Tim es nun: *Ristorante*.

Na also. Da saß sie auch, am letzten Tisch, in der letzten Nische, halbverdeckt von einer Gesellschaft in schwarzen Mänteln, Hüten, Anzügen. Naß. Naß waren sie alle.

»Hallo! Hier rüber, Tim!«

Tim schob feuchte Mäntel zur Seite.

Helene Brandeis' schwarzes Kleid wurde dramatisch gesteigert durch das Kornblumenblau ihrer Augen, durch die vielen weißen Löckchen mit einem vornehmen Blaustich und dem weißen Kragen mit der Gemme am Halsausschnitt: Sie hatte irgend etwas vor sich stehen. Schräg und unentschlossen steckte ein Löffel darin. Im Aschenbecher qualmte der unvermeidliche Zigarillo Marke ›Rosana‹. Sie griff danach. »Setz dich, Doktor! Schön, daß du da bist. Wie war die Fahrt?«

»Schlimm. Wolkenbruch bis Rosenheim.«

»Einen Cognac?«

Tim nickte.

»Und deine zauberhafte Melissa?«

An die hatte Tim gerade auch gedacht, erfüllt von Wehmut und Ärger. »An meinen freien Nachmittagen hat die zauberhafte Melissa nun mal kein Verlangen nach Friedhöfen.«

»Ah, so? Ja, ja, natürlich...«

Helene Brandeis lehnte sich zurück und hüllte sich in Rauchwolken. Tim kippte hastig den Cognac. Viel half das nicht.

»Glaubst du eigentlich an Wiedergeburt?« kam Helenes Stimme aus dem grauen Vorhang.

»Wie bitte?«

»Reinkarnation. Marie-Luise glaubte daran. Meine Cousine. Wir haben sie gerade begraben. Für sie dreht sich nun das Rad des Lebens weiter, weißt du. Vielleicht kommt sie wieder? Als Frosch vielleicht, was meinst du? Oder als Katze?«

»Ja nun...«, versuchte Tim Zeit zu gewinnen. Um

eine Antwort mußte er sich nicht bemühen, die alte Dame schoß bereits eine neue Frage auf ihn ab.

»Kennst du eigentlich Formentor, Tim?«

»Formentor? Was ist das?«

Doch er erhielt keine Antwort. Helene Brandeis winkte den Kellner herbei, bezahlte, erhob sich mit seiner Hilfe. Tim ging nun sehr behutsam mit ihr um. Anscheinend war sie ein wenig verwirrt. Kein Wunder bei dem Alter in einer solchen Situation. »Weißt du«, flüsterte sie, während sie sich durch die Gäste schob, »sie hatte immer so ein schwaches Herz, die arme Marie-Luise. Sie war einfach zu dick. Sie wollte zu mir auf den Hügel kommen, um auf die Katzen aufzupassen. Aber damit wird's ja nun nichts mehr...«

Tim nickte. Die alte Dame schüttelte dem dicken Herrn mit der imponierenden schwarzen Haarkrause die Hand, bei dem es sich anscheinend um den Wirt handelte, sagte ein paar Sätze und rauschte nun, majestätisch, als sei sie ganz alleine, zum Eingang hinaus.

Doch dann, noch unter dem Schutz des Vordachs, blieb sie stehen. »Du wirst mich jetzt fahren müssen, Doktor. Du kennst doch meinen Sir Henry?«

»Ja, und mein Wagen?«

»Ist schon alles erledigt.« Sie lächelte ein bitteres, winziges Lächeln. »So ist's nun mal: In meinem Alter brauchst du ein Stammlokal in Friedhofsnähe. Jedenfalls, der Wirt hat einen Scheck bekommen. Sein Sohn wird dir das Auto nach Hause fahren und vor die Haustüre stellen.«

»Sein Sohn? Ja, und die Papiere?«

»Na, erledige das mal.«

Tim tat es. Irgendwie war ihm benommen zumute.

Und so konnte er auch gar nicht anders als nicken, als er sie in ihrem großen, lederduftenden Mercedes 300 verstaute und sagen hörte: »Weißt du, Tim, dies ist ein besonderer Tag. Auch für dich. Du wirst es schon noch erleben.«

»Richtig. Aber...«

»An einem besonderen Tag sollte man auf das Wort ›aber‹ verzichten. Versprochen?«

»Ja. Aber wo fahren wir denn hin?«

»Zu einer Reiseagentur. Stadtmitte...«

Das Reisebüro befand sich in der Maximilianstraße und war ein sehr vornehmes Reisebüro. Innen gab es Marmor, Chrom und Teak, außen war es umgeben von Verbotszonen.

»Auf den Bürgersteig, Doktor!« befahl die alte Dame.

Gut: Wenn sie's so haben wollte...

Sir Henry schaukelte ungnädig, aber er ließ sich willig auf dem Gehsteig parken.

Wohlige Trockenheit herrschte in dem großen, halbrunden Raum. Farbfotos leuchteten von den Edelholzfurnieren: griechische Säulen standen vor einem knallblauen Himmel. Rhodos und Akropolis. Ein goldener türkischer Strand. Die USA waren mit dem rotflammenden Grand Canyon vertreten. *Just come over and see* stand darunter. Der Markusplatz mit tausend weißen Tauben. Und rechts? Verona wohl...

Tim wich zur Seite, um einen fahlgesichtigen, klitschnassen, mageren Mann hereinzulassen, der fluchend mit seinem Regenschirm herumfuchtelte. Mitfühlend sah Tim ihn an. Was konnte ein solches Sauwetter schon bringen, außer Grippe und Frust?

»Tim! Wo steckst du denn?... Nun komm doch!«

Die heisere Stimme gehörte der alten Dame. Dort drüben stand sie: Eine schwarze Säule, umschwirrt von einem braungebrannten Herrn in Lederjacke. Die Lederjacke war anscheinend der Chef. Selbst die Sekretärinnen und Kundenbetreuerinnen starrten. Der Teufel mochte wissen, wie sie das fertigbrachte, aber Helene Brandeis brauchte nie länger als eine Minute – schon war sie der Mittelpunkt.

»Nun komm doch zu uns, Tim!«

Tim kam.

»Dies ist Herr Pichler«, erklärte Helene. »Hier haben wir den Dr. Tim Tannert, meinen guten Freund und Hausarzt aus Rottach. Eines kann ich Ihnen gleich sagen, Herr Pichler: Weit und breit gibt's keinen besseren Doktor! Also, wenn Sie mal an den Tegernsee kommen und Probleme haben sollten...«

»Sehr erfreut!« sagte Pichler strahlend. Er schüttelte ihm die Hand, daß Tim die Finger schmerzten. »Vielleicht gehen wir einen Moment in mein Büro, gnädige Frau. Dann können wir die Geschichte gleich erledigen.«

Die Geschichte?   Heiliger Strohsack, welche Geschichte?

Tim war Allgemeinarzt in einer Gemeinde, die zur Hälfte aus gestandenen oberbayerischen Bauern und zur anderen aus spinösen, reichen Rentnern bestand. Er hatte somit nicht nur gespaltene Forstarbeiterdaumen, die verschiedensten Formen des Alkoholmißbrauchs und gebrochene Nasenbeine nach Wirtshausprügeleien zu kurieren, sondern auch Pensionisten-Wehwehchen aller Art. Gefragt war sein ewig dienstbereites, alles verstehendes, sonniges Landarztgemüt.

Davon hatte er heute genug an den Tag gelegt. Gehörte wirklich auch noch dazu, daß er an seinem dienstfreien Mittwoch die Helene Brandeis von der Beerdigung ihrer Cousine Marie-Luise nach Hause chauffierte?

Natürlich mochte er die Helene. Sicher war sie ein imponierendes Weib, und nicht nur, weil sie Zigarillos rauchte und in ihrer alten Villa auf dem Hügel ein halbes Katzen-Asyl unterhielt, sondern weil die alte Dame große Klasse hatte, eine Klasse, die sie nicht zuletzt bei den großen Honoraren bewies. Aber das hier!

Tim balancierte mit Mühe auf dem Rand eines himbeerfarbenen Sessels, denn im Polster versank man wie in einem Daunenbett. In seinem regen- und sturmumtobten Büro zeigte inzwischen dieser ungemein dynamische Herr Pichler mit der eleganten Haartolle, die er sich immer wieder aus der Stirn strich, was er konnte.

»Aber selbstverständlich, gnädige Frau. Einer so werten, seit Jahren so treuen Kundin wie Ihnen werden wir natürlich entgegenkommen, wie es nur irgendwie geht. Das sagte ich Ihnen ja bereits am Telefon.«

»Sie sagten nicht, so weit es irgendwie geht, Herr Pichler.«

Steil aufgerichtet hatte sich Helene, drohend stieß der Zigarillo in Richtung Pichlers Brust. Gerade und knallhart blickten ihre kornblumenblauen Augen: »Sie sagten, das wird anstandslos geregelt.«

»Aber gewiß, gnädige Frau.« Pichlers Gesicht nahm den Ausdruck eines Mannes an, der gelernt hatte, unabwendbare Niederlagen früh zu erkennen. »Sie wollen also Ihre Formentor-Buchung stornieren?«

»Stornieren? Nichts will ich stornieren... Sie haben mir wieder mal überhaupt nicht zugehört, Herr Pichler! Ich sagte Ihnen doch am Telefon, daß meine arme Cousine Marie-Luise ganz überraschend... Nun, ihr Herz war nie ganz in Ordnung, und obendrein war sie immer verrückt nach Schwarzwälder Kirsch und so Zeug... – äh verschied... Ich hab' immer gesagt: Marie-Luise! In deiner Lage hilft nur eines, abspecken! Ja nun... Jetzt ist es zu spät.«

Pichler rang die Hände: »Ein sehr tragischer Anlaß, der Sie zu mir führt. Ich weiß.«

Er erntete einen Blick voll vernichtender Skepsis. »Sie? Nichts wissen Sie. Marie-Luise war die einzige, die mit meinen Viechern, mit den Katzen und Hunden umgehen konnte. Deshalb sollte sie ja zu mir auf den Hügel kommen. Denn dem Putzer, meinem Gärtnerchauffeur, ist so was nicht zuzutrauen. Der ist da völlig überfordert. Dem kann ich die Kleinen gerade mal für die Zeit einer Beerdigung überantworten. Deshalb hat der Doktor mich ja auch gefahren.«

Pichler schien nun gleichfalls überfordert. Er blies sich die Haare aus der Stirn.

»Also, um was es jetzt geht, Herr Pichler: Ich will, daß meine Formentor-Buchung auf den Herrn Doktor hier übertragen wird. Wir brauchen also nicht mehr eine Suite für eine Einzelperson, nein, wir nehmen eine Doppelsuite. Damit machen Sie auch noch einen hübschen Schnitt, oder? Zwei Buchungen, Herr Pichler! Und zwar für den Doktor – und seine Frau. Und am Samstag fliegen die beiden los.«

Tim schluckte. Er hob die Hand. Er war nun wirklich nervös geworden. Doch wer kam gegen eine Helene Brandeis schon an?

»Den Scheck, den schreib' ich Ihnen hier gleich aus, Herr Pichler. Wichtig ist nur, daß der Doktor seine Papiere und die Tickets gleich mitnehmen kann. Den Formentor-Aufenthalt schenk' ich ihm nämlich zu seinem Hochzeitstag. Verstehen Sie jetzt?«

Pichler bemühte sich heftig. Er strahlte noch mehr. Tim wiederum kapierte noch immer kein Wort.

»Wenn es jemand gibt, der Formentor verdient hat –«, tönte Helene Brandeis' rauhe Stimme, während sich ihre rechte Hand zum Schwur erhob, eine Hand mit ringgeschmückten Fingern, in der obendrein noch ein qualmender Zigarillo klemmte – »dann Herr Doktor Tannert. Wissen Sie überhaupt, was das heißt, den ganzen Tag in so 'ner Praxis zu stehen? Besoffene Bauarbeiter oder verrückte alte Weiber wie mich zu behandeln? Sture Oberbayern, Schwangere, Alkoholiker, Drogenkranke und was weiß ich sonst noch?«

Jetzt wurde es Tim entschieden zu viel. Er lehnte sich im Sessel zurück, streckte die langen Beine und verkündete: »Ich denk' ja nicht dran.«

Zwei Augenpaare starrten ihn an: kornblumenblau und konsterniert das eine, milde verwirrt das andere.

»Ich bin doch kein Postpaket! Und Melissa schon gar nicht. Man kann uns doch nicht einfach so durch die Gegend schicken.«

Die alte Dame in Trauer hatte sich als erste gefaßt. Eine ihrer Brauen rutschte in die Stirn. Es war die rechte. »Bring mich bloß nicht aus dem Konzept, Doktor! Der Tag ist schlimm genug. Und überhaupt: Wer hat denn herumgestöhnt, daß er so gern zur Feier seines Hochzeitstages die ganze Hochzeit einschließlich Hochzeitsreise nachholen möchte, weil vor einem Jahr die Party ins Wasser fiel, da nämlich irgendwelche Drillinge oder sonst was alles versaut hatten. Wer denn, Tim? Du doch. – Und auch deine Melissa war ganz begeistert von der Idee. So. Und jetzt fliegt ihr nach Formentor. Etwas Schöneres, ja Fantastischeres gibt es gar nicht. Stimmt's, Herr Pichler.«

»Ein wirkliches Traumhotel, gnädige Frau. Vielleicht das schönste in ganz Europa.«

Ein Hotel also? – In Tims Schädel verwirrten sich Argumente, Wünsche und Gegenargumente zu einem dicken Knäuel: Ein Hotel namens Formentor?

»Und wo liegt dieses Formentor?«

»Ach, das hab' ich dir noch nicht gesagt? Auf Mallorca natürlich.«

Natürlich. – Tim drehte den Kopf zum Fenster. Draußen goß es. Was heißt goß? Ein Wolkenbruch warf das Wasser gleich kübelweise gegen das Glas.

Mallorca?!

Sein Herz wurde weit, die Gedanken zogen südwärts. In diese Richtung zogen sie schon lange. Helene Brandeis hatte recht: Wie oft hatten Melissa und er davon geträumt, in irgendein Flugzeug zu steigen, einfach so – und ab! Über Länder und Breitengrade, irgendwohin, wo es keine Patienten und keine kassenärztlichen Vereinigungen gab, keine Krankenscheine und Steuererklärungen...

Sein Mund wurde ganz trocken.

»Moment mal, Herr Doktor.«

Der freundliche Herr Pichler flüsterte etwas in seine

Sprechanlage, schon öffnete sich die Tür, und herein schwebte eines dieser lächelnden hochgestylten Wunderwesen, die zu einem Etablissement solcher Art wohl gehören. »Rosi«, befahl Pichler, »gib dem Herrn mal den Formentor-Prospekt.«

Tim blätterte. Papier knisterte in seiner Hand. Schweigen und Erwartung breiteten sich im Zimmer aus.

»Toll!« müßte er jetzt wohl sagen. Das war es sicher auch. Hotel-Prospekte versprechen immer alles mögliche – der aber? Bilder zum Träumen. Gewaltige Betten, kostbare Vorhänge, die eine Aussicht umrahmten, die wiederum nur göttlich zu nennen war. Eine Bucht. Palmen. Weiße Segelboote. Berge.

Und ganz schrecklich distinguierte Herrschaften in einem noch distinguierteren Speisesaal.

»Na, was sagen Sie jetzt?«

Ja, was sagte er jetzt? Gar nichts sagte Tim...

Ein jüngerer Mann und eine ältere Dame fuhren durch den Abend, Richtung Süden... Sauerlach hatten sie hinter sich, schon kam die Abzweigung Tegernsee.

Der Mann ließ den Wagen lässig dahingleiten, wie es zu der chromfunkelnden, antiquierten Vornehmheit paßte.

Im Westen leuchtete noch ein roter Streifen aus den Regenwolken. Himbeersoße auf Haferpapp, dachte der Mann. Aber auch wie ein kleiner Hoffnungsschimmer... Mallorca, dachte er, nächste Woche! Eine Luxus-Suite nebst Swimmingpool. Im Formentor! Gottverflucht, was wird die Melissa da sagen?!

»Ja nun, das Leben.« Die alte Dame seufzte tief hinter ihrem Trauerflor. »Ein bißchen komisch, was, Tim?«

Tim nickte.

»Ich hab' das Gefühl, sie sieht uns zu...«

»Wer? Ihre Marie-Luise?«

»Wer denn sonst?«

»Vielleicht fährt sie mit?«

Helene Brandeis warf einen raschen Blick über die Schulter zurück zur Sitzbank, nicht gerade erschrocken, aber ziemlich wachsam. »Könnte ja sein. Warum nicht? Sie glaubte immer an die Wiedergeburt und solches esoterische Zeug. Aber auf das Wiedergeborenwerden muß sie wohl noch ein bißchen warten... Dabei hätte ich ihr so eine Hochzeitsreise noch in diesem Leben gewünscht.«

»Wie war's denn bei Ihnen mit der Hochzeitsreise?«

Sie lachte ihr Helene-Brandeis-Lachen, leise, rauh, aus der hintersten Bardamenkehle hervor: »Hochzeitsreise? Aber Tim! So verrückt, zu heiraten, bin ich wirklich nie gewesen. Aber ich will dir was sagen: ich habe Sachen hinter mir, da reicht keine Hochzeitsreise heran. Gerade Formentor zum Beispiel... Hoffentlich gibt's da keinen mehr, der sich an mich und all das erinnert.«

»An was denn?«

»An was?« Sie griff schon wieder nach ihren verdammten Zigarillos. »An Juan zum Beispiel. Ein Prachtbild von Olé-Junge, kann ich dir sagen. Aus Granada. Oder war's Malaga? So genau weiß ich das nicht mehr. Bleibt wohl auch das gleiche. Juan war Gärtner oder so was. Den Park kannte er. Da gibt's nämlich einen Tee-Pavillon – und wenn ich das so zusammendenke, den Juan und den Tee-Pavillon... Aber das darf ich ja gar nicht mehr. Im Alter soll man bescheiden träumen... Also, trinken wir einen! Greif mal hinter meinen Sitz, Tim. Da ist so ein Fach, und drin steckt ein Flachmann.«

Tim griff und ertastete kühles Metall. Die alte Dame zog den Becher von der Flasche und goß ein.

Tim schnupperte. »Whisky?«

»Richtig. Da – du nimmst die Flasche, ich den Becher. Auf uns, nein, besser auf dich und Melissa im Formentor!«

Feucht und kühl pfiff der Nachtwind. Helene Brandeis hatte das Fenster heruntergekurbelt und warf ihren Glimmstengel hinaus. Im Rückspiegel sah Tim, wie er, gleich einem winzigen Kometen, einen rotleuchtenden Bogen beschrieb und in einem Funkennest auf der Fahrbahn zerplatzte.

»Siehst du!« verkündete Helene Brandeis stolz. »Das blöde Ding habe ich weggeschmissen. Genau so, wie du mir das empfohlen hast. Aber dafür wirst du mich jetzt nach Hause bringen, und dann werden wir noch gemütlich ein Gläschen zusammen trinken.«

»Und Melissa?« sagte er zögernd.

»Na ja«, meinte Helene weise, »warten steigert die Vorfreude.«

Zehn Minuten später rollte der Dreihunderter in den Innenhof der Villa auf dem Hügel. Schon hier waren die Katzen zu hören: Dünne Kinderstimmen, ein ganzer Chor von Miaus.

Ein schwarzer Kater strich schräg über den Hof, und die dunklen, nassen Mauern schienen noch enger zusammenzurücken. Vor den mondbeschienenen Wolken dort oben stand schwarz, wie in einem Gespensterfilm, die Wetterfahne.

»Nur fünf Minuten, Tim«, sagte die alte Dame, »nicht länger...«

Zehn Schläge hörte Tim, als ihn das Taxi nach Hause brachte. Und Kirchturmuhren irren leider selten.

Er blickte hoch. Über dem Dach, aus einem Wolkenloch, funkelte die Venus. Und im Giebel brannte ein einsames Licht...

Das Schlafzimmer.

»Lissa!«

Der Name hallte durch die Stille des Hauses.

Tim warf dem weißgoldenen Barockengel, der ihm in der Halle zulächelte, den Schal um den Hals. Sie nannten ihn ›Jimmy‹ und hatten ihn sich gegenseitig letztes Jahr zu Weihnacht geschenkt. Er ging hoch. Er hatte das Gefühl, als seien seine Beine etwas schwer.

Ganz vorsichtig drückte er die Türklinke.

Da lag sie nun, die nackten Schultern rosig vom Licht der Nachttischlampe überhaucht, den Blick in ein Buch vertieft. Frauen, die sich im Bett an einem Buch festhalten, haben etwas Bedrohliches, fand Tim.

»Hallo, hallo!« So fröhlich, wie die Stimme flötete, war ihm nicht ums Herz. »Weißt du, daß wir gerade noch einen auf dich getrunken haben? Die Helene und ich... Ja, und auf ein paar andere auch. Auf Marie-Luise zum Beispiel...«

Stille. Der Nachttischwecker konnte ja nicht ticken, der lief elektronisch, und doch glaubte Tim ihn zu hören.

Sauer ist Melissa, sagte er sich. Aber auch du hast deine Trümpfe.

»Ich bring' dir Palmen, Lissa! Und blauen Himmel, statt diesem ewigen, grausigen Dauerregen. Und blaues Meer bring' ich dir natürlich auch.«

Nun ließ sie das Buch doch sinken. Selten waren ihm Melissas Augen so grün erschienen.

»Und wenn du auf den Knopf drückst«, fantasierte er hastig weiter, »kommt ein Kellner. Im Frack, versteht sich. Der bringt dir das Frühstück ans Bett. Oder Champagner. Und das noch um drei Uhr morgens...«

»Sag mal!...«

Doch Tim war in Fahrt: »Wenn du aufstehst, Lissa, gehst du raus auf den Balkon und siehst über die weite, weite Bucht von Alcudia. Die gilt als eine der schönsten der Welt.«

Die beiden kleinen Falten rechts und links ihrer Nasenwurzel zogen sich senkrecht zusammen. Melissas Gesicht wirkte äußerst wachsam und konzentriert. Sie hatte einmal Biologie studiert und sah jetzt aus, als habe sie gerade auf dem Objektträger ihres Mikroskops ein fremdartiges Geißeltierchen entdeckt.

Auch dies vermochte Tim nicht zu stören.

»Kommenden Samstag beginnt unsere Hochzeitsreise, Lissa! Wenn auch mit einem Jahr Verspätung, aber diesmal gebucht. Und daß ich jetzt so spät komme...«, er streichelte ihre Hand, »liegt einfach an der Beerdigung. Marie-Luise ist von uns gegangen... Aber sie will wiederkommen, doch das dauert noch... Inzwischen sind wir schon längst wieder hier. Da, guck mal!«

Hastig griff er in die Brusttasche und schob das lichtblaue, elegante Kuvert, das die Angebote der Agentur Pichler enthielt, ins Lampenlicht. »Das schönste Hotel Europas. Zwei Pools. Für uns 'ne Luxus-Suite mit Himmelbett. Der passende Rahmen...«

»Luxus-Suite mit Himmelbett?« Es waren die ersten Worte, die Melissa sprach.

»Gratis, Melissa. Alles gratis! Von Helene geschenkt.«

Ihr Buch polterte zu Boden. Steil aufgerichtet saß sie da.

»Nun guck dir doch mal die Bilder hier an«, drängte er weiter. »Sieh mal, diese Terrassen! Und das Meer. So richtig idyllisch, nicht? Da, die Berge hier. Und im Park, Melissa, gibt's einen Tee-Pavillon. Da haben schon Helene und ihr Juan gefeiert. Da feiern auch wir...«

Wölkchen unter der rechten Tragfläche. Es waren drei Stück, eine große und zwei kleine. Die kleinste hatte sich sogar goldene Ränder zugelegt. Und ganz tief unten ein rosa, heller Fleck, der Striche dünn wie Spinnfäden ins Land schickte: Die Stadt Marseille. Im Westen aber dehnte sich das weite blaue Meer.

Tim fühlte einen kleinen Stich unter den Rippen. Auch Melissa hatte ganz große, andächtige Augen. Wie oft hatten sie sich genau dieses Bild schon vorgestellt? Nun war es – Lob und Preis sei Helene Brandeis – Wirklichkeit geworden. Wirklichkeit waren die bequemen First-class-Sitze, war diese entzückend zuvorkommende Lufthansa-Stewardess mit dem schwingenden, schwarzen Pferdeschwanz, dieses hervorragende Hirschfilet mit Croquetten und Preiselbeeren, die Flasche Mosel auf dem aufgeklappten Tischchen, die fürsorglich sonore Kapitäns-Stimme aus dem Lautsprecher: »Die Temperatur auf Mallorca beträgt zweiunddreißig Grad, und auch für die nächsten Tage ist eine Hochlage angesagt. Sie haben also das schönste Ferienwetter zu erwarten...« Es gab so viele Wirklichkeiten, die man gar nicht glauben mochte. Die Insel, die dort unten auftauchte, der kleine Ruck, als die Räder des Flugzeuges den Boden zurückeroberten, und dann, auf der Rolltreppe, der erste Gruß Mallorcas: Seidenweiche, warme Luft, gemischt mit Benzin- und Meeresduft... Weder Wasserlachen noch Wolken – dafür Touristen. Die allerdings herdenweise...

Zwanzig Minuten später schon steckte ihr Gepäck im Kofferraum eines großen, schwarzfunkelnden Mercedes. Im Gegensatz zu Helene Brandeis' Dreihunderter war das Ding brandneu.

HOTEL FORMENTOR stand in vornehmen, winzigen Goldbuchstaben auf den Vordertüren. Selbst der Chauffeur war eine Sensation: Bei so breiten Schultern, so schmalen Hüften und so unglaublich weißen Zähnen blieb Tim gar nichts anderes übrig, als sich Helenes ›Olé-Jungen‹ Juan vorzustellen...

»Wie findest du den?« erkundigte sich Melissa.

»Dem Stil des Hauses entsprechend«, erwiderte Tim knapp.

»Genau. Und sicher bedient der die einsamen amerikanischen Millionärinnen.«

»Jetzt hör mal!« Womöglich hatte sie recht. Vielleicht hätte auch Helene Brandeis...? Aber nein, Helenes Intimsphäre Melissas Lästerzunge preiszugeben, das wollte Tim nun auch wieder nicht.

»Gratis gibt's ihn jedenfalls nicht«, meinte Melissa und schritt mit wehendem Goldhaar dem aufgerissenen Schlag entgegen: »Und ich könnte ihn mir sowieso nicht leisten.«

Das schien Tim nun doch zuviel: »Jetzt mach mal 'nen Punkt! Schließlich fahren wir zu unserer Hochzeitsfeier.«

»Ja eben.« Melissa lachte übermütig.

Um dort hinzukommen, war noch einiges an Weg zurückzulegen. Und so glitten sie nun hinter getönten Scheiben, vom kühlen Atem der Klimaanlage umfächelt, quer über die Insel.

Auf den Hügeln standen sand- oder ockerfarbene Bauernhöfe, von denen Melissa behauptete, sie wirkten wie aus Brot gebacken. Sie sahen die Türme von Windmühlen. Die Flügel daran, sagte Melissa, seien wahrscheinlich längst verheizt worden. Weiter von der Straße entfernt tauchten auch Schlösser, Klöster und sehr, sehr ehrwürdige Kirchtürme auf. In großen Körben am Straßenrand wurden rote Tomaten und leuchtende Orangen angeboten. Knoblauchschnüre hingen von den Hauswänden. Dies alles sollte die Touristen wohl dazu bringen, anzuhalten und einzukaufen. Doch die hielten nicht; sie schwärmten in Leihwagen durch die Gegend oder fuhren vornehm separat im klimatisierten Hotel-Mercedes wie Melissa und Tim.

Das Meer sahen sie nicht. Noch nicht.

Dafür aber einen hochrädrigen Karren, den ein schwarzes Maultier zog. Und der Mann auf dem Kutschsitz hatte den Hut im Gesicht.

»Mensch«, sagte Melissa staunend, »der pennt im Fahren!«

»Du spinnst ja.« Aber dann erwischte Tim doch noch einen Blick – und tatsächlich. Der alte Mallorquiner auf dem Kutschbock hatte die Augen geschlossen! Da kam Tim erst recht ins Träumen: »Was für ein Land! Das wär's doch. Sich ein Maultier kaufen und von Patient zu Patient ziehen lassen. Und dabei pennen.«

Richtig ehrfürchtig wurde ihm zumute.

Und nun, tatsächlich – das Blau dort! Die Hügel senkten sich zum Meer, und das wiederum wurde wie in einer Umarmung von zwei Landzungen umschlossen.

Der Chauffeur hob den Arm. »Dort – Alcudia. Sehen Sie?«

Sie sahen.

»Und links, da geht's nach Formentor.«

»Sieht aus wie ein Drachenkamm«, meinte Melissa.

»Da sind wir aber gleich drüber weg«, beruhigte sie der Fahrer. Und dies auch noch in flüssigem Deutsch. Wo er das wohl gelernt hatte? Schon wieder drängte sich Tim der Gedanke an Helene Brandeis auf...

Sie waren auch gleich darüber hinweg; es brauchte nicht länger als fünfzehn Minuten. Aber was für Minuten das waren! Schwindelerregende Serpentinen, Felswände, die senkrecht in die tobende Brandung stürzten, einsame Pinienwälder – und wieder zerklüfteter Stein, Ausblicke, die nicht nur begeisterten, sondern auch ein flaues Gefühl im Magen erzeugten.

»Eine richtiggehende Wagner-Landschaft«, fand Tim. »Fehlt nur noch der fliegende Holländer...«

Dann aber wurde die Welt licht und hell. Ein Tal öffnete sich, ein liebliches, paradiesisches Tal, aus dem wie bunte Nester Blüten leuchteten. Und hinter den Blüten – wieder das Meer, schimmernd, blau und grüßend.

Dazu noch dieser Duft: Pinien und Rosen!

Tief sog Tim ihn in sich ein. Richtig ergriffen war er. »Stark!« sagte er, ergriff Melissas Hand und drückte sie. »Sehr stark. Tausendmal schöner als Griechenland.«

Dort war er mal gewesen, auf Lesbos, im VW-Bus mit einer ganzen Clique von anderen Assis aus der Essener Klinik.

Sie lächelte. Sie lächelte mit mütterlicher Liebe. Nun geriet Bewegung in Melissa; sie beugte sich nach vorne, gab sich einen Ruck und schubste energisch den Chauffeur an: »Halten Sie bitte! Ich möcht' gern raus.«

Der Chauffeur hielt. »Wie bitte?«

Auch Tim schluckte.

Aber sie hatte schon die Türe offen. »Nun komm doch, Tim! Siehst du nicht? Da vorne ist doch das Hotel.«

Vorne? Ja, dort, in der Ferne, durch ein Spalier hoher roter Stämme schimmerte es weiß. Und nun sah er auch Hinweisschilder: *Zum Golfplatz – zu den Tennisplätzen*. Alles, was Formentor zu bieten hatte, war mit kleinen weißen Männchen ausgeschildert. Dann die Blumen, ganze Explosionen von gelben und rosafarbenen Margeriten, Hibiskus, die Oleandersträucher, dazwischen Rosen.

Melissa lachte. Und wenn sie lachte, sah sie aus wie eines dieser Mädchen auf den Reiseagentur-Plakaten.

»Nun komm schon endlich!«

Der Fahrer mit seinem tiefdunklen Olé-Jungen-Gesicht sah Tim fragend an. »Bringen Sie schon mal das Gepäck ins Hotel«, beschied Tim, dann begann er selbst zu laufen. Irgendwo dort zwischen grünen Zweigen und weißem Brandungsgischt wehten Melissas rotblonde Haare. Beide Schuhe hatte sie in der Hand, rannte wie eine Verrückte, rannte wie ein Kind, war bereits am Wasser, patschte die nackten Füße in die Wellen, schmiß die Schuhe weg, griff mit beiden Händen zum Rocksaum und zog ihn hoch – das war immerhin rein resedafarbene Rohseide! Eines ihrer teuersten Ensembles hatte sie sich für die Reise angezogen: Luxus-Hotel bleibt schließlich Luxus-Hotel...

Tim wußte nicht, ob er nun schimpfen oder einfach nur staunen sollte.

»Mensch, spinnst du? Du wirst doch ganz naß.«

»Na und? Sieh mal, Tim, lauter Muscheln! Und was für schöne. Komm, Tim, hilf suchen!«

Sie zerrte ein Taschentuch aus ihrer Handtasche.

»Aber jetzt doch nicht, wir haben doch noch tagelang Zeit dazu.«

»Jetzt!«

»Du, zum Hotel ist es noch ein ganzer Kilometer. Wie kommst du bloß auf die Schnapsidee, den Wagen hier halten zu lassen?«

Aufrührerisch ließ Melissa ihre Haare fliegen. »Tim Tannert! Jetzt hör mir mal zu: Leute mit Stil fahren nicht im Taxi vor, sie nehmen Besitz. Und so was macht man zu Fuß. Oder zu Pferd. Kapiert?«

»Nein.« Wie auch? Sie war nun mal verrückt, doch wenn er etwas an ihr liebte, dann waren es Melissas Einfälle.

Und so nahmen sie Besitz von Formentor.

Es fing mit den gut zwei Dutzend Muscheln an, die Melissa vom Strand aufsammelte. Schwarzweiß gestreifte, gelbe, rosafarbene, tiefrote, sie kamen alle ins Taschentuch. Und so, nebeneinander, Melissa mit zerrissenem Rock, denn der mußte sich auch noch an einem vertrockneten Ast festhaken, schritt das Ehepaar Tannert fröhlich pfeifend und ausgelassen wie zwei Kinder dem großen, weißen Gebäude entgegen...

Vornehm und von der lichtüberfluteten Weite eines Fußballfeldes war die Halle. Und vornehm in ihren makellosen schwarzen Zweireihern mit den glänzenden grauen Seidenschlipsen wirkten auch die beiden Herren hinter dem Mahagonitresen am Empfang. Der eine hieß Felix Pons und war seit zwanzig Jahren Chefportier im Haus Formentor. Der Name des anderen, seines Assistenten, war Luis Martinez. Pons war klein und rund und stammte aus Mallorca. Der lange dünne Martinez wiederum war ein Andalusier aus Murcia.

Martinez fand als erster zur Sprache zurück: »Sag mal, Felix, du siehst doch das gleiche wie ich?«

Felix Pons nickte.

»Kannst du mir sagen, was das ist?«

»Werden wir ja erleben.«

Was sie erlebten, war für die Verhältnisse des Hotels Formentor reichlich ungewöhnlich. Hier pflegten millionenschwere Pensionisten oder Generalmanager amerikanischer, holländischer, schweizer oder bundesdeutscher Multis Erholung von ihren strapaziösen Jobs zu suchen. Manchmal in Begleitung ihrer Damen, gelegentlich auch der Sekretärinnen, bei denen es sich selbstredend gleichfalls um Damen handelte. Nobelpreisträger kamen in die Abgeschiedenheit des Formentor, weltberühmte Dichter, Großbankiers aus Frankreich, Italien, selbst China gehörten zur Kundschaft. Und alle kamen sie auf der Suche nach Ruhe: Die spanische Hocharistokratie, sofern sie noch die Mittel besaß. Politiker und Staatspräsidenten, Margaret Thatcher war schon hier gewesen, und gelegentlich ließ sich das spanische Königspaar sehen.

Aber zwei wie die?!

Und sie hielten sich auch noch an der Hand, schlenkerten wie auf einem Schulausflug durchs Portal, barfuß noch dazu, er die Jeans hochgekrempelt, sie die Schuhe in der Linken, in der Rechten ein Taschentuch, aus dem es tropfte...

»Was für ein Weib«, murmelte Luis Martinez. »Super...«

Dieser Luis! Natürlich war Felix Pons sofort klar, was er meinte: Die Frau war ja nicht nur barfuß, der Rock war zerrissen, und der Schlitz gab einen runden, schön geformten, wenn auch mit Dreck verschmierten Oberschenkel frei. Blond war sie auch noch. Rotblond!

Und lachte aus vollem Hals.

Jedes Luxus-Hotel hat einige besonders exzentrische Gäste, auf die es nicht selten stolz ist. Aber ob es sich bei dem sonderbaren Paar um solche handelte? Felix Pons war sich sehr unschlüssig, als die beiden heranschlenderten, noch immer Hand in Hand, noch immer barfuß.

»Sprechen Sie Deutsch?« meinte der große, lange, hagere Kerl und zeigte Erwartungsfalten unter seinen beiden störrischen Haarwirbeln. Die Hand, die er auf die Marmortheke legte, war mit Sand gepudert.

Felix Pons griff sich an die Krawatte: »Verzeihung, mein Herr. Dies ist das Hotel Formentor. Natürlich spreche ich Deutsch.«

Tim nickte ergeben. Da hatte er sich ein Eigentor geschossen. Er blickte über die Schulter zurück. Tatsächlich, dort drüben standen ihre Koffer. Selbst der alte grüne aus seiner Göttinger Studentenzeit. Und daneben saß ›Juan‹, der Olé-Junge, der sie hergebracht hatte.

»Da ist ja unser Gepäck.«

»Ah, Sie sind das?« meinte Pons schon um eine Nuance freundlicher.

Andere Gäste durchquerten die Halle. Was sie gemeinsam hatten, war: tiefgebräunte Hautfarbe, teuerexklusive Freizeitklamotten, der schlendernde Gang und das Alter. Ja nun, so 'nen Schuppen kann man sich wohl erst ab sechzig leisten, überlegte Tim.

»Wir haben hier eine Suite reserviert«, nahm Lissa das Heft in die Hand. »Dr. Tannert. Tannert aus Tegernsee.«

In Felix Pons geriet Leben. Hastig blätterte er. »Dr. Tannert? Eine Suite...«

Und dann geschah etwas sehr Sonderbares: Ein Törchen öffnete sich im Empfangstresen, und aus ihm stürzte Felix Pons heraus, beide Hände ausgestreckt, die Arme sogar geöffnet, eindeutig zu überschwenglich für einen Chefportier seines Alters: »Oh, der Herr Dr. Tannert! Sie sind doch Freunde von Madame Helene? Ja, welche Freude, welche Ehre für uns.«

Köpfe drehten sich, die Träger teurer Markennamen

in der Hotelhalle wurden wachsam. Selbst ›Juan‹ stand von seinem Stuhl hinter dem Gepäck auf.

»Madame Helene – unvergeßlich! Sie war eine unserer liebsten Gäste, obwohl wir sie doch seit Jahren vermissen mußten.«

Tim blickte auf seine nackten Zehen. Der rechte große war mit schwarzem Teer verschmiert.

»Wir haben uns erlaubt, Sie von 402 auf die Suite 288 zu verlegen.« Felix Pons beugte sich noch weiter vor: »Wirklich eine unserer schönsten Zimmerarrangements, Herr Doktor. Ein Traumblick. Sie werden zufrieden sein. Madame Helene hat mich heute morgen angerufen. Ich bin im Bilde. Seien Sie versichert, dort sind Sie völlig ungestört.«

Tim bewegte mühsam die Lippen: »Recht herzlichen Dank.« Und dann lächelte er beklommen Melissa zu. Wie waren sie bloß dazu gekommen, im Sand Fangen zu spielen? Und wer hatte nur die Schnapsidee, barfuß in ein solches Hotel zu marschieren, über einen solchen Teppich...?!

Please don't disturb – S. v. p., ne pas déranger – Por favor, no disturbar – Bitte nicht stören...

Die Weltsprachen schimmerten in Gold auf dem Schildchen, das von der Türklinke des Zimmers 207 baumelte.

Neben der edlen Zederntür stand ein Servierwagen. Darauf Teller, Tassen und Flaschen, drei Mineralwasser, gleich zwei Champagner. Zur Verhinderung von voreiligen Schlußfolgerungen jedoch sollte erwähnt werden: Den beiden Himmelbettbewohnern ging es in dieser Nacht nicht um ausufernde Erotik, ihren Sieg über die menschliche Trägheit wollten sie feiern, lachen und vor allem natürlich zärtlich sein – so richtig angenehm einschlafzärtlich.

Übrigens: Das Himmelbett bestand aus gedrechseltem Holz und goldfarbenem Samt. Die Aussicht war blau und ähnelte so ziemlich dem, was sie auf dem Prospekt gesehen hatten.

Nachdem der erste freudige Schock bewältigt war, fanden sie, daß damit alles seine Ordnung habe.

Unten am Empfang war das ein bißchen anders...

»*Pero, che passa con estos?*« – Wie geht's da oben? – erkundigte sich am nächsten Morgen der Chefportier Felix Pons besorgt.

»*Están locos*« – Die sind verrückt – erwiderte Luis Martinez und warf einen wunden, sehnsüchtigen Blick zur Hallendecke, dorthin, wo er das Zimmer 207 vermutete. Luis Martinez dachte an Sandstreifen auf weißer Haut, an einen zerrissenen Rock und rotblondes, reiches Haar. Und an den langen, schlaksigen Doktor. Sein Gesicht wurde ganz grün vor Neid.

»Schon möglich.« Pons nickte nachdenklich. »Bei Freunden von Señora Helene ist alles möglich...« – All diese fantasiegeladenen spanischen Spekulationen zielten ins Leere. In Wirklichkeit hockten die beiden zu dieser Minute einträchtig nebeneinander auf einem enorm großen Stück weißen Frottee, vor sich die Steinsäulen des Balkongeländers und dazwischen, man mußte sich ja nur ein wenig vorbeugen, den Blick auf das vormittägliche Hotelgeschehen...

»Das also ist die Mallorca-Ferienprominenz? Die Crème de la crème? Alles Millionäre.«

»Vermutlich. Du hast ja die Preisliste gelesen.«
»Ich stell' mir Millionäre anders vor.«
»Ich nicht.«
»Du kennst sie ja auch, was?«
»Ein bißchen.«
»Ich kenne nur die Helene Brandeis. Die Helene ist ein Extramensch. Die aber...«
»Für Millionäre sehen die reichlich mitgenommen aus. Und alt.«
»Wie willst du denn Millionär werden, ohne alt zu werden?«

Damit hatte sie ein gutes Argument. Er ließ sich nicht stören: »Das werde ich dir noch beweisen.«

»Auf Krankenschein vielleicht?« fragte sie honigsüß.

Aber das alles interessierte ihn jetzt nicht. Wie auch? Gab es nicht andere Probleme? Morgen, Montag, war ihr Hochzeitstag! Daran ließ sich nichts ändern, der stand im Kalender. Nur der Rahmen, die Organisation fehlte.

Einiges war vorhanden: Das Traumbett, die himmlische Aussicht, ein gepflegter Service.

»Hör mal«, sagte er deshalb, »ich seh' mich jetzt ein bißchen um.«

»Halt doch...«

»Bis nachher.«

Seine Hand beschrieb eine leichte Luftfigur, und er war verschwunden.

Wenn Tim Tannert es darauf anlegte, konnte er es in jeder Umgebung mit jeder Konkurrenz aufnehmen. Er wirkte nicht nur so, er war der perfekte Gentleman. Auch jetzt, als Tim gegen ein Uhr zwanzig, den rosenholzfarbenen Blazer lässig um die Schultern, unter Pal-

men den Weg zwischen Swimmingpool und Bar durchmaß. Seine Größe, das schmale Gesicht, der Gang, die lächelnden Augen – wie von unsichtbaren Schnüren gezogen bewegten sich die Köpfe der Damen in den Liegestühlen. Es war kurz vor dem Mittagessen, nicht allein deshalb glitzerte manches Auge so hungrig.
»Der Neue.«
Der Neue tauchte nur Minuten später im knappen Badeslip auf, ein federndes Wippen, der perfekte Sprung, ein sauberer Kraulsport! Leider – so unerwartet, wie dieses ansehnliche Mannsbild aufgetaucht war, so überraschend war es wieder verschwunden. Wohin eigentlich?
Ja wohin?
Ein Blick in die Runde hatte Tim Tannerts Überzeugung bestärkt: Pool – nein danke. Das Hotel war zwar einzigartig, da hatte der geschniegelte Pichler in München schon recht gehabt – doch wenn man seine Bewohner betrachtete? – Kein Platz zum Feiern. Bedauerlicherweise nein...
Langsam und vollgepackt mit zärtlichen Gedanken wanderte Tim zwischen hohen roten Pinienstämmen. Das gewaltige Hotelareal schmiegte sich mit all seinen Terrassen, Gärten, Tennisanlagen, Golfplätzen an einen langen sanften Berghang. Über ihm sang der Wind in den Zweigen, und der Tannenduft vermischte sich mit dem dunklen Duft des Meeres.
»Rechts am Hang«, hatte Helene Brandeis gesagt. »In dem Pavillon seid ihr völlig ungestört. Da müßt ihr rauf, das lohnt sich.«
Rechts am Hang. Dann sah er es: Braune Sandsteinsäulen, sechs Säulen, darüber ein rundes Dach, rings-

um Blumen. Ein ganzer Wall von Farben, zur Hecke geschnittener Oleander in lachsrot, karmin und violett.

Tim lief schneller. Und die letzten Meter lief er, ohne eigentlich zu wissen warum, auf Zehenspitzen. Helenes Sündenstätte. Der Teepavillon.

Der Boden bestand aus Mosaik, und darüber lag eine ganze Patina von Sünden. Und am wichtigsten: Es gab Liegestühle. Und was für Apparate! Auch sie vom Alter getönt, doch tadellos erhalten. Englische Deck-chairs, groß genug, um eine ganze Familie aufzunehmen. Und geradezu sündhaft bequem.

Tim rannte los, um Melissa zu berichten.

»Unglaublich!« rief auch Melissa staunend, als sie eine Stunde später den Pavillon in Augenschein nahm. »Wie ein kleiner Tempel, nicht?«

Dann dachte sie praktisch. »Beleuchtung? Nehmen wir Kerzen mit. Und was ziehen wir an?« Für Melissa stand schon längst fest, ihr Kleid, um das sie so viel Getue machte, das Kleid aus der ›Boutique Manhattan‹ in Rottach. Er durfte es nicht sehen, was er äußerst unfair fand. Tim – versteht sich – mit Krawatte.

»Und was zum Futtern.«

»Klar.«

Und die Getränke? Denn im Formentor würden sie den Champagner nun wirklich nicht kaufen. Bei den Preisen!...

Felix Pons, der Chefportier, besorgte im Handumdrehen einen Leihwagen. So fuhren sie noch an diesem Nachmittag über den Drachenkamm hinunter nach Pollensa, einem kleinen verträumten Landstädtchen. Am Marktplatz trennten sie sich. Jeder ging seine eigenen Wege. Eine Stunde später sah man sie wieder, beladen mit Päckchen und Plastiktaschen vor der Sandsteinbank unter den Platanen.

Neugierig beäugte er ihre Beute: »Was ist da drin? Was haste?«

»Sag' ich dir nicht. – Und du?«

»Das ist einfach.«

»Alkohol, oder?«

»Rchtig.« Er nickte grimmig. »Alkohol. Soll ich dir was sagen? Dein Zeug werd' ich auch gleich sehen. Denn ich hab' eine Superspitzenidee. Und weißt du, welche? Wir machen eine Generalprobe.«

Das gefiel ihr. »Nicht schlecht. Wir ziehen unsere Regenmäntel an, und ich versteck' das ganze Futterzeug darunter. Und du die Flaschen...«

»Du ziehst dein Kleid an.«

»Nie«, protestierte sie. »Dann ist es morgen kaputt.«

»Hm«, meinte er nachdenklich. Der Himmel färbte sich mit Abendrosa, als sie ins Hotel zurückkehrten. Am Parkplatz schlug Tim eine Programmänderung vor. »Was brauch' ich den Regenmantel, ich pack' mir die Flaschen und geh' schon rauf und richte die Liegestühle.«

»Aber ich mach' mich noch ein bißchen hübsch.«

»Na gut, wenn du meinst. Für mich bist du das immer.«

Sie lächelte mit ihren grünen Augen, er wollte ihr noch einen Kuß geben. Es blieb bei dem Versuch. Sie riß ihre Tüten an sich und rannte los.

»Laß mich nicht zu lange warten!« schrie er ihr nach: »Den ganz großen Auftritt haben wir erst morgen.«

Sie winkte nur. Sie sah nicht einmal zurück. Er aber fragte sich, fragte sich das mit tiefem Ernst und voller

Zweifel: Wie bist du bloß an so 'ne Frau gekommen? Hast du sie dir wirklich verdient, Alter? Mal ganz ehrlich?

Zunächst wußte Tim das nicht. Dann aber war er überzeugt davon...

Tim sah auf die Uhr.

Mehr als eine halbe Stunde war verstrichen.

Er hatte sich vor Jahren das Rauchen abgewöhnt und nie Entzugsprobleme gehabt. Doch nun? Er griff nach der Zigarettenpackung, die ihm Melissa zuvor in die Tasche geschoben hatte. Ein Glück, daß er die Streichhölzer für die Kerzen gekauft hatte. Er zündete sich eine Zigarette an und nahm einen tiefen, erbitterten Zug. Acht Uhr zwanzig...

Zum dutzendsten Mal rückte er die Deckstühle zurecht. Den mit dem Rosenmuster etwas mehr nach hinten, das machte sich dekorativer, den anderen konnten sie als Tisch benutzen. Morgen... Heute taugte er gerade für die Flasche und die beiden Gläser, die Melissa aus dem Badezimmer mitbringen wollte.

Herrgott nochmal, wo steckte sie?

An der Hotelauffahrt ging das Licht an. Große, runde Leuchten brannten im Spalier. Die Luft hatte sich etwas abgekühlt, doch gerade das war angenehm.

Wieder verließ Tim den Pavillon, stieg drei Stufen hinab auf den sandigen Weg, ging die zehn Meter zu der kleinen Plattform und betrachtete von dort die funkelnden Lichterreihen, die drüben aus dem bläulichen Abenddunst der Bucht auftauchten. Als er diesmal den Hemdsärmel über der Armbanduhr zurückstreifte, empfand er es beinahe als Erleichterung, daß es so dunkel geworden war, daß er die Zeit nicht ablesen konnte.

Sie macht sich schön. Und für wen? Für dich natürlich, du Idiot! Na gut, Frauen brauchen ihre Zeit. Er versuchte sich vorzustellen, womit sich Melissa gerade beschäftigte: Haarefönen?... Womöglich war sie auf die Idee gekommen, die Haare zu waschen? Und bis die trockneten, das dauerte...

Doch nicht so lange. Wieso denn so lange? Eine Dreiviertelstunde war nun vergangen, seit sie sich auf dem Parkplatz getrennt hatten.

Warum nur? Warum läßt sie dich hier stehen? Der Zeiger seiner Armbanduhr rückte von 21.45 auf 21.46 Uhr. In dieser Minute fühlte Tim Tannert zum erstenmal tiefes Unbehagen. Oder war es schon so etwas wie eine Ahnung? Nein – eher eine sonderbare Kühle, die durch seine Adern floß.

Vielleicht war Melissa etwas dazwischengekommen? Was konnte das sein? Vielleicht ging es ihr nicht gut? Ein Migräneanfall, eine dieser vegetativen Störungen, denen sie manchmal ausgeliefert war?

Zurück ins Hotel! Doch was konnte schon geschehen sein? Er ließ die Champagnerflasche stehen, wo sie stand: auf der breiten Holzlehne des Deckstuhls. Dann lief er los, nach einigen Metern warf er noch einen Blick zurück auf Helenes Pavillon. Er war nur noch ein dunkler, fast drohender Schatten.

Die Leuchten im Park wiesen ihm den Weg. Tim ging langsam. Blätter streiften sein Gesicht, und die Steinplatten des Weges sogen sich mit Dunkelheit voll...

»Haben Sie vielleicht meine Frau gesehen?«

»Bedaure, Señor.«

Der Lange hatte Dienst, die ›Andalusische Fahnenstange‹, wie Melissa ihn getauft hatte. Das Gesicht, ein gelassenes olivbraunes Oval. Darin standen dunkle teilnahmslose Augen.

»Vermissen Sie sie, Señor?«

Wortlos drehte sich Tim um und ließ den Blick durch die Halle wandern. In einer riesigen chinesischen Vase flammten Gladiolen. Die Halle war fast leer. Ein paar Gäste waren in ihren Sesseln versunken, die Zeitung in der Hand. Die meisten Damen kleideten sich wohl gerade für das Abendessen um.

Und du?

Als er über den stillen Korridor zur Suite ging, war es ihm, als sei er der einzige Mensch auf dieser Welt. Das Atmen machte Mühe, als schnüre sich eine Schlinge stark, würgend und lautlos um seinen Hals.

Irgend etwas war geschehen. Irgendwas...

Er begann zu laufen, drückte die Klinke: verschlossen.

»Lissa!« Er klopfte mit dem Handballen gegen das Holz. »Hör doch, Lissa, ich bin's.«

Keine Antwort. Vom Ende des Korridors kam das leise Summen des Aufzugs.

»Lissa...«

Tim schlug die Fäuste gegen die Tür, dabei drehte er den Kopf und sah vor der Lifttüre zwei Gäste. Sie starrten ihn an. Die Frau trug einen hellen Reitdress und überragte ihren Begleiter um einen halben Kopf. Trotz der Entfernung war das pikierte Staunen auf ihrem Gesicht so klar gezeichnet wie auf einer Karikatur. So benahm man sich doch nicht... Also wirklich nicht... Und schon gar nicht im Hotel Formentor!

Seine Arme sanken herab. Sie hat den Schlüssel mitgenommen? Wahrscheinlich hängt er unten am Empfang.

Also wieder zurück in die Halle.

Diesmal herrschte am Tresen Betrieb. Eine ganze Gruppe von Leuten drängte sich. Sie sprachen Englisch – Amerikaner anscheinend.

»Pardon.« Er hatte sich entschlossen, auf Höflichkeiten zu verzichten. Er schob den Arm vor und drängte sich durch. Er wartete auch nicht, bis der zweite Portier geruhte, ihm seine Aufmerksamkeit zuzuwenden. »Hören Sie mal, ist mein Schlüssel da? Schauen Sie mal nach.«

An Blicken und Gesichtern war abzulesen, was man von ihm hielt.

Der Portier schüttelte nur mißbilligend den Kopf. »Nein. Er ist nicht da, Herr Doktor Tannert.«

»Nein?! – Warum nicht?« Er dachte es nicht nur, es schrie in ihm. Er ging zum Foyereingang, ein Boy riß die Tür auf, Tim sog tief die Abendluft in die Lungen und hatte die Lösung: Wieso war er auch nicht sofort darauf gekommen? Natürlich. Er rannte über den Vorplatz die breite Treppe zum Parkplatz hoch, weiter, lief leichtfüßig, freudig, war sich nun so gewiß, weil es ja auch logisch war, oder? Es hatte mit ihrer ›großen Überraschung‹, dem neuen Kleid, zu tun.

Sie hatte es doch angezogen, um ihn zu überraschen. Aber es war ihr zu auffallend, und deshalb ging sie nicht durch die Halle, sondern hatte sicher einen Nebenausgang genommen. Durch die Terrassenbar zum

Beispiel. Dort gab's um diese Zeit kaum Gäste. Und von der Terrasse war sie dann den anderen Weg an den Tennisplätzen vorbei zum Pavillon gegangen. Und das genau zu der Zeit, als er von der Warterei entnervt zum Hotel zurückkehrte.

Sie hatten sich verfehlt! Nichts weiter...

Er hatte inzwischen den breiten beleuchteten Hauptweg verlassen. Hier war die Tuffsteintreppe, über die er am Nachmittag gestolpert war. Und von dort ging's hoch zum Pavillon.

Er spürte jetzt sein Herz. Er war zu schnell gerannt. Er keuchte. Die letzten drei Stufen – schon von den Schatten eingeholt. Die dunkle hohe Tempelform. Die Sandsteinpfeiler schimmerten bläulich. Sie sammelten das Licht des Mondes, der sich über den Bergen hochschob.

›Melissa.‹ Er sprach es nicht aus, er dachte es nur. Die Enttäuschung jagte durch jede Zelle seines Körpers. Er lief die drei Meter nicht mehr, die ihn vom Eingang trennten. Wieso auch? Er wußte es schon jetzt: Sie war nicht da.

Schließlich ging er hoch. Die Flasche Champagner stand dort, wo er sie gelassen hatte: auf der Lehne des Deckstuhls. Ein bißchen Goldschimmer, eine dunkle Silhouette.

Er packte sie am Hals und schleuderte sie über die Steinbrüstung. Er wußte nicht, wo sie hinflog. Er hörte auch keinen Aufprall. Nichts, nur ein Rauschen in den Zweigen. Dann das Bellen eines Hundes. Vom Hotel kamen Stimmen und das Klappern von Autotüren, und dann, als es wieder still wurde, trug aus der Weite der Bucht der Wind den Ruf einer Schiffssirene heran.

Mein Gott...
Melissa!
Melissa, was ist das für ein Spiel? Und wenn es das sein soll, lange halte ich es nicht durch. Wirklich nicht.
Wie denn, Melissa?!

Der rote Seat stand am Ende der langen Wagenreihe, genau auf dem Platz, auf dem er ihn abgestellt hatte. Er stand unter lauter Nobelmarken. Sogar zwei Rolls-Royce waren vertreten. Auch bei Leihwagen pflegten die Gäste des Formentor nicht auf den Preis zu achten. Der Seat war das kleinste Fahrzeug. Die Türen waren verschlossen, so, wie er sie verlassen hatte.

Tim preßte die Stirn an die Seitenscheibe. Der helle Fleck auf dem Beifahrersitz? – Das war der Bauernhut, den Melissa heute nachmittag in Pollensa gekauft hatte.

Seine Unterlippe schmerzte. Er spürte den süßlichen Geschmack von Blut. Er hatte sich mit den Zähnen verletzt, ohne es zu merken.

Er preßte die Hand gegen den Mund, als er wieder das strahlend erleuchtete Foyer des Formentor betrat. Am Empfang wartete ein einzelner Gast im Dinnerjakket, ein Koloß von Mann. Der kurzgeschorene Kopf hackte mit zornigen Bewegungen auf den kleinen Chefportier ein. Viel Mühe, die Stimme zu dämpfen, machte er sich auch nicht: »Ich hab' den Platz vorgebucht. Ich hab' zwei Stunden heute vormittag verloren. Wissen Sie überhaupt was das heißt: Gebucht?«

»Verzeihung, Herr Rannecker.«

»Was heißt hier Verzeihung? Ich bestehe auf einem

ordnungsgemäßen Ablauf. In einem First-class-Hotel kann ich das erwarten. Ich bin doch hier nicht in Afrika?«

Felix Pons las Tim auf dem kleinen Messingschild, das vor dem Portier stand. Pons hatte eine Art Kinderarzt-Lächeln aufgesetzt, ohne damit viel Wirkung zu erreichen, doch als er nun seine Hand hob, ganz sanft, lag eine Bestimmtheit in der Bewegung, die ihm sofort Gehör verschaffte.

»Herr Rannecker, so bedauerlich das auch sein mag: Selbst ein Hotelangestellter muß manchmal Geduld bei seinen Gästen voraussetzen. Eine Sekunde... Ich habe auch noch andere Aufgaben. Kann ich Ihnen helfen, Herr Doktor?«

Tim tupfte sich mit dem Taschentuch einen Tropfen Blut von den Lippen. »Ja.« Er hörte seiner Stimme zu, sie war leise und unsicher, schüchtern, und sein: »Haben Sie vielleicht meine Frau gesehen?« kam ihm selbst kindisch, schlimmer, lächerlich vor.

Der Mann mit den Stichelhaaren drehte ihm den Kopf zu. Sein Gesicht schien nur aus Fleisch und einer riesigen Hornbrille zu bestehen. Was zählte der schon? Pons zählte.

»Leider nein, Herr Doktor. Ich habe erst vor einer halben Stunde meinen Dienst angetreten. Aber mein Kollege Martinez ist noch im Haus. Ich könnte ihn fragen.«

»Danke. Das hab' ich selbst schon getan.«

»Sicher macht die gnädige Frau einen Spaziergang, meinen Sie nicht?«

Meinen Sie nicht? Welche Frage! Was meinte er? Was gab es noch zu meinen? Spaziergang?... Zum Pavillon wollten wir, den morgigen Tag mit einer gewaltigen Generalprobe einleiten. Sekt wollten wir trinken, auf die Bucht schauen, uns an den Händen halten, uns küssen, vielleicht lieben, vor allem ein bißchen zurückdenken bis zu jenem ersten Hochzeitstag vor einem Jahr, der so erbärmlich schiefgelaufen war, weil irgendeine Bäuerin auf irgendeinem Hügel zwischen Scharling und Kreuth darauf bestanden hatte, ausgerechnet an diesem Abend Drillinge zur Welt zu bringen, und weil dann eines der Kinder, ein blaßrosa, runzliges, zuckendes Bündel Leben mit seiner Atmung nicht zurechtkam und ins Krankenhaus nach Bad Tölz gebracht werden mußte, und weil dort der diensthabende Arzt mit zwei verschleimten Säuglings-Bronchien...

Ach, zum Teufel damit!

»Die Nacht ist ja so warm, Herr Doktor. Vielleicht ging die Señora zum Strand?«

Strand? Wohin macht man hier schon Spaziergänge, wenn man schon nicht zum Pavillon will: Zum Meer, zum Strand...

Der Weg führte quer durch den Park hangabwärts bis zu einem langen Sandstreifen, der eine kleine Bucht umschloß. Die Direktion des Formentor hatte für ihre Gäste Sonnenschirme aus geflochtenen Palmenzweigen aufstellen lassen. Im diffusen, grauen Licht des aufgehenden Mondes wirkten sie wie große schwarze Fliegenpilze.

Tim lehnte den Rücken gegen den glatten Stamm eines gewaltigen Eukalyptusbaums. Die schwarzen Äste verschlangen sich vor dem Himmel. Die Lichterketten drüben auf der anderen Seite der Bucht schienen zu schwanken. Zu seinen Füßen flüsterte das Wasser. Der

Wind hatte sich nun vollkommen gelegt. Das Meer war wie eine einzige ölige, nachtblaue Fläche. Mein Gott!... Mehr fiel ihm nicht ein als das. Und: Wenn's dich gibt, hilf mir!... Er dachte es, während der Rest seines kontrollierten Ichs ihn zur Ordnung rief: Du bist ja völlig hysterisch. Denk nach. Behalt deine Ruhe. Verdammt noch mal, was soll denn schon passiert sein?

Er ging weiter. Der Sand schien an seinen Sohlen zu zerren, die Schuhe füllten sich mit feinen Körnern.

»Melissa!« Es war das erste Mal, daß er ihren Namen in die Stille brüllte.

Und wieder. Er hatte die Hände zu einem Trichter geformt, und ihr Name klang weit über das flüsternde Meer. Aber da war niemand, der antwortete.

Er setzte sich. Die Knie wollten nicht, sein Körper war so schwer. Denk nach und überlege. Doch was? Himmelherrgott noch mal, was gibt's zu überlegen? Melissa, die sich ihr neues Kleid anzieht, um mit dir ein Glas Sekt zu trinken, und sich dann in Nichts oder in den Fluten auflöst. Melissa – »Für mich ist sie mit ihren langen Haaren wie ein Undine-Wesen.« Helene Brandeis hatte das gesagt: »Irgendein Geheimnis ist um sie.«

Ja, von wegen, Helene! Und welches Geheimnis? Was soll dieser ganze Unsinn?!

Zehn Minuten später war Tim im Hotel zurück.

Vor seinen Schlüsselfächern schüttelte Felix Pons bedrückt den Kopf. Tim ging weiter. Der Sand unter seinen Sohlen knirschte auf den Marmorfliesen. Gäste kamen ihm entgegen, irgend jemand grüßte. In Tim war nichts als eine einzige Auflehnung: Das gibt es nicht!

Das ist alles nur ein verrückter Traum. Das kann nicht sein...

Als seine Schulter gegen einen weißgekleideten Mann stieß, der ein Tablett trug, wurde ihm klar, daß er im Begriff war, den Speisesaal zu betreten. Da saßen sie nun und aßen. Bestecke funkelten zwischen den farbenprächtigen Blumensträußen, die Gesichter waren in den hellen Schein des schweren Kristallüsters getaucht, der von der Decke hing. Gesichter, die ihn neugierig musterten. Die dunkle Frau an dem Tisch rechts, die den Löffel sinken ließ und ihn anstarrte, eine sehr schöne Frau mit mandelförmigen, schwarz umrandeten Augen. Drei Reihen Perlen umschlossen einen schlanken, weißen Hals. Sie trug ein grünes Kleid.

Melissas Lieblingsfarbe! Sein Blick tastete sich von Tisch zu Tisch. Irgend jemand trat ihm entgegen. Tim nahm nur feines schwarzes Tuch wahr, dann zwei Augen hinter einer goldenen Halbbrille, wachsam und prüfend wie die eines Gerichtsvollziehers.

»Verzeihung, mein Herr. Aber es ist Tradition des Hauses, das Restaurant nicht in Sportkleidung zu betreten.«

Seine Gummisohlen knirschten zurück zur Treppe, und das Herz versuchte schon wieder verrückt zu spielen. Das zweite Ich in ihm, der besonnene, umsichtige Tim Tannert hatte noch mehr Mühe, sich Gehör zu verschaffen: Setz dich bloß in irgendeine Ecke. Von mir aus, rauch eine Zigarette. Renn nicht rum wie ein Vollidiot. Überlege...

Doch was nützten all diese Mahnungen? Er konnte das Rad in seinem Schädel kreisen lassen, in welche Richtung er wollte – es rotierte leer.

Wenigstens hatte er wieder einen Zimmerschlüssel. Der nette Pons hatte ihn ihm zugeschoben. So stand er nun in der ›Luxus-Suite‹, stand auf vornehmem, blaßblauem Teppichboden, in den man knöcheltief versinken konnte, starrte auf elfenbeinfarbene Einbauschränke, auf das Bett mit dem Baldachin, auf Hausbar, Fernseher und Sesselgruppe und sog das Schweigen in sich ein, das die Wände zu verströmen schienen.

Melissas Schminkkoffer im Bad. Eine Lippenstiftspur auf einem zerknäuelten Kleenex. Zyklam – wie sie es mochte. Ihr seidenleichter, zitronenfarbener Sommermantel an der Garderobe...

Und eine Stille, die weh tat. Sehr weh.

Eine Stille, die ihm, ob er sich nun wehrte oder nicht, das Wasser in die Augen trieb...

Pons war nicht allein. Ein junges Paar redete mit ihm, ein exotisches Paar dazu: Das Mädchen in einem wundervollen gold- und blaudurchwirkten Sari, der Mann daneben im schwarzen, eleganten Seidenblazer. Pons sprach Englisch. Was sprach er eigentlich nicht? Es ging um irgendein abhandengekommenes Flugticket. Der junge Inder ließ sich alles zwanzigmal erklären. Tim suchte nervös in seiner Hosentasche. Melissas Zigarettenpackung war zu einem Knäuel zerknautscht.

»*I beg your pardon.*«

Der Inder machte ihm höflich Platz.

»Herr Pons!«

»Bitte, Herr Doktor?« Pons braune Augen blickten

nicht mehr so fürsorglich beruhigend wie bisher. Sein Job hatte Regeln, an die er sich hielt. Tim dachte daran, und es war ihm egal.

»Herr Pons, ich verlange, daß Sie die Polizei rufen.«

Irgend etwas geschah mit Pons' Gesicht. Er warf einen vorsichtigen Blick in die Runde und beugte sich weit vor: »Verzeihung! Ich fürchte, ich habe Sie nicht richtig verstanden: die Polizei?«

»Ja.«

»Darf ich den Grund erfahren?«

»Mein Gott!« Tims Stimme zitterte: »Den kennen Sie doch. Ich habe Ihnen doch gesagt, daß ich meine Frau nirgendwo finden kann. Nicht draußen am Strand, nicht im Garten. Sie ist verschwunden. Sie ist außerordentlich pünktlich. Sie würde mich nie warten lassen.«

»Wie lange warten Sie denn schon?«

»Siebzig Minuten.«

»Herr Doktor!« Tim kannte den Blick. Es war der Ausdruck, der in seinen eigenen Augen stand, wenn er es mit neurotischen oder hysterischen Patienten zu tun hatte. »Herr Doktor, ich verstehe ja Ihre Erregung. Aber siebzig Minuten? Was soll ich denn der Polizei mitteilen? Sie würden seit siebzig Minuten auf Ihre Frau warten? Die Guardia soll deshalb eine Streife schicken? Herr Doktor, überlegen Sie, was würde denn zu Hause bei Ihnen in Deutschland geschehen? Meinen Sie, die Polizei käme sofort?«

Natürlich hatte er recht. Den Teufel würden sie tun. Aber dies war nicht der Tegernsee und nicht Rottach-Egern in Oberbayern. Dies war eine gottverlassene Landzunge auf einer spanischen Insel, Kilometer von der nächsten menschlichen Ansiedlung entfernt, umgeben von hohen Bergen, gefährlichen Abgründen, Klippen, ein unbewohntes Tal, in dem irgendein Irrsinniger ein gottverdammtes Luxushotel hingebaut hatte.

»Herr Pons! Ich habe Melissa, ich meine, meine Frau überall gesucht. Im Hotel. Ich war im Garten. Ich war am Strand. Ich war oben am Tee-Pavillon, wo wir uns treffen wollten. Ich kann das doch nicht einfach hinnehmen? Ich – wir müssen doch etwas unternehmen!«

»Und das wäre?«

»Das fragen Sie? Wenn Sie schon die Polizei nicht im Haus haben wollen, Sie haben doch genügend Personal hier. Taschenlampen gibt es auch. Wir müssen Suchtrupps bilden, den Wald durchstreifen, jeden Baum, jeden Busch...«

»Jeden Baum?« Pons sah ihn an. »Jeden Busch?«

»Was denn sonst, verdammt noch mal? Was denn?!« schrie Tim.

Doch Felix Pons hob nur die Hände. Sie waren leer.

Todo para la patria – Alles fürs Vaterland. Tim las es auf einem gelbroten Blechschild, als er aus dem Wagen stieg. Darüber hing die gelbrote Fahne. Die Türe war von den Scheinwerfern beleuchtet, die an der Ecke des flachen Gebäudes angebracht waren.

Tim kam in einen Korridor und betrat durch eine weitere offenstehende Tür den Wachraum der Guardia-Civil-Station. Er war groß und rechteckig und mit einer Schranke unterteilt. Tabakrauch hing in der Luft. An der Wand unter dem Licht der Neonröhren hing das Bild des Königs und der Königin. Auf den schmalen Fensterbrettern kümmerten ein paar Geranienstöcke.

In dem Raum saßen drei Männer. Zu ihren olivfarbenen Kampfanzughosen trugen sie kurzärmelige Uniformhemden. Einer telefonierte, die anderen hatten die Köpfe dem Bildschirm in der Ecke zugedreht, in dem gerade eine Fernsehshow lief. Der Moderator, ein Typ in einem unmöglichen karierten Jackett, warf der langbeinigen, farbigen Pracht eines Revue-Balletts Kußhändchen zu.

»Guten Abend«, sagte Tim.

Niemand nahm ihn zur Kenntnis.

Auch ein kräftiges *buenas noches* änderte nichts.

Tim ließ den Blick über unordentlich verstreute Akten, Zeitungen, Aschenbecher, Plastikstühle, verschrammte Telefone bis hinüber zu dem Waffenschrank schweifen, in dem drei Sturmgewehre standen. Dann hob er die Faust und schlug sie auf das abgewetzte Holz der Barriere. – Nichts! Die Bigband im Fernsehen war lauter. Der Polizist am Telefon ließ seinen Drehstuhl kreisen, sah ihn kurz an und sprach weiter, ohne den Blick von seinem Notizblock zu nehmen. Endlich erhob er sich.

»*Por favor?*«

»Verzeihung... Spricht hier vielleicht jemand Deutsch? *Vd. habla alemán?*«

Kopfschütteln. Friedliche, nußbraune Augen und ein Hängeschnauz.

»Oder Englisch?«

Der Ausdruck auf dem jungen Gesicht, ein Ausdruck vollkommener, beinahe überirdischer Geduld, änderte sich nicht. Der Guardia strich über den Schnurrbart und wandte den Kopf: »*Brigada! Creo, que tenemos trabajo.*« – Ich glaube, wir kriegen Arbeit. –

Die Musik im Fernsehen steigerte sich zum Finale. Die Mädchen rissen die Beine hoch. Der Mann im karierten Hemd klatschte. Wer sonst noch »bravo!« schrie, war im Augenblick nicht von der Kamera erfaßt. Der Brigada mit den Feldwebelstreifen saß dem Gerät am nächsten. Er erhob sich jetzt, wuchs zu fetten ein Meter achtzig hoch, faßte mit Daumen und Zeigefinger den Hosenbund und strich sein Hemd glatt. Das runde, tiefbraun verbrannte Gesicht zeigte nichts als Das-auch-noch-Ergebenheit, und der Mund war sehr dünn.

»Guten Abend. Was gibt's?«

Er sprach Englisch.

»Ich wollte eine Vermißtenanzeige aufgeben.«

»Sie wollen was?«

Das englische Wort für Vermißtenanzeige war Tim anscheinend mißlungen. Mit *report my wife missing* hatte er es versucht, aber der Mann kapierte nicht, glotzte. Oder doch?

»Ihre Frau? Es handelt sich um Ihre Frau?«

»Ja.« In Tims Kniekehle begann eine Sehne zu zukken.

»Sie ist weg!«

»Was heißt weg?«

»Verschwunden!«

»Ihr Name?«

»Tannert. Tim Tannert.«

»Geben Sie bitte Ihren Paß.«

»Den Paß?«

»Was sonst?« Der Guardia-Civil-Mensch schielte über die Schulter zurück zum Fernsehschirm. Werbepause. Eine Katze spielte mit einer Futterdose Fangen.

Dem Dicken schien dieser Anblick die Arbeit nicht leichter zu machen. »Was sonst?« wiederholte er mit demselben Ton unbesiegbarer Geduld, den er sich anscheinend im Umgang mit Touristen zugelegt hatte. »Und den Ihrer Frau.«

Tim wischte mit dem Handrücken die Haare aus der brennenden Stirn. So stickig hier drin! Der Schweiß rann ihm an der Nase entlang. »Ich habe ihn nicht dabei. Wissen Sie, ich bin in aller Eile aufgebrochen. Ich bin auch völlig durcheinander. Sie verstehen das doch?«

»Sie haben den Paß also nicht dabei?«

Wie in einem Examen! Und die Examens-Panik brachte auch den Einfall: »Er liegt im Hotel. Ich habe versäumt, ihn zurückzuverlangen. Die Hotelleitung hat ihn einbehalten.«

»So? Die Hotelleitung? Wo wohnen Sie denn?«

»Formentor. Hotel Formentor.«

Eines zumindest bewirkte der Name ›Formentor‹: Der Mann wurde aufmerksam. Auch der Junge am Telefon blickte herüber.

»*Un momento.* Warten Sie...« Der Dicke schaukelte zu einem Schreibtisch, nahm den Hörer, drückte Tasten. Er sprach ein paar Worte, lauschte vor allem, nickte dann grimmig und warf den Hörer auf die Gabel zurück.

»Hören Sie, Mister! Sie kommen hier rein und wollen ohne Paß eine Vermißtenanzeige aufgeben?«

»Was spielt denn der Paß für eine Rolle, wenn ein Mensch verschwunden ist?«

»Jetzt rede ich. Ich habe gerade mit dem Portier des Formentor telefoniert. Den kenne ich. Ein Freund...

57

Und was sagt er? Daß Sie Ihre Frau vermissen. *Bueno!* Und seit wann? Seit der Zeit vor dem Abendessen. Und wie spät haben wir jetzt? Elf Uhr zwanzig. Um elf Uhr zwanzig sind bei uns anständige Leute noch beim Dessert oder trinken ihren ersten Cognac und zünden sich einen *puro*, eine Zigarre, an. Und Sie? Sie geben hier Vermißtenanzeigen auf?!«

Der Mann sprach leise und eintönig. Sein Englisch war gar nicht so übel, auch wenn er es mit spanischen Brocken vermischte. Tim hatte jedes Wort verstanden. Vor allem hatte er verstanden, daß man ihn für einen unzurechnungsfähigen Narren hielt.

»Hören Sie! Ich bin Arzt. Ich weiß, was ich sage. Ich bin gewohnt, mit Ruhe zu handeln. Ich mache keine solche Meldung ohne Grund...«

In dem fleischigen Gesicht rührte sich nichts, nur am Grund der dunklen Augen flackerte etwas auf. »Gut, Doktor. Auch ich habe meinen Beruf. Hier auf Mallorca verschwinden Mädchen und Frauen. Stimmt. Und das jeden Tag. Nicht nur für drei, vier Stunden oder ein Abendessen, meist für eine Nacht, manchmal für eine ganze Woche. Wenn ich da jedesmal eine Fahndung ausschreiben würde, dann...«

Er brach ab, starrte Tim an, Tim, der den Arm hochgerissen hatte und ihm die Faust vors Gesicht hielt. Doch der Dicke wich keinen Schritt zurück. Und dann sagte er im selben ruhigen Ton: »Na schön... In Ordnung. Sie haben's mir gezeigt. Und jetzt stecken Sie Ihre Hand ganz schnell in die Tasche, sonst zeig' ich's Ihnen. Oder wollen Sie mich schlagen, weil ich etwas gesagt habe, was Sie selber denken? Nun, wie ist das, Mister? Wollen Sie wirklich?«

Die Blicke der Männer im Raum waren auf ihn gerichtet. Tims Arme sanken herab, seine Fäuste wurden mit einemmal so schwer, daß er sie kaum bewegen konnte.

»Ich will jetzt nur eines: Ihren Namen!«

»Wenn's weiter nichts ist«, antwortete die ruhige Stimme: »Rigo. Brigada Pablo Rigo. Können Sie sich das merken? Ja? Toll. Und jetzt verschwinden Sie. Wenn Ihre Frau bis morgen noch nicht aufgetaucht ist, können Sie ja wiederkommen. Und zwar mit den Pässen. Ist das klar?«

Für die Strecke von Pollensa zurück zum Hotel benötigte Tim vierzig Minuten. Dabei hatte er nur achtzehn, wenn auch schwierige, Kilometer zurückzulegen. Er stoppte den Seat ein halbes Dutzend Mal, stieg aus, verharrte unter dem unbeteiligten Blitzen der Sterne an der Brüstung einer Aussichtsplattform, starrte auf den hellen weißen Schaum des Meeres tief unter der Steilwand, stand zwischen flüsternden schwarzen Pinien an einer Kurve, von der sich der Blick ins Tal von Formentor öffnete.

Zweimal begegneten ihm Menschen: Zuerst der Fahrer eines alten, wackligen Citroën-Kastenwagens. Er hatte die Fahrt verlangsamt, den Kopf zum Fenster hinausgesteckt, als erwarte er einen Anruf von dem schweigenden Mann dort draußen in der Nacht. Der zweite war ein Motorradfahrer. So dicht kam er aus der Spitzkehre geschossen, daß er Tim beinahe über den Haufen gefahren hätte. Tim zuckte kaum zurück, in ihm war nur noch tiefe Gleichgültigkeit. Er befand sich in einer Art Trance, in der er die Wirklichkeit nur wie durch einen Filter wahrnahm. Aber eines blieb stark und deutlich: Dieser brennende Schmerz in seiner Brust.

Melissa!...

Auf was wartest du? Daß der Wind sie heranträgt? Daß sie sich hier plötzlich aus dem Dunkel wie ein Gespenst materialisiert, auf dich zugeht, die Arme wie ein Mädchen schlenkernd, mit diesem nachlässigen, biegsamen Gang, der dich immer so entzückte? »Tim«, wird sie sagen, »Tim, was tust du denn hier? Hattest du Angst um mich? Wirklich... War ja nur ein Scherz. Wollte ja nur sehen, ob dich das aufregt, wenn ich für ein paar Stunden verschwinde. Wie soll ich denn sonst rauskriegen, ob du mich wirklich magst? Ist doch der beste Liebesbeweis, findest du nicht? Der eine verschwindet, der andere sucht und zerbricht sich den Schädel – und dann anschließend ist man gemeinsam glücklich!«

Oder: »Ich hab' mich doch so auf den Pavillon gefreut! Aber dann hab' ich mich irgendwo hingesetzt und bin einfach eingeschlafen...«

Die Lampen rechts und links des Hotelportals warfen einen angenehm honigfarbenen Lichtkreis in die Nacht. Zu seiner eigenen Verwunderung flößte ihr Anblick Tim ein vertrautes, heimeliges Gefühl ein. Erleichterung und Hoffnung, immer wieder dieselbe, heiß aufschießende, unbezwingbare, kindlich hilflose Hoffnung.

Jetzt würde sie da sein! Mußte einfach...

Pons' Oberkörper war über irgendwelche Abrechnungen gebeugt, die ein Computer ausspuckte. Seine

Kopfhaut schimmerte nackt und weiß durch die spärlichen dunklen Haare. Nun richtete er sich auf.

»Herr Doktor! Da sind Sie ja. Sie waren in Pollensa, nicht wahr? Bei der Guardia Civil?«

»Ja. Und ich habe mit Ihrem Freund gesprochen.« Die Hoffnung hatte sich aufgebläht wie ein Segel – nun war sie zusammengefallen: Nichts!

»Herr Doktor, Sie können versichert sein: Pablo Rigo ist ein tüchtiger Polizist.«

»Ach ja? Hab' ich gemerkt.«

»Bestimmt. Auch wenn man vielleicht nicht den Eindruck hat, er nimmt seine Aufgaben ernst. Er hatte mir versprochen, sich um den Fall zu kümmern. Falls Ihre Frau Gemahlin nicht zurückkehrt, wird morgen die Fahndung anlaufen. Ganz sicher. Und außerdem...«

»Was außerdem?«

Pons' Augen blieben starr auf Tim gerichtet. Der Mann wollte etwas sagen, kämpfte damit, überlegte sich offensichtlich, ob es angebracht sei, damit herauszurücken.

»Nun, Herr Doktor: Da Sie so lange weggeblieben sind, habe ich mit Rigo telefoniert. Auch unser Direktor ist bereits benachrichtigt. Er kam vor einer halben Stunde zurück. Er erwartet Sie.«

»Sie wollten doch noch etwas sagen?«

»Ja. Brigada Rigo hat zwei Mann nach Alcudia geschickt. Zum Umhören. Er wollte das eigentlich erst morgen tun, aber ich habe ihn in der Idee bestärkt, heute abend schon tätig zu werden.«

»Umhören? Was denn umhören? Wo?«

»Nun, es gibt so gewisse Lokale, wo gewisse Leute verkehren. Auch Alcudia hat seine Szene. Wo fünfzehn- oder zwanzigtausend Menschen im Sommer zusammenkommen, um sich zu amüsieren, gibt's das nun mal. Drogen-Dealer und ähnliches Gesindel. Da kommt allerhand vor. Meist sind es Leute von der Peninsula, vom Kontinent, aber auch Ausländer. Wir hatten ja letztes Jahr zwei solcher Fälle...«

»Was für Fälle, Herrgott, Herr Pons?!«

Wieder dieser Blick. Dann ein Schulterzucken: »Zwei Fälle von Vergewaltigung, Herr Doktor. Alle beide wurden aufgeklärt. Den Damen ist übrigens nichts passiert. Ich meine«, setzte er hastig hinzu, »wenn man natürlich vom Vorgang als solchem, der wirklich scheußlich ist, absieht.«

»So?«

Vom Vorgang als solchem?

Vergewaltigung...

Ein Wort, das man hört, aufnimmt und das sich dann wie ein Monster ausbreitet, alles andere, jede Reaktion, jeden Gedanken verdrängt.

VERGEWALTIGUNG... Wieso hatte er bisher noch nicht daran gedacht: VERGEWALTIGUNG!

Seine Fäuste zogen sich zusammen.

»Es handelte sich um Engländerinnen. In beiden Fällen. Die Täter waren Südspanier, primitive Bauarbeiter. *Sin cultura.*«

Pons verhedderte sich. Er konnte Tims Blick nicht länger standhalten. »Übrigens: Señor Bonet hätte Sie gerne gesprochen, falls Sie Zeit haben.«

»Señor Bonet?«

»Unser Direktor. Ich werde Sie in sein Büro begleiten.«

Müdigkeit und Erschöpfung hielten Tim noch stärker im Griff als zuvor, doch seine überreizten Nerven sandten ganze Salven ungeordneter Kommandos. Als er hinter dem kleinen, gedrungenen Pons die Halle durchquert hatte und dann vor der Tür verharrte, an die Pons geklopft hatte, war er sich klar, daß er weitere Beschwichtigungsversuche nicht ertragen würde.

Die Tür öffnete sich. Der Mann vor ihm trug tadellos gebügelte weiße Hosen und einen leichten, eleganten, hellblauen Yacht-Pulli. Auf der rechten Brustseite war ein Wappen aufgenäht. Er mochte um die vierzig sein, mit der tiefgebräunten Haut und den klaren, wachen, grauen Augen wirkte er jünger. Wie der Direktor des Formentor sah er nicht aus, eher wie ein Sportlehrer, der Wert auf gute Kleidung legte, um sich eine seriöse, gutzahlende Kundschaft zu sichern.

»Herr Doktor Tannert? Nehmen Sie doch Platz. Ich glaube, wir können uns in Ihrer Sprache unterhalten. Wissen Sie, ich war lange in der Schweiz.«

Man merkte es an seiner Aussprache.

Tim ließ sich in einen Sessel sinken. Bonet blieb vor ihm stehen und blickte auf ihn herab. »Darf ich Ihnen etwas anbieten? Einen Cognac vielleicht?«

»Danke. Oder doch: ein Glas Mineralwasser.«

»Ich werde es Ihnen besorgen, Herr Doktor.« Pons verbeugte sich und verschwand.

»Ich habe von Ihrem Problem gehört, Herr Doktor...«

»Problem nennen Sie das?«

Tim war zu müde, um sich zu erregen. Es war, als drücke ihn eine halbe Tonne Steine zu Boden. »Sie sprechen von Problemen, Ihr Portier von einer Vergewaltigung... Der Guardia-Civil-Typ in Pollensa nahm mich auf den Arm, ehe er mich rausschmiß. Wie ist das, Herr Bonet: Sind Sie verheiratet?«

Der Direktor nickte.

»Ach ja? Was würden Sie dann an meiner Stelle tun? Wie würden Sie es denn lösen, das Problem, daß Ihre Frau ausgerechnet dann verschwindet, wenn Sie mit ihr Ihren Hochzeitstag feiern wollen? Spurlos verschwindet. Wären Sie dann auch so ruhig?«

»Ich bin nicht ruhig. Schauen Sie sich meinen Aschenbecher an. Seit ich ins Hotel zurückgekommen bin, sitze ich hier, warte auf Sie, rauche und überlege. Das Wohlergehen meiner Gäste...«

»...ist Ihr allererstes Gebot«, höhnte Tim.

»Ich meine das ganz ernst, Señor. Es ist keine Phrase. Diesen Satz ernstzunehmen ist in meinem Job die einzige Chance, Karriere zu machen. Ich bitte Sie deshalb, Ruhe zu bewahren.«

»Ruhe? Ich bin die Ruhe selbst. Sehen Sie doch, oder?«

Bonet strich mit dem Daumen über seine Braue. »Aber Sie müssen einsehen: Im Augenblick können wir hier nichts unternehmen.«

»Ich muß das einsehen? Ihre Leute pennen in ihren Betten oder machen Abwasch, und wir lungern hier in Ihrem Büro herum. Und meine Frau ist irgendwo da draußen. Und Sie sagen mir, wir können nichts unternehmen?«

Tims Wut hatte sich in eiskalte Ruhe verwandelt.

»Es wäre vielleicht hilfreicher, wenn Sie mir erzählen würden, was heute nachmittag geschah. Bis zu dem Zeitpunkt, an dem Sie Ihre Frau vermißten. Vielleicht ergibt sich ein Anhaltspunkt.«

Tim nahm einen tiefen Zug aus der Zigarette, die Bonet ihm angeboten hatte. Der Rauch trieb langsam in Richtung Schreibtischlampe. Er begann zu sprechen, Bonet hörte schweigend zu. Tim redete langsam, und er hoffte, bei der Formulierung seiner Gedanken sich selbst Klarheit zu verschaffen. Auch Helene Brandeis vergaß er nicht: »Eine meiner Patientinnen hat uns das Formentor empfohlen. Sie war sehr oft hier. Sie liebte diesen Tee-Pavillon. Vielleicht kennen Sie sie?«

»Persönlich nicht, nur den Namen. Felix Pons hat ihn mir genannt. Es muß sich um eine äußerst sympathische und unternehmungslustige Dame handeln... Gut. Sie kamen also zu uns, um gewissermaßen Ihre Hochzeit nachzuholen.«

Nachzuholen?... Bei jedem Wort, das fiel, wurde Tim klarer, wie absurd alles war: Zwei, die dem Glück hinterherreisten. Hochzeitsfeier. Hochzeitsreise... Und weil dies alles noch nicht reicht, verfallen sie in ihrer Gefühlsduselei auch noch auf die Idee, eine ›Generalprobe‹ abzuhalten! Im Tee-Pavillon, dem Liebesnest... Was, Herrgott noch mal, war geschehen, nachdem sie sich auf dem Parkplatz getrennt hatten? Melissa, um sich frischzumachen und ihr Hochzeitskleid anzuziehen. Du selbst, um Flaschen in den Pavillon zu tragen und die kommenden Stunden ein wenig vorzubereiten...

»Ich stand da oben und wartete und wartete. Und sah auf die Uhr. Und irgendwann, nach vierzig oder fünfzig Minuten, kam zunächst der große Zorn und dann die Unruhe. Wo steckte sie? Herrgott, wo steckte sie?!«

Bonet begleitete seine Sätze mit einem ständigen, aufmunternden Nicken. Es ging Tim auf die Nerven.

»Haben Sie gar nichts gehört? In der Nähe? Irgendein Geräusch?«

Tim schüttelte den Kopf.

Oder doch... Denk nach. In der Nähe? Ein bißchen Flügelflattern hast du gehört, Vögel, die ihre Schlafplätze suchten. Das – und noch etwas: Ein ziemlich brutaler Ton. Ein Motor, der aufheulte. Der Motor eines sehr schweren Wagens.

Er drückte seine Zigarette aus, lehnte sich zurück und schloß die Augen: Ja, und es kam nicht vom Parkplatz, das war weiter weg...

Tim versuchte sich die Parkanlage zu vergegenwärtigen: Die Entfernung von dem schweren Eisentor, das den Eingang bildet, zum Parkplatz beträgt zirka einen Kilometer, schätzte er, wenn nicht mehr. Pons hatte ihm erklärt, daß das Tor während der Saison auch bei Nacht offen blieb. Irgendwo dort, in der Nähe der beiden großen Sandsteinpfeiler, in denen die Torflügel verankert waren, mußte der Wagen gestanden haben. Und noch etwas: Er war leise angefahren. Der Fahrer hatte erst beschleunigt, als er das Hotelgelände hinter sich gelassen hatte und sich auf der langen Geraden durch das Tal befand.

»Ist Ihnen irgend etwas aufgefallen?« Ungeduldig legte Bonet die Hände auf die Knie.

»Einmal habe ich einen Wagen gehört. Er fuhr vom Parktor weg. Doch was heißt das schon?«

»Nicht viel«, sagte Bonet. Er schlug die Beine übereinander, und Tim sah, daß er teure, elegante Slipper mit kleinen goldenen Schnallen trug. Der rechte Schuh begann zu wippen. Die Bewegung irritierte Tim, und noch mehr störte ihn, was Bonet jetzt sagte, leise und stets von demselben verstehenden Lächeln begleitet.

»Sie haben gesagt, daß Sie sich von Ihrer Ankunft an fast die ganze Zeit auf Ihrem Zimmer aufgehalten haben. Gut. Aber ist es nicht oft so, daß wir von einer Situation zwar einen bestimmten Eindruck haben, aber daß dieser Eindruck dann doch nicht ganz den Tatsachen entspricht?«

»Auf was wollen Sie damit hinaus?«

»Nun, es könnte ja sein, daß Ihre Frau das Zimmer doch verlassen hat... Vielleicht während Sie schliefen?«

»Und wozu, Herr Bonet?«

Der Hoteldirektor zog leicht die Schultern hoch. Die Arme blieben verschränkt, auch an seinem Lächeln änderte sich nichts: »Es ist ja nur eine Theorie. Sehen Sie, in der Hotellerie erlebt man die sonderbarsten Geschichten. Vor allem in diesen Sommernächten... Ich glaube, jeder Hoteldirektor oder Portier oder Zimmerkellner könnte ein Buch darüber schreiben. Vielleicht – ich meine das rein hypothetisch – vielleicht hat Ihre Frau irgend jemand getroffen? Einen alten Bekannten... Wir haben ja sehr viele deutsche Gäste hier. Sie stellen unser größtes Kontingent. Oder sie hatte sonst, vielleicht beim Einkaufen in Pollensa, irgendeine Begegnung, die für sie – wiederum rein hypothetisch gesagt – so wichtig war, daß sie...«

»Zum Teufel! Was für eine Begegnung? Was reden Sie denn da?«

»Nun«, das Lächeln wurde vorsichtig, »wissen Sie, Ferienzeiten lösen bei vielen Menschen einen ganz besonderen Zustand aus. Eine Art Freiheitssehnsucht. Die Normen, die man zu Hause so streng befolgt, gelten plötzlich nicht mehr. Die veränderte Umgebung, das Klima...«

Das Klima? Die veränderte Umgebung... Tim mußte sich abstützen, als er sich erhob. Doch nun stand er, sammelte seine verbliebene Kraft in den Schultermuskeln: »Sie wagen es...?« flüsterte er. »Sind Sie verrückt geworden?«

»Ich sagte doch, eine reine Annahme.«

Eine reine Annahme? Dieses Dreckschwein glaubte, daß sich Melissa fortschlich, um ihm Hörner aufzusetzen?! So sah er es! Nicht nur er, so sahen sie es alle, Pons, dieser fette, widerliche Bulle in der Guardia-Civil-Station, der hier, der aalglatte Hotelchef mit den teilnahmsvollen Augen.

Er schlug zu.

Er hatte den Schlag ohne bewußte Absicht geführt, ohne jede Eingebung und doch mit großer Kraft und überraschender Präzision. Er hatte sich dabei abgeduckt. Die Gerade kam aus der Schulter geschleudert. Die Faust erwischte Bonet am rechten Kiefer, warf seinen Kopf auf die Sessellehne zurück, und der Anblick seines in Überraschung und Schmerz verzerrten Gesichtes erfüllte Tim mit wilder Genugtuung.

Was dann geschah, kam schnell und mit der unbarmherzigen Gewalt eines Beilhiebs. Tim spürte den Schmerz zunächst nicht, nur die sonderbare und abwegige Empfindung eines Flugs. Dann ein Krachen. Er war mit der Schulter gegen einen Holzschrank geflogen, der drei Meter hinter ihm stand. Es tat weh, schrecklich weh, und Tim wurde klar: Er hat dich fertiggemacht! Du bist nichts als eine armselige, lächerliche Figur, einer, dem man Hörner aufsetzen, den man niederschlagen kann, ganz nach Gusto, einer, dem die Frau mit anderen wegläuft. Ein Arsch bist du für sie! Ein jämmerlicher Tourist, einer von denen aus dem Norden, die zu bezahlen, aber nichts zu melden haben.

Es wurde ihm übel. Er drückte die Hand gegen den Magen und schloß die Augen. Und als seine Hand nun die Rippen berührte, fühlte er ein dunkles, stechendes Ziehen.

Er hat dich an den Rippen getroffen. Mit dem Fuß!

»Tut mir leid.« Er konnte Bonet nur unklar vernehmen. Er wollte den Kopf hochnehmen. Er schüttelte ihn nur, zu mehr reichte die Kraft nicht.

Zwei Hände griffen unter seine Schultern und zogen ihn hoch. Er stöhnte. Die Schulter brannte. Er wollte ja nicht heulen. Männer tun so was nicht! Sein Atem ging leise und mühsam, und er dachte nur eines: Irgendwann hört das auf. Muß es...

»Tut mir leid, Doktor! Aber es ist ja auch nicht gerade die feine Art, einen Mann im Sitzen auszuknokken.«

Die grauen Augen. Das gleiche Lächeln...

Tim setzte sich in Bewegung. Dort – die Tür! Dort drüben mußte er raus. Koste es, was es wolle. Und gleich!

»Haben Sie Schmerzen?«

Was wollte er noch von ihm?

»Ich bedaure zutiefst. Bei mir war es eine Art Reflex,

gewissermaßen aus dem Instinkt. Ich trainiere Karate. Aber ich wollte Ihnen nicht weh tun, wirklich nicht. Sie ließen mir ja keine andere Wahl, Herr Doktor.«

Herr Doktor? – Mein Gott! Tim sah plötzlich sein Haus vor sich. Das Wartezimmer mit den blauen Stühlen. Die Ordination... Das Kaminfeuer am Abend! Und genau dieses Bild war zuviel. Es wurde ihm wieder übel, und er fürchtete, sich übergeben zu müssen. Nur das nicht!...

Aber er hatte die Tür erreicht.

»Ich kann Sie doch nicht so gehen lassen. Warum ruhen Sie sich denn nicht eine Sekunde aus? Wir werden alles in Ordnung bringen, Sie brauchen sich keine Sorgen zu machen...«

Keine Sorgen! Tim schüttelte nur den Kopf und drückte die Klinke.

»Ich bringe Sie hoch. Ich lasse nicht zu, daß Sie in diesem Zustand...«

»Ich geh' allein«, sagte Tim. »Und vielen Dank, Herr Bonet!«

Tief, so tief in ihr ist noch eine Empfindung von dunkel und hell, Licht, das vorübertreibt, Schatten... wieder Schatten. Und dann hell: fliegendes, vorbeihuschendes Licht.

Ja, fliegen, schweben, so herrlich flaumleicht...

Doch nun kriecht die Schwere durch sie, will den Atem abwürgen, lastet wie Stein. Nun kein Schweben mehr, kein Fliegen. Nun wird sie geschleudert, raketenschnell, begleitet von dunklem Rauschen, das sich zu einem sirrenden, grellen Pfeifen steigert. Es breitet sich aus, nimmt Besitz, nimmt alles. Sie stöhnt. Sie will nicht stürzen, sie schreit, sie hört es nicht.

Sie öffnet die Lider... Auch davon weiß Melissa nichts, denn da ist nichts, was das Gehirn registrieren will. Nur einmal ein blaues, kalkiges Licht, in dem ein schwarzer Schatten steht, steil aufgerichtet, brutal wie ein Fels.
Dann wieder die Lichter, die sich endlos drehen.
Fliegen, stürzen – kein Ende... Oder doch?...

Es war das zweite Mal in dieser Nacht, daß Tim den Schlüssel in das Schloß der Suite Nummer 206 steckte. Er ließ sich Zeit. Die brennende Hoffnung, die er zuvor gespürt hatte, als das Schloß sich drehte, war aschenbitterer Resignation und Verzweiflung gewichen.

Er schob die Tür auf und drückte den Hauptschalter. Der funkelnde Kristallüster goß sein erbarmungsloses, kaltes, klares Licht über den Salon.

Tim blieb im Vorraum stehen. Er sah die blauen Sessel, den niederen Rauchtisch, in der Ecke die Bar, in der anderen, in einen hübschen andalusischen Schrank eingelassen, den Fernsehapparat. Rechts von ihm die Garderobe mit Melissas zitronengelbem Sommermantel, das Innenfutter schwarz.

Er strich darüber, ohne sich klar zu werden, was er tat.

Melissa!

Manchmal hatte er den Namen vor sich hingesprochen oder auch geflüstert, nun dachte er ihn nur noch. Er dachte ihn unablässig, seit der Alptraum begonnen hatte, so wie man betet, nein, eine Beschwörungsformel murmelt: »Melissa!«...

Seine Augen machten Inventur, durchforschten den großen, fremden, luxuriösen Raum, als könnten sie etwas ungemein Wichtiges entdecken. Auf dem Holz des Barschranks funkelte braun- und goldgeprägtes Leder: Melissas Abendtäschchen... Wieso eigentlich lag es dort?! Unser Spiel im Pavillon! Und der Champagner steht noch immer da oben... Zum Teufel mit dem Champagner! Zum Teufel mit dir selbst, du Idiot, mit deinen Einfällen. Ja, der Champagner stand dort oben, und die Liegestühle warteten, und es roch nach Geißblatt und wildem Lavendel, als er zum ersten Mal »Melissa« geflüstert hatte!

Er schloß die Augen und legte die Hand auf die Schwellung an seiner rechten Seite, ohne sich des Schmerzes richtig bewußt zu werden. Wie war das? Denk nach, bau's dir wieder zusammen. Herrgott noch mal! Du warst es doch, der diese Superinszenierung erfunden hat. Und du warst es auch, der sagte: »Zieh dir das Kleid an!« Aber sie wollte nicht. Klar doch: Das Kleid war für den Hochzeitstag bestimmt. Umgekehrt wäre es ihr absolut zuzutrauen, daß sie es doch angezogen hätte und sich deshalb die Abendtasche herauslegte. Es wäre sogar typisch Melissa: Zuerst abzulehnen und dich dann mit der Erfüllung eines Wunsches zu überraschen...

»Ich will mich noch ein bißchen hübsch machen.« Hatte sie das nicht gesagt?

Was hieß ›hübsch machen‹?... Es kostete ihn Überwindung, durch den Raum zu gehen und das Täschchen in die Hand zu nehmen. Er preßte es gegen die Wange. Dann ließ er den Bügel aufschnappen und nahm den sanften Parfumduft auf, der in seine Nase stieg: Arpège... Er atmete tief durch, und nun spürte er den Schmerz an der rechten Seite. Der Kerl hat dir die Rippe geprellt! »Vielleicht hat Ihre Frau irgend jemand getroffen, einen alten Bekannten...«

Dieser Scheißtyp!

Und wie war das? »Wissen Sie, Ferienzeiten lösen bei vielen Menschen einen ganz besonderen Zustand aus, eine Art Freiheitssehnsucht. Die veränderte Umgebung, das Klima... Wir haben da unsere Erfahrungen.«

So ein dreckiger Lump! Vielleicht war's nicht richtig, sofort zuzuschlagen, doch sollte er das auch noch bereuen? Nicht daran denken... Konzentriere dich!

Er drückte den Verschluß wieder zu und legte die Tasche so vorsichtig zurück, als sei sie aus zerbrechlichem, dünnem Glas.

Vielleicht hatte sie doch das neue Kleid anziehen wollen und deshalb die Tasche aus dem Schrank oder dem Koffer genommen? Sonst würde diese ja nicht hier liegen? Schließlich gehörte sie zum Kleid... Und dann hatte sie es sich anders überlegt?

Doch was?

Was hatte sie gedacht?

Himmelherrgott noch mal: Was war in ihr vorgegangen, welchen Wunsch, welches Ziel hatte sie verfolgt? Wollte sie nicht etwas zum Essen mitbringen?

Als Tim sich bückte, um den kleinen Zimmerkühlschrank zu öffnen, stach ihm der Schmerz zwischen die Rippen. Er preßte die Lippen zusammen und zog die Türe auf: Getränke. Büchsen. Fruchtsäfte. Zwei Piccolo-Flaschen Champagner. Weiß- und Rotwein.

Und daneben die Büchse mit der Pâté, die sie in Pollensa gekauft hatte. Und etwas in Silberfolie verpackter Schinken. – Dies alles so unberührt, als sei es von ihr soeben, vor weniger als einer Minute, hier verstaut worden.

Er schlug die Türe wieder zu und betastete vorsichtig seinen schmerzenden Körper. Er schloß die Augen und versuchte nachzudenken. Nichts. Nichts als das Gefühl, das er aus Alpträumen kannte: Dieses schreckliche Gefühl, im Treibsand, schlimmer noch, im Moor zu versinken, unaufhaltsam, tiefer, tiefer, unter den Füßen, die er nicht mehr bewegen konnte, nichts als schwarzer, zäher Sumpf...

Nicht durchdrehen! Wie oft hatte er sich das schon befohlen? Reiß dich endlich zusammen! Er ging zum Fenster und preßte die heiße Stirn gegen das Glas. Er hatte Schmerzen, gut – nun wurde er sich bewußt, daß er auch Hunger empfand. Wann hatte er das letzte Mal etwas gegessen? Was du brauchst, ist deine Kraft. Diese Sache durchzustehen ist nicht allein eine Frage der Moral oder des Verstandes, es hat etwas mit der Physiologie zu tun, mit der simplen Tatsache, die ihm sein medizinischer Instinkt meldete, daß er Kohlehydrate, Eiweiß und Fett brauchte, wenn er über die Runden kommen wollte.

Er ging zum Telefon und wählte die Nummer sieben.

»Room-Service«, meldete sich eine Männerstimme.

»Bringen Sie mir eine Suppe und Weißbrot, ja? Und zwei Spiegeleier mit Schinken.«

»Sehr wohl. Aber welche Suppe?«

»Verdammt noch mal, ist mir vollkommen egal. Hühnercreme vielleicht. Und verbinden Sie mich mit dem Empfang, Herrn Pons.«

»Tut mir leid, Señor. Aber von hier unten ist das

nicht so einfach. Wenn ich Sie bitten darf, nochmals die Nummer eins zu wählen...«

Er warf den Hörer auf die Gabel, griff fahrig in die Tasche, um sich eine von Melissas Zigaretten herauszuholen. Eine der letzten drei aus der zerknautschten Schachtel. Aber er brauchte sie. Wie lange hast du gekämpft, um das Teufelszeug loszuwerden? Vier, nein, fünf Jahre...

Und jetzt? Jetzt kommt's nicht mehr darauf an. Wieso auch? Jetzt ist das nicht wichtig. Nichts mehr ist wichtig.

Die Tür zum Schlafzimmer – halb offen!

Tim starrte sie an, und in ihm erwachte eine Empfindung, die sich wie eine hochschießende Stichflamme zu einer aberwitzigen Hoffnung verdichtete: Wenn sie vielleicht...?

So wie damals?!

Damals, als er noch in der Essener Klinik arbeitete, wollte er seinen jüngeren Bruder Christian besuchen. Im Studentenheim erhielt er die Nachricht: »Die Polizei hat angerufen. Christian hatte einen Motorradunfall. Tot. Wirbelsäulenfraktur.«

Tim war alle Krankenhäuser abgefahren, schließlich die Friedhöfe, und als er in die Klinik zurückkam, läutete das Telefon. Am Apparat war Christian: »Hast dir aber ganz schön in die Hosen gemacht, Alter, was? Irrtum! Ich bin quietschfidel. War nur 'ne Namensverwechslung. Ein Irrtum, Alter...«

Ein Irrtum! Vielleicht war dies alles nichts anderes als ein verrücktes Verwechslungsspiel.

Er rammte die Fußspitze gegen den Schleiflack der Tür.

Und da war das Bett mit seiner breiten Brokatdecke und dem eingewebten Rosenmuster, da waren die gedrechselten Säulen, die diesen blödsinnigen Baldachin trugen, den er Melissa so angepriesen hatte, und dann, an der rechten Ecke des großen Bettes, eines ihrer türkisfarbenen Hemdchen... sonst nichts.

Er nahm es in die Hand, streichelte es, drückte sein Gesicht hinein, als könnte er ihren Geruch, ihr Wesen, ihr Leben, ihre Nähe in sich saugen. Und der Schmerz kam wieder. Er ließ das Hemdchen fallen und rannte ins Bad, öffnete die Dusche, ließ kaltes Wasser über die Hände strömen und versuchte, den Kampf gegen dieses wilde, hilflose Schluchzen zu gewinnen, das seine Brust zu sprengen drohte.

»Rezeption? – Señor Pons?«

»Jawohl, Herr Doktor. Hier spricht Pons.«

»Herr Pons, geben Sie mir sofort den Direktor.«

»Tut mir außerordentlich leid...«

»Was tut Ihnen leid, verdammt noch mal?«

»Das geht nicht. Don Luis ist leider aus dem Haus.«

»Und wann kommt er wieder, Ihr Don Luis?«

»Schwer zu sagen, Doktor. Ich nehme an, ziemlich bald.«

»Soll ich Ihnen sagen, was ich annehme? Ich nehme an, daß dieses Hotel ein ganz beschissener Laden ist. Das heißt, das weiß ich inzwischen. Und ich kann Ihnen nur sagen, Herr Pons: wenn Sie einen einzigen Funken Verstand im Kopf haben...«

»Aber Herr Doktor! Ich bitte.«

»Sie haben nicht zu bitten. Sie werden jetzt zuhören.

Ich sage Ihnen, wenn Sie einen letzten Rest Vernunft haben, werden Sie veranlassen, daß jetzt gehandelt wird. Falls nicht, können Sie mit zwei Dingen rechnen: Erstens kriegen Sie von meinem Anwalt eine Anzeige wegen unterlassener Hilfeleistung. – Und weiter...«

Auf der rosengeschmückten Brokatwiese seines Himmelbetts sitzend schob Tim die Finger wie einen Rechen durch die Haare. Hin und her, vor und zurück: »Und zweitens werd' ich dafür sorgen, daß die gesamte deutsche Presse von Ihrem Verhalten erfährt.«

»Meinem Verhalten? Darf ich fragen, von welchem Verhalten Sie reden?«

»Ja Donnerwetter noch mal! So was fragen Sie? Sie wollten doch mit Ihren idiotischen Ausflüchten verhindern, daß ich zur Polizei gehe. Was tun Sie denn? Sie und Ihr Direktor? Sie drehen Däumchen, obwohl einer Ihrer Gäste in Lebensgefahr sein kann. Das tun Sie.«

Die Wut donnerte wie ein glühender Hammer in seinem Schädel – zu stark, zu wild, als daß er sie bändigen konnte. Seine Stimme sank zu einem heiseren Flüstern: »Eines sage ich Ihnen, Herr Pons: ihr werdet mir das bezahlen. Ich werde euch jeden Anwalt dieses Landes auf den Hals hetzen.«

»Tun Sie, was Sie wollen, Herr Doktor. Aber sprechen Sie um Himmels willen wie ein vernünftiger Mensch mit mir, statt mich dauernd zu beleidigen.«

Tim wollte den Hörer auf die Gabel schmettern, aber da war etwas in der Stimme des kleinen runden Mannes dort unten, das ihn innehalten ließ.

Und was sagte Pons da gerade?

Er preßte den Hörer gegen das Ohr. »Es wird alles unternommen, was möglich ist, Herr Doktor«, sagte

Pons. »Der Hausmeister, der Gärtner, unser Materialverwalter sind draußen im Garten. Der Direktor auch. Sie haben Taschenlampen mitgenommen und den ganzen Westteil des Parks durchkämmt. Sie sind auch ein Stück den Berg hochgegangen. Aber wir haben hier fünfundvierzig Hektar Land, Herr Doktor. Das ist viel – für vier Mann.«

Vier Mann. Dort draußen in der Nacht. Mit Taschenlampen?

»Verzeihung«, sagte Tim. »Sie begreifen doch sicher...«

»Natürlich begreif' ich.«

»Ich bin vollkommen durcheinander, Herr Pons.«

Doch dann kam die Bitterkeit zurück, die Bitterkeit und die Schwäche. Natürlich hatte Pons recht, und er verstand es ja auch: Der Betrieb mußte weiterlaufen. Schichtwechsel. Abendessen. Jetzt spielte unten ein Orchester. Und die Bar war sicher voll... Ein Heer von Typen, die in Frack und weißem Jackett herumliefen, um eine Handvoll verwöhnter Millionäre mit Futter und Drinks zu versorgen. Tägliche Routine – für Leute wie Pons aber war jeder Handgriff enorm wichtig. Das perfekte Hotel! »Meine Damen und Herren! Der Service wird heute leider eingestellt, da wir einen Gast suchen müssen.« Diese Durchsage kam nicht in Frage.

»Herr Pons, falls irgend etwas sein sollte...«

»Natürlich, Herr Doktor. Ich rufe Sie sofort an.«

»Gute Nacht, Herr Pons.«

»Gute Nacht, Herr Doktor. Und versuchen Sie zu schlafen.«

Richtig. Nur wie? Er hatte ein paar Schlaftabletten in seinem Necessaire. Draußen im Salon warteten die

Suppe und die Spiegeleier. Schon bei dem Gedanken daran wurde ihm übel.

Er blieb auf dem Bett sitzen und schloß die Augen. Und da war wieder dieses Rauschen in seinen Ohren, das Gefühl, nichts zu erleben als einen verrückten, unbegreiflichen Traum.

Angst, nichts weiter als Angst. Sein Puls, der in seinen Schläfen donnerte. Angst! Du mußt dich entspannen. Wo hat die Angst ihren Sitz? In der Hypophyse, wo sonst? Was macht sie? Nimmt nicht nur Eindrücke, nimmt auch Gefühle auf, übersetzt sie in Botenstoffe, sendet ihre Hormon-Kommandos, öffnet die Schleusen des Adrenalins, bis es dir die Kehle zudrückt, dein Herz hochheizt und dein Gehirn überschwemmt, daß du glaubst, verrückt zu werden.

Als er sich diesmal erhob, drehte sich der ganze Raum um ihn.

Er wischte sich mit dem Handrücken über die feuchte Stirn und sackte zurück. Er versuchte es noch mal und holte aus dem Bad die Schlaftabletten...

Montag

Tim öffnete die Augen.

Über ihm wölbte sich mattschimmernde, goldene Seide. Das Bett. Welches Bett? Er schob die Hand über den leeren weißen Platz an seiner Seite. Er schien ihm endlos.

Es war kein Erwachen, es war ein Schock. Mit der brutalen Gewalt, mit der jemand eine Tür eintritt, brach die Realität über ihn ein.

Er fuhr hoch, stand auf, rannte taumelnd durch das Schlafzimmer hinüber in den anderen Raum, aus dem ein unangenehmer Pfeifton drang. Das farbige Karo des Fernseh-Standbilds schien ihn anzugrinsen. TVE-2. Die am oberen Rand eingebaute Digitalanzeige stand auf sieben Uhr achtundvierzig.

Sein Schädel begann zu hämmern. Er mußte sich an dem Apparatgehäuse festhalten, als er abschaltete. Draußen, hinter den hohen Fenstern dehnten sich strahlend blau Meer und Himmel. Auf der Marmorplatte des Tisches hatten sie gestern noch gefrühstückt, Melissa und er... Melissa!

Heute war ihr Hochzeitstag!

Er rieb sich die Schläfen: Hochzeitstag? Das Wort ließ sich nicht verdrängen. Wie auch? Wieso nur waren sie hierhergeflogen? Warum, mein Gott! Wenn es dich gibt, dann...

Das hatte er schon hundertmal gesagt, gedacht, geflüstert, gefleht. Nichts hatte sich geändert...

Er zog die Vorhänge vor, um den verdammten Tisch und das endlose Meer nicht mehr sehen zu müssen. Ein neues Kapitel in diesem Alptraum, der nicht enden wollte, konnte beginnen.

Mit Hilfe der kalten Dusche und einer Flasche Mineralwasser brachte sich Tim soweit in Form, daß er einigermaßen klar denken und kontrolliert handeln konnte. Was er jetzt brauchte, war Kaffee – und die Guardia Civil! Diesmal würde er Rigo einheizen. Und außerdem war ein Anruf im Konsulat in Palma fällig. Zu früh? Ja, klar. Diese Brüder rühren doch vor zehn Uhr kein Telefon an...

Er riß Jeans und Jeanshemd aus dem Schrank, bemühte sich, Melissas Kleider zu übersehen. So still, nutzlos, überflüssig hingen sie hier wie die Kleider einer Toten...

Hastig schloß er den Schrank und ging zur Tür. Er begann zu rennen, als ein feiner Glockenton anzeigte, daß der Lift auf dem Stockwerk halten würde. Die Türe glitt auf. Zwei Frauen standen in der Kabine, beide im gleichen Schottenrock mit der gleichen dunkelblauen Wetterjacke, den gleichen dicksohligen Wanderschuhen und scheußlichen, storchschnabelroten Kniestrümpfen an den Beinen. Grau die eine, dunkelblond die andere. Mutter und Tochter.

»Good morning!«

Er versuchte zu lächeln. Die Frauen blickten ungerührt an ihm vorbei. Er drehte sich um und war froh, als die Tür wieder aufging und das vertraute Bild der Halle freigab.

Pons?... Dort stand er im Gespräch mit einem Pagen. Auch der lange Martinez war zu sehen. In der Halle herrschte Betrieb. Eine ganze Gruppe Ausflügler drängte der grüngoldenen Helligkeit dort draußen entgegen.

Ein neuer, verfluchter Tag im Paradies konnte beginnen!

Pons ließ den Mann in der Hoteluniform stehen und kam auf ihn zu: »Herr Doktor! Gut, daß Sie schon da sind. Wir brauchen eine Fotografie Ihrer Frau.«

»Wir?« Tim fühlte, wie sich der Druck in seinem Schädel verstärkte.

»Nun, die Gäste sollten befragt werden, ob jemand sie gestern noch gesehen hat. Doch wie? Man kennt Ihre Frau ja nicht im Hotel. Der Zimmerkellner, mein

Kollege Martinez und ich sind so ziemlich die einzigen Menschen, mit denen sie gesprochen hat. Wir werden deshalb hier am Empfang ein Foto aufliegen lassen. Mit dem entsprechenden Text, versteht sich. Direktor Bonet fand diese Idee zwar nicht sehr gut, Sie wissen doch, in einem Ferien-Hotel hat man Rücksichten zu nehmen, aber Pab hat darauf bestanden.«

»Pab?«

»Pablo Rigo. Der Chef der Guardia Civil. Er ist bereits hier mit seinen Leuten. In einer Viertelstunde soll die Suche im Park beginnen. Ich sagte Ihnen doch, Rigo ist ein tüchtiger Mann.«

»Ja, unglaublich tüchtig...« Tim hatte Mühe, sich zu beherrschen.

»Übrigens, da kommt er gerade.«

Tatsächlich. Die Hände wie immer in seinen Baumwollgürtel gehakt, schaukelnd, gemächlich wie ein Bauer, der über sein Feld stapft, schob sich Rigo durch die Gäste, die respektvoll vor ihm zurückwichen. Erst jetzt fiel Tim auf, wie groß der Mann war. Er selbst maß ein Meter fünfundachtzig, dieser Rigo stand ihm nicht viel nach, nur daß er doppelt soviel wiegen mußte.

»*Buenos dias!*« Er tippte mit dem Zeigefinger gegen den Mützenrand. »Das Foto? Haben Sie es?«

Tim schüttelte den Kopf. »Ich geh' noch mal rauf ins Zimmer.«

»Diese Paßfotos taugen ja nichts. Eine Privataufnahme... Und noch was: Bringen Sie irgendein persönliches Kleidungsstück Ihrer Frau mit.«

»Ein persönliches Kleidungsstück meiner Frau?«

»Wir haben Hunde dabei. Sie müssen die Fährte aufnehmen, Mister.«

Das ewige ›Mister‹ ging Tim auf die Nerven. Er drehte sich um, fuhr hoch, öffnete Schränke. Ein persönliches Kleidungsstück?... Über der Sessellehne hing ein türkisblaues Seidenhemdchen: Melissas Hemdchen. Gestern noch hatte sie es getragen. Es war so zart, daß es in eine Faust paßte. Er hielt es umschlossen, als er aus der Brieftasche den Führerschein holte. In der Zellophanhülle bewahrte er eine Aufnahme. Sie zeigte Melissa in einem Korbstuhl. In der linken Hand hielt sie ein aufgeschlagenes Buch, um den rechten Zeigefinger wickelte sie eine Locke, das Gesicht war schräg dem Betrachter zugeneigt: ausdrucksvoll, so klar geschnitten, ein leichtes, fast schwebendes Lächeln um die Lippen.

Der Anblick war wie ein Messerstich.

Auch Rigo nahm das Foto mit überraschender Zartheit in die Hand, drehte es hin und her, sah ihn kurz an, nickte, und zum ersten Mal war es Tim, als habe er bei diesem Fleischkloß so etwas wie Verständnis entdeckt.

Er schob das Foto Pons zu: »Den Text kennst du ja. Stell das Ding so auf, daß es die Leute sehen, wenn sie zu dir kommen. Klar?«

Sie verließen das Hotel. Die Gruppe von zuvor war verschwunden. Bei den beiden Säulen, die die gewaltigen, schmiedeeisernen Eingangslampen trugen, parkten drei olivbraune Landrover. Männer kletterten heraus, als Rigo den Arm hob und winkte. Zwei hatten Schäferhunde dabei. Sie hielten die Tiere straff an kurzen Dressurleinen, als sie herankamen.

Rigo gab seine Befehle. Die beiden Hundeführer nickten und kamen noch näher. Die Augen der Tiere füllten sich mit konzentrierter Wachsamkeit. Sie waren auf Tim gerichtet.

»Bitte«, sagte Rigo. »Sie müssen den Geruch kennenlernen. Sie haben doch etwas dabei, nicht wahr?«

Es war eine absolut unwirkliche Situation für Tim. Er hatte das Gefühl, neben sich selbst zu stehen und eine Szene zu beobachten, mit der er nichts zu tun hatte, eine Szene, so verrückt und abwegig wie aus einem surrealen Theaterstück.

Da stand er nun, hielt Melissas Seidenhemdchen den schwarzen Schnauzen zweier Spürhunde entgegen. Und die schnüffelten auch noch schweifwedelnd und fröhlich daran herum...

»Dort drüben«, sagte Rigo und hob den Arm, »sehen Sie den grauen Strich? Das ist die Straße nach Casas Veyas. Die geht dann weiter bis zum Cap und zum Leuchtturm. Aber warum sollte sie die Straße genommen haben? Wenn sie hier weg wollte, dann schon in Richtung Puerto Pollensa.«

Tim saß auf einem großen Sandsteinfelsen. Er hatte die Augen geschlossen. Hier in dieser Höhe war bereits die Kraft der Sonne zu spüren. Wie lange waren sie unterwegs? Eine halbe Stunde, vierzig Minuten, vierzig Ewigkeiten...

Der Wind strich durch die Zweige der wilden Oliven. Weiter rechts hörte man Steine über den Berg kollern, die die Polizisten losstießen. Und ab und zu das hechelnde Winseln einer der beiden Hunde. Sie hatten den Park durchkämmt. Und nichts gefunden. Nichts – was bedeutet dieses Wort? Was war ›nichts‹?

»Hören Sie, was ist, wenn meine Frau vergewaltigt wurde? Wenn sie irgendein Kerl angefallen und sie irgendwo an irgendeinem Ort in irgendeiner Schlucht in dieser verdammten Gegend hinuntergestoßen...«

Rigo wandte den schweren Kopf. Auf den hamsterähnlich aufgetriebenen Backen wuchsen graue Stoppeln, dazwischen glitzerte Schweiß. »Vergewaltigt, Mister? So was passiert hier schon. Aber umgebracht? Die Kombination ist in Spanien äußerst selten. Da machen Sie sich mal keine Sorgen.«

»Ihnen fällt wohl nichts anderes ein, als ›Machen Sie sich keine Sorgen‹!«

»Wollen Sie?« Der *Brigada* streckte ihm die Feldflasche entgegen. Tim nahm sie dankbar und ließ den dünnen schwarzen Kaffee durch die Kehle rinnen.

»Vergewaltigungen«, sagte Rigo und spuckte einen feinen Strahl Speichel gegen den nächsten Felsbrocken, »ich will Ihnen mal was sagen... Bevor ich hierherkam, war ich in Magaluff stationiert. Und das ist so ziemlich der beschissenste Strand auf ganz Mallorca. Nur Abfall und Schrott. Die Einheimischen wie die Touristen. Und von Magaluff haben sie mich nach Malaro an die Costa Brava verdonnert. Kennen Sie das? Jemals dort gewesen? Nein? Mataro, das ist Magaluff mal hundert! Jedenfalls, da gibt's das schon, was sie ›Vergewaltigung‹ nennen...«

»Wieso nennen?«

»Wieso? Weil es sich oft genug um eine ganz miese Komödie handelt«, sagte der schwere Mann mit der schweren Stimme. »Eine miese Komödie mit miesen Schauspielern, besoffenen und geilen Touristinnen und armseligen, geilen *muertos de hambre*, dämlichen

Hungerleidern aus dem Süden. Aber das hier, das ist nicht Magaluff. Das ist Formentor. Und auch drüben in Alcudia geht's noch relativ zivilisiert zu.«

Er drehte den Kopf, das Lächeln auf den fettglänzenden Lippen wurde bitter. »Ich hab' meine Erfahrungen. Und meinen Riecher. Und noch was, Mister: Wenn es sich um eine Spanierin handeln würde, wär's was anderes. Aber die werden nicht vergewaltigt. Die bleiben schön brav zu Hause... Und falls was passiert, gehen sie auch nicht zur Polizei und machen eine Anzeige... Bei Ausländerinnen ist das anders. Die sind sofort da, rennen zur Polizei, schreien um Hilfe.«

Tim spürte seinen Magen: schreien um Hilfe?! Er blickte den Hang hinab. Dort zog sich die braune Sandsteinmauer hoch, die die Grenze des Hotelgrundstücks anzeigte. Drüben lag das Halbrund der Badebucht von Cala Pi. Einige verlassene Bungalows und Hütten gäbe es da, die sie noch durchsuchen müßten, hatte Rigo zuvor gesagt. Warum hatten sie nicht damit angefangen? Welchen Sinn hatte es, hier eine Felswüste zu durchstöbern? Es war immer dasselbe: Wenn die Hunde mal bellten, hatten sie höchstens ein Wildkaninchen aufgescheucht.

Rigos Männer hatten sich unten am Durchlaß versammelt. Er nahm sein Funksprechgerät und sagte ein paar spanische Sätze. Sie verschwanden zwischen den Pinien und den hohen kalifornischen Föhren des Parks.

»Ich muß Sie noch was fragen, Mister...«

»Hören Sie endlich mit diesem blöden ›Mister‹ auf! Ich bin kein Mister. Ich heiße Tannert.«

»Das ist es doch. Kann mir den Namen verdammt

schwer merken. Ist Ihnen Señor lieber? Wie heißen Sie denn sonst noch?«

»Tim.«

»Tim?«

»Kommt von Timoteus.«

»Den Namen haben wir auch, Tim: Timoteo.«

»Und was wollten Sie fragen?«

»Ja, was?« Rigo rieb sich sein Kinn. »Erstens: Ist Ihnen schon mal passiert, daß Ihre Frau bei irgendeiner Gelegenheit einfach auf und davon ging?«

»Bei irgendeiner Gelegenheit? Heute ist mein Hochzeitstag! Deshalb sind wir hierhergeflogen. Das habe ich Ihnen vorhin schon erklärt.«

»Vielleicht hatten Sie Spannungen?«

»Wir hatten keine Spannungen. Wir waren glücklich.«

»Glück...« Rigo spuckte einen feinen Strahl Speichel zwischen die Gräser. Er wischte sich den Mund mit dem Taschentuch sauber und machte ein paar Schritte, um wieder stehenzubleiben und den Kopf zu drehen: »Glück ist auch so ein Wort, nicht? Aber vielleicht hat sie's mit den Nerven, Ihre Frau? Es gibt Menschen, die ganz plötzlich, ohne Vorankündigung, aus irgendwelchen Gründen, die man nicht versteht, die sie selbst nicht verstehen, einfach durchdrehen. Gehört sie zu diesem Typ?«

»Meine Frau ist Wissenschaftlerin, Biologin. Sie gehört bestimmt nicht zu dem Typ. Das ergibt sich schon aus ihrer Entwicklung, ihrem Beruf, ihren Aufgaben.«

»Aha, Aufgaben... Und was haben Sie für Aufgaben?«

»Sie meinen beruflich?«

»Ja.«

»Arzt. Das wissen Sie doch?«

»Haben Sie irgendwelche Feinde, Leute, die Ihnen nicht wohlwollen?«

»Nicht, daß ich wüßte.«

»Haben Sie vielleicht mit Drogenabhängigen zu tun?«

»Hören Sie, was immer Sie sich da zusammenbrauen, es haut nicht hin. Es stimmt nicht, kann gar nicht stimmen. Ich bin Praktiker. Ich habe eine Praxis auf dem Land, in Bayern. Es gibt keine großen Unbekannten.«

»Auch das habe ich schon oft gehört, Tim.« Rigo hatte sich wieder in Bewegung gesetzt. Er sprach über die Schulter zurück: »Und dann waren sie doch da. Vielleicht nicht die großen Unbekannten, aber irgendwelche Typen, mit denen keiner gerechnet hatte, weil man nicht mit ihnen rechnen konnte. Ihre Frau ist also vollkommen gesund und glücklich?«

»Hören Sie auf mit dieser blöden Fragerei!« Tim konnte sich nicht länger beherrschen.

»Sagen wir ruhig gesund, Tim. Wie ich die Sache sehe, ist sie's auch jetzt. Also regen Sie sich bloß nicht auf. Sie kriegen sie schon wieder.«

Er setzte sich erneut in Bewegung, ging den langen schmalen Pfad entlang, der zu der Mauer dort drüben führte.

»Wie fühlst du dich, Melissa?«

Die Stimme!

Sie kam aus der Stille. Aus einem fernen, knisternden Nirgendwo.

Sie hatte es schon zweimal versucht: Sie hatte die Augen geöffnet, sich umgeblickt, doch die Lider waren so entsetzlich schwer. Nun vollbrachte sie es ohne besondere Anstrengung. Bei ihrem ersten Blick, als die Sinne sich langsam aus den Tiefen der Bewußtlosigkeit befreien konnten, war es nur ein ungläubiges Tasten gewesen, eine Wahrnehmung, die sie nicht einordnen konnte.

»Du hast dich kaum verändert. Weißt du das?«

Die Stimme...

»Auch jetzt nicht. Du, ich habe Fotografien von dir... Manchmal sehe ich sie mir an. Obwohl ich sie ja nicht brauche, mein Gedächtnis funktioniert noch.«

Worte.

Sie schienen auf sie herabzusinken, leise, leicht, streichelnd, so nahe... Sie erzeugten eine sonderbare, gewichtslose Intimität wie das gründämmernde Licht, in das der Raum getaucht war.

»Hast du schön geschlafen, Melissa?«

Worte, die man im Traum vernimmt. Das war es auch – ein Traum! Das Traumbild, zu dem die Stimme gehörte, bestand aus einer großen, zweiflügeligen Terrassentür, die von den Bögen zweier Fenster flankiert wurde. Und aus Vorhängen. Weißen Vorhängen...

»Oder fühlst du dich benommen? Hast du Schmerzen? Nun sag schon.«

Hatte sie Schmerzen? Diesen Druck im Innern der Augenhöhlen und ein feines, stechendes Schaben. Auch die Lider wurden wieder schwer. Sie fielen herab.

»Melissa, weißt du, daß ich deine Narbe sehe? Jetzt kann ich sie erkennen. Ganz deutlich. Du hast dein

Knie bewegt. Das ist gut – man sieht sie noch, die Narbe.«

Welche Narbe? Sie versuchte nachzudenken.

»Tadellos abgeheilt. Wirklich. Wie hieß der Chirurg noch, Melissa? Ja, Vranjek – ein Jugoslawe war das doch, nicht wahr, Melissa? Der Bursche konnte was. Nichts geblieben als ein kleiner zarter Strich auf deiner Haut.«

Ein Strich auf deiner Haut.

Und die Stimme sprach weiter.

»Bei mir war's Taschner. Der alte Taschner in Heidelberg. Auch ein guter Mann, der Professor. Eine Kapazität sogar. Ich habe manchmal mit ihm zusammengearbeitet... Er hat sich angestrengt...«

Angestrengt? Und nun ein leises Lachen. Wie sie es kannte, dieses Lachen! Es löste sich aus irgendeiner Schicht, die in ihr war, wurde laut, hallend, erzeugte Angst. »Na ja, viel zu holen war nicht für ihn. Der arme Taschner hat seine Zeit verschwendet. Aber du, Melissa? Nichts, nichts als ein weißer Strich.«

Sie hatte sich etwas hochgerichtet. Das Knäuel des Kissens drückte gegen ihren Hinterkopf. Alle ihre Sinne waren darauf gerichtet, herauszufinden, woher die Stimme kam. Im Raum war niemand – und doch schien die Stimme sie einzuhüllen, so nah war sie.

»Soll ich dir etwas sagen, Melissa – für mich ist diese Narbe wichtig. Ungemein wichtig. Und willst du wissen, warum? Weil sie etwas ganz Besonderes darstellt. Sie ist eine Art Sieg für mich. Auch wenn dir das etwas pathetisch vorkommt. Das ist sie. Sie ist nämlich der Beweis, daß alles so war, wie es gewesen ist. Und was bedeutet es?«

Wieder dieses leise Lachen, das eher ein Kichern war. »Es bedeutet, daß du zu mir gehörst. Noch immer. Ich hoffe, du verstehst mich richtig, Melissa. Ich hoffe, du kannst überhaupt verstehen. Hörst du mich, Melissa?«

Früher hatte sie oft von dieser Stimme geträumt. Früher konnte sie sich nicht einmal gegen sie wehren. Wie oft war sie schreiend in der Nacht aufgewacht? Doch das lag so weit zurück. Der Name, die Stimme – all das Schreckliche, was damit verbunden war – gelöscht.

Daran hatte sie so fest geglaubt.

Und nun.

»Nun Melissa, was sagst du? Nun sind wir wieder zusammen. Es war eine Entscheidung, die notwendig war. Aber ich habe sie nicht leichten Herzens getroffen. Ich habe mich gefragt, ist das richtig, was du da tust? Ich habe mich geprüft, Melissa – aber schließlich erkannte ich: Es gibt keine andere Wahl. Ja, es war notwendig, daß ich dich holen ließ. Und was notwendig ist, ist im tiefsten Sinne auch gut. Du wirst sehen, mein Herz, Notwendigkeit löscht alle Zweifel. Sie hat ihr eigenes Gesetz. Verstehst du das?«

Fischer!

Es war ein glühender Stromstoß, der über ihren Rücken fuhr. Ein Frösteln ergriff sie, das sie am ganzen Körper erzittern ließ.

Fischers Stimme!

Seine Sprache. Diese blödsinnige Art, an irgendwelchen Worten zu drechseln, damit sie mehr Gewicht erhielten.

Notwendigkeit... Gesetz?
Und: holen lassen...?
Wer hatte sie geholt? Und wie? Von wo?
Als die Stimme von der Narbe sprach, hatte Melissa hastig die Decke über die Beine gezogen und sich im Bett aufgerichtet. Nun sah sie sich um. Der Blick nach draußen wurde durch die Vorhänge versperrt. Der Raum war groß, oval, hell. Farbige Kissen lagen auf der Bank. In einem goldenen geschnitzten Rahmen hing ein Spiegel.

Und kein Mensch zu sehen. Noch immer nicht!
Sie lag allein, auf einem Bett. Sie war mit ihrem Slip und einem kurzen Hemd bekleidet, das nicht ihres war. Und diese jähe Stille? Die Stimme, hatte sie nur geträumt?... O nein, da war sie wieder:

»Jetzt bist du ja wirklich wach, was?«
Sein leises Lachen.
»Und jetzt fragst du dich auch, wie du wohl ins Bett gekommen bist. Aber mach dir keine Sorgen, mein Herz: Meine Haushälterin hat dich gestern ins Bett gebracht. Du wirst Madalena noch kennenlernen. Sie hat dir auch dieses Hemd angezogen. Denn schließlich, Melissa, warst du ja in einem Zustand, in dem du nicht agieren konntest. Das ließ sich nun mal nicht vermeiden. Und wenn du noch eine leichte Benommenheit fühlen solltest, das geht gleich vorüber.«

Sie drehte den Kopf. Das Wort ›vorüber‹ war von einem leisen Knistern begleitet. Es kam von der Seite. Ja, dort oben, auf der Holzkonsole, die in zwei Meter Höhe den ganzen Raum umlief, war ein Lautsprecher montiert: Ein flacher, im selben Holzton gehaltener Kasten.

Von dort also kam die Stimme? Aus einem Kästchen?

Und in dem Kästchen war ein Lautsprecher? Aber wie konnte er sie sehen?

»Du wunderst dich, nicht wahr? Du kennst mich doch. Ich habe alles vorbereitet. Ich hatte nicht ganz vierundzwanzig Stunden Zeit dazu. Aber seit ich dich wiedersah, hab' ich mich entschlossen, das Wort Zufall nicht anzuerkennen. Schicksal – paßt dir das Wort? Nun beruhige dich. Du siehst mich nicht, weil ich dich nicht erschrecken wollte, wenn du erwachst. Ich aber kann dich beobachten. Wenn du hochblickst, zu der Holzschnitzerei, die die Vorhänge hält, dann siehst du eine Kamera. Eine ausgezeichnete übrigens. Ihr Objektiv ist so stark, daß ich sogar deine Narbe entdeckte.«

Sie verstand nicht, was er meinte. Aber sie blickte hoch: Kamera? Und richtig – dort, wo sich ein brauner, geschnitzter Holzfries die Decke entlangzog, starrte das gläserne Rund eines Objektivs auf sie herab.

»Ich benötigte das Ding schon einmal. Für einen Patienten. Für dich habe ich's nicht eingebaut, mein Herz, nicht, daß du meinst... Willst du jetzt aufstehen? Komm doch zur Türe.«

Sie rührte sich nicht. Aus irgendeiner Kammer ihres Gedächtnisses stiegen Fakten empor, Anwendungsmöglichkeiten, wissenschaftliche Zusammenhänge: Chlorpromazin!... Die Verbindung 4560 war ein Pharmakon, mit dem Fred in endlosen Versuchsreihen herumgespielt hatte. Mischte man es mit Reserpin oder mit Meprobamat, konnte man einen Menschen nach Bedarf ruhigstellen, glücklich machen oder ihn in einen schlagartigen Tiefschlaf versetzen, eine Art künstliche Ohnmacht, wie sie auch durch die jähe Senkung des Blutzuckerspiegels erreicht werden kann. Dabei konnte ein solcher Zustand durchaus als angenehm empfunden werden.

Das also! »Der Mensch ist nichts anderes als ein System biochemischer und elektrophysikalischer Schaltfunktionen...« Einer von Freds Lieblingssätzen.

»Steh auf, mein Herz. Du kannst das. Auf dem Sessel neben deinem Bett liegt ein Morgenmantel. Zieh ihn an, komm zum Fenster.«

Sie gehorchte. Als sie nun auf das Fenster zuging, verfolgte ein Teil ihres Bewußtseins jede ihrer Handlungen, während der andere nur ein Ziel kannte: Sich nicht verletzen zu lassen...

»Zieh doch den Vorhang zur Seite.«

Das Licht der Sonne brach herein, schmerzte, so daß sie für eine Sekunde die Lider schloß. Dann öffnete sie die Augen, sah den Himmel und davor einen Talausschnitt mit braunen Häusern und Gemüse- und Olivengärten. Sie sah die Zypressen, Palmen und Brotfruchtbäume eines wunderschönen Parks. Und vor sich eine Terrasse. Es war eine sehr große Terrasse, die mit goldbraunlasierten Kacheln bedeckt und von einer Säulenbalustrade begrenzt war. Vor ihr, keine fünf Meter entfernt, auf der Mitte der Terrasse, saß ein Mann. Er saß in einem Rollstuhl. Die Beine waren von einer Decke verhüllt. Den mächtigen breitschultrigen Oberkörper bedeckte ein hellblaues leichtes Hemd. Groß, rechteckig schien auch das Gesicht. Es war tief gebräunt. Die Augen konnte sie nicht erkennen. Er trug eine Sonnenbrille.

Ihr Herz setzte aus – und für einen quälenden Bruchteil von Zeit hatte sie das Gefühl, es würde nie mehr zu schlagen beginnen.

»Nun«, sagte die Stimme aus dem Lautsprecher: »Da sind wir ja wieder, nicht wahr?«

Ihre Hand versuchte die Klinke der Terrassentür niederzudrücken. Das kühle Metall rührte sich keinen Millimeter. Die Türe war verschlossen...

Tim saß auf dem Himmelbett und kämpfte mit den Schnürsenkeln.

Die Bergstiefel, die er am Morgen für die Suchaktion angezogen hatte, waren zu schwer und zu heiß. Für das, was er jetzt vorhatte, brauchte er Turnschuhe. Rigo war mit seinen Leuten abgefahren, nachdem sie auch die Häuser und Hütten der Cala Pi erfolglos durchkämmt hatten.

Das Telefon summte. Vielleicht Rigo? Vielleicht war er mit seiner Kollektion an ätzenden Fragen noch nicht durch? – Tim hob ab.

»Hallo, hallo!... Na, ihr habt sicher wunderschönes Wetter?!... Bei uns regnet's noch immer... Was wäre ich jetzt gerne bei euch. Dann könnten wir gemeinsam feiern. Jedenfalls: Meine herzlichsten Glückwünsche!« Die Stimme der alten Dame. Und so lärmend und heiser, als würde sie aus dem Nebenzimmer telefonieren. Und so voll erwartungsvoller Energie!

Tim holte tief Luft: »Sie?«

»Na, sicher, Tim. Heute ist schließlich euer Hochzeitstag. Ein Küßchen, Tim – und tausend für Melissa!«

»Ja«, sagte er.

»Na, wie gefällt's euch in meinem alten Formentor? Herrlicher Kasten, nicht wahr?«

»Hören Sie...«

»Was ist denn? Habe ich euch geweckt?« Wieder das leise Lachen, leise, voll innigem Verstehen – und unerträglich! »Warum sagst du denn nichts, Tim? Was ist denn?«

Ja, was? Wie sollte er etwas erklären, das gar nicht zu erklären war?

»Tim?« Helene Brandeis' Stimme klang alarmiert: »Ist was passiert?«

»Kann man wohl sagen. Melissa ist verschwunden.«

»Wie bitte? Verschwunden?! Was heißt denn verschwunden?«

»Seit gestern.« Er hatte Mühe mit seiner Stimme: »Wir wollten rauf, zum Tee-Pavillon... Ihrem Tee-Pavillon, Helene. Und da kam sie nie an.«

»Aber wie denn?«

Er versuchte es ihr beizubringen. Er hatte es sich selbst gegenüber schon so oft versucht und wurde sich jedesmal der Ungeheuerlichkeit dessen bewußt, was er sagte.

Nun eine lange Pause. Dann ein leises: »Mein Gott...«

»Richtig. Aber der hilft auch nicht weiter.«

Seit langer Zeit siezte sie ihn zum ersten Mal: »Und Sie haben wirklich keine Erklärung, Doktor?«

»Fragt mich jeder. Und woher soll ich sie nehmen, die Erklärung? Daß sie einer umgebracht hat? Daß sie irgendwo in eine Schlucht stürzte? Sie kennen doch Formentor. Da gibt's überall Felsen, Steine, Abgründe, Steilküsten, Klippen... Das ideale Unfallgelände. Oder daß sie vergewaltigt wurde? Sind alles Erklärungen...«

»Ja, natürlich.« Wieder die gleiche, endlose Pause

und der leise, nun mühsame Atem der alten Frau. »Ein Unfall? Aber wie denn? Warum sollte Melissa weglaufen, wenn sie mit Ihnen feiern wollte? Und wo kann man schon verunglücken auf dem Weg vom Hotel zum Tee-Pavillon? Geht ja gar nicht. Ist ja völlig albern!«

»Richtig. Albern. Aber mir ist nicht albern zumute. Die Guardia Civil hat Verstärkung angefordert. Sie will das ganze Gelände bis zum Leuchtturm durchkämmen. Eine Fahndung ist auch schon ausgeschrieben. Aber was soll das alles schon bringen?«

»Hör mal, Tim, jetzt laß bloß nicht die Flügel hängen. Was hast du zuvor gesagt: Ihr neues Kleid wollte sie anziehen? Unglaublich hübsch übrigens, sie hat's mir noch gezeigt: Weiß mit grüner Spitze. Genau die Farbe ihrer Augen... Und in einem solchen Prachtstück soll sie durch die Gegend gerannt sein, um in irgendeine Schlucht zu stolpern? Papperlapapp! Unsinn ist das doch! Mumpitz!... Baloney, wie mein amerikanischer Onkel Jimmy immer sagte.«

»Baloney oder sonst was, was spielt das für eine Rolle?«

»Tim, hör doch! Tim, mein Lieber!« Helene Brandeis' Stimme fand zu ihrer alten Energie zurück. »Natürlich spielt es eine Rolle. Du darfst den Mut nicht sinken lassen. Du mußt daran glauben, daß alles gut geht. Und es wird gutgehen, verlaß dich drauf!«

»Sie haben gut reden.«

»Genau. Während du in dieser Teufelslage steckst... Aber meinst du, ich kann jetzt hier rumsitzen? Ich fühle mich für die ganze Geschichte verantwortlich. Wer hat euch denn nach Formentor geschickt? Ich doch! Ich werde jetzt dem Putzer sagen, er soll auf meine Katzenviecher aufpassen. Und dann trete ich in Aktion. Ich habe da nämlich so ein paar Leute, auf die ich mich verlassen kann. Und sobald ich irgend etwas rauskriege...«

»Von wo? Vom Tegernsee?«

»Laß mal, Doktor! Auch wenn's blöd klingt, aber ich kann dir das jetzt nicht erklären. Jedenfalls werde ich mir sofort ein Ticket bestellen, und wenn ich's schaffe, bin ich morgen in Formentor...«

Seltsam – die Aussicht, daß eine Zigarillo qualmende, verrücktgewordene Fünfundsiebzigjährige hier auftauchen wollte, konnte ihn nicht schrecken. Im Gegenteil...

»Aber das geht doch nicht.«

»Und ob das geht! Das geht schon deshalb, weil du mich jetzt brauchst, Tim. Und wenn du hundertmal sagst, was soll die alte Schachtel? Aber ich kenne nun mal Formentor. Und ich spreche Spanisch. Und ich werde die Typen dort schon auf Vordermann bringen. Ich werde dafür sorgen, daß alles so läuft, wie's laufen soll. Die Mallorquinier, Tim, ich weiß Bescheid: Liebe Leute, solange man sie nicht beim Schlafen stört... Und dann – kein Verlaß! Deshalb: Ich komme! Und du, Tim, laß dich bloß nicht in den Brunnen fallen. Halt die Ohren steif. Ich schick' dir ein Fax mit der Ankunftszeit ins Hotel.«

Ein Fax mit der Ankunftszeit?... Tim zündete sich eine Zigarette an, warf einen Blick auf die Mineralwasserflasche, die auf dem Tisch stand, und einen zweiten auf all die blaue Himmel- und Meeressprache dort draußen vor dem Fenster, ging zur Tür und nahm den Lift.

Am Empfang war ein weißer Karton von der Größe

eines Schreibmaschinenblattes angebracht. »Verehrte Hotelgäste«, stand darauf, »Frau Melissa Tannert aus Deutschland, einer unserer Gäste, wird seit gestern nachmittag vermißt. Wer Frau Tannert gestern ab neunzehn Uhr gesehen hat, im Hotel selbst oder im Hotelgelände, wird gebeten, umgehend an der Rezeption Mitteilung zu machen.«

Und darunter Melissas Fotografie: Melissa in ihrem Korbstuhl, ein Buch in der Hand. Eine Melissa, die mit verträumten grünen Augen freundlich den Betrachter anblickt...

Tim beschleunigte seinen Schritt. Menschen begegneten ihm: Männer, Frauen, zwei, drei Kinder. Und alle braungebrannt, entspannt, in bunten Freizeitkleidern, mit den gelassenen Bewegungen, die zeigten, wieviel Zeit sie doch hatten.

Die Gesichter drehten sich nach ihm. Neugierde stand darin – und Mitleid.

Er hatte Mühe, nicht loszurennen. Dann war er auf dem Parkplatz, startete den roten Seat und steuerte Richtung Westen durch den Park zu der Straße, die über den Drachenkamm der Berge in die Bucht von Pollensa führte...

Die Terrassentür war aus Glas, Spezialglas, so unzerstörbar wie eine Stahlwand. Selbst Kugeln konnten sie nicht durchschlagen. Die Klinke aber war nur von außen zu öffnen.

»Funktioniert ganz einfach, mein Herz. Ein Knopfdruck genügt. Ich kann sie elektronisch verriegeln. Manchmal sind solche Vorsichtsmaßnahmen nun mal notwendig, weil Situationen eintreten können, wo man Menschen vor sich selbst schützen muß. Natürlich rede ich nicht von dir. Ich sagte ja: Ich hatte hier vor einem Jahr Patienten. Da wurde diese Einrichtung gebraucht. Du aber, um Himmels willen, du sollst dich nicht als Gefangene, nein, als Prinzessin, als Königin sollst du dich bei mir fühlen.«

Königin?! – Was sonst? Auch das war typisch. Und vielleicht war noch bezeichnender, daß er sich gar nicht der Hohlheit seiner Phrasen bewußt wurde. Fischer hatte schon immer in einer Welt gelebt, in der alles, was mit seinem geheiligten Ego zusammenhing, zu King-size-Format aufgebläht wurde. Es war seit damals viel Zeit vergangen, ziemlich viel, genügend jedenfalls, um zu vergessen, wie geschwollen und hochtrabend er ständig daherschwafelte. Doch nun hatte Fred Fischer die Zeit angehalten. Schlimmer noch: Er versuchte sie zurückzudrehen, und verrückt, wie er nun einmal war, war er auch noch überzeugt, dies fertigzubringen. Verrückt ja... Auf welche Art – aber das war nicht ihr Problem. Wichtig war nur zu erkennen: Der Mann ist irre! Er hat dich eingesperrt in einen Alptraumkäfig, den nur ein krankes Hirn ersinnen kann.

Von der verschlossenen Tür glitt Melissas Blick wieder hoch zu den Holzpaneelen, vorbei an dem Lautsprecher zu dem gläsernen, dunkel schimmernden Zyklopenauge der Fernsehkamera.

Das Ding starrte zurück.

Sie stand auf, drehte sich um, strich am Bett entlang, vorsichtig Schritt für Schritt seitwärts setzend.

Das Auge bewegte sich nicht. Abgeschaltet?

Sie drehte sich um und blickte zur anderen Wand.

Eine hübsche, alte, geschwungene Kommode stand dort, reich verziert mit Metallintarsien. Und daneben hing ein Spiegel. Vielleicht, daß er...? Es gab Spiegel, durch die man wie durch Glas sehen konnte? Ja, vielleicht, daß jemand dort dahinter saß und starrte. Ihr Nacken wurde heiß, selbst ihre Haut begann zu knistern bei diesem Gedanken. Mach dich bloß nicht verrückt! Bleib ruhig und benimm dich, als fändest du alles ganz normal. Und wichtiger noch: Denk jetzt ganz normal!

Die Klimaanlage im Zimmer fächelte angenehme Kühle über ihr Gesicht. Sie blickte auf die Uhr: Vierzehn Uhr zweiundzwanzig zeigten die Zeiger. »Mo-26« stand auf der Datumsanzeige.

Montag, der sechsundzwanzigste?... Und gestern, als du zum Pavillon wolltest, war es Sonntag kurz nach sieben. Neunzehn Stunden also... Und sechzehn davon hast du in einer Art Tiefschlaf verbracht.

Aber die neunzehn Stunden?! –

Neunzehn Stunden, die für Tim die Hölle bedeutet haben mußten, neunzehn Stunden, in denen er sich jede Sekunde gefragt hatte: Was ist geschehen? Was ist mit Melissa?! – Lieber Himmel, sie kannte ihn doch... Die kleinste Kleinigkeit, die sie anging, konnte ihn in helle Aufregung versetzen. Wie oft hatte sie ihn ausgelacht, weil er sich ständig um sie Sorgen machte, ja, ausgelacht und heimliche Genugtuung und etwas wie Stolz dabei empfunden.

Aber jetzt? Was tat er?

Er hatte im Pavillon gewartet. Er saß dort oben mit seinen beiden Flaschen Champagner, während irgendeiner von Fischers Handlangern sie überfiel und ihr eine Injektion verpaßte, um sie dann zum Wagen zu schleppen. Tim aber wartete, mußte die ganze Nacht gewartet haben. Er hatte sicher längst die Polizei alarmiert, hatte Himmel und Hölle in Bewegung gesetzt. Er würde, mußte durchdrehen. Was würde er sich denken, was hatte er getan, was tut er jetzt?

Doch auch diese Überlegungen führten sie nicht weiter.

Und das Schlimmste war: Sie hatte nicht die geringste Möglichkeit, Tim eine Nachricht zukommen zu lassen.

Nein, es blieb ihr nur eines: Eisern die Nerven zu bewahren, sich jeden Schritt in Ruhe zu überlegen, Fischers Reaktionen zu studieren und jedes Detail wahrzunehmen, das ihr eine Chance bot. Und sei es nur die geringste...

Wie immer Melissa ihre Lage auch beurteilte, eines stand für sie fest: Fischer würde sie nicht lange in diesem Laborkäfig mit seinen Überwachungskameras und Spiegeln gefangenhalten.

Beobachten würde er sie weiter, und ähnliche Anlagen konnten überall im Haus installiert sein. Im Haus, ja – doch das Anwesen mit seinen Terrassen, den Nebengebäuden, den Gärten, Obstplantagen war riesig. Und was bedeutete das? Es mußten mehr Leute hier wohnen.

Madalena kannte sie bereits. Vor einer halben Stunde war sie mit einem riesigen Tablett hereingerauscht – und schon knackte oben der Lautsprecher, und Fischers Stimme meldete sich zum Kommentar:

»Ein bißchen verspätet das Frühstück, mein Herz, aber laß es dir schmecken. Die Eier sind ganz frisch. Wir haben sogar Hühner auf Son Vent...«

Und die dicke, schweigsame Spanierin oder Mallorquinerin schien es für völlig normal zu halten, daß ihr Arbeitgeber mit seinem Gast per Mikrofon kommunizierte. Sie hatte das Tablett abgestellt, Teller und Besteck arrangiert und dabei Melissa nicht ein einziges Mal angesehen.

Gut, das war also Madalena. Dazu kam Madalenas Mann. Melissa hatte ihn vom Fenster aus beobachtet: Groß, breitschultrig, einen grauen Bart um das quadratische Gesicht. Etwa vierzig Jahre alt, sicher nicht älter. Die beiden spielten eine Art Verwalter- oder Haushälter-Ehepaar auf – wie hieß es noch – ja, ›Son Vent‹... Dort unten waren Orangenplantagen. Dann die Hunde in dem Zwinger, die sie ab und zu bellen hörte. Es gab Terrassen mit Tomaten, Bohnen- und Paprikastauden, Wein- und Mandel-Haine. Für zwei Menschen zuviel Arbeit... Es mußte noch weitere Arbeiter oder Gärtner hier geben. Vielleicht auch Bewachungspersonal? Was wußte sie schon?

Und noch einen hatte sie kennengelernt. Ein Deutscher. Einer von der Sorte, von der keine Hilfe zu erwarten ist...

Vorhin, als Fischer sie voll Stolz auf die Herrlichkeiten seiner Welt aufmerksam gemacht hatte, war er aus dem Haus aufgetaucht; schlank, geschmeidig, dazu tadellos gekleidet: helle Hosen, blaue Yachtschuhe, ein elegantes Hemd, die Haltung betont gelassen. Was ihr zuwider war, ja, sie erschreckte, war das völlig abgemagerte Gesicht mit dem lippenlosen, wie mit einem

Messer gezogenen Mund. An den knochigen Schädel war strähniges, dünnes Haar geklebt.

»Das ist Ulf, mein Herz. Ulf Matusch.«

Er hielt Post in der Hand, Briefe, die er Fischer auf der Terrasse hinstreckte, und der Blick der blaßgrauen Augen, der sie hinter dem Fenster dabei streifte, war so vollkommen leer und ausdruckslos, daß es sie fröstelte.

»Ulf ist eine Art Faktotum, mein Herz«, hatte ihr Fischer durch das Mikrofon zugeflüstert, als Matusch wieder gegangen war. »Äußerst tüchtig. Denn das kannst du mir glauben: Leute, auf die du dich verlassen kannst, brauchst du nirgends so wie hier.«

Die brauchte er vermutlich auch. Leute, die wortlos und ohne eine Frage einer ihnen wildfremden Frau in einem Park auflauern, mit einer Spritze betäuben, um sie zu ihm zu bringen.

»Ging nicht anders, wie die Dinge standen. Aber ich habe das Mittel so dosiert, daß du keine Nachwirkungen spürst. Oder spürst du irgendwelche, mein Herz?«

Sie ging hinüber zu dem kleinen Beistelltisch, auf dem Madalenas Frühstückstablett stand. Sie hatte gegessen, sie hatte sich dazu gezwungen, obwohl ihr Magen zunächst so rebellierte, daß sie fürchtete, sich übergeben zu müssen. Sie hatte kein Mitleid mit sich. Sie würde, mußte etwas zu sich nehmen. Sie brauchte Kraft: Kraft zum Denken und zum Handeln.

Sie nahm die Kanne und goß sich eine halbe Tasse voll. Nicht zuviel, halt den Kreislauf in Ordnung! Und bei jedem Schluck, bei jedem Bissen kannst du dich jetzt fragen, ob dieses Chemiker-Genie dir irgend etwas hineingebraut hat?

»Was ist der Mensch schon, mein Herz? Ein System,

das auf Knopfdruck reagiert, das Zusammenspiel von ein paar Drüsen und ein bißchen Elektrizität. Das wissen wir doch schon aus unserer Arbeit.«

Und was ist er? dachte sie. Ein aufgeblasenes, arrogantes, gewissenloses Schwein!

Doch ihre hilflose Wut fiel zusammen wie ein Haufen welker Blätter, unter dem sich Verzweiflung und Tränen verbargen. Schon früher, in den wenigen Augenblicken, als sie sich erlaubte, über Fred Fischer nachzudenken, hatte sie ihn gehaßt und gefürchtet – und ihm widerstanden.

Nun aber, nun befand sie sich in seiner Hand...

Die Zeit mit ihm ließ sich nicht einfach auslöschen, wie sie es gehofft hatte. Nun war er gekommen, das Rad zurückzudrehen...

Als Melissa ihren Anstellungsvertrag mit der ›Fischer-Pharmazie‹ unterschrieb, arbeitete sie noch an ihrer Diplomarbeit. Mein Gott, was war sie stolz gewesen. Nicht einmal eine Bewerbung hatte sie schreiben müssen. Fischer hatte sie aus dem Hörsaal weg engagiert.

›Handverlesen‹, wie er das nannte. Sie weigerte sich lange zu akzeptieren, was der Chef darunter verstand. Sie übersah seine Blicke, sein Lächeln, die Hand auf ihrer Schulter, wenn sie sich über ihre Protokolle beugte. Damals arbeiteten sie an der Analyse von Enzym-Systemen, deren Ineinandergreifen für die Übertragung von Nervenimpulsen sorgte. Die ›Neuro-Transmitter‹ waren Fischers Spezialgebiet, ihre Wirkungsweise und Einfluß im Nervensystem faszinierten ihn. »Wer das mal erfaßt hat, kann nicht nur den Verlauf einer Krankheit wie der Computer die Maschine, er kann den ganzen Menschen steuern..." Manchmal hatte sie Fischer im Verdacht, daß er selbst das Teufelszeug, das ihn so faszinierte, nahm.

Bald schon bekam Melissa ihr eigenes Labor mit der eigenen Tür und dem Namensschild daran. Und bald erhielt sie von Fischer Rosen, Bücher, Einladungen...

»Wenn du deinen Job liebst, dann halte dir den Chef vom Leib.« Nach dieser Devise einer Freundin handelte auch sie. Doch er ließ nicht locker: »Ich will keine junge Geliebte, mein Herz... Du mißverstehst mich völlig. Du mißverstehst auch deine eigene Situation. Das heißt, du kennst sie noch nicht. Was uns zueinanderzieht, hat den Rang eines Naturgesetzes. Es ist wie bei den Molekülen, mit denen wir arbeiten: Eine innere Kraft bewirkt, daß sich Ring an Ring legt. Elemente, die füreinander bestimmt sind, streben nun einmal zueinander. Platon wußte das schon, auch die Chinesen.«

Sein Platon, die Chinesen... Dieses aufgeblasene, pseudophilosophische Geschwafel machte sie manchmal ganz krank. Schlimmer war: Er gab nicht auf! Täglich wartete der Bote mit den zwölf Baccara-Rosen vor ihrer Wohnungstür, ewig begegnete sie diesem Eulenlächeln hinter den schweren Brillengläsern. Die Geschenke, die Bevorzugungen, die kleinen Karteizettel mit seinen philosophischen Aphorismen und Zitaten, die sie zwischen Protokollen, Spektrometer und Mikroskop fand... Ein halbes Jahr hielt Melissa durch. Dann wurde ihr klar, daß sie gehen mußte, wenn sie nicht mit Krach aus der ›Fischer-Pharmazie‹ gefeuert werden sollte.

An einem vierundzwanzigsten September, einem

wunderschönen, milden Herbsttag, schrieb sie ihre Kündigung und legte sie Fred Fischer auf den Schreibtisch.

Dies geschah kurz nach siebzehn Uhr. Sie würde keine der Minuten, die darauf folgten, je vergessen. Eine Viertelstunde später bereits stand er in ihrem Zimmer, untadelig wie stets im grauen Zweireiher mit den grauen Nadelstreifen, nachsichtig und überlegen wie immer sein Lächeln. Von dem, was sie geschrieben hatte, kein Wort.

»Melissa, wir müssen sofort nach Frankfurt. Unser Kunde will noch einige Details über unsere Versuchsreihe. Ich brauche dich also dabei, mein Herz.«

Nicht einmal auf das ›Herz‹ hatte er verzichtet.

Sie hatte nur den Kopf geschüttelt. Und dann sagte sie ihm auf den Kopf zu, daß dieser Frankfurt-Trip nichts als ein Vorwand sei.

Seine Antwort war typisch: Er nickte und verneinte zugleich. »In beiden Fällen geht es um eine Entscheidung, da hast du recht. Entscheidungen bin ich mein Leben lang nie ausgewichen. Ich nahm sie in die Hand. – Also?!«

Warum sie damals nicht ablehnte, sondern zu ihm in seinen blauen Jaguar stieg – Melissa hatte sich darüber später oft den Kopf zerbrochen. Sie fand keine Antwort. Sie protestierte auch nicht, als er statt des Autobahnzubringers die alte Straße nach Dossenheim nahm, die durch die romantischen kleinen Weindörfer über der Rheinebene führte. Er saß neben ihr: Ein massiver, dunkler Schatten, und das Licht der Armaturen spiegelte sich in seinem sonderbar glatten Gesicht und in den Gläsern seiner Brille. Wie immer hatte er sich nicht angeschnallt. Er steigerte das Tempo, schnitt die Kurven. Sie hatte ihm schon öfters seine rücksichtslose Fahrweise vorgehalten, doch so wild und bedenkenlos war er noch nie gefahren. Vielleicht hatte er wieder irgendwelches Amphetamin genommen, ohne seine ›Speeds‹ konnte er ja gar nicht mehr sein, vielleicht war es auch etwas anderes. Sie spürte, wie die Spannung zwischen ihnen wuchs und damit ihre Angst. Von den Terrassen der Weinberge wehten Nebelschleier über die gewundene Straße. Die Fahrbahn glänzte naß. Ihm machte das alles nichts aus. Er überholte andere Fahrzeuge, Lastwagen, der Jaguar schleuderte – und er lachte!

»Muß das sein?«

»Was muß schon sein?« Wieder dieses helle, kranke Kichern. »Weißt du's, mein Herz? Ich denke gerade auch darüber nach: Vielleicht muß es tatsächlich sein...«

Eine neue Gerade!

Die Straße führte durch ein Waldstück. Stämme flogen vorüber, rechts, links. Sie verkrampfte sich in ihrem Sitz. Die Nägel ihrer Finger schnitten ihr in die Handballen, sie merkte es nicht einmal.

»Du willst weg, mein Herz? Muß das sein? Kündigen willst du? Als ob man sich von mir mit einem Wisch Papier trennen könnte... Weißt du, was das ist? Nicht nur albern, sondern...«

Was es sonst noch war, Melissa hatte es nie erfahren.

Es kam nicht dazu.

Sie ahnte wohl, daß nun irgendwas geschehen würde, sah die weiße Markierung der Kurve förmlich auf sich zufliegen. Nasses Laub sei auf der Straße gelegen, hatte ihr später der Polizeibeamte gesagt, der sie im Unfall-Krankenhaus vernahm. Und solches Laub sei gefährlicher als Schmierseife...

Doch wie der Unfall ablief, daran gab es keine Erinnerung. Sie hörte noch einen Schrei – sie wußte nicht, kam er von ihr oder von ihm –, spürte einen Schlag, und dann gab es nur noch dieses schreckliche, mahlende Geräusch von zerfetzendem Metall.

Sie war eine Zeitlang bewußtlos, doch nicht lange. Da sie angegurtet gewesen war, war sie nicht aus dem Auto geschleudert worden. Das hatte ihr wohl das Leben gerettet. Der Sitz neben ihr war leer, die Windschutzscheibe geborsten.

Melissas Körper wies keine anderen Verletzungen auf als einen tiefen Schnitt oberhalb des rechten Knies. Trotzdem vermochte sie sich nicht zu bewegen. Reglos in ihrem Gurt hängend, war sie von dem Fahrer eines Militär-Lkws gefunden worden. Ärzte im Unfallkrankenhaus in Heppenheim diagnostizierten eine leichte Gehirnerschütterung, ein Schleudertrauma und einen schweren psychischen Schock. Am selben Abend noch wurde Fred Fischer in der Universitätsklinik in Heidelberg einer ersten Notoperation unterzogen. Sie rettete ihm das Leben, doch seine schwere Wirbelsäulenverletzung machte ihn zu einem Mann, dessen Körper nie mehr dem Kopf gehorchen würde.

Melissa hatte ihn nicht wiedergesehen.

Die Erinnerung an Fred Fischer aber wurde sie nicht los. Als sie aus dem Krankenhaus entlassen wurde, versuchte sie gegen ein dunkles, fast irrationales Gefühl von Schuld anzukämpfen. Wochenlang verfiel sie in tiefe Depressionen. Sie war vollkommen handlungsunfähig, bis sie die einzig vernünftige Entscheidung traf, und selbst die war ihr von einem befreundeten Psychologen vorgeschlagen worden: Sie löste ihre Wohnung auf und fuhr nach München, um dort eine Anstellung auf Probe im Max-Planck-Institut anzunehmen.

Die gespenstische Katastrophenfahrt mit Fischer aber lastete auf allem, was sie tat und dachte, bis sie dann ihn traf, diesen langen, schlaksigen Menschen mit den beiden dunklen, störrischen Haarwirbeln und dem gleichzeitig bohrenden und so treuherzig-freundlichen Blick unter den dichten Augenbrauen. Er tat es mit einer Selbstverständlichkeit, die sie fast betäubte und zugleich dankbar machte. Tim nahm sie einfach an der Hand und führte sie hinaus in eine andere, in seine Welt...

Nun waren die Schatten zurückgekommen.

Aberwitzig oder nicht, sie war Fred Fischers Gefangene – und damit Gefangene ihrer eigenen Vergangenheit. Nun war er wieder da, aufgetaucht aus dem Nichts...

Dies war die eine Tatsache, die sie akzeptieren mußte, die andere erfüllte sie nur mit Staunen: Sie hatte ihre Furcht vor Fischer verloren. Sie hatte sie abgelegt wie ein Kleid, aus dem sie herausgewachsen war. Sie wunderte sich auch über die Klarheit, mit der sie ihre Situation begriff: Gut, du bist in seiner Hand. Das glaubt auch er, davon ist er fest überzeugt. Aber eines ist sicher: Auch du hast Macht über ihn. Und du hattest diese Macht von Anfang an. Du wolltest sie dir nur nicht eingestehen. Du warst zu jung, zu unerfahren.

Jetzt hat sich alles geändert. Und darauf beruht sein

Spiel, denn darin sieht sein krankes Hirn den Reiz der Situation. Er spielt es nach seinen Regeln. Noch!... Aber die lassen sich ändern. Irgendwie, irgendwann, bei irgendeiner Gelegenheit, die er falsch einschätzt, kommst du zum Zug.

Und dann ist es mit dem ganzen Horror zu Ende...

Die Fahndungsmeldung war raus. Und wieder sah Tim Rigos dicke Finger vor sich. Die Finger der linken Hand. Mit der rechten hatte er einen nach dem anderen umgebogen. »Jetzt schalten sich alle ein, Doktor: Das Kommando der Guardia Civil. La Rural. Die Staatspolizei. Viertens die Gemeindepolizei, die sowieso. Dann der Zoll. Sechstens Verkehrspolizei. Siebentens Hafenpolizei. Alle sind benachrichtigt. Auch am Flughafen weiß man Bescheid.«

»Flughafen? Wieso, um Himmels willen? Was soll denn meine Frau...«

»Das weiß ich doch nicht, Doktor. Aber Mallorca ist nun mal eine Insel.«

Das war Mallorca – und ob! Bei jedem Blick, den die Kurven der Serpentinen freigab, war die Aussicht auf das Meer größer und schöner. Diesmal fuhr Tim nicht in den Ort, sondern zum Puerto von Pollensa. Er fuhr schnell und sehr konzentriert. »*No se preocupe*, Doktor«, hatte Rigo gesagt. »Machen Sie sich bloß keine Sorgen.« Der hatte gut reden! In Tim war nicht ein Funken Vertrauen in den Apparat, den ihm der Guardia-Civil-Feldwebel so stolz geschildert hatte.

Er vertraute nur noch sich selbst.

»Mediziner zu sein bedeutet in erster Linie, das eigene analytische Denkvermögen einzubringen. Bei jeder Diagnose kommt es darauf an, erst mal das Ende des Fadens zu finden...«

Auch einer dieser weisen Sprüche seines Professors und Doktorvaters in Göttingen. Gut, Professor Sawitzky! Aber wenn das Knäuel aus lauter losen Fadenenden besteht? Was dann?

Sich irgendeines schnappen, sagte sich Tim, als der Seat endlich auf der langen Geraden zum Puerto war. Es muß ja nicht das beste sein. Aber sich weiterhangeln, das nächste Fadenende suchen! Was bleibt dir sonst? Selbst eine sinnlose Aktion ist noch besser als dumpfes Herumsitzen.

Er fuhr den Wagen bis zum Hafen und starrte über die flimmernde Bucht. Es war jetzt sechzehn Uhr und sehr heiß. Mädchen in Bikinis, Männer in Shorts, Sandalen an den nackten Füßen. Frauen in Sommerkleidern am Eisstand, ganze Scharen von Kindern, deutsche Kinder, englische, französische. Und draußen in der Bucht wie bunte Schmetterlingsflügel die Segel der Surfer.

Irgend etwas tun! Nur was?...

Durch die Hafeneinfahrt tuckerte ein breitbäuchiger Fischerkahn. Tim stieg aus und rauchte eine Zigarette. Sie stammte aus der zweiten Schachtel dieses Tages. Die Bugwelle des grünweiß gestrichenen Bootes dort ließ die Yachten an der Mole schaukeln. Sanft klatschten kleine Wellen gegen die alten Mauern – er aber konnte sich nicht wehren gegen dieses eine Bild, das ihn verfolgte. Es hatte sich in ihm festgesetzt, obwohl er es immer wieder zu verdrängen suchte: Ein regloser Körper. Der Körper einer Frau. Irgendwo auf den Wellen schaukelnd, die ihn langsam der Küste entgegentrieben. Ein weißer Körper und langes Haar, das sich wie dunkler Seetang im Wasser bewegte...

Er ging schneller, ging hinüber zu dem Teil des Hafens, wo das große Boot gerade hereingefahren war und an dessen Mauer die Fischerboote vertäut lagen. Die Küste absuchen? Wahnsinn! Hast du hier schon was anderes erlebt?

Es waren alles die gleichen mallorquinischen Boote: Ein gerader Steven, ausladende Spanten. Sie sahen seetüchtig und solide aus. Er entdeckte einen jungen Mann mit dunklem Haar, der gerade dabei war, den Motor mit Dieselöl aufzufüllen.

»Verzeihung, sprechen Sie Englisch?«

Der Junge hatte dunkle Stoppeln an den Wangen und schneeweiße, lächelnde Zähne in einem sympathischen Piratengesicht.

»Wenn's sein soll, auch Deutsch. Oder Mallorquin.« Er lachte. »Was kannst du machen? Wir sprechen hier alles.«

»Könnten Sie mich ein bißchen durch die Gegend fahren?«

»Gegend? Was verstehen Sie unter Gegend?«

»Die Küste. Hinauf bis nach Formentor.«

»Ne bessere Gegend also? Na gut... Kommen Sie mal. Ich fahre, wenn Sie bezahlen.«

»Darüber machen Sie sich mal keine Sorgen.«

»Bestimmt nicht«, sagte der junge Mann kurz, schraubte den Tankdeckel zu und ließ den Motor an. Sein Name war Tomeu und sein Stolz das Schiff, das er einem Onkel abgekauft hatte. Tomeu besaß noch ein anderes Boot, eine ›Lancha‹ mit einem starken Außenborder. Und das ganze Ding aus Gummi. Solche Schlauchboote, meine Tomeu, hätten den Vorteil, daß man sie bei Bedarf in irgendeiner Höhle verschwinden lassen konnte, ohne daß die Guardia Civil oder die Dogana, der Zoll, etwas davon merkten. Er war also Schmuggler. »Und das«, verkündete er stolz, »sind wir seit vier Generationen.«

Tim ließ ihn reden, rauchte seine Zigarette und starrte über das Meer. »Was suchen Sie eigentlich?«

Er nahm seine Sonnenbrille ab und bat Tomeu, noch dichter an die Küste zu fahren.

»Geht nicht. Zu flach. Da hätte ich das Schlauchboot nehmen müssen. Hier gibt's Unterwasserfelsen. Also, was suchen Sie?«

»Meine Frau«, sagte Tim.

Der Junge starrte. »Ihre was?«

»Meine Frau. Die ist verschwunden. Seit gestern.«

»Was? Ihre Frau...« Es war immer der gleiche verständnislose Ausdruck, der überraschte, halb verlegene, halb mitleidige Blick.

»Wieso an der Küste?«

»Wieso, wieso? Können Sie sich das nicht vorstellen? Was soll ich denn sonst tun? Den Daumen drehen? Rumsitzen?«

»Sie meinen, sie ist...«

»Ich meine vieles und meine gar nichts. Aber vielleicht hat sie jemand umgebracht... Vielleicht treibt sie im Wasser? Vielleicht wird sie irgendwo angeschwemmt... Ich habe das Meer beobachtet, die Wellen kommen aus dieser Richtung, von Nordosten. Oder gibt es hier eine Strömung?«

»Schon. Sie ist nicht allzu stark. Aber wollen Sie jetzt

die ganze Küste...« Wieder dasselbe fassungslose Gesicht.

»Solange es geht«, erwiderte Tim, »solange da noch Diesel drin ist, solange wir Licht haben, solange wir können.«

Und das taten sie. Es war kurz nach acht, als Tim das Zeichen zum Wenden gab. Im Tank war kaum noch Treibstoff, und sie waren halbtot vor Hunger...

Dienstag, 12 Uhr 20

Die Automatik hatte die Türen der Zollabfertigung geöffnet – und da war sie nun, hinter sich den aufgeregten, fröhlich durcheinanderredenden Pulk der Passagiere des Lufthansa-Flugs München–Palma de Mallorca.

Sie war ein absolut atemberaubender Anblick. Dieses Wagenrad von Gondoliere-Hut, darunter eine Sonnenbrille, dann ein wehender Seidenmantel in wilden, bunten Herbstfarben. Sogar hohe Absätze trug sie.

Tim schluckte: Mein Gott, und ihre Hüftarthrose?! Doch selbst die schien sie nicht im geringsten zu stören. Mit majestätischem Schritt und schwingenden Ohrringen, eine Art Mischung aus Königin von Saba und Bette Davis, rauschte sie mit ihrem Gepäckwagen an ihm vorüber.

Tims Arm stieß nach oben: »Hallo!« brüllte er durch das Gewimmel in der Flughafenhalle. Verdammt, da hatte er ein wildes Rennen quer über die Insel hingelegt, um noch rechtzeitig die Maschine zu erreichen – und nun das!

Helene Brandeis war stehengeblieben und winkte zurück. Er kämpfte sich näher. Sie nahm die Sonnenbrille ab, und dann gab es nur noch Puderduft und Mantelgewebe und zwei Arme, die sich um seine Schultern schlossen: »Ach, Tim! Siehst du, ich hab's geschafft. Aber wie, frag mich besser nicht. Wenn du wüßtest, was ich alles hinter mir habe. Na ja, du auch... Siehst ziemlich zerfleddert aus, mein armer Tim... Gib mir 'nen Kuß! Hab' ich verdient. Und das andere? Das wird sich schon regeln. Die holen wir uns, die Melissa!«

»Und wo?«

Sie setzte sich wieder das riesige, mit Straß besetzte Fünfziger-Jahre-Monstrum von Brille auf die Nase. »Jetzt brauche ich erst mal einen Kaffee.«

Ehe er zugreifen konnte, schob sie den Gepäckwagen an. In dem riesigen, verschachtelten Kasten aus Glas und Stahl schien sie sich auszukennen wie in ihrer Handtasche. Keine zwanzig Meter weiter gab es eine Nische, in der Kaffee ausgeschenkt wurde. Die Stühle waren alle besetzt.

»Geht nicht, Tim!« Helene Brandeis bewegte witternd den Kopf: »Ich wollte dir was zeigen. Aber hier kann ja jeder mithören...«

»Mithören? Wer soll denn mithören? Und was?«

»Gleich, Tim. Komm, fahren wir!«

Sie nahmen die Autobahn nach Inca, auf der um diese Zeit ein Höllenverkehr herrschte, und fuhren gerade eine von Mandelbäumen bestandene Anhöhe hinauf, als Helene Brandeis ihn am Arm packte: »Dort drüben rechts! – Ist doch hübsch?«

Das war es: Ein breit hingelagertes Haus, ein ehemaliger Bauernhof, der auf schweren Steinterrassen ruhte. Bougainvillea und Hängegeranien blühten am Eingang; Palmen warfen ihre Schatten über den Kies und über ein halbes Dutzend weißer Tische.

»Mach mal den Koffer auf, Tim!« Helene Brandeis zog eine braune Mappe aus ihrem Gepäck. Es war eine äußerst vornehme lederne Mappe, deren Kante mit Gold beschlagen war. Sie legte sie auf die Mitte eines der weißen Tischchen und bestellte bei einem jungen Mädchen Kaffee. Tim verlangte Bier. Es schmeckte bitter.

»Was soll das? Was ist da drin?«

»Sagen wir mal, ein bißchen Vergangenheit. Ein paar Happen.«

»Wie bitte?«

»Als wir miteinander telefonierten, das war ja erst vor vierundzwanzig Stunden, war ich wie erschlagen. Und dann habe ich rotiert – und wie! Das heißt, erst mal habe ich meine Möglichkeiten überdacht. Ich sah zwei Richtungen, in denen diese schreckliche Geschichte verlaufen sein konnte.«

Sie zündete sich einen Zigarillo an, den ersten seit ihrer Landung auf der Insel, sog daran mit entrückter Inbrunst und entließ eine gewaltige Rauchwolke: »Zwei Richtungen. Eine führte nirgendwo hin. Katastrophen sind nun mal Sackgassen. Katastrophen können immer passieren. Wenn du aus dem Haus trittst und dir fällt ein Ziegelstein auf den Kopf, was soll dann noch sein? Entschuldige, klingt brutal, aber ist so... Ja, und dann die andere, die bot schon eine Perspektive. Natürlich beruhte sie auf einer Annahme, und selbst das ist zuviel gesagt. Instinkt wäre das richtige Wort. Gefühlssache. Ich hab' manchmal solche Ahnungen. Als junge Frau lebte ich nur nach außen, doch jetzt, jetzt bleibt mir ja nicht viel anderes übrig, als meine Aufmerksamkeit nach innen zu richten.«

Er wurde ungeduldig. Er nickte. »Glaub' ich Ihnen. Und?«

»Tim, du mußt doch selbst schon daran gedacht oder dich zumindest gefragt haben, ob nicht irgend jemand, der Melissa kennt, sagen wir von früher kennt, sie hier getroffen haben könnte? Das drängt sich doch auf.«

»Drängt sich auf? Mit diesem Quatsch rückt mir jeder hier auf die Pelle. Und jetzt kommen Sie auch noch!« In seiner Erregung verfiel er wieder in das alte, distanzierte Sie.

Sie lächelte. »Erstens brauchst du nicht zu schreien, Tim, und zweitens kannst du mich ruhig weiter duzen. Tu' ich ja auch. So eine Mama-Figur bin ich wirklich nicht, als daß du auf dem Sie bestehen müßtest, nur weil du ein Vollakademiker bist. Gut, schlag zurück, aber dreh nicht durch, Tim. Das sind zwei ganz verschiedene Stiefel.«

»Ich dreh' überhaupt nicht durch.«

»Nein.« Helene Brandeis grinste. »Ich weiß, du bist die Ruhe selbst. Aber jetzt zur Sache! Und wundere dich bloß nicht, wenn die Frage nach Melissas Vergangenheit auch bei mir auftauchte. Jeder hat ein Recht auf seine Vergangenheit, er kann darüber reden oder sie verschweigen – wer hat das denn gesagt? Du doch, Tim! Und warum? Weil du ihr bei dieser ganzen Unfallgeschichte, bei der sie so Schwierigkeiten hatte, darüber zu sprechen, nicht zu nahe rücken wolltest. Auch ein Ausdruck von dir... Sie selbst hat es mir sogar einmal erklärt, damals, als sie jeden Tag zum Tee kam, um dem verrückten Biest von ›Farah‹ eine Spritze zu geben: Tim ist so rücksichtsvoll, er vermeidet das Thema, wie er nur kann. Dabei wäre ich manchmal selbst dankbar, mit ihm darüber zu reden. Gut, ich hatte diesen Unfall, und die Folgen waren ein traumatischer Schock. So nannten es zumindest die Psychologen damals. Und er, er hält sich daran. Er behandelt mich wie ein rohes Ei. Das ist Originalton Melissa.«

»Und? War das verkehrt? Jetzt hören Sie schon auf damit.«

»Du heißt das«, korrigierte Helene Brandeis mit unerbittlicher Nachsicht. »Na gut, dann trink erst mal einen Cognac auf dein Bier. Jetzt kommt noch etwas. Hier!« Sie legte ihren scheußlichen Zigarillo endlich weg und griff in ihre Tasche. Was sie herauszog, waren drei Seiten schreibmaschinenbeschriebenen Thermopapiers: »Da, hab' ich dir mitgebracht. Paschke hat mir das noch in aller Frühe heute morgen durchgefaxt.«

»Gefaxt?«

»Aber sicher. Natürlich habe ich ein Faxgerät auf dem Hügel. So was braucht der Mensch heutzutage. Vor allem, wenn er im Aufsichtsrat einer Kugellagerfabrik sitzt wie ich.«

»Und wer ist Paschke?«

Sie sah ihn an aus diesen großen, kornblumenblauen, wissenden Augen.

»Ein Freund. Paschke-Wiesbaden... Ich hab' noch einen Paschke; Paschke II. Der war mal Pferde-Trainer in Baden-Baden. So ein kleines, mageres Kerlchen. Paschke-Wiesbaden wiederum ist rund, dick und gemütlich. Ein Kriminaler. Ex-Kriminaldirektor vom

BKA. Und so ein Pensionär hat seine Beziehungen. Da reicht ein Knopfdruck oder Anruf.«

»Aber um Himmels willen, was hat denn Melissa mit dem...«

»Nichts hat sie. Warum sollte sich auch das Bundeskriminalamt für sie interessieren? Aber er hat!«

»Er?«

»Fred Fischer. Ihr ehemaliger Arbeitgeber. Der, der den Unfall damals gebaut hatte. Sieh mal, hier: Das eine Blatt, das ist sie, Melissa. Die beiden anderen Blätter sind Material über Fischer. Paschke nennt so was einen ›Lebenskalender‹. Den brauche jeder Kriminalist, wenn er sich mit einem Fall beschäftige. Die Daten der letzten Jahre, die Strecke, die einer durchfährt bis zu dem Zeitpunkt, an dem es kracht. Aber zunächst mal Melissa...«

Zum ersten Mal, seit sie ihn kannte, griff Tim selbst nach Helene Brandeis' Zigarillos. Er nahm eine heraus, zündete sie jedoch nicht an, sondern lehnte sich zurück und blickte hoch zu diesem unwirklichen, blaugläsernen Insel-Himmel. Kondensstreifen durchschnitten ihn. Unermüdlich trugen die Flugzeuge Menschen heran. Die meisten waren erfüllt von irgendeiner Erwartung, von Glück, Sehnsucht. Und ihre Probleme reisten mit. Und die Geheimnisse...

»Hier haben wir's«, vernahm er die sachliche, leise Stimme der alten Frau: »Klinger, Melissa. Geboren am 14. 3. 59 in Neuburg an der Donau. Stammt aus gutbürgerlichem... etc., etc.... Aber jetzt wird's interessant: Melissa Klinger absolvierte ihr Biologiestudium in Heidelberg mit so viel Erfolg, daß ihr noch vor dem Diplom von dem Fischer-Pharma-Labor in Heidelberg eine mit dreitausendfünfhundert DM dotierte Stelle angeboten wurde. Bereits nach dreimonatiger Tätigkeit erhöhte der Inhaber des Betriebs, Fred Fischer, diese Summe um weitere tausend Mark monatlich, was in dem kleinen Betrieb einiges Aufsehen erregte, zumal diese Großzügigkeit einem nicht nur fachlichen Interesse zugeschrieben wurde. Als aufgrund der Vorkommnisse in der Fischer-Pharmazie Mitte der achtziger Jahre mit zunächst verdeckten polizeilichen Ermittlungen begonnen wurde, konnte festgestellt werden, daß das Interesse Fischers von seiten seiner jungen Mitarbeiterin unerwidert blieb. Im übrigen konnten Zusammenhänge zwischen der beruflichen Aktivität Melissa Klingers und dem Untersuchungsgegenstand nicht aufgedeckt werden...«

Nicht aufgedeckt... Untersuchungsgegenstand... Verdeckte Ermittlungen...

Dies alles klang so fantastisch, daß Tim der Atem wegblieb. Und Fred Fischer? Ja, Melissa hatte den Namen erwähnt. Er war nicht irgendwo aus den Nebeln der Vergangenheit aufgestiegen, doch er kannte diesen Fischer nur so, wie sie ihn beschrieben hatte: Nicht einmal einen Vornamen hatte sie für ihn gehabt. Und daß Fischer sie direkt von der Universität weggeholt hatte, auch davon war nie ein Wort gesprochen worden. Fischer – das blieb der Mann, der den Wagen fuhr, als der Unfall passierte. Auch der Mann, mit dem sie zuvor so schrecklich gestritten hatte. Warum? »Frag mich doch nicht, bitte, Tim!« Hätte er bloß... »Es war einfach so, daß ich mich anschließend für die ganze Katastrophe mitverantwortlich fühlte. Er war nervös, Tim, außer sich... Wirklich. Und dann passierte es...«

Es? Querschnittslähmung. Fraktur dreier Lendenwirbel. Auch das wußte er. Nie aber hatte sie von irgendwelchen ›Ermittlungen‹, über irgendwelche ›Vorkommnisse‹ ein Wort verlauten lassen.

»Was für Ermittlungen waren das?« fragte er und schluckte angewidert den Rest seines Biers.

»Nun, da haben wir das Papier ›Fischer‹. Bei Melissa steht sowieso nichts mehr drin, was wir nicht wüßten. Ein bißchen allerdings gibt sie ihre Geheimnisse nun doch preis.«

Er fand diese Bemerkung überflüssig, wenn nicht geschmacklos. »Was für Ermittlungen?«

Sie tupfte den Mund sorgsam mit einem Papiertaschentuch ab und beugte dann wieder den Hut über das Papier: »Du hast recht, machen wir's kurz. Reden wir von Fischer. Daraus ergibt sich der Rest. Anscheinend ist Fischer schon während des Studiums aufgefallen, weil er damit anfing, in irgendeiner Waschküche Psycho-Energizer... was ist denn das?«

»Vieles. Der Kaffee, den du trinkst. Das Nikotin in deinen Zigarillos. Wahrscheinlich sind hier synthetische Verbindungen auf Phenylalcylamin-Basis gemeint. Amphetamine, Benzedrine und so Zeug, Aufputschmittel halt... Sie werden auch in der Medizin verwendet.«

»Ich wußte doch, du bist ein kluger Kopf!« Das rote Oval ihres Fingernagels wanderte über enggeschriebene Schreibmaschinenzeilen: »Jedenfalls fiel er schon damals wegen des großkotzigen Lebensstils auf, den er sich zulegte. Aber Anklage wurde nicht erhoben. Seine Behauptung, er habe sich die Pillen für den persönlichen Bedarf, nämlich zur Bekämpfung und Überwindung seiner Examensangst angefertigt, konnte nicht widerlegt werden. An diese Methode, mit Examensängsten fertig zu werden, erinnerte man sich aber dann später. Jahre später. Nämlich als Fischer in Handschuhsheim bei Heidelberg einen supermodernen kleinen Pharmazie-Betrieb aufzog. Aufträge hatte er. In irgendwelchen neuen Forschungsbereichen arbeitete er mit der Großindustrie zusammen. Doch das war wohl Tarnung, denn neben dieser offiziellen Produktionslinie hatte er es wieder mal mit seinem Lieblingsthema: den Aufputschmitteln, diesem Psycho-Energizer-Mist. Die machen doch süchtig, nicht?«

»Meist.«

»Na, jedenfalls, man kam ihm wieder dahinter. Es gab eine Anzeige von einem seiner Mitarbeiter. Aber sie konnten ihn nicht festnageln. Die Unterlagen waren verschwunden. Es fehlten gerichtsverwertbare Beweise.«

Tim hatte ein krankes Gefühl im Magen: Gerichtsverwertbare Beweise? Und ein pensionierter Kriminalist, der ihr Unterlagen aus dem Bundeskriminalamt per Fax nach Oberbayern schickt... Dazu ihre Ausdrucksweise: »Du redest daher wie ein Detektiv. Ist das denn dein Hobby?«

»Hobby? Das war Schmalkinn, Tim. Der hieß tatsächlich so: Hubert Schmalkinn. Er spielte für uns vor zwanzig Jahren den Prokuristen. Und ist mit zweieinhalb Millionen aus der Firmenkasse abgehauen. Um die ganze Welt bin ich ihm nachgereist, aber ich habe ihn erwischt! Doch bleiben wir bei Fischer...« Sie stieß jetzt Rauchwolken aus wie die Lokomotive in einem Westernfilm. »Fischer mit seinen Energizern, mit Drogen, die die Leute fertigmachen. Aber natürlich Drogen von der feinen Sorte, denn er ist ja auch ein feiner Mensch. Designer-Drogen wird so etwas genannt.«

»Das weißt du auch?«

Sie blinzelte zweimal und sagte: »Sicher ist jedenfalls, er hat an diesen Designer-Drogen auch in der Zeit gearbeitet, als Melissa in den Betrieb einstieg.«

Tim fuhr hoch.

Sie legte ihm die Hand auf den Arm: »Natürlich hat sie nichts davon gewußt. Sie arbeitete in einem ganz anderen Bereich. Aber dann – Moment mal... Ja, hier haben wir es: Dann, am 16. November, passierte der Unfall, bei dem er gelähmt wurde. Er lag ein Jahr in der Klinik, wurde ein halbes dutzendmal operiert – mit seiner Karriere, dem Werk und den Drogen war's vorbei. Dachte man... Gut, das Werk hat er verkauft. Dann verschwand er auch, nur komisch blieb: Dieses Teufelszeug, mit dem er sich in den einschlägigen Kreisen einen großen Namen gemacht hatte, das blieb auf dem Markt, und nicht nur in der Bundesrepublik, in ganz Europa und in den USA, und zwar in solchen Mengen, daß sich die amerikanische Drogenfahndung einschaltete. Und die hatten Erfolg. Die haben ihn gefunden. – Was ist denn?«

Was war? Er hatte sein Bierglas umgestoßen. Es rollte über den Tisch und fiel zu Boden. Er hob es auf und stellte es wieder vor sich hin. Unterhalb der Terrasse, auf der sie saßen, steuerte ein Bauer seinen Traktor über die rote Erde des Mandelhains. Weiter links, lebkuchenbraun und friedlich, lag ein Haus. Die Ebene versank im Hitzedunst. Und Tim konnte nicht denken. Er versuchte es: ein querschnittsgelähmter Drogenfabrikant und Melissa? Und nun diese alte Frau, die ihm eine Vergangenheit aufdeckte, nach der er nie gefragt hatte... Fantastisch! Fantastisch und gespenstisch zugleich...

»Nun darfst du raten, wo Fischer steckt.«

Er wollte nicht raten. Er war viel zu benommen dazu.

»Auf Mallorca.«

Helene Brandeis warf ihren glatten, schwarzen Glimmstengel in den Aschenbecher. Ihre Augen schienen ihm größer und blauer denn je. Etwas glitzerte darin, das er nicht kannte. Jagdinstinkt, Vitalität? Was wußte er schon?

»Und er wohnt hier unter einem anderen Namen. Er nennt sich Alfred Fraser. Und weißt du wo? Gar nicht weit vom Formentor. An der Ostseite der Bucht, in der Nähe der Cala Radjada. Von dort kommt man in einer halben Stunde oder vierzig Minuten nach Formentor. Und jetzt, Tim...« Helene Brandeis lehnte sich zurück und verschränkte die Arme über ihrer Brust: »Jetzt versuch dich mal anzustrengen. Denk nach. Kombinier mal, los schon! Was meinst du, was könnte geschehen sein? Wie haben sie sich getroffen?«

15 Uhr 10

»Woher hast du das eigentlich gewußt?« Melissa sagte es schnell und laut.

»Was denn?«

»Daß Tim und ich im Formentor sind? Wir waren ja gerade erst angekommen.«

»Gewußt?« Nun lachte Fischer, zeigte zwei Reihen

verblüffend gesunder weißer Zähne: »Nichts habe ich gewußt. Das ist es ja.«

»Wieso...«, sagte sie tonlos.

»Wieso? Warum?... Der alte Wahn, die Dinge immer erklären zu wollen. Ein Wahn namens Logik – oder Vernunft? Ein Wahn halt. Deshalb funktioniert es manchmal nicht.«

Und wieder sein Lachen.

Sie sah ihn an. Ja, sie wollte etwas sagen. Ihr fiel nichts ein. Sie starrte nur.

»Ich will dir etwas verraten, Melissa: Du weißt, so schnell lasse ich mich nicht beeindrucken. Ich hab's nun leider auch mit der Vernunft. Als ich dich sah, dort im Park vom Formentor, glaubte ich zuerst zu träumen. Und es war ein Traum, den ich kannte. Mein Lieblingstraum. Ich habe ihn so oft geträumt. Noch Kaffee?«

Sie schüttelte nur den Kopf. Sie griff wieder nach einer Zigarette, aber sie hielt sie nur in der Hand, drehte sie zwischen den Fingern, um seinem Blick nicht zu begegnen. Sie zündete sie nicht an. Sie fürchtete, daß ihre Hand dabei zittern könnte. »Ich fragte mich das gleiche«, hörte sie ihn jetzt sagen.

»Was?«

»Ja nun: Woher hat sie erfahren, daß ich auf Mallorca wohne? Wer hat es ihr gesagt? Wieso denn ausgerechnet das Formentor-Hotel? Sie muß also wissen, daß ich ganz in der Nähe bin. Schließlich, ich wohn' hier ja nicht unter meinem Namen. Aus den verschiedensten Gründen ist das nicht drin. Aber wie, Herrgott, hab' ich mir gesagt, wie um Himmels willen hat sie das bloß rausgekriegt?«

Sie schwieg eine Weile. Dann sagte sie: »Und da hast du mich durch deine Leute kidnappen lassen.«

Er schien gar nicht zuzuhören. Bedrohlicher aber als dieses Schweigen waren seine Augen: Ihre Farbe, ein bernsteinhelles Gelb, wurde von den stark geschliffenen Gläsern der Brille ins Riesenhafte vergrößert. Darin funkelte der schwarze Kreis der Pupillen. Er blickte an ihr vorüber, über das Tal, hinüber zum Meer, auf dem ein weißes Schiff seine Bahn zog.

Sie konnte ihn nicht ansehen. Das ewige Lächeln in dem gespannten, glatten Gesicht. Dieser schreckliche Stuhl. Die Hände, die er gefaltet hatte und die sich manchmal leicht zusammenzogen, wenn ihn etwas zu erregen schien. Katze und Maus! Vielleicht auch der Teufel... Und zu allem das Panorama hinter ihm: Wiesengründe, Hänge, über die sanft der Wind strich. Palmen umstanden das große Haus. Blumen wuchsen, wohin man blickte. Das blaue Dreieck eines riesigen Swimmingpools schimmerte durch die Blätter. Und über ihren Köpfen ragte ein großer, stumpfer, weißer Turm empor.

Sie blickte an den Mauern hoch. Das Gut ›Son Vent‹, hatte Fischer ihr erzählt, sei einst der Mittelpunkt der ganzen Gegend gewesen; dem Besitzer habe unermeßlich viel Land gehört. Die Bauern hätten ihr Getreide und ihre Oliven zur Mühle gebracht. *Son Vent* – der Wind. »Ich habe zusammengekauft, was ich zusammenkaufen konnte. Ich wollte keine Nachbarn. Ich habe auch keinen Kontakt mit den Leuten hier. Selbst die Handwerker habe ich mir aus Deutschland einfliegen lassen. Ich habe mir eine Insel auf der Insel geschaffen...«

»Ist irgend etwas, Melissa?«

»Was soll denn sein?«

Vor ihr stand, rötlich überhaucht von dem breiten Rund des Sonnenschirms, der Brunch: Weißbrot, Croissants, körnige Vollkornbrotschnitten, die Butter in einer Dose aus Silber und Glas, daneben ein Käseeck – »Käse aus Mahon, mein Herz, der beste Käse auf den ganzen Balearen« –, rotleuchtende Tomaten, das frische Rosa und Weiß der Radieschen und Schinken natürlich sowie verschiedene Wurstsorten – »die hier, Chorizo, solltest du unbedingt probieren, eine Paprikawurst, sie nehmen die Pimientos zur Konservierung. Schmeckt herrlich. Hast du keinen Appetit?«

Oh, sie hatte! Und ihre Vernunft sagte bereitwillig, daß sie gar nichts zu befürchten brauchte. Nicht jetzt. Gewiß, es wäre für ihn eine Kleinigkeit gewesen, sein geliebtes Encephalin, das FK-33 oder irgendeines seiner Derivate, mit denen er herumspielte, in der Sahne aufzulösen, übers Brot zu streuen, über Wurst oder Obstsalat, und es würde seine Wirksamkeit nach ein paar Bissen entfalten. Doch er wollte sie froh stimmen, wollte weiß der Teufel was genießen, und sei es nur seinen Triumph. Auf jeden Fall gab er es vor. Aber wie genoß man mit einer Frau, die auf dem Trip war, selbst auf jenem, der ihre sinnliche Wahrnehmung zu steigern vermochte? Mit ihr ließe sich kaum unbefangen frühstücken. Das andere würde noch kommen. Sicher. Doch nicht jetzt, noch nicht...

»Der ›Rosado‹ zum Beispiel, ein Traumwein, sag' ich dir! Wenn du ihn zu den Oliven dort nimmst – Madalena hat sie selbst eingelegt –, erlebst du eine Geschmackskombination, die wundervoll ist.«

Seine feuchten roten Lippen bewegten sich. Und sie lächelte. Sie aß sogar eine Olive, spielte sein Spiel. Aber einfach war es nicht, gegen die Furcht zu handeln, zu lächeln, zu reden; diese Furcht, die wie ein Raum war, der sie gefangenhielt, ein dunkler, stickiger Raum, der ihr jeden klaren Gedanken aussperrte und nur von ihren Alpträumen bevölkert wurde.

Sie ließ den ›Rosado‹ stehen, griff nach dem Kaffee.

Sie spürte die Wirkung auf den Kreislauf: Ein leises, singendes Klopfen in ihrem Ohr. Nichts Besonderes. Nichts als ganz gewöhnliches Koffein. Und es tat gut. Jetzt konnte sie wirklich lächeln. Und wieder denken, ihn beobachten. Das bauschige, weite Bauernhemd war aus feinstem Leinen, die Ränder verziert mit weißen Stickereien. Sie sah die braune Haut der Brust, die schweren Trapezmuskeln des mächtigen Halses. Eine gewölbte Stirn. Das Gesicht ein braunes Oval. Darin die beiden Ovale der Brille. Die Haut leicht schimmernd, kaum eine Falte, sonderbar glatt und geschwungen, als wäre sie gepolstert, nein, als trage er eine Gummimaske – nur zwei horizontale Kerben in diesem Gesicht: eine Stirnfalte und die waagerechte Linie der braungrauen Augenbrauen.

›Kein Irrer, ein Monstrum!‹ dachte sie. Der Kopf eines Monsters vor einer Landschaft, die so schön war, wie man sie sich nicht ausdenken konnte. So schön und so von Frieden durchtränkt die rote Erde, die graue Terrassenmauern trug. Die Malvenbäume. Der Lavendel. Und darüber ein Himmel, über den die Wolken zum Meer hinzogen...

Das sah ihm ähnlich.

Nun betrachtete er seine ›Insel auf der Insel‹, schien

vollkommen abgeschaltet zu haben, nur die Fingerspitzen bewegten sich an dem gelähmten Körper wie welke Blätter an einem verdorrten Ast. Was dachte er? Sie kannte dieses jähe, lähmende Schweigen. Und fühlte etwas wie Mitleid. Er war verstümmelt, sah seinen Zustand wohl als eine Art heroischen Kampf gegen die Dinge, die ihm nicht mehr gehorchen wollten. Das Ausziehen, die Kleider, die Frage, wie kommst du vom Stuhl in dein Bett – die einfachsten, primitivsten Dinge, die der Körper verlangt, wie waren sie zu bewältigen? »Ich werde damit fertig. Fast ohne Hilfe. Aber was das heißt, das kann ich dir nicht sagen. Dabei habe ich das Heulen gelernt. Und den Haß...«

Dann hatte er geschwiegen. Wie jetzt. Langsam drehte er ihr sein Gesicht zu: »Du lebtest glücklich? Du hast einen netten Mann. Nett, bescheiden, tüchtig – eine Null mit einem Wort.«

Sie bemühte sich, keine Reaktion zu zeigen. Auch jetzt nicht. ›Spiel sein Spiel!‹

»Ich will nicht über ihn reden, Melissa. Er gehört nicht zu unserer Situation. Ich will dir etwas sagen: Du warst noch nie glücklich. Du weißt nicht, was Glück bedeuten kann. Das vollkommene Glück. Die Tage als Fest. Du wirst es mit mir erleben. Nicht lange vielleicht, eine Woche nur, aber eine Woche der Vollkommenheit!«

Es war warm draußen auf der Terrasse, nun spürte sie eine eisige Kühle im Nacken: eine Woche der Vollkommenheit?!

»Dann hat also Pons doch recht gehabt?« Tim sagte es mehr zu sich. Er sagte es, als er den Wagen wieder vom Restaurant zur Autostraße steuerte. »Pons tippte von Anfang an darauf, daß irgend jemand im Spiel sein könnte, den Melissa kennt.«

»Felix Pons?! Ja, gibt's den noch?«

Helene Brandeis' Augen blitzten, und der Fahrtwind spielte mit den in vornehmem Blaustich getönten Löckchen. »Pons, der alte Halunke! Ach... ich darf gar nicht zurückdenken. Felix Pons war nämlich Juans Chef. Der drückte nicht nur ein Auge, der drückte alles zu. Ist doch wirklich romantisch im Tee-Pavillon, was?«

Tim schwieg.

»Verzeihung«, sagte sie.

»Alle dachten irgendwie in dieselbe Richtung, nur ich nicht«, nahm Tim seinen Gedanken wieder auf. »Das ist das Verrückte. Selbst Rigo...«

»Rigo?«

»Der Chef der Guardia Civil Station in Pollensa. Ein richtiger spanischer Bulle. Auch der kam damit. ›Haben Sie keine Bekannten hier?‹ fragte er. ›Sie hat sicher irgend jemand getroffen, den sie von früher kennt. Oder haben Sie irgendwelche Feinde?‹ – Und ich Trottel schüttle ständig nur den Kopf.

Flach war nun das Land. Und die Felssteinmauern glichen grauen Strichen vor einem ockerfarbenen Hintergrund. Stille, über der sich Hitze ausbreitete. Gehöfte, die in der Sonne dösten, Dörfer mit geschlossenen Fensterläden. Hunde, die im Schatten schliefen.

Tim drückte aufs Gas.

»Muß das denn sein. Nun fahr nicht so schnell.«

Der Fahrtwind wirbelte den Hut der alten Dame vom Sitz zur Heckscheibe hoch.

»Langsamer, Herrgott nochmal! Wir kommen schon an.«

»Wo...?«

»Na, wo schon... Son Vent heißt das Haus, in dem er wohnt. Ein Landgut. Ziemlich groß wurde mir gesagt. Liegt zwischen Capdepera und Cala Ratjada.«

»Und du meinst wirklich...«

»Hör mal, Tim, das Wort meinen mag ich immer weniger. Nützt nichts. Wir sollten hinfahren und gucken. Und zuvor melden wir uns am besten bei der Guardia Civil.«

Er nickte – und wunderte sich aus vollem dankbaren Herzen: Helene Brandeis. Was für eine Frau, was für ein Mensch! Sie war sicher müde, hatte vielleicht noch nicht mal was zu Mittag gegessen, weil sie diesen Plastikfraß im Flugzeug so haßte. Dazu kamen die Hitze und die Schmerzen in ihrem Hüftgelenk, über die sie zwar nie redete, die sie aber stets begleiteten. Nein, nichts von: »Laß uns bloß ins Hotel, ich will mich mal 'n bißchen hinlegen.« Capdepera mußte es sein! Son Vent – Fischers Versteck.

»Und wer sagt dir, daß Fischer uns überhaupt reinläßt. Oder daß er uns irgend etwas Vernünftiges sagt.«

»Niemand, Tim. Niemand sagt mir ja auch, ob Melissa dort ist. Eine Annahme. Mehr nicht.«

Nun fuhr er doch langsamer, fuhr mit dem Gefühl, als nehme ihm jemand die Luft zum Atmen. Eine Annahme? Ja was denn sonst? Gehörte nicht auch zu der ›Annahme‹, daß Melissa ihn verlassen hatte? Daß sie, während er dort oben in dem dämlichen Pavillon stand, eine Flasche Champagner in der Hand und den ganzen sentimentalen Hochzeitskitsch im Herzen, mit einem anderen verschwand?

Verrückt ist das! Vollkommen undenkbar. Ausgeschlossen!

»Vielleicht hatte er sie gezwungen, mit ihm zu gehen«, schrie die alte Dame gegen den Fahrtwind an.

»Und wie gezwungen?«

»Erpreßt. Irgendwie halt. Was weiß ich?«

»Und wie hat er sie überhaupt gefunden?« brüllte Tim zurück. »Gibt's da auch eine Erklärung in deinem Hobby-Detektivgehirn?«

»Tim, für alles gibt's Erklärungen. Hinterher nämlich. Du wirst sie schon noch kriegen.«

»Und wie?«

»Das weiß ich auch nicht. Hier geht's um Kombinationen. Um das uralte Spiel mit Annahmen und Logik.«

Ein sehr lustiges Spiel – wollte er sagen; er sagte es nicht. Er biß die Zähne zusammen. Er hatte den Dialog satt. Vielleicht nahm sie dasselbe an. Alles, was er dachte, war im Grunde undenkbar: Daß nämlich Melissa Fischers Adresse bereits kannte, als sie abflogen. Und daß sie ihn schon vorher, noch vom Tegernsee aus, von ihrer Ankunft benachrichtigt hatte.

Wie denn sonst, Herrgott noch mal, hätten sie sich treffen können?!...

Er war verrückt. Und es war nicht der Unfall, der ihn zum Psychopathen gemacht hatte. Er war es bereits zuvor, mit seinem menschenverachtenden Größenwahn, seiner Art, sich als Mittelpunkt der Welt, als Maß aller

Dinge zu sehen. Und verrückt war er sicher auch bei seiner Arbeit gewesen, diesem ewigen Herumspielen mit Stoffen, die nur eines bewirkten, die Seele des Menschen zu verändern. Vielleicht hatte er ihnen die eigene geopfert?

Wieder zogen sich die Hände zusammen. Und bei ihr kehrte die Angst zurück, als sie beobachtete, wie er mit der Kommandokonsole des Stuhls spielte. Er ließ den Rollstuhl kreisen, bis er mit einem Ruck vor ihr stoppte. »Daß wir uns wiedertrafen, mein Herz, eine Art Wunder. Ich will dir was sagen: Ich hab' vor kurzer Zeit einen dieser unsäglichen amerikanischen TV-Krimis gesehen. Ein Paar, das sich trennte, trifft sich wieder. Und natürlich erkennen sie in diesem Augenblick, daß diese Trennung der entscheidende Irrtum ihres Lebens war. Aber wo treffen sie sich. Im World-Trade-Center in New York. Und der Mann realisiert im ersten Augenblick gar nicht, was ihm geschieht. Sie, im Schock, läuft weiter, rennt zum Lift und verschwindet. Da wacht er auf, zerschlägt einen Sicherungskasten und bringt den Lift zum Stoppen. So ging's mir. Ich hab' den Lift angehalten.«

Sie nickte nur. Ganz freundlich, als erzähle er irgendeine selbstverständliche Geschichte. Sie brauchte alle Kraft, um vor dem Fieber in diesen Augen gelassen zu wirken.

»Die beiden haben sich in einem Hochhaus getroffen, in dem täglich Zehntausende von Menschen verkehren. Und sie kamen aus verschiedenen Ländern nach New York. Ein absolut blöder Einfall, nicht wahr? Solche unglaublichen Zufälle sind nun mal nicht vorgesehen. Und was passiert mir? – Das gleiche! Seit vier Tagen, seit der Sekunde, in der ich dich zum ersten Mal wieder gesehen habe, glaube ich wieder an Wunder.«

Sie nickte nur. Noch nie in ihrem Leben hatte sie die Flaumhärchen in ihrem Nacken gespürt, nun spürte sie sie.

Und er, er sah sie an mit diesem schrecklichen Blick und sprach von Wundern.

Erneut begann der Rollstuhl leise zu summen. Er hob die Hand. Als sie ihn zum ersten Mal gesehen hatte, war eine Decke über seine Beine gebreitet. Nun steckten sie, zwei dünne, bräunliche Knochen, in viel zu weiten Shorts. Er lächelte.

»Komm, ich muß dir was zeigen...«

Der Rollstuhl fuhr voran, und sie folgte mit einem Gefühl der Benommenheit, das sich bei jedem Schritt verstärkte. Er öffnete eine der Terrassentüren, sie kamen durch einen kleinen Vorraum, wieder eine Türe und nun – sein Arbeitszimmer wohl? Die Jalousien waren geschlossen, nur durch einzelne Ritzen drang Sonnenlicht herein. Es war so dämmrig, daß sich ihre Augen erst daran gewöhnen mußten. Richtig! Ein Schreibtisch. An den Wänden Bücherregale. Eine Wand war frei, und darauf zeichnete sich das Rechteck eines großen Bildes ab.

Fischer drückte auf einen der Knöpfe an seiner Steuerkonsole. Deckenlampen tauchten den ganzen Raum in Helligkeit.

»Nun...« Er hatte sich vor das Bild gerollt: »Nun, mein Herz, was sagst du?«

Was sollte sie sagen? Durch ihr Gehirn zogen vage Worte und Gedanken, flüchtig wie Nebelschwaden. Das Bild – wie kam er auf einen solchen Einfall? Und es hing die ganze Zeit vor ihm, ihm gegenüber, wann immer er hinter dem Schreibtisch saß, mußte er es ansehen.

Das Bild zeigte eine Frau, deren nackter, schmaler, weißer Körper fast bis zu den Knien von Wellen sprühenden, rotblonden Haaren umhüllt war. Die zarten Füße standen auf einer Kugel, die wohl den Erdball darstellen sollte. Das Gesicht, die grünen Augen, der lächelnde, fragende Mund – das Bild – war sie! Oder vielmehr: Das Bild versuchte sie wohl so zu zeigen, wie er sie sah...

»Sag was, mein Herz. Ich warte.«
»Wer hat das gemalt?«
»Spielt das eine Rolle? Ich gab es in Auftrag nach einer Fotografie. Wie findest du es?«
»Schrecklich«, sagte sie. »Kitschig.«
Er lächelte weiter zu dem Bild hoch, an ihr vorbei. »Melissa«, sagte er dann, »sei dir über eines klar: Meine Gefühle sind nicht zu treffen. Und schon gar nicht von dir... Und weißt du den Grund? Weil du deine eigenen Gefühle nicht kennst.« Beschwörend schienen sich die dunklen Pupillen in die ihren zu bohren: »Noch nicht, Melissa...«

15 Uhr 25

Die Sonne machte müde.

Tim fuhr einfach nach den Angaben der alten Dame, die auch nicht groß zu Gesprächen aufgelegt schien. Er fuhr, ohne die Schilder zu beachten. Er brauchte es gar nicht. »Dort vorne kommt eine Abzweigung. Und paß auf den Omnibus auf. Nicht überholen! Sont fahren wir vorbei.«

Es war die letzte von vielen Abzweigungen, die sie ihm angab. Sie schien die Insel tatsächlich zu kennen wie ihre Handtasche. Erschöpft war auch sie, richtig blaß um die Nasenspitze, doch woher nahm sie nur immer noch die Energie, mit der sie ihn antrieb und das Kommando führte. Reine Willenssache, dachte Tim. Und was ihr Orientierungsvermögen angeht – in den Zeiten, als sie noch die Insel heimsuchte, hat sie es wohl nicht lange in Formentor ausgehalten? Er konnte es ihr nachfühlen.

Die Abzweigung.

Ein Höhenrücken, Pinien, Feigenbäume, die ihre grünen Kronen über die Erde spannten. Und dann, an der Flanke einer Felsküste ein Ort, mit Kirche, Kastell und zinnenbewehrten Mauern.

»Capdepera«, sagte Helene Brandeis. Diesmal hatte sie eine Karte auf den Knien. »Halt mal an! Willst du ein Pfefferminzbonbon?«

Er schüttelte nur den Kopf.

Ihr Zeigefinger wanderte über irgendwelche Striche: »Dort drüben geht's nach Cala Ratjada. Ja, siehst du den Einschnitt, das Tal? Und dort oben, bei den Oliventerrassen, die Gebäude? Einen Pool hat er auch. Und Orangen. Und Mandeln. Und einen richtigen Weinberg. Der ganze Hang gehört dazu. Schon doll!«

ER!

Tims Blick folgte ihrer ausgestreckten Hand. Wenn das so war, wenn dieses Gut dort oben Fischer gehörte, dann mußte dieser Kerl mit seinen dreckigen Geschäften nicht nur Unmengen von Geld verdienen, dann hatte er – Tim mußte es widerstrebend zugeben – auch Geschmack.

Dies war keine Villa, kein Hof, sondern ein Herrensitz! Na, und jetzt würde man ja sehen, was das für ein Herr war...

Er schaltete in den zweiten Gang, zwang den kleinen Seat mit aufheulendem Motor an einem großen, braunroten Findlingstein vorbei, auf dem SON VENT stand, dann ging es wieder hangaufwärts. Nach einigen Kurven erwartete sie das Endstück der Straße: Ein Spalier junger Zypressen, das in einen runden Platz mündete. Vor ihnen aber, nach Westen wie nach Osten, zog sich die Grundstücksmauer. Zwei bis drei Meter hoch, aus soliden Sandsteinquadern gebaut und in der Mitte geteilt von einem halbrunden Eingangsbogen, den zwei kantige Säulen trugen. Die beiden Flügel der Tür waren aus schwarzlackiertem Metall. Sie waren verschlossen.

»Und jetzt?«

»Park mal dort drüben unter dem Baum. Mir ist schon heiß genug. Und kurbel das Fenster herab. Ja, und jetzt? Sieht aus wie ein Gefängnis, was?«

Tim nickte nur. Womöglich war es das auch. Melissas Gefängnis oder... Er brach ab, konnte den Gedanken nicht zu Ende führen.

»Ich würde ja aussteigen«, meldete sich die alte Dame wieder, »wenn's ginge, oder wenn du mir hilfst. Mein Gelenk ist schon die ganze Zeit am meutern.«

»Darauf habe ich gewartet«, sagte er.

Sie warf ihm einen herausfordernden, fast wilden Blick aus ihren blauen Augen zu: »Na und?«

»Nichts na und! Du bleibst jetzt sitzen, und ich steig' mal aus.«

»Und was ändert das?«

»Ich werde nicht nur aussteigen, ich nehme an, die haben 'ne Klingel. Und da läute ich mal.«

»Und dann?«

Die Betonung naiver Unschuld in ihrer Frage konnte ihn nicht aus dem Konzept bringen. Im Gegenteil. Seine Hände ballten sich zu Fäusten.

»Dann werde ich mich ganz höflich, wie sich das gehört, bei Herrn Fischer anmelden.«

»Fraser heißt der hier. Nicht Fischer.«

»Na schön, dann heißt er eben Fraser.«

Tim stieg aus. Die Sonne brannte im Nacken, und als er über den Platz ging, beschlich ihn das Gefühl, beobachtet zu werden. Vielleicht bildest du dir das auch nur ein? Von hier jedenfalls war weder ein Fenster noch sonst irgendeine Öffnung in der Mauer zu entdecken. Von hier aus gab es nichts als den Blick auf Stein und ein paar Vögel, große Vögel, die aus den Feigenbäumen dort drüben aufstiegen und flach über die Mauer strichen.

Er war stehengeblieben.

Über der halbrunden Steinumfassung des Eingangs wölbte sich ein Dach aus tongebrannten Ziegeln. Nun ja, da wären wir... Was nun? Keine Klinke. Nichts als ein eingelassenes Sicherheitsschloß. Rechts aber, ein helles Rechteck, sandsteinfarben, aber aus Metall. Beim ersten Blick hatte er es übersehen. Im Schutzblech der Anlage war eine kleine, quadratische Platte aus braunem Kunststoff eingelassen. Darüber das Gitter der Gegensprechanlage.

Mit allem Komfort, was sonst? Er würde läuten. Und oben gab es wieder so eine Taste, die drückt dann Herr

Fischer oder Herr Fraser oder wie immer er sich nannte, die Tür schwingt auf, du marschierst rein und stellst deine bewährte Erfolgs-Frage: »Haben Sie vielleicht meine Frau gesehen?«

Nur nicht zögern! Handeln zählt.

Tim drückte. Von der Klingel kam nicht der Hauch einer Resonanz. Aber dann, nach einer winzigen Pause ein geiferndes, sich überschlagendes, zorntobendes Bellen. das Geräusch schien das ganze Tal auszufüllen.

– Reizend! Tim war Landarzt, und als Landarzt machte man Erfahrungen. Er hatte sie gemacht: Die Biester, die sich da vor Hysterie überschlugen, mußten auf den Mann dressierte Wachhunde sein!

Das Bellen war wieder verstummt.

Noch immer stand er vor der Tür, legte einmal die Hand darauf, um sie sofort zurückzuziehen: Glühendheiß. Der Schweiß lief ihm über die Stirn. Und als er sich nun umdrehte, um zu dem Seat zurückzugehen, war es ihm, als sei sein Körper doppelt so schwer als zuvor.

Er ließ sich hinter das Steuerrad fallen. Die Türe schloß er nicht. Er hatte den linken Fuß noch draußen auf dem heißen Asphalt, so, als wolle er jeden Moment zurücklaufen. Er sagte nichts, und auch Helene Brandeis warf ihm nur einen kurzen Blick zu, um dann wieder die Mauer zu betrachten.

»Helene«, sagte er schließlich, »gib mir einen von deinen verdammten Zigarillos.«

»Nichts lieber als das.« Sie gab ihm auch Feuer, und so saßen sie, rauchten schweigend, bis es der alten Dame zuviel wurde: »Schluß! Das bringt nichts. Da meldet sich niemand.«

Tim gab ihr keine Antwort. Er hatte den Kopf zur Seite gedreht und gegen die Nackenstütze gelehnt. Sie wußte nicht, ob er die Augen geschlossen hatte oder die Mauer begutachtete. Dann zuckte er zusammen. Ein Ton. Ein Knacken, so, als wäre ein Gerät eingeschaltet worden. Und da kam es schon: Eine Stimme.

Helene Brandeis hatte sich aufgerichtet. Zum ersten Mal wirkte ihr Gesicht fassungslos. Die Stimme sprach Spanisch. Tim verstand nicht, was da aus dem Lautsprecher über den Platz herandröhnte. Nun war die Sprache Französisch...

»Was soll denn das?«

»Gleich kommt's auf deutsch, wirst du sehen.«

Und sie hatte recht.

»*Guten Tag*«, hörte Tim. »*Wir möchten Sie darauf aufmerksam machen, daß Sie sich auf einer Privatstraße befinden, die durch privaten Grund führt und bitten deshalb höflich, daß Sie diesen Besitz wieder verlassen und Ihre Fahrt fortsetzen, wozu wir Ihnen schönen Aufenthalt auf Mallorca wünschen...*«

Tim atmete tief durch. Er spuckte den Zigarillo auf den Asphalt, ließ den Motor an und gab Gas.

»Das gibt's doch alles nicht!«

»Anscheinend doch. Mit ein bißchen Fantasie kann man's sogar glauben. Und jetzt, Tim, jetzt machen wir bei anderen Leuten noch einen Besuch. Und die werden uns reinlassen.«

»Besuch? Wo? – Ich habe langsam die Schnauze voll.«

»Ich auch. Bei der Guardia Civil melden wir uns trotzdem. Wie hieß dein Freund noch?«

»Rigo«, sagte Tim. »Brigada Pablo Rigo.«

15 Uhr 35

»Wie ich erfuhr, daß du auf der Insel bist? Interessante Frage, nicht wahr, Melissa? Aber es gibt noch eine viel wichtigere. Ich frage dich...«

Der Rollstuhl rückte näher, langsam, lautlos, näher und näher, Zentimeter um Zentimeter: »Ich frage dich, wie willst du eine solche Wiederbegegnung nennen? Nach den Regeln der Wahrscheinlichkeit war unser Wiedersehen unmöglich, statistisch gesehen ein Witz. Ein Sandkorn unter Milliarden... Und trotzdem...«

Sie fühlte, roch seinen Atem. Sie hatte das Gefühl, keine Luft mehr zu bekommen. Langsam bog sie den Oberkörper zurück und brachte dabei noch immer ein Lächeln zustande; aber dieses Lächeln gehörte nicht ihr, es war eine Maske, etwas Fremdes, das schmerzte.

»Ich werd' es dir erzählen. Du wirst mir nicht glauben, Melissa.«

Sie griff nach der Karaffe mit Orangensaft auf dem Tisch. So konnte sie sich abwenden, den Stuhl ein wenig zur Seite rücken, während sie vorgab, sich auf das Eingießen zu konzentrieren.

Nein, er bemerkte nicht, wie ihr zumute war. Wann hatte er das je? Er war bei seiner Geschichte: »Sieh mal, Melissa, jede Woche fahre ich hinüber ins Formentor. Manchmal ein-, oft auch zweimal. Dort nehme ich dann meinen Tee, sehe mich ein wenig im Park um, beschäftige mich mit den Pflanzen. Es ist der einzige Ausflug, den ich mir hier auf der Insel leiste. Und ich unternehme ihn nicht, weil ich Menschen treffen will, das Neureichen-Gesindel und die Millionärs-Rentner dort interessieren mich einen Dreck. Aber der Park... Ich liebe nun einmal Pflanzen. Ich kenne den Gärtner Antonio. Das ist ein Sukkulenten-Fachmann und Sukkulenten sind nun mal meine Spezialität. Wir tauschen Stecklinge aus und unterhalten uns ein wenig. Und so war es auch dieses Mal wieder...«

»Du warst also drüben im Park vom Formentor, als wir ankamen?«

Sicher, es war unglaublich! Er hatte ja recht. Unglaublich – und unwichtig. Erschreckend aber war, wie er die Bedeutung dieses Zufalls übertrieb, ihn ins Absurde, ja, ins Groteske verzerrte. »Und wo warst du?« Sie sagte es nur, um überhaupt etwas zu sagen. Ihre Stimme war belegt, sie hatte Mühe mit den Worten. »Ich... ich habe dich nirgends gesehen.«

»Ich saß im Wagen.« Sein Lächeln wurde schief: »Du hattest es ja so verdammt eilig, hinunter an den Strand zu rennen, nicht wahr? Ich saß also im Wagen. Den hatte ich hinter dem Gärtnerhaus geparkt.«

Sie stand nun auf, ging ihm vollends aus der Nähe. Als sie über die Terrasse schritt, spürte sie die Wärme der Tonkacheln unter den bloßen Füßen. Sie zündete sich eine Zigarette an, legte die Hände auf den Sandsteinfries der Balustrade, die die Terrasse einfaßte. Drüben flog ein Schwarm Möwen. Eine löste sich jetzt, kam im Tiefflug auf der Suche nach irgend etwas Freßbarem über das Dach gestrichen und schwang sich zurück in die Weite.

»Du liefst über den Strand, dein Haar wehte, es leuchtete buchstäblich, Melissa. Beeindruckend war das, wunderschön, wie einst... Ja, ich sah dich. Ich sah ein Wunder. Meine Melissa, da war sie wieder!«

»Da war auch mein Mann.«

»Schön. Der interessierte mich nicht.« Die Stimme an ihrer Seite wurde kühl und verlor jede Emotion: »Wie sollte er? Du warst ja wieder da. Das allein zählte. Ein Wunsch, der Realität wurde. Ein Wunsch, der mich lange, viel zu lange beschäftigt hatte, weißt du, so stark beschäftigt hatte übrigens, daß man sagen konnte, daß ich ein Recht auf diese Verwirklichung besaß. Du bist mir manches schuldig, Melissa. Ich meine, nach allem, was geschah...«

Sie blickte über den Tisch und die Terrassenbrüstung. Sie vermied seinen Blick. Sie versuchte sogar die Stimme aus ihrem Bewußtsein zu verdrängen. Sie verfolgte den Flug der Möwe, die einen Kreis über Fischers Besitz zog. Das Grundstück war von einer zwei Meter hohen Mauer umgeben. Auf der anderen Seite der Mauer, die das Tal durchschnitt, sah man einen runden Platz. Er war wohl angelegt worden, um irgendwelchen Lieferanten oder Besuchern die Gelegenheit zu geben, ihre Fahrzeuge zu wenden, ohne die große Stahltüre passieren zu müssen, die Son Vent von der Außenwelt absperrte.

»Vielleicht sollte man nicht sagen schuldig. Schuld ist auch ein Wort, das man besser aus dem Vokabular streicht, aber...«

Den Rest verstand sie nicht. Fischers Worte gingen unter in dem heulenden Gebell, das die Hunde anstimmten. Wachhunde. Schwarze Neufundländer. Sie hatte zuvor beobachtet, wie sie gegen die Stahlmaschen des Zwingers sprangen, der an der Rückseite der Garage angebaut war. Sie wurden nachts freigelassen, hatte Fischer gesagt. »Für den Fall der Fälle, mein Herz. Einbrecher auf Son Vent, keine leichte Rolle. Ich möchte sie nicht spielen...«

Warum machten die Köter einen solchen Wahnsinnskrach?

Wieder blickte sie hinüber zum Garagenanbau und von dort auf den Platz vor dem Tor.

Ein Wagen! Ein kleiner, roter Seat, wie die Touristen ihn benutzen. Sie kniff die Augen zusammen, um besser sehen zu können. Ja, es war exakt derselbe Typ, den sie sich geliehen hatten, als sie zu dieser verfluchten Fahrt nach Pollensa aufgebrochen waren. Vielleicht gab es Tausende solcher roter Seats, sicher...

Vielleicht aber auch...?

Das Herz setzte ihr aus.

Mein Gott! Wenn Tim...

»Dein Mann mag ein guter Arzt sein«, kam es aus dem Rollstuhl. »Ist er sogar. Ich weiß das. Ich habe einen Ermittler gebeten, mir über den Doktor Tim Tannert zu berichten. Was er mir schrieb, war durchaus positiv. Der Doktor Tim Tannert mag auch ein guter Ehemann sein... Na und?«

Wieder das Bellen, diesmal nur vereinzelt.

Tim? – Wenn es nur nicht so weit wäre. Es war unmöglich zu erkennen, wer dort im Wagen saß.

»Ein guter Ehemann ist nun wirklich nicht gerade das, was mich beeindruckt. Ungemein praktisch vielleicht und sicher auch herzerwärmend. Manchmal... Aber das Leben hat wichtigere Dinge zu bieten. Und was unser Leben angeht, mein Herz, wir beide haben ein gemeinsames Schicksal und noch immer eine gemeinsame Rechnung, die irgendwann zu begleichen ist...«

Worte! Lächle. Nicke. Sag irgend etwas. Halte dich an das Letzte, wiederhole es, so ist es am einfachsten.

»Eine gemeinsame Rechnung?« wiederholte sie.

»Keine Sorge, ich meine das nicht negativ. Wie könnte ich auch? Ich muß wohl dankbar sein, daß es mich noch gibt, nicht wahr? Vor ein paar Jahren hatte mir keiner eine Chance gegeben. Und nun...«

Sie wollte sich umdrehen, damit er nicht Verdacht schöpfte. Sie konnte es nicht, sie war wie gelähmt. Die Worte kamen jetzt rasch, begleitet von stoßweisem Atem. So hatte sie ihn noch nie gehört.

»Sechs bis sieben Monate Lebenserwartung, das war die Prognose. Und nicht einmal, daß ich eines Tages meinen eigenen Rollstuhl kommandieren kann, war dabei vorgesehen. Gar nichts. Wenn ich damals gesagt hätte, ich würde wieder mit meiner Arbeit beginnen, erfolgreicher denn je, sie hätten mich für verrückt erklärt.«

»Mit deiner Arbeit? Hast du denn wirklich hier...«

»Ja, was glaubst du denn? Meinen Betrieb hat der Staatsanwalt stillgelegt. Keinen Pfennig bekam ich heraus. Das hast du doch sicher gehört? Ich mußte von vorne anfangen. Und was meinst du, wie ich mir dieses Gut hier leisten kann? Oder meine Yacht drüben in Cala Ratjada? Meine Konten...«

Die Stimme verschwamm. – Tim? Es war dasselbe Rot, doch die Entfernung war zu groß. Hätte sie nur ein Fernglas! Nichts zu sehen, als ein bißchen Rot und Chromgefunkel. Und trotzdem... Vielleicht war er ausgestiegen?

»Bitte, Fred...« Sie drehte sich um. Sie brauchte alle Kraft, um ihn anzusehen. Sein Gesicht schien verändert. Die Lippen zitterten. Sie sah, daß die Adern an seinen Schläfen geschwollen waren, und die Pupillen schienen riesig.

»Ich sage dir, ich habe Geld. Ich könnte dir die Welt zu Füßen legen... Ich will dein Glück.«

»Und wie soll es denn aussehen, mein Glück?«

»Du wirst sehen...« Er sagte weitere Worte, die sie nicht verstand. Sie hatte solche Mühe, sich zu konzentrieren. TIM – der Name war wie ein großes Echo, das alles andere überdeckte. Es gab eine Stelle, an der die Mauer sich ziemlich flach über einen Felsen schob. Dort vielleicht? überlegte sie. Nachts war das Gelände von Neufundländern bewacht. Außerdem, Fenster und Türen blieben verriegelt. Aber jetzt? Wenn es Tim war...

Sie hatte ihre Ruhe wieder. Und ihr Lächeln: »Gehen wir doch in den Park. Den ganzen Tag sitze ich schon im Haus. Zeig mir deine Pflanzen, diese... Wie heißen sie nur?«

»Sukkulenten.« Nun strahlte er, zufrieden wie ein Kind.

»Ich hole meinen Bikini, Fred.«

»Den brauchst du doch gar nicht. Weißt du, daß ich dich einmal sehen möchte mit deinen rotblonden Haaren wie auf dem Bild...«

»Komm, Fred!« Sie versuchte etwas auf ihr Gesicht zu zaubern, das wie ein kokettes Lächeln aussehen könnte. Und dann ließ sie ihn einfach sitzen und lief zum Hauseingang. Es mußte schnell gehen. Er sollte glauben, daß sie das Badezeug holte – jedenfalls, bis er im Park von Son Vent war, würde Zeit vergehen. Zwar bestand das ganze Haus aus sanft geneigten Rollstuhlrampen, über die er mit beachtlicher Geschwindigkeit und fast artistischem Geschick die drei Räder steuerte, trotzdem, fünf, sechs Minuten konnte sie so herausholen.

Sie nahm den Weg über die Frühstücksterrasse, als sie das Haus verließ. Auch von hier sah sie den roten Seat, zwar nur das Dach, aber er stand dort.

Auf der Westseite des Grundstücks führte ein blumengesäumter Weg zwischen hohen Zypressen an der Mauer entlang zum Eingang. Dort hatte sie gestern schon einmal die Chance abgeschätzt, über die Mauer zu kommen. Es war ihr klar, daß Fischer jeden Meter der Mauer mit seinen elektronischen Spielzeugen überwachen ließ. Na und? Wenn dort im Wagen Tim saß, hatte sie es nicht weit...

Sie ging geduckt. Violett- und rosablühende Oleanderbüsche schirmten ihren Weg. Einer der Neufundländer schlug an. Aber nun war er in seinem Zwinger. Das Bellen verstummte. Sie hörte nur das leise Summen aus der Pumpanlage, die die Umwälzung des Pools betrieb...

Rechts war die Mauer. Aus blühenden Margeriten- und Geranienbeeten wuchs sie gut zwei Meter in die Höhe. Hier hatte sie keine Chance. Doch dort vorne, die helle, gezackte Form... der Fels!

Ihr Herz schlug bis zum Halse. Noch einmal warf sie einen Blick zurück. Die Augen suchten das grüne Gewirr von Blüten, Sträuchern und Baumstämmen zu durchdringen. Die Frühstücksterrasse war leer. Niemand...

Los schon! Wenn überhaupt, dann jetzt!

Die scharfen Kanten des Muschelkalks schnitten in ihre Hand, als sie sich den Fels hochzog. Was ihr noch fehlte, war ein Meter fünfzig Mauerhöhe. Nicht mehr... Das schaffst du doch! Ja, das schaffst du...

Die Mauer war mit sandsteinbraunem, grobkörnigem Zement verputzt. Melissa schob die linke Hand über die Krone, federte ab, hatte den rechten Ellbogen bereits auf der Kante, wollte sich nun mit der linken Hand abstützen, spürte auch noch den Schmerz, als der Verputz die Haut ihrer Fingerkuppen aufriß – und dann nichts, nichts als einen peitschenden, grellen Schlag, der jede Reaktion, jede Nervenbahn in ihr betäubte.

Sie stürzte...

Es wurde ihr erst klar, als sie über den Stein in die Tiefe glitt, über die Zacken und Kanten, die den Stoff ihres Kleides zerrissen. Sie stöhnte. Sie versuchte nachzudenken – vergeblich. Und dann wußte Melissa, was dieses grausame, grelle Gefühl, das sie blitzartig durchflutet hatte, bedeutete: Die Mauer war mit Strom gesichert! Sie hatte den elektrischen Draht berührt...

Sie lag am Boden, das Gesicht in irgendeine fleischige, seltsam geformte Pflanze gepreßt. Fischers Sukkulenten... dachte sie zusammenhangslos: Seine Lieblinge... Und dann dachte sie: Du hast keine Chance! Mach dir nichts vor. Dies ist nicht eine ›Insel auf der Insel‹, wie Fischer sagte. Sein Zuchthaus ist es, der Vorhof, nein, das Zentrum der Hölle!

Am liebsten wäre sie ewig so liegengeblieben. Aber das ging ja nicht. Schwer atmend versuchte sie sich aufzustützen. Selbst damit hatte sie Schwierigkeiten. So blieb sie auf den Knien kauern, den Kopf zwischen die Schultern gezogen, rührte sich nicht, spürte nur die Tränen, die kühl über ihre Wangen rannen. Und sie blickte auch dann nicht hoch, als eine Stimme sagte: »Okay! Und wozu das Ganze? War das nicht ein bißchen leichtsinnig?«

Nein, sie rührte sich nicht. Sie hielt die Lider fest zugepreßt, als könne sie so die Wirklichkeit aussperren. Melissa haßte sich für ihre Tränen, aber sie zurückhalten, wie denn? Langsam wandte sie ihr Gesicht. Die Welt verschwamm. Durch den fließenden Schleier erkannte sie ein paar blaue, leichte Bootsschuhe mit weißen Gummisohlen.

»Soll ich Ihnen was sagen? So was kann leicht schiefgehen«, sagte die Stimme. »Ich weiß ja nicht, wieviel Saft da oben durchläuft, aber ein paar hundert Volt sind das schon. Und das tut nicht gut. Vor allem, wenn jemand 'nen schwachen Kreislauf hat...«

Sie nickte, nickte tatsächlich, nickte wie eine Puppe.

»Wie ist das, geht es einigermaßen? Können Sie aufstehen? Nein, ich helf' Ihnen wohl besser...«

Zwei Hände griffen zu, schoben sich unter ihre Achseln und zogen sie hoch. Die Knie drohten einzuknicken, tief in ihr war ein Zittern, das sich über den ganzen Körper ausbreitete, doch die Hände hielten sie fest.

Dann war es soweit, daß sie allein stehen, ein wenig denken und vor allem sehen konnte.

Sie blickte in ein braungebranntes, knochiges Gesicht: Matusch – Fischers Faktotum! Er hatte den rechten Zeigefinger gegen seine lange, schmale Nase gelegt. Das goldene Haar glänzte. Golden schimmerte auch das kleine Kreuz, das an einer Kette auf seiner dunkelgebräunten Brust hing. Die fleischlosen Lippen waren zu einem dünnen Grinsen verzogen.

Und die grauen Augen sahen sie an, lange und ohne den Schatten irgendeiner Gefühlsregung.

»Ich weiß nicht, ob das sehr klug war, gnädige Frau«, kam es endlich. »Das könnte schließlich Ärger mit dem

Chef geben, nicht? Und Ärger, wissen Sie, Ärger mag er gar nicht. Davon hat er schon genug...«

Sie machte zwei, drei Schritte. Nur weg! Ein plattenbelegter Weg. Stufen. Sie führten hinunter zum Garagenbau.

Sie ging weiter. Ihr Körper gehorchte wieder. Sie ging einfach. Weg!... Sie hatte bereits die Hand auf dem eisernen Treppengeländer, als er sie zurückriß.

»Das ist die falsche Richtung, gnädige Frau. Das lassen wir jetzt. Wir beide gehen jetzt hübsch hoch in die Villa. Ein anderes Kleid würde ich mir auch anziehen. Der ganze Rock ist futsch. Und außerdem wollen wir doch erzählen, was Ihnen da gerade eingefallen war, oder nicht?«

Vielleicht wiederholt sich alles? So jung war sie damals, fünfzehn oder sechzehn, doch in ihr tobte das gleiche Gefühl hilfloser, zorniger Ohnmacht, das sich gegen die Fesseln der Scham nicht durchzusetzen vermochte... Sie hatten Zigaretten geraucht, keinen Hasch, wie Strelau behauptete, aber der Klassenlehrer wiederholte es immer wieder: »Es macht mich traurig, Melissa. Du, meine beste Schülerin... Sich in die Toilette einsperren, um Joints zu rauchen? Schweig, Melissa. Ich weiß, daß es so ist. Es macht mich unendlich traurig...«

Es macht mich unendlich traurig – das gleiche signalisierten Fischers Eulenaugen.

Er sagte nichts. Er schwieg. Er saß unter dieser gelben Sonnenmarkise im Rollstuhl zurückgelehnt, die Decke über den Knien, die Finger am Schaltkästchen in der Lehne, aber sein Blick wiederholte es: Es macht mich unendlich traurig!

Wieso lachte sie ihm nicht ins Gesicht? Wieso war ihr noch immer, als schüttle sie der Stromstoß, als zermürbe es jede Reaktion, jeden Gedanken. Dieses widerliche Schwein von Matusch aber war noch immer nicht fertig mit seinem Bericht.

»Du hättest dich umbringen können, Melissa.«

Was gab es darauf schon zu antworten? Wieso ließ sie sich so anstarren? Wieso machte sie dieses Irrsinnstheater noch länger mit?

Und da kam es tatsächlich: »Es macht mich traurig. Ich will nicht nach den Gründen fragen. Ich will nur eines: Daß du weißt, was du damit bei mir bewirkt hast.«

Bewirkt hast? Fischer als Opfer? Ausgerechnet...

Sie drehte sich um, ging die ganze, lange Terrasse entlang, hörte das Quietschen der Gummireifen, als er den Stuhl drehte, ging ihrer Tür entgegen und war zum ersten Mal glücklich, daß sie in ihr Gefängnis zurückkehren konnte.

Sie zog die Türe zu, zog die weißen Vorhänge vor, ging auf unsicheren Beinen ins Bad, riß sich den schweißgetränkten Stoff vom Leib, stieg in die Badewanne und ließ das Wasser der Dusche auf sich herabprasseln. Die Wasserstrahlen peitschten ihren Körper. Sie hob die Hände vor das Gesicht, betrachtete die Fingerkuppen, eine nach der anderen. Vielleicht daß die Berührung mit den Stromkabeln eine Spur hinterlassen hatte? Ein Brandmal? Sie sah nichts. Sie trug das Brandmal wohl in ihrer Seele...

Sie trocknete sich ab, schlüpfte in den Bademantel und ließ sich aufs Bett fallen.

Das gläserne Kameraauge war auf sie gerichtet.

Es störte sie nicht. Man brauchte nur die Augen zuzumachen.

So einfach war das.

Es war das erste Mal, daß in Melissa die Angst hochkroch zu verlieren: Fischer war der Stärkere. Sie wollte es nur nicht anerkennen. Er war der Stärkere, weil er daran glaubte. Sie aber begann den Glauben zu verlieren, erschöpft fühlte sie sich, ausgebrannt, leer wie eine Hülse, sie war dankbar für die Müdigkeit, dankbar dafür, daß sie ihr vergessen half, sie schläfrig machte.

Wie lange sie in diesem sonderbaren, schwebenden Trance-Zustand verharrt war, wußte sie nicht. Sie hatte Matusch auch nicht gehört, als er den Raum betrat. Sie hörte ein Räuspern, doch damit hatte sie nichts zu tun. Aber die Hand, die sich nun auf ihre Schulter legte, die Berührung, das war Realität. Melissa fuhr hoch.

»Wie kommen Sie hier rein?«

Der Zorn machte sie schlagartig wach. »Verlassen Sie das Zimmer! Scheren Sie sich zum Teufel!«

Er scherte sich nicht zum Teufel. Er blieb und starrte weiter aus seinen grauen, leeren Augen auf sie herab.

»Ich sagte Ihnen doch gerade...«

»Richtig. Habe ich gehört. Ich geh' auch sofort. Mit Ihnen.« Und dann, nach einer höhnischen Pause sein: »Gnädige Frau...«

Sie hielt seinem Blick stand. Doch sie begriff nicht. Und dieses dünne Grinsen? Wie konnte sie es ihm aus dem Gesicht schlagen? Schreien? Dazu fühlte sie sich zu elend.

»Der Chef will Sie sprechen.«

»Der Chef? Das ist Ihr Chef. Sagen Sie Ihrem Chef, daß ich mir seinen Anblick jetzt ersparen möchte.«

»Sicher, sicher. Aber Sie werden keine Schwierigkeiten machen. Jetzt nicht. Das ist nicht der geeignete Zeitpunkt. Also bitte, stehen Sie schon auf.«

»Hören Sie, sind Sie verrückt?«

Er wollte tatsächlich ihre Hand packen. Sie schlug sie weg, doch da hielt er schon ihren Arm, und der Griff seiner Finger schnitt ihr ins Fleisch, daß sie die Zähne zusammenbiß.

»Verrückt?« sagte Matusch. »Fangen wir damit nicht an, wer das sein könnte. Es ist außerdem ziemlich egal. Sie kommen jetzt mit. Ja, nun los schon! Na, wird's? Aufstehen! Los!«

Er hatte sie hochgerissen, sie taumelte; das Blut pochte in ihren Schläfen. Sie versuchte zu verstehen – doch wie? Sie hatte sich Stunde um Stunde durch ein Alptraum-Labyrinth hetzen lassen und dabei versucht, etwas wie Orientierung und einen kühlen Kopf zu bewahren. Alles schien nur ein Auftakt gewesen zu sein – nun, da der Alptraum seine wahre Fratze zeigte, verlor sie die Kraft. Nun kam die Gewalt! Der Kerl, der sie zur Tür schleppte, den Gang entlangstieß, ihren Schlag abwehrte, sogar noch grinste, jetzt sagte: »Los schon! Hier rein.«

Fischers Arbeitsraum. Fischer selbst. Fischer, der sie aus einem Stuhl heraus anlächelte, ja, noch immer lächelte, auch jetzt noch, als sein Gorilla sie quer durchs Zimmer stieß.

»Schlimm.« Fred Fischer lächelte, und es war ein Lächeln, das sie an ihm nicht kannte. Ein zitternder, nervöser Hauch von Lächeln: »Schlimm für uns beide, Melissa... Schlimm auch, wie er sich beträgt. Ich weiß, ich weiß...«

»Sag mal...«

»Nein, zum Reden haben wir keine Zeit. Leider. Später, Meliss. Später erkläre ich dir alles. Jetzt jedoch...«

Er sprach nicht weiter. Er wandte sich an Matusch: »Pohl hat noch mal gefunkt. Wir müssen uns beeilen.«

Matusch hielt sie fest und nickte.

Ihr Leben, zweiunddreißig Jahre lang hatte Melissa auf ihre Beherrschung geachtet. Stets vertraute sie ihrer Vernunft oder dem Bild, das sie wie jeder Mensch von sich gemacht hatte und das auf der Vorstellung beruhte, schwierige Situationen seien nur mit Ruhe und Selbstbeherrschung zu meistern. Nun war es damit vorbei. Nun verfiel sie in den dunklen, tiefen Sog der Panik. Nun fing sie an zu schreien, wilde, entsetzte Laute, die aus ihrer Kehle quollen und die sie nicht mehr zurückhalten oder steuern konnte. Schreie eines Menschen in Todesnot...

»Noch näher«, sagte Fischer. »Nun mach schon.«

Und da sah sie, was er in der Hand verborgen hielt: eine Injektionsnadel. Sie schloß die Augen und schrie. Sie spürte den Einstich nicht einmal...

16 Uhr 40

Girls gab's diesmal keine auf dem Bildschirm. Auch sonst wirkte die Polizeistation der Guardia Civil in Pollensa bei Tageslicht ziemlich schäbig. König Juan an der Wand hatte sich eine magenkranke, gelbe Farbe zugelegt, die Geranien auf den Fensterbänken kümmerten unter einer dicken weißlichen Staubschicht dahin, es wurde weniger geraucht, dafür anscheinend um so mehr gearbeitet. Diesmal waren nur zwei Beamte im Raum. Der Junge mit dem Schnauz hing schon wieder am Telefon. Er winkte Tim zu wie einem alten Bekannten. Der andere Guardia kam zur Schranke: ein großer, knochiger Mann mit dunklen, tiefliegenden Augen.

Helene Brandeis strahlte ihn an. Er registrierte es mit einem Kopfnicken, aber das war auch schon alles.

»Könnten wir den Brigada sehen?« fragte Tim.

»Der Brigada ist – Moment mal... Rigo kommt gerade, da haben Sie Glück.«

Vom Hof hörte man das Knirschen schwerer Stollenreifen. Dann eine Stimme. Und eine Türe, die zuschlug. Nun stand er in der Tür, fett und mächtig und ziemlich erschöpft. »*Hola.*«

»Dies ist Señora Helene Brandeis«, stellte Tim vor. »Eine Freundin von uns.«

Der Brigada nickte nur. Auch Helenes »*Muy buenas tardes!*« – Einen schönen guten Tag! – beeindruckte ihn nicht. Er nahm die Mütze ab und wischte sich mit dem Handrücken den Schweiß von der Stirn, warf sich in einen alten, knackenden Korbsessel und starrte Tim mit müden, erbitterten Augen an: »Wir waren bis zur Sierra del Caval hoch. Und nicht nur wir. Auch ein Zug der Bereitschaft aus Inca.«

»Wieso denn, Señor?« Helene Brandeis verschränkte die Arme über der Besucherschranke: »Das ist doch der Bergzug zur Punta? Was suchen Sie denn dort oben?«

»Fragen Sie den Herrn da. Er ist die richtige Adresse.«

Rigo drehte sich um und rief dem Mageren zu, er solle ihm ein Bier aus dem Eisschrank holen. Das trank er dann auch mit langen, entschlossenen Schlucken, die sein Doppelkinn hüpfen ließen, stellte die Flasche weg und streckte die schweren Beine mit der Miene eines Mannes von sich, der seine Tagesarbeit geleistet hat.

»Wir haben vielleicht einen Hinweis für Sie. Frau Brandeis hier hat Kontakte zum deutschen Bundeskriminalamt in Wiesbaden.«

Tim hatte das Wort Bundeskriminalamt mit Gewicht ausgesprochen. Doch Rigo zuckte noch nicht einmal mit den Wimpern.

»Sie meint, das Verschwinden meiner Frau könnte im Zusammenhang mit einem Mann stehen, den sie einmal gekannt hat.«

Jetzt nickte der Brigada zumindest.

»Der Mann wird vom Bundeskriminalamt und von der amerikanischen Drogenfahndung gesucht«, fuhr Tim eifrig fort. »Wie Frau Brandeis erfahren hat, ist auch ein Ersuchen um Ermittlungshilfe an die spanische Polizei abgegangen. Und deshalb bin ich der Ansicht...«

Tims Ansicht war offensichtlich nicht gefragt. Rigo hatte seine ein Meter fünfundachtzig wieder vom Sessel hochgewuchtet, hatte jetzt plötzlich ganz schmale Augen und ging auf Helene Brandeis zu, die ihm mit einem geradezu überirdisch-freundlichen Lächeln entgegensah. Dann wurde viel, sehr viel Spanisch gesprochen. Helene kramte in ihrer Tasche, zog nicht nur ihren Paß, sondern auch die braune Dokumentenmappe mit den Goldbeschlägen hervor, öffnete sie – und da waren wieder die Telefax-Papiere und der Text von ›Paschke-Wiesbaden‹. Noch immer mit diesem nachsichtigen, kornblumenblauen und jeden Widerstand auslöschenden Alte-Damen-Lächeln hielt sie ihn Rigo unter die Nase und übersetzte.

Tim rauchte eine Zigarette nach der anderen. Der Brigada rieb sich mit dem rechten Zeigefinger seine große, rotverbrannte Nase, von der sich winzige Hautstückchen schälten. Dann ließ er sich von dem Schnauz das Telefon geben, stellte Fragen, wartete, sagte einige Male *comprendo* und *d'acuerdo* und legte wieder auf.

»Wir haben kein solches Ersuchen. Auch keine Bitte um Fahndungsmitwirkung.«

Soviel verstand auch Tim. Es war keine Schlappe, dies ähnelte einer Katastrophe. Helene Brandeis steckte sie mit höflichem Nicken weg: »Dann wird die Nachricht jeden Moment eintreffen, Señor. Es ist nur eine Frage von Stunden. Ich weiß das ganz genau...«

»Sie scheinen ziemlich viel zu wissen.«

»Danke«, sagte Helene Brandeis, als habe man ihr Herbstblumenkleid gelobt. »Darf ich Ihnen einen Zigarillo anbieten?«

»Ich rauche nicht, Señora«, sagte Rigo.

Tim mischte sich wieder ein. Er deutete auf das Thermopapier, auf dem sich der von Helene Brandeis' Fax zwar aufgenommene, aber doch ziemlich verschmierte, undeutliche Kopf eines Mannes abzeichnete. »Er hält sich hier unter falschem Namen auf.«

»Das hat mir die Señora bereits gesagt. Aber er ist nicht registriert, hat mir die Zentrale durchgegeben. Weder unter Fred Fischer noch unter Alfred Fraser. Er besitzt also keine Residencia noch sonst irgendeine Aufenthaltserlaubnis. Son Vent allerdings ist bekannt...«

»Der Mann ist Parapleptiker. Das muß doch rauszukriegen sein, ob Son Vent von einem Rollstuhlfahrer bewohnt wird?«

»Ist es auch. Wieso nicht? Ich brauche nur in Capdepera anzurufen.«

»Rollstuhlfahrer...?« Der Schnauz ließ den Drehstuhl kreisen, seine Augen waren wachsam und nachdenklich zugleich: »Moment mal...« Und dann sprach Helene Brandeis auf den Jungen ein, und der nickte und hatte auch etwas zu sagen, eine Menge sogar. Sie wandte sich wieder an Tim: »Es hat vielleicht nichts damit zu tun, Querschnittsgelähmte mag es schließlich überall geben. Aber unser junger Freund hier hat auch eine ganz interessante Beobachtung gemacht. Und zwar geht es um eine Motoryacht. Die sah er in Puerto Pollensa anlegen. Ein ziemlich großes Ding. Mit einem grünen Streifen an der Bordwand. Sehr teuer muß es auch gewesen sein. Der Mann aber, offensichtlich der Eigentümer, war gelähmt. Er wurde in einem Rollstuhl über die Gangway an Land geschoben.«

Es war wie ein kleiner elektrischer Impuls: In Tim knisterte es. Er hatte zwar kein klares Bild, in das er einfügen konnte, was er gerade erfahren hatte, und doch, irgendwie paßte es zu seinen Ahnungen: Rollstuhlfahrer?... Querschnittsgelähmter – vor allem Ausländer. Die mußten schon selten genug sein. Was sie suchten, war ein reicher, sehr reicher Ausländer.

»Frag ihn, ob er dieses Schiff schon mal in der Nähe vom Formentor beobachtet hat?«

Der Polizist schüttelte nur den Kopf.

»Was ist denn los, Tim?«

Inbrünstig kaute er am Bügel seiner Sonnenbrille und merkte es noch nicht einmal. »Ich meine, ich sehe da eine Möglichkeit. Ich kenne da jemand... Ich fahr' mal zum Hafen.«

»Wegen des Bootes?«

Er nickte.

Sie zögerte. Unter den aufgemalten Rougeflecken auf ihren Wangen wirkte ihre Haut fahl und mit tausend winzigen Fältchen tapeziert, die Augen aber leuchteten noch immer voll ungebrochener Tatkraft: »Noch was, Tim: Dieser sagenhafte Dicke hier hat sich breitschlagen lassen, sich mal in Capdepera umzuhören. Und das sogar sofort. Wir sollten mit ihm fahren.«

»Aber bist du denn nicht müde, Helene?«

»Müde? Was ist das?... Nein, kein bißchen. Nur mein Gelenk. Das will nicht so, wie ich es will.«

»Siehst du, deshalb ist es besser...«

»Besser ist, ich zieh' mir meine Sandalen an und schmeiß diese Teufelsschuhe in den Papierkorb hier. Dann fahr' ich mit ihm. Ich lasse ihn nicht aus dem Griff. Versprechen tun die viel, aber wenn's an die Praxis geht, heißt's *mañana*.«

Er nickte. »Gut. Und wo treffen wir uns?«

Pablo Rigo führte sie an die große Karte neben der Eingangstür. »Hier, die Straße nach Capdepera und Cala Ratjada. Das da, die gestrichelte Linie, ist der Weg nach Son Vent. Es ist eine Privatstraße. Sie wurde angelegt, als das Gut umgebaut wurde.«

»Kennen wir schon«, sagte Helene Brandeis und erntete dafür von Rigo einen stirngerunzelten, fragenden Blick. Aber sie schien die Erklärung für ausreichend zu halten. Sie beließ es dabei.

»Na gut«, sagte Rigo. »Am besten treffen wir uns in Capdepera. Fragen Sie nach der Bar Can Pines. Können Sie sich das merken?«

Tim nickte.

»Na gut, dort sind wir dann, Mister. Und dann können Sie die Lady wieder mitnehmen. Mit der haben Sie mir was auf den Hals geladen...«

Es war das erste Mal seit zwei Tagen, daß Tim wieder Lust zu grinsen hatte. Er grinste auch. Dann besorgte er Helenes Sandalen, ging wieder hinaus auf die Straße und bestieg den Seat...

Tomeu saß auf seinem Boot. Er hielt ein Holz in der Hand und war dabei, eingetrocknete Algen und Muscheln von einem Stück grüngestrichenem Blech abzuschaben. Er blickte erst hoch, als das Boot unter dem Gewicht Tims zu schaukeln begann.

»*Hola!*« Tomeu blinzelte gegen die tiefstehende Sonne: »Haben Sie sie gefunden, Ihre Frau?«

Tim schüttelte den Kopf.

»Tut mir aber leid. Wirklich...«

Tim setzte sich auf die Motorabdeckung und bot ihm Zigaretten an. Tomeu schüttelte nur den Kopf und machte weiter.

»Sagen Sie, Sie kennen doch die Leute, die hier Yachten haben, und die Schiffe selber, oder? Ich meine, ich spreche von Motoryachten...«

»Was habe ich schon mit Motoryachten zu tun?«

»Kennen Sie sie, oder kennen Sie sie nicht?«

»Kommt drauf an...«

»Es ist ein Schiff, das schon mal in Puerto Pollensa

angelegt hat. Und es könnte sein, daß es seinen Liegeplatz in Cala Ratjada hat...« Tim sog an seiner Zigarette und dachte an das, was der junge Guardia erzählt und ihm dann Helene Brandeis übersetzt hatte: »Eine große, eine sehr große Motoryacht. Ganz modern. Stromlinienförmiger Aufbau. Ein grüner Streifen um den Rumpf.«

»Hat sie ein Satelliten-Radar?«

»Das weiß ich nicht.«

»Hm«, machte Tomeu und legte sein Stück Blech endlich weg. »Könnte schon sein... Es ist eine brandneue italienische Yacht. Sie hat zwei grüne Streifen. Ein Riesending. – Und nicht nur das: Die hat sogar 'ne Art Seilbahn an Bord.« Er lachte. »Das ist so ziemlich die einzige Motoryacht, die ich kenne, mit bordeigener Seilbahn.«

»Seilbahn...?«

»Ja, zwei Drahtseile. Sie gehen auch unter Deck und zum Cockpit. Ein Segeltuchstuhl ist da eingeklinkt mit 'nem Gurt dran. Der Eigner nämlich ist...«

»Querschnittsgelähmt?« Tim brachte das Wort kaum heraus.

Tomeu nickte. »Er hat eine Finca in der Nähe von Capdepera. Ein Deutscher. Dann kennen Sie das Schiff doch?«

Tim schüttelte den Kopf. »Nein, ich kenne es nicht. Und wie ist der Name der Yacht?«

»Melissa«, sagte Tomeu.

17 Uhr

Die tiefstehende Sonne färbte die gekalkten Wände der Häuser, als Tim den Wagen in die Calle Mayor der kleinen Stadt steuerte. Er hatte keine Schwierigkeiten, die Bar zu finden. Er erkannte sie an der blauweißen ›San Miguel‹-Bierreklame, und an den beiden Polizei-Landrovers, die dort standen. Als er den Wagen auf der gegenüberliegenden Straßenseite stoppte, kam ihm schon Rigo entgegen: Die Hände in den Taschen schaukelte er schräg über die Fahrbahn.

»Was Neues, Doktor?«

»Zuerst Sie!«

Rigo grinste. Die grauen Stoppeln auf seinen Backen waren noch länger als zuvor, aber seine Verdrossenheit war wie weggeblasen. »Ja. Ne ganze Menge. Nach diesem Fischer wird nun auch hier gefahndet. Die alte Dame hatte recht. In der Zentrale wußten sie das nicht, aber sie haben sich inzwischen mit dem Drogendezernat der Policia Nacional in Verbindung gesetzt.«

»Ja nun, die Kompetenzen – was?!« Tim versuchte mit einem Grinsen gegen das heftige Schlagen seines Herzens anzukämpfen.

»*Exacto!* In Palma stehen sie alle kopf, der Teufel ist los. Mit Ihrem Fischer haben wir uns ja einen ganz dikken Rollstuhl-Komiker eingehandelt!«

»Sehr lustig«, sagte Tim. »Und meine Frau?!«

»Ein Hubschrauber ist bereits in Marsch gesetzt. Kann nicht mehr lange dauern. Er muß jeden Moment hier sein.«

»Hubschrauber? Wieso denn Hubschrauber? Himmel noch mal, was ist mit Melissa?«

Rigo sah ihn nur an.

»Hören Sie, Rigo, wenn Sie jetzt wieder sagen, alles kein Problem, beruhigen Sie sich, dann können Sie was erleben. Was soll das denn heißen, Hubschrauber? Wollen Sie da rein? Wollen Sie eine Aktion starten, wird es etwa 'ne Schießerei geben?«

Die Wachhunde dort oben? Und sicher gibt es nicht nur diese verdammten Köter, dachte Tim. Ein Mann wie Fischer, ein Drogenboß, ein verrückter Mafioso, wer kann denn wissen, was der für Gesindel bei sich hat, verdammt noch mal?! Irgendwelche Gangster, Bodyguards, Wachen hatte er sicher dort oben. Und dann der Hubschrauber! Was ihm seine Angst eingab, war eine dieser verrückten Szenen, die man im Film zu sehen kriegt: Ein Kommando, das mit Maschinenpistolen aus dem Hubschrauber springt. Schußsalven. Explodierende Sprengladungen. Und Melissa mitten in dieser Vernichtungshölle!...

Rigo warf ihm einen seiner kühlen, abschätzenden Blicke zu: »Der Hubschrauber, Doktor? Der Hubschrauber kommt, weil die Bude leer ist.«

»Welche Bude, Herrgott noch mal?«

»Fragen Sie das im Ernst? Son Vent natürlich. Fischer ist abgerückt. Und mit allem, was dazugehört. Dort oben bellen nur noch ein paar Hunde. Und die bellen so verrückt, daß wohl nicht viel mehr übrigbleibt, als sie umzulegen.«

»Abgerückt...«, wiederholte Tim tonlos.

»Ausgeflogen kann man nicht gerade sagen – er ist zum Hafen runter und weg.«

»Mit der ›Melissa‹, was?«

»Richtig. Und jetzt darf ich Sie auch was fragen:

Kommt Ihnen der Name nicht langsam etwas merkwürdig vor?«

Tim sah ihn an. Er konnte ihm keine reinwürgen, dafür nicht, wie auch? Und außerdem: Er fühlte sich viel zu zerschlagen. Aber ein Hubschrauber? Wenigstens war eins erreicht, sie nahmen dieses schreckliche, nein, dieses miese Spiel langsam ernst. Ein Hubschrauber, das bedeutete einen Großeinsatz, und vielleicht war Rigo doch gar nicht so übel... Wir werden ihn kriegen! dachte er mit einer jäh aufschießenden, wilden, verzweifelten Hoffnung. Ich werde ihn kriegen! Und dann knöpfe ich ihn mir vor...

Im Landrover knatterte die Funksprechanlage. Der Brigada schob den Oberkörper hinein, schnaufte vernehmlich, nahm den Hörer ab und brachte dann die Antwort in dem gemütlichen Singsang seines mallorquinischen Dialekts.

Tim fühlte, wie seine Fußsohlen in den Tennisschuhen zu prickeln begannen. Der Schweiß rann ihm über die Stirn. Er wischte ihn mit dem Handrücken ab, und dieses Mal war es nicht die Hitze, die ihm das Wasser aus den Poren trieb.

Da war auch Rigo schon wieder, Rigos Lächeln, die ganze in Fett gelagerte, tranige Gelassenheit, die durch nichts zu erschüttern war.

»Jetzt hören Sie mal, Doktor, da gibt's noch ein Problem: Ihre alte Lady... Sie hat irgendwas mit den Beinen, konnte nicht mehr so richtig gehen. Und deshalb haben wir sie drüben ins Café gesetzt, gleich über der Straße. Sehen Sie, da bei der Coca-Cola-Reklame? Ich wollte gerade zu ihr, aber jetzt gibt's ja Sie. Sie sind der Doktor, nicht ich.«

Tim nickte nur. »Okay«, wollte er sagen, umdrehen wollte er sich – aber er blieb stehen und legte wie Rigo den Kopf in den Nacken und führte dabei die Hand zur Stirn, um die Augen vor der Sonne zu schützen.

Das Geräusch hatte er schon zuvor vernommen, nur nicht richtig eingeordnet: Ein knatterndes Rauschen, ein rhythmisches Tak-tak-tak, so, als würde man ein schweres, nasses Handtuch in einem Kessel herumwirbeln. Und da war er schon: Die Rotoren flimmerten, die lange, gestreckte Libellenform hing über einem Dach, das aus den üblichen alterspatinierten Mönchs- und Nonnenziegeln bestand. Tim würde sich später noch an jede dieser Sekunden erinnern, selbst daran, daß vier Fernsehantennen auf diesem Haus montiert waren.

»Na schön, Doktor! Da kommt meine Kutsche. Bis später! Sie können mich ja in Pollensa anrufen.«

»Einen Scheiß werd' ich tun!«

Rigo konnte es sich leisten, mit Worten sparsam umzugehen. Es genügte, wenn er die Brauen hochzog. »Sie haben drüben einen Patienten, Doktor, wenn ich das recht verstehe.«

»Das verstehen Sie richtig. Aber der Patient steht einiges durch. Den kenne ich. Ich komme mit Ihnen!«

Das hörte Rigo gar nicht, denn er war gerade dabei, in seinen Landrover zu klettern. Es war jetzt genau siebzehn Uhr zwanzig. Und Tim war nicht bereit, Rigo und den Wagen abfahren zu sehen, zumindest nicht ohne ihn. Und da ihm nichts anderes einfiel, um es zu verhindern, griff er nach Rigos Uniformgürtel und zog daran.

Nun drehte der Brigada doch den Kopf, etwas wie Verblüffung im Gesicht. »Was soll denn das?«

»Nichts. Nur, daß ich mitkomme.«

»So, mitkommen? Wohin denn?«

Tim deutete unbestimmt mit dem Kinn zu den Dächern hoch. Der Hubschrauber war verschwunden, nur das helle Pfeifen der Turbine hing noch in der Luft. Er schien bei der Landung.

»Damit komme ich mit«, sagte Tim. »Wo ist er denn jetzt?«

»Auf dem Sportplatz. Und Sie gehen ins Café. Ist das klar?«

»Von wegen! Nichts ist klar.« Das stimmte. Für Tim Tannert gab es in dieser Sekunde nur eine einzige Realität, die ihn beherrschte: den Willen, koste es, was es wolle, dabei zu sein, wenn Verrückte, egal welcher Sorte, Melissa in Gefahr brachten. Wobei noch nicht einmal geklärt war, ob Melissa nicht selbst zu den Verrückten zu rechnen war. Aber auch dann...

Er hatte die Türe bereits aufgerissen und sich auf den Rücksitz des Landrovers geschwungen.

»Moment mal!« Rigo drehte sich um, die dunklen Augen blitzten warnend. »Doktor, ich bin nicht der Spaßvogel, für den Sie mich anscheinend halten.«

»Ich auch nicht.«

»Na schön. Dann raus.«

»Hören Sie, Rigo, ich kann Ihnen doch helfen. Wer weiß, was passiert... Schließlich bin ich Arzt... Und dies ist auch nicht mein erster Hubschraubereinsatz. Als Notarzt in Essen bin ich ständig in diesen Dingern herumgeschwirrt. Ich flieg' also mit. Seien Sie vernünftig.«

»Vernünftig? Ich?!«

»Nein, seien Sie nett, seien Sie lieb, seien Sie, was Sie wollen, aber lassen Sie mich mit, Herrgott noch mal!«

Rigo nickte mit dem Kopf seinem Fahrer zu: »Na, los schon, Tonio, fahr zu!« Und dann sagte er noch etwas: »Ich weiß einfach nicht, woran das liegt, Tonio«, sagte der Brigada Pablo Rigo, »warum muß so was immer nur mir passieren? Ich bin wie Fliegenpapier. Jeder Schwachsinnige, jeder Irre klebt an mir und macht mir das Leben sauer.«

Der Pilot hatte die Turbine nicht abgestellt, leise fauchend drehten sich die Flügel des Helikopters im Leerlauf, als sie aus dem Landrover sprangen.

Rigo sah Tim kurz an, dann machte er eine entschlossene Kinnbewegung zum Hubschrauber hinüber: »Na, los schon! Und ziehen Sie den Kopf ein.«

»Brauchen Sie mir nicht zu sagen.«

Sie liefen die ersten Schritte nebeneinander. Dann blieb Rigo stehen, winkte zu dem Wagen hinüber. Tim sah, wie der Fahrer heraussprang und nun, eine Maschinenpistole und ein paar Magazine in der Hand, herbeigerannt kam.

»Hätte ich beinahe vergessen«, knurrte Rigo. »Normalerweise haben sie das Zeug an Bord. Aber du weißt ja nie...«

Die seitliche Kabinenwand war für den Einstieg geöffnet. Die beiden Männer, die nebeneinander vor der Konsole der großen Maschine saßen, trugen Uniformen und orangene Helme auf dem Kopf. Der Pilot prüfte seine Anzeigen, grinste kurz, während sein Kollege in das Mikrofon sprach.

»Los schon, Doktor, Sie zuerst! Den Platz dort neben der Seilwinde.«

Tim nickte nur. Es war wahr. Er kannte dies alles, selbst den Geruch, das Turbinensingen, das sich dem Körper mitzuteilen schien, und nun das jähe, fahrstuhlähnliche Aufwärtssausen. Er hatte sich angegurtet, und durch das Glas der Kanzel sah er eine Burg, alte Mauern, die kleinen Häuser und Straßen... Hinter ihnen blieb Fischers Besitz, und vor ihnen weitete sich nun, von der Sonne mit ungezählten Reflexen geschmückt, das Waschbrettmuster der Wellen...

Wie lange waren sie nun schon in der Luft? Tim wußte es nicht. Zwanzig, vielleicht dreißig Minuten?... Er hatte versäumt auf die Uhr zu sehen, als der Hubschrauber abhob. Er kauerte auf dem schmalen, unbequemen Plastiksitz, vor sich die breiten Schultern des Brigada, der die Maschinenpistole auf seinen Oberschenkeln hielt. Ganz vorne die beiden orangefarbenen Schutzhelme der Hubschrauberbesatzung.

Wieder knatterte es im Lautsprecher. Der Pilot gab seine Meldungen. In regelmäßigen Abständen tauschte er spanische Sätze mit seiner Leitstelle aus.

Die Seitenwände der Maschine bestanden aus gewölbten, beweglichen Plastikschalen. Die rechte war zurückgeschoben. Der Fahrtwind tauchte herein. Er zerrte an Tims Haaren und erfüllte die enge Kabine mit dem Pfeifen der Turbine und dem Geruch nach Benzin und Auspuffgasen.

Unten aber, auf der blauen, von der tiefer stehenden Sonne nun goldüberglänzten Fläche der See – unten, dreihundert Meter tiefer vielleicht, krebsten über das tiefblaue, fast schwärzliche Wasser Spielzeugschiffe...

Es war ein schönes Bild, ein fröhliches Bild. Und Tim dachte daran, wie Melissa ihm beim Start nach Mallorca noch auf dem Flughafen in Riem eines der ›heiligen Versprechen‹ abgenommen hatte, auf denen sie so eifrig und mit dem tiefen Ernst eines Kindes zu bestehen pflegte.

»Wir fahren aber raus, mit 'nem Schiff, Tim Tannert! Das ist abgemacht, klar?«

»Klar. Ich miete mir ein Tretboot.«

»Von wegen Tretboot!«

»Dann ein Boot mit Motor.«

»Auch nicht.«

»Was mit Segeln dran, Tim!«

»Ich kann doch gar nicht segeln. Und auf dem Meer! Bist du verrückt?!«

»Wenn du schon in 'nem Millionärs-Hotel wohnen willst, Tim Tannert, und keinen Pfennig dafür zu zahlen brauchst, dann kannst du dir ja wohl für einen und zwei Tage ein Boot mit Besatzung leisten. Und wenn es nur ein einziger Seemann ist?«

»Okay.«

»Heiliges Versprechen?«

Und er hatte genickt.

Ein Boot mit Besatzung?...

Jetzt hatte sie es, ihr Boot mit Besatzung! Der Gedanke daran war wie ein Stich ins Herz.

Die Turbine veränderte ihren Ton, wurde noch heller, kraftvoller. Die ›Bel‹ legte an Geschwindigkeit zu, den plexiglasverkleideten Hornissenkopf nach unten gesenkt, stürmte sie vorwärts.

Sie waren bisher stets geradeaus geflogen, so wenigstens erschien es Tim, der sich ab und zu orientierte, indem er zurück zur Küste sah, wo sich die Berge von Capdepera im Dunst auflösten. Nein, es gab kein Zögern, keine Suchkreise, es ging immer geradeaus.

Er legte Rigo die Hand auf den Arm, beugte sich nach vorne und rief in Rigos Ohr: »Wo fliegt denn der hin?«

»Na, wo schon?«

»Ja, kennt er denn die Position?«

Rigo schüttelte den Kopf. »*No*. Aber die Richtung. Die da unten kennen sie.«

Die da unten? Die Hand des Brigada wies auf die Boote: »*Pescadores*. Fischer. Eine ganze Flottille. Die ›Melissa‹ ist mit Volldampf durch ihr Fanggebiet. Sie haben sich schwer geärgert, und als dann die Küstenwache anfragte, haben die sich den Kurs zusammengebastelt.«

Das also war es...

Tim lehnte sich zurück und schloß die Augen. Er hätte jetzt gerne eine Zigarette geraucht, aber das ging wohl nicht. Er würde das hinter sich bringen. Und das Rauchen wieder aufgeben. Ja, er würde es hinter sich bringen! Auch dieses wunde, schmerzende, angespannte Gefühl, das sein Gehirn vibrieren ließ und jeden Anflug von Müdigkeit und Erschöpfung verscheuchte.

Vielleicht war es auch die Furcht?... Was würde geschehen in fünf, in zehn, in zwanzig Minuten? Vor allem: Was würde mit Melissa geschehen? Melissa auf der Yacht ›Melissa‹...

Wahnsinn war das doch! Schrecklicher, verrückter, irrsinniger Wahnsinn, der sich als Realität kostümierte...

Da erlebte er nun die schlimmste Erfahrung seines Lebens und mußte zugleich erkennen, daß sie ihm nicht nur schrecklich, sondern auch grotesk erschien...

Es war nun das zweite Mal, daß sich Melissa aus der dumpfen, sumpfigen Umklammerung der Psychopharmaka zu befreien und die ersten Signale ihres erwachenden Bewußtseins zu entziffern suchte: Gedankenfetzen. Bilder. Dann Geräusche... Das klopfende Brummen eines schweren Motors, ganz fern nur. Ein Wiegen, das sich wie ein Gewicht auf ihren Körper legte – und das Klatschen von Wellen...

Sie zog die Ellbogen an, um sich aufzusetzen. Ihre Sehnerven begannen zu arbeiten. Ihr Mund war trokken, die Kehle auch, die Schläfen schmerzten, aber sie nahm ihre Umgebung endlich wahr: Schimmernde Mahagonifurniere, zwei Ledersessel, einen Einbauschrank, und wenn sie den Kopf drehte, konnte sie die ovale Form eines Bullauges erkennen. Und draußen schaumige Fetzen, Wasser, das vom Kiel eines Bootes hochgeworfen wurde.

Ein Schiff!

Sie war auf einem Schiff. Lieber Gott, auf welchem Schiff?!

Sie preßte die Kuppen ihrer Finger gegen die Kopfhaut, schob sie hin und her, massierte dann die Schläfen in dem verzweifelten Versuch, diesen unangenehmen, stechenden Druck loszuwerden, spürte, wie ein heißes, schmerzendes Gefühl in der Nase entstand, ihre Augenhöhlen ausfüllte und in die Stirn stieg.

Denken... nachdenken! Was ist geschehen? Ja, die Spritze, das weißt du doch. Die Spritze und diese scheußliche Szene, als Matusch dich festhielt, grob und brutal, wie der Metzger ein Schlachtkalb.

Fischer hatte injiziert... Und die Dosis konnte nicht so stark gewesen sein, wie beim ersten Mal. Sonst könntest du dich nicht sofort erinnern.

Sie rieb mit beiden Handballen die Augen, versuchte aufzustehen, aber eine heftige Bewegung des Schiffes warf sie aufs Bett zurück. Ein kleines Schiff mußte das sein. Wie spät?

Sie sah auf ihre Armbanduhr: Kurz vor sechs. – Auf einem Schiff also, verladen wie ein Postpaket. Und wo schickt er dich hin? Ob er selbst an Bord ist? Was war geschehen? Die Terrasse... Dann der Fluchtversuch über die Mauer, der so kläglich scheiterte...

Kurz vor sechs. Lieber Gott, hoffentlich derselbe Tag?!

Dies alles macht mich so traurig, mein Herz.

Das war noch auf der Terrasse gewesen. Doch da fielen auch noch andere Sätze. Was hatte er gesagt, als Matusch sie in sein Arbeitszimmer und vor seinen Rollstuhl getrieben hatte?

Schlimm für uns beide, Melissa.

Und weiter: *Zum Reden haben wir keine Zeit. Später.*

Warum nicht? Wieso hatte er ihr nicht einen seiner üblichen Vorträge gehalten? Was hieß: *Zum Reden haben wir keine Zeit?* Und was verstand er unter: *Später?*

Und da war noch ein Satz, nicht an sie, sondern an

Matusch gerichtet: *Hat noch mal gefunkt. Wir müssen uns beeilen.*

Das Schiff hier. War Fischer vielleicht auf der Flucht? Und wenn, vor wem? Der Gedanke warf einen Schauer über ihren Rücken. Hatte sie das Gefängnis auf dem Land mit einer Zelle auf dem Meer getauscht?

Sie brachte das Gesicht an die runde Luke. Weit draußen am Horizont, der immer wieder von hochlaufenden Wellenkämmen zerrissen wurde, zog ein Tanker seinen Kurs. Dort gab es Menschen. Dort wäre Hilfe. Dort gab es ein Funkgerät, um Tim zu rufen...

Es wurde ihr wieder übel. Sie hielt sich fest, sah das Waschbecken, das auf der anderen Seite in einen Schrank eingelassen war.

Sie schaffte die drei Meter, öffnete den Hahn, schöpfte Wasser mit beiden Händen und wusch sich das Gesicht, wieder und wieder. Sie machte ihr Haar, die Kopfhaut, die Schläfen damit naß und versuchte dann mit kurzen, schnellen Schlägen an die Wangen das Denken zu mobilisieren. Eine neue, genauso verrückte Situation wie zuvor... Was jetzt? Es mußte ihr doch eine Lösung einfallen. Irgend etwas, das man tun konnte, statt dämlich zur Resignation verurteilt, abzuwarten. Verdammt, wann fängt der Apparat in deinem Kopf endlich an zu funktionieren?

»Nichts, als eine Maschine ist der Mensch, mein Herz. Nichts, als ein System...« Und wieder hörte sie Fischers Worte: »Ein System, das sich beeinflussen läßt, von der Arbeit der Neurotransmitter, der Ladung der Energie in den Nervenbahnen bis zum Zusammenspiel der hormonellen Stoffe – alles beherrschbar...«

Sie kämpfte den Wunsch nieder, sich zu übergeben.

Dann, als ihr Magen aufhörte zu schmerzen, wurde ihr fast schlagartig besser. Nicht warten, das war es! Irgend etwas unternehmen, sich auf die neue Lage einstellen – egal wie.

Wieder rollte das Schiff schwer. Melissa taumelte, hielt sich an der Klinke fest und drückte. Abgeschlossen! Schön, das war nun wirklich nicht neu. Vielleicht konnte man sich sogar daran gewöhnen. Und Gott sei Dank gehörte es nicht zu seinem Stil, sie auf die Dauer einzusperren. Das hatte er auf Son Vent bewiesen. Je entschiedener sie ihm aber zeigte, daß sie sich diese Behandlung nicht gefallen ließ, um so besser.

18 Uhr 10

Sie hämmerte mit den Fäusten gegen die Tür: »Aufmachen!« Dann schrie sie nicht länger, sondern sah sich im Raum um, fand einen schweren Aschenbecher, nahm ihn in die Hand. Das Holz splitterte, als sie das Messing gegen die Tür donnerte.

Von außen rief ihr jemand etwas zu. Sie ließ den Aschenbecher sinken, behielt ihn aber in der Hand.

Die Türe öffnete sich. Ein junger Mann stand vor ihr, offensichtlich ein Besatzungsmitglied. Er trug ein blauweiß gestreiftes T-Shirt und dunkelblaue Hosen. Das Gesicht drückte eine Mischung von Drohung und Verlegenheit aus.

»Bitte, Señora, was tun Sie da?«
»Ich will raus! Wo ist Fischer?«
»Bitte, Señora, *un momento*...«

Es kostete ihn nicht viel Mühe, sie zurückzustoßen.

Schon schnappte der Riegel wieder zu. Sie überlegte, was sie unternehmen konnte, ging wieder zum Waschbecken, nahm einen Schluck Wasser, um das trockene Brennen in ihrem Mund zu löschen. Als sie sich umdrehte, stand die Türe offen.

»Bitte, Señora!«

Sie betrat einen beleuchteten Gang. Der Boden war mit einem senfgelben Teppich mit blauen Mustern ausgelegt. Am Ende befand sich eine gläserne Schwingtür. Sie öffnete sie. Das erste, was sie sah, war die dunkle, fast quadratische Silhouette seines Oberkörpers. Und das Licht, das seine Brillengläser reflektierten.

Er saß ihr gegenüber, auf der anderen Seite des eleganten, überraschend großen Raums, der anscheinend der Salon der Motoryacht war. Über seine Schulter hinweg konnte sie das Meer erkennen und die beiden weißen Gischtflügel am Heck. Die Motoren liefen auf hohen Touren. In dem Raum gab es bequeme Ledersessel, einen Tisch, der von zwei gleichfalls mit schwarzem Leder gepolsterten Bänken eingefaßt war. Links eine Bar, rechts eine kleine Bücherwand und davor zwei funkelnde Stahlkabel, die die ganze rechte Seite umliefen und unter Fischers Sitz endeten und deren Sinn sie nicht begreifen konnte.

Und noch etwas gab es: Das Bild einer Frau, deren nackter Körper von langem, rotgoldenem Haar verhüllt war: Es war eine Kopie oder eine Farbfotografie des Gemäldes, das sie schon auf Son Vent gesehen hatte.

»Mein Herz«, hörte sie die träge, amüsierte Stimme, »du hast dich aber rasch erholt. Ich freue mich.«

»Ja«, sagte sie wütend. »Und als ich von diesem Dreckszeug erwachte, das du mir gegeben hast, fand ich die Tür wieder abgeschlossen.«

»Dreckszeug?« Auf den zweiten Teil ihres Vorwurfs ging er nicht ein. »Aber hör, Melissa...« Wieder sein Lachen. »Gerade in deinem Fall dosiere ich mit soviel Zartheit, Erfahrung und auch Können, wenn du erlaubst, daß man von Dreckszeug wohl kaum reden kann. Du selbst bist, würde ich meinen, der Beweis dafür.«

Wieder bewegte sich der Boden unter ihr. Die Übelkeit stieg ihr erneut in den Magen. Sie hielt sich an einer der Säulen fest, die das Kabinendach trugen. »Was soll das, Fred? Wieso sind wir hier? Was hast du vor?«

Das Gesicht konnte sie noch immer nicht erkennen, doch seine Stimme war verändert. Ihren ironischen Unterton hatte sie behalten, aber nun klang sie härter, heller und entschlossen.

»Welche Antwort willst du hören, Melissa? Matusch hat dich an der Mauer erwischt. Rüberklettern, davonlaufen? Aber nein!... Wenn du mich fragst, war das ein Domestiken-Entschluß, ziemlich stillos, meine Arme...«

»Was hast du erwartet?«

»Ja, da hast du recht, mein Herz: Ich konnte, durfte nichts anderes erwarten. Noch durfte ich das nicht...«

Sein Körper bewegte sich nun, fast lautlos, und diese Bewegung war begleitet von dem leisen Summen eines Elektromotors. Wie ein Kartonsoldat auf einem Jahrmarkts-Schießstand glitt er auf den Tragkabeln die Kabine entlang. Der Anblick war beklemmend und unheimlich. Kurz vor ihr kam er zum Stehen. Nun sah sie sein Gesicht. Er lächelte nicht. Die Augen hinter den Brillengläsern waren schmal.

»Gut, vielleicht sind wir quitt. Es war die zweite Spritze. Und Injektionen sind nie angenehm, auch nicht so schwache, wie du bekommen hast.« Er lachte leise, und es war kein gutes Lachen. »Ich habe dich überfordert, nicht wahr, mein Herz? Es wird sich ändern. Jetzt wird alles anders sein...«

»Und was wird anders sein?«

»Nun, wie soll ich sagen? Nennen wir es die Voraussetzung unseres Zusammenseins, Melissa.«

»Die Voraussetzung?«

»Aber sicher. Siehst du, vielleicht habe ich einen großen Fehler begangen, dich zuerst nach Son Vent zu bringen. Ich wollte das Gut ohnehin für einige Wochen oder Monate – nun, sagen wir mal, nicht mehr sehen... Und dafür gibt es verschiedene Gründe... Sie brauchen dich nicht zu interessieren. Oder tun sie das?«

Eine rhetorische Frage, wie meist. Es erübrigte sich, ihn nach Gründen zu fragen. Schon sein Blick, dieser wachsame, lauernde Blick sagte es ihr.

»Na, jedenfalls, ich hatte die Absicht, gleich mit dir auf das Schiff zu gehen, Melissa. Gestern schon. Aber da waren noch einige Dinge, die dringend erledigt werden mußten, ehe wir abfahren konnten. Und dann...« Sein Lachen! Der breite, rote Mund verzog sich zu einer Grimasse, die wohl Spott ausdrücken sollte: »Dann, Melissa, hast du auf deine Weise die Initiative in die Hand genommen.«

Ihr war nicht nach Witzen zumute. Sie setzte sich auf die Bank, die den Salon umlief, und starrte ihn an: »Wohin fahren wir, Fred?«

»Wohin? Melissa, soll ich dir ein Geheimnis verraten? Die Welt ist nicht nur rund, sie ist auch schön... Und ein zweites? Ich habe die Mittel, ich habe sie wirklich, der Welt das Schönste vom Schönen abzugewinnen. Siehst du, so einfach ist das...«

»Nichts ist einfach. Wohin?«

Sein Lächeln blieb. Er sollte es patentieren lassen, dachte sie erbittert.

»Zunächst fahren wir nach Marbella. Dort habe ich einige Freunde, sagen wir besser Geschäftspartner, die ich besuchen muß. Sie haben vielleicht nicht ganz den Stil, der mir liegt. Aber sie wissen zu leben. Und was wichtiger ist: Sie werden dich mit offenen Armen empfangen. Sie werden dich wie eine Königin behandeln.«

»Schon wieder?«

Auch das vermochte ihn nicht zu erschüttern. »Selbstverständlich. Wie eine Königin. So wie du das verdienst, Melissa. In einem königlichen Rahmen.«

»Und dann?«

»Und dann...« Die braunen Finger Fischers spielten ihr übliches Ballett auf der Steuerkonsole des Stuhls. Der Zeigefinger richtete sich auf, er hob den Arm, doch es schien, als ziehe dieser ausgestreckte Finger, der irgendwo ins Unbestimmte deutete, den Arm nach sich. Vielleicht war dies eine ganz normale Bewegung, doch die Art, wie er sie ausführte, dieses Lächeln, seine gewundenen Gedanken... Sie wußte nicht, was er zu sich genommen hatte, eines aber war für sie nun klar: Er stand unter der Wirkung irgendeines seiner Mittel!

»Was siehst du mich so an?«

»Tu' ich das?« Nun lächelte auch sie. »Entschuldigung, falls es dich stören sollte.«

»Es stört mich. So wie du blickst, stört es mich. Mach ein nettes Gesicht.«

»Und was ist das?«

Nun kicherte er. Es schien eine Frage nach seinem Geschmack. »Richtig! Nett? An dir ist nichts nett. Nett, das sind Küchenmädchen oder Sekretärinnen. Aber ich kann nicht sagen, mach ein schönes Gesicht. Das hast du schon. Das ist nun einmal das Wesen der Vollkommenheit. Der Mensch findet in seiner Sprache keine Bezeichnung dafür.«

Sie schloß die Augen. Vielleicht war die Stimme weniger schlimm, als sein irrer Blick... »Wohin fahren wir?« sagte sie. »Darum ging es.«

»Das ist doch völlig unwesentlich. Ich rede von Vollkommenheit, Melissa. Und es geht nicht um die Vollkommenheit der Form, sondern um die Vollkommenheit des Lebens. Ich habe diese Möglichkeit der Vollkommenheit in der Hand. Sie wurde mir nicht geschenkt, ich habe jahrelang daran gearbeitet, hart gearbeitet.«

»Du meinst deine Drogen?«

»Drogen... Ach, Melissa, was für eine idiotische Bezeichnung. Ich glaube, es gibt kaum ein Wort, das so schrecklich abgenutzt, mißbraucht und beleidigt worden ist... Vielleicht sollte man von einem Schlüssel sprechen – was hältst du davon?... Der Schlüssel zu den wahren Wünschen, die wir in uns tragen, der Schlüssel des Himmelreichs, das wir uns selbst erbauen können...«

Fischer hatte das Geräusch als erster gehört. Sein Arm, der sie gerade sanft berühren wollte, sank herab, und der schwere Kopf drehte sich lauschend.

Da war es wieder: Ein Knattern, die Abfolge vieler kleiner, fauchender Schläge, nun stärker, drängender, lauter.

Ein Hubschrauber? Das konnte nur ein Hubschrauber sein...

Wieso hier? Was wollte er? Sehr niedrig mußte er die Yacht anfliegen, denn das Turbinenpfeifen füllte die ganze Kabine. Sie sah Fischer an. Der sagte noch immer nichts, zog nur die Unterlippe zwischen die Zähne. Er legte den Kopf dabei schief und sah sie an, als erwarte er von ihr eine Antwort. Fragend, doch nicht einmal überrascht, eher beleidigt, daß jemand es wagte, seine Ausführungen auf eine so ordinäre Art zu unterbrechen.

Es gab noch eine zweite Störung: durch Matusch. Er kam nicht durch den Kabineneingang, er hechtete förmlich herein, schmal, federnd. Vorbei war es auch mit der herablassenden Miene. Sein Gesicht zuckte nervös.

»Küstenwache, Doktor! Wir sollen beidrehen!«

»Was heißt hier Küstenwache? Außerdem, sind wir denn nicht...«

»Nein, wir sind noch nicht in internationalem Gewässer, Doktor. Ich kann es jetzt nicht abchecken... Die aber verlangen, daß wir die Maschinen stoppen.«

Das Knattern wurde lauter. Fischer warf einen erbitterten Blick in die Richtung, aus der es kam, doch er sagte nichts. Er nahm die Brille ab. Er betrachtete sie, als überlegte er, ob es nicht besser sei, eine neue zu kaufen. Dann setzte er sie wieder auf: »Ja nun, Matusch... Und jetzt? Was würden Sie vorschlagen?«

»Was ich vorschlagen würde?« Es war, als spucke ihm Matusch die Frage vor die Füße. »Das ist gut! Sie gefallen mir, Doktor. Wir haben fast eine Tonne Stoff an Bord – und Sie fragen mich, was ich vorschlage?«

»Wieso denn nicht?«

Sein Lächeln zumindest hatte Fischer wieder, dieses luftige, beinahe träumerische Lächeln eines Wahnsinnigen: »Das muß ich doch, Matusch. Wer ist denn Spezialist für solche Situationen? Sie doch. Oder sagen wir mal, als solcher wurden Sie mir von Ihrer Organisation empfohlen. Und dafür kassieren Sie auch ein Vermögen.«

Von Matusch kam ein ungeduldiger, knurrender Laut. Er bewegte den Mund, doch der Lärm des auf hohen Touren laufenden Bootes wischte seine Worte fort.

»Los schon, Matusch! – Also?!«

Fischer zupfte an seiner hellblauen Jogginghose. Sie schien nur aus Leere und Luft zu bestehen. »Ich höre, Matusch...«

Der starrte ihn nur an.

Fischer kicherte leise: »Wollen Sie denn stoppen?«

Matusch drehte sich um und riß den Hörer der Sprechanlage von der Wand: »Gib Gas!« fauchte er. »Hörst du, Gas! Und nicht geradeaus weiter, geh auf Zickzack-Kurs!«

Noch einmal huschte der Blick seiner grauen Augen von Fischer zu Melissa. Dann rannte er hinaus.

»Gib Gas!« höhnte Fischer. »Kopf einziehen, Augen zu und durch. Das ist alles, was ihm einfällt. Mein Gott, was für ein Kretin...«

»Eine Tonne Stoff an Bord, hat er gesagt... Was ist das, Fred?«

»Ach, Melissa, fängst du auch noch an?« Fischers Lächeln war von milder, resignierender Nachsicht. »Interessiert dich das denn wirklich?«

Er schüttelte den Kopf. »Beilegen«, sagte er dann träumerisch, »Maschinen stoppen? Willst du etwas wissen, Melissa: Ich lege niemals bei. Und meine Maschine stoppt kein anderer...«

Langsam griff er in seine rechte Jackentasche, zog ein kleines Kästchen heraus, mit dem er einen Augenblick versonnen spielte. Während das Geräusch, dieses helle, hohe Singen noch immer das Boot zu zerschneiden schien, versank er in seinem sonderbaren Lächeln. Selbst die Augen hatte er geschlossen. Nun öffnete er sie. »Es wäre eine schöne, sehr schöne Reise geworden, mein Herz. Auch wenn du nie daran geglaubt hast... Vielleicht fehlte es dir ein wenig an Fantasie, aber ich sage dir: Das Glück, das vollkommene Glück hielt die Arme bereits geöffnet, um uns zu empfangen. – Nun ja, vielleicht hat auch das jetzt seinen Sinn...«

Das jetzt?

Zwei schwere Motoren, die aufbrüllten, die Yacht, die ihren Kurs änderte und dabei so weit überrollte, daß sich Melissa festklammern mußte, um auf den Beinen zu bleiben. Vollgas!... Nun war nicht einmal mehr die Maschine zu hören, der Boden, der Rumpf zitterte. Fischer aber lächelte, glitt von ihr fort, die Hände über dem Kästchenschloß gefaltet, langsam, glitt an der Kabinenwand entlang, eine überlebensgroße Puppe, die, wie von einer unsichtbaren und unbezwingbaren Kraft geleitet, dem Eingang zustrebte.

Nun kam die Bewegung ganz plötzlich zum Stehen.

Fischer streichelte sein Kästchen. Dann ließ er es los und betrachtete seine Hände. Nur die Fingernägel waren ihm interessant, was dort draußen war, schien ihn nichts anzugehen. Doch er sprach wieder. Sehr laut, jedes einzelne Wort artikulierend, wobei er den Mund auf sonderbare Weise spitzte. Er schien großen Wert darauf zu legen, daß sie ihn auch verstand. Und das tat sie.

»Tut mir leid, mein Herz«, sagte Fischer. »Doch leid, nein, damit wollen wir nicht beginnen... Weißt du, daß Madalena, du kennst sie doch, die dicke Haushälterin auf Son Vent – weißt du, daß sie etwas sehr Kluges gesagt hat? Sie schlachtete mir ein Huhn. Und als Madalena das Beil hob, sagte sie: *Todo tiene su fin*. So ist es nun einmal, für die Madalenas dieser Welt: Alles hat sein Ende. Aber nicht für uns.«

»Fred! Hör doch.«

Er schüttelte den Kopf. »Nein, das tue ich nicht. Du hörst. Es gibt eine größere Reise, mein Herz, auch wenn du es nicht glaubst. Es ist die Reise der Reisen, der absolute, der totale Trip... Melissa – entscheiden wir uns doch dafür: Warum treten wir diese Reise nicht an? Was meinst du? Und du wirst staunen, wie einfach das ist...« Sein Kinn hüpfte, als er nun wieder zu kichern begann. Und seine Augen! Diese schrecklichen Augen, über denen ein sonderbarer, goldener Glanz zog, Augen, die im Fieber zu schwimmen schienen.

»Wirklich. Sieh mal, hier... Keine Taste und kein Knopf, dieser kleine Hebel – hübsch, nicht wahr? Ja, komm näher. Ich drücke ein wenig – und schon ist es geschehen. Die Reise geht ab. Unsere Reise, Melissa!

Hier verlieren wir nichts. Das haben wir doch nicht nötig! Zu fliehen? Du oder ich? Uns ist Größe vorgezeichnet. Die Größe der Vollkommenheit... Doch wer wird das schon verstehen?... Gehen wir doch... Kein goldener Schuß, Melissa, die goldene Detonation, der wirkliche, der große Knaller, der Big-Bang, mit dem das Leben in dieser Welt...«

»...in dieser Welt.« Es war das letzte Wort des gespenstischen Appells, das sie aufnahm. Und auch das letzte, das Fred Fischer in seinem Leben sprach. Selbst später noch, als ihr Verstand gelernt hatte, zu begreifen, was in dieser Sekunde geschah und wie es geschehen konnte, erlebte sie immer wieder dieses eine einzige Bild.

Sie sah nur, daß Fischers Brille aus seinem Gesicht verschwand. Die Brille flog durch die Luft. Sie zersplitterte an der Bar? Sie wollte darauf zugehen, die Hand ausstrecken und drehte sich noch einmal um. Fischer? Sein rechtes Auge... Das Auge, das sie gerade angesehen hatte?!

Dort öffnete sich, wie eine schreckliche Blume, ein dunkelgezacktes, rotes Loch...

»Fred!« Schrie sie es, dachte sie es.

Sein Oberkörper begann nach vorne zu sinken, der Sessel hielt ihn, aber der Kopf pendelte über den Knien, als das Boot überholte...

18 Uhr 23

Melissas Nerven drehten durch. Was sie tat, sie wußte es nicht. Was geschehen würde, es war ihr vollkommen gleichgültig. Irgendwo war eine Stimme, irgend jemand schrie. Die Frau, die nicht mehr sie selbst war, schrie, fiel vornüber, zog sich an einem stählernen Türrahmen wieder hoch – weg, raus! Die Reise der Reisen...

Ein greller Schmerz brachte sie zur Besinnung. Sie hatte sich das Knie angeschlagen. Sie blickte mit tränenden Augen nach oben.

Ein Abendhimmel, so lodernd wie ein Steppenbrand. Schäumendes Wasser. Eine weiße Sitzbank. Und schräg, fast zum Greifen nah, plexiglasfunkelnd der große Insektenkopf des Hubschraubers...

»Achtung: *Drehen Sie bei!*«

Eine Hand schleuderte sie auf die Polster. Eine Stimme sagte: »Dreh bloß nicht auch noch durch!«

Matusch.

Er hielt eine große Pistole in der Hand. Das blonde Haar wirbelte um seinen braungebrannten Totenschädel. Doch die Augen waren ganz ruhig.

»Ich mußte das tun!« brüllte er durch den Aufruhr. »Er war verrückt! Immer war er das! Vielleicht weißt du das noch besser als ich... Aber daß da unten im Rumpf neben all dem anderen noch ein paar Kilo Sprengstoff liegen, das hast du nicht gewußt. Und auch nicht, daß er die Funksteuerung für den Zünder in der Hand hatte.«

Das hörte sie. Und verstand es nicht. Sie kauerte sich zusammen, als er ihr jetzt die Hand auf die Schulter legte: »Was ist los mit dir? Was regst du dich noch auf? Hör mal: Du zumindest hast es jetzt doch hinter dir – oder?«

Matusch betrachtete nachdenklich die Pistole. Er

warf sie in einem flachen Bogen über die Reling ins Wasser.

Der Hubschrauber sank noch tiefer. Die Kufen schienen den Radarmast zu berühren. Und dann drang vom Himmel wieder die Lautsprecherstimme, übertönte Lärm, Wasserrauschen, das Rotorschlagen und das Kreischen der Motoren.

»Ich wiederhole: Drehen Sie bei und stellen Sie die Maschinen ab! Und noch was: Wir haben Sie genau im Visier. Lassen Sie die Frau in Frieden! Machen Sie keinen Unsinn, sonst wird geschossen!« Die Worte wurden deutsch gesprochen!

Matusch warf nicht einmal einen Blick zum Hubschrauber. Gebückt lief er zum Cockpit hoch und verschwand.

Die Motoren verstummten.

Und wieder fiel die blecherne Erzengelstimme vom Himmel: »Sei ganz ruhig, Kleine«, klang sie. »Es ist vorbei...«

»Die Reise der Reisen...«, sagte Tim versonnen.

Eigentlich wollten Melissa und Tim Tee trinken, Helene Brandeis jedoch bestand auf Champagner: »Also das ist ja nun wohl das mindeste, was ihr mir schuldig seid!«

Und so tranken sie im Pavillon, wie es damals vorgesehen war, zu einer Zeit, die nicht mehr wahr war, weil sie Jahrhunderte zurückzuliegen schien – tranken aus geschliffenen Kristallgläsern ›Freixenet brut‹. Ein Kellner hatte ihn hinauf zum Pavillon gebracht. Auf der Balustrade funkelte der silberne Kübel mit dem Eis; die

Säulen warfen schwarze, schräge Schatten, die Oleanderbüsche dufteten, und vom Tennisplatz kam das Plop-plop der Bälle. Wie immer sie die Sache auch angingen, die Vernunft spielte nur dann mit, wenn das Gefühl sie an der Hand nahm. Oder der Humor. Der schwarze...

»Die Reise der Reisen«, wiederholte Tim, drehte den Stil seines Glases zwischen Daumen und Zeigefinger und sah dem Spiel der Bläschen zu, die so fröhlich zerplatzten.

»Vielleicht hatte er diese Reise von Anfang an geplant?« sagte Melissa. »Vielleicht war das seine Idee vom vollendeten Glück: In die Luft zu fliegen – mit mir, einer Tonne Drogen und seinem Lebenswahn von Größe und Herrlichkeit? Vielleicht ist ihm der Rest schlicht langweilig geworden? Mag ja sein...«

Ihr Glas war halb leer. Sie stellte es ab. Es schmeckte ihr plötzlich nicht mehr. Sie lehnte sich zurück, sah Tim an und schüttelte den Kopf: »...Also ehrlich, wer hat dir das bloß beigebracht?« Sie mußte husten, als sie versuchte, ihn nachzuahmen: »Drehen Sie bei! Stellen Sie die Motoren ab! Wir haben Sie genau im Visier...«

»Hatten wir auch. Der Dicke hatte... Und einer mußte ja Deutsch reden.«

»Ich frag' mich, wo du das gelernt hast? Und so richtig lebensecht, wie das aus dem Lautsprecher kam.«

»Hab' ich aus dem Kino. Nein, im Fernsehen gab's mal so 'ne alte Serie über die Hafenpolizei.«

»Hab' ich mir gedacht.«

Die alte Dame lachte leise und hüllte sich in Qualmwolken.

Melissas Augen wurden smaragdgrün wie ein Bergsee. Ihr Zeigefinger spielte mit einer Locke: »Seht ihn an! Was für ein Lebensretter! So habe ich ihn mir immer vorgestellt.«

»War er ja gar nicht«, meinte Helene Brandeis und ließ Champagner in die Gläser schäumen, zuerst ins eigene, dann in Melissas Glas. »War der Blonde! Dieser Matusch. Ein echter Mafioso. Rigo hat mir das gesagt. Und ich hab' ihn nicht ein einziges Mal gesehen – mein Gott!«

»Vielleicht läßt sich ein Foto besorgen? Mit Widmung.« Melissa zerrte nun an ihrem Haar. »So schön war der wirklich nicht, Helene. Als ich da über die Mauer wollte...«

Doch wieso sollte sie die Geschichte aufwärmen? Etwas anderes fiel ihr ein: »Da war ein rotes Auto. Ein Seat. Deshalb griff ich auch ganz frisch in die Drähte und holte mir 'nen Schlag. Habt ihr dort gewartet?«

»Wir?« Sie sagten es gleichzeitig und sahen sich an. »Wieso? Und deshalb bist du?...«

»Na und?...« Melissa lehnte sich zurück und blinzelte über die blaue Bucht: »Gar nichts – nur etwas, das ich mir hätte ersparen können, wenn man das alles so bedenkt...«

»Ist das vielleicht schön, am Leben zu sein!« meinte Helene Brandeis weise. »Vor allem hier... Von diesem Urlaub könnt ihr noch euren Enkeln erzählen.«

Sie lachte ihr rauhes, heiseres Lachen: »Ich leider nicht. Hab' keine. Hätte ich mir damals hier im Pavillon, ja, genau hier in meinem Stuhl etwas mehr Mühe gegeben, dann vielleicht...«

Doch sie sprach den Satz nicht zu Ende. Wozu auch? Die beiden waren ja schon wieder beim Schmusen? – Na ja, dann auf sie! – Und die Liebe!...

DIE DUNKLE SEITE
DES RUHMS

I

Das Interview war abgedreht. Der Kameramann gab das Handzeichen Ende, der Tontechniker schaltete die Mikrofone aus und ließ die drei Filmleuchten erlöschen. Nach dem gleißenden Licht der Scheinwerfer blieb plötzlich eine bedrückende, fahle Beleuchtung übrig, an die sich das Auge erst wieder gewöhnen mußte.

»Das hätten wir!« sagte eine Stimme aus dem Hintergrund. »Streichen Sie diese halbe Stunde rot im Kalender an.«

Sie flogen in einer Privat-Boeing von Miami/Florida nach Nassau/Bahamas und hatten den weiten, in der Sonne silbern spiegelnden Ozean unter sich. Das Flugzeug war eine Sonderanfertigung: Eine mit allem Luxus ausgestattete Wohnung mit marmornem Badezimmer, einem Salon, einem Speiseraum, einem Schlafzimmer, zwei Büros, einer großen Küche und einem mit den modernsten und besten Geräten eingerichteten Operationsraum, den sich jede mittelgroße Klinik als Krönung gewünscht hätte. Auch das Personal war vollkommen: Zwei Ärzte — ein Chirurg und ein Internist —, eine Krankenschwester, ein Sekretär, zwei Stenotypistinnen, zwei Leibwächter, drei Diener vervollständigten neben der normalen 3-Mann-Crew im Cockpit die Besatzung der Boeing. Dabei handelte es sich nur um die ständig vorhandene Stammbesetzung. An Bord befanden sich immer Gäste, heute zwei Berater im diplomatischen Rang von Gesandten und zwei sehr wortkarge Herren, von denen einer eine Reederei besaß und der andere im Export tätig war.

Prinz Khalif Omar ben Saud lehnte sich in seinem drehbaren, breiten Sessel zurück und hob das Glas mit dem eisgekühlten Orangensaft. Er trug während des Fluges sonst nur Hose und kurzärmeliges Hemd, aber jetzt wegen der Fernsehaufnahmen seinen traditionellen Haikh aus leichter, weißer Wolle, mit Seide durchwebt, und das Kopftuch, an den Seiten hochgeschlagen und über die Schultern gelegt. Er hatte auch seine große dunkle Sonnenbrille abgelegt, was sehr selten vorkam. Eigentlich kannte die Welt ihn nur mit Brille ... ein schmaler Kopf mit hoher Stirn, gebogener, erstaunlich schmaler Nase, schmallippigem Mund und einem kurzen Kinnbart aus kleingedrehten schwarzen Löckchen. Khalif war größer als die meisten seiner Landsleute, schlank, sportlich trainiert, in britischen Internaten erzogen, mit einem Diplom der Harvard-Universität und einem Dr. jur. der Universität von Heidelberg. Er sprach sieben Sprachen perfekt, unterhielt als Junggeselle einen Harem von neunzehn ausgesucht schönen Frauen und war bekannt für seine tiefe Abneigung gegen Presse, Rundfunk und Fernsehen, nachdem man über ihn berichtet hatte, er habe eine ungetreue Dame seines Harems, die ihre Langeweile mit einem Sekretär auflockerte, in seinem Privatzoo verfüttern lassen. Über den Sekretär sprach niemand. Die islamischen Gesetze wurden respektiert, was gibt es da zu diskutieren?

»Zufrieden?« fragte Khalif Omar ben Saud. Er prostete ihr mit seinem Glas zu, griff zur Sonnenbrille und setzte sie wieder auf. Die ewige Sonne über den Wolken blendete jetzt wieder in die Maschine, die Augen hatten sich umgewöhnt.

Niemand hatte geglaubt, daß dieses Interview jemals zustande kommen könnte. Als Jérome Ballister, der Abteilungsleiter AKTUELL der Fernsehgesellschaft ACF in New York, die wahnsinnige Idee verkündete, Prinz Khalif vor die Kamera zu holen, hatte man ihm mitleidig wie einem stammelnden Irren zugelächelt. Die tägliche Abteilungskonferenz des Senders gewann duch Jéromes Antrag an Fröhlichkeit, denn selbst Präsident Hunters stellte fest: »Das ist eine gute Idee. Nur, warum schlagen Sie nicht gleich vor, den Papst auf der Toilette zu fotografieren? Natürlich ist Khalif in Miami, natürlich konferiert er mit unseren Ölexperten, natürlich ist er dabei — Gott schicke ihm dafür einen Blitz ins Hirn! — die Ölpreise noch einmal explodieren zu lassen, bis wir mit kaltem Hintern herumlaufen, aber alles, was von den Konferenzen bekannt wird, kommt von Dritten, von ›Sprechern‹ des Prinzen. Er selbst bleibt im Hintergrund, ein zweiter Howard Hughs, nur leider nicht so spleenig wie er. Dieser Khalif weiß genau, was ein einziges Wort von ihm wert ist und was wir alle dafür bezahlen müssen! Und da kommen Sie, Jérome, und sagen keck und frech: Wir sollten Khalif interviewen! Das ist ein Jahrhundertwitz!«

Ballister ließ den anderen die kurze Freude. Er war seit neun Jahren Leiter von AKTUELL und Präsident Hunters' dritte Hand. Zwei hatte Hunters selbst, aber was die nicht schafften, übernahm Ballister so selbstverständlich, wie er auch bei ACF das höchste Gehalt aller Mitarbeiter kassierte. Bis auf einen. Und das war etwas, worüber man nicht bei ACF sprach, weil man kein journalistisches Denkmal ankratzen wollte.

»Seid ihr fertig mit eurem Gemecker?« fragte Ballister in die Runde. »Gut! Dann schlage ich vor, wir sollten darüber mal mit Felicitas sprechen!«

»Das mußte kommen!« stöhnte Hunters. Er zündete sich

eine dicke Zigarre an, nachdem er die Spitze einfach abgebissen und zur Seite gespuckt hatte. »Jérome, Ihr Wunderkind Saunders kann zwar vieles, aber bei Khalif holt es sich 'ne wunde Zunge! Dieser Saud ist kein Sadat oder Fidel Castro, kein Khadafi oder Breschnew ...«

»Aber Felicitas ist eine Frau!«

»Zugegeben, ein Prachtweib!« Hunters lachte feist. »Aber dieser Prinz aus der Wüste ist selbst mit schönen Frauen nicht mehr zu ködern! Auch da kann er genug anbieten aus eigener Kellerei! Jérome, die Saunders wird Ihnen etwas pfeifen, wenn Sie mit diesem Vorschlag kommen. Es wäre ihre erste Niederlage, und Felicitas ist keine Frau, die Niederlagen klaglos einsteckt.«

»Ich habe bereits mit ihr gesprochen!« sagte Ballister ruhig. »Sie will es versuchen.«

»Das soll sie mir selbst sagen!« rief Hunters. »Jérome, Sie bluffen!«

»Felicitas wartet in meinem Zimmer. Sie ist bereit, Ihnen das zu erklären. Allerdings kostet das 100 000 Dollar extra.«

»Abgeblasen!« sagte Hunters grob. »Nun spinnt auch die Saunders! Bekommt sie nicht jetzt schon mehr als drei US-Präsidenten zusammen? Ich ziehe die Bremse!«

»ACF wäre die einzige Gesellschaft der Welt, die ein Interview mit Prinz Khalif hat«, fuhr Ballister unbeeindruckt fort. »Und sie wird die einzige bleiben. Das bedeutet, daß wir das Interview in die ganze Welt verkaufen können. Das bedeutet, daß ACF bei den Zuschauern immer beliebter wird ...«

»Hunderttausend!« knurrte Hunters bissig. »Die Saunders soll auf'm Teppich bleiben!«

»Soll sie das Interview an ABC verkaufen?«

»Jérome, Sie erpressen Ihre eigene Firma!«

»Ich sage nur, was jeder von uns sowieso schon weiß: Felicitas *wird* Prinz Khalif interviewen, nur sie kann das, und sie wird dann einen Preis nennen, der allen die Hosen runterzieht. Besser ist demnach, sie von uns zu beauftragen mit 100 000 Dollar Spesen.«

»Es ist zum Kotzen mit diesen Journalisten!« sagte Hunters und nagte an seiner langen Zigarre, statt an ihr zu ziehen. »Sie nutzen schamlos aus, daß sie keine Hemmungen haben! Wofür man andere Sterbliche verachtet, bekommen sie goldene Berge nachgeschoben! Also gut, Jérome, lassen Sie Felicitas kommen! Aber ich verspreche Ihnen, mit der mache ich einen Spezialvertrag! Wenn sie Khalif nicht vor die Linse bekommt, zahlt *sie* mir 100 000 Dollar!«

Felicitas Saunders muß man kennen, um alles zu verstehen, was noch über sie zu sagen ist. Mit 37 Jahren war sie bereits eine Witwe mit einer 17jährigen Tochter, die Rosa hieß. Über den Tod ihres Mannes Bob sprach sie nicht gern — man wußte nur, daß er Captain der Army gewesen und in Vietnam geblieben war. Es mußte ein nachhaltiger Schock für sie gewesen sein. Obwohl sie als eine der wenigen weiblichen Schönheiten galt, die es nicht nötig hatten, die Kosmetikindustrie täglich zu bereichern, mit Ausnahme der Haare, die sie sich in einem Kastanienton färben ließ, ein Rotbraun, das nur in der Sonne wie Kupfer aufleuchtete und dann unvergeßlich blieb, obgleich sie vom Figürlichen her ein Ideal an Proportionen verkörperte und ihre ganze Ausstrahlung eigentlich nur eine Lockung war, gab es nach Bobs Tod keinen Mann, der sich rühmen konnte, mehr bei ihr erreicht zu haben als einen freundschaftlichen Kuß auf die Wange. Hunters nannte sie die »erotischste Nonne« und fragte sich immer wieder, warum gerade Jérome Ballister mit der Saunders so gut auskam. Ballister war im Aussehen ein Durchschnittsmensch, durchaus nicht ein Mann mit markanten Zügen, eckigem Kinn und Superman-Manieren, er spielte Golf statt Football, trank Wein statt Whiskey und fuhr sonntags nicht zum Sportplatz, sondern ins Grüne, um zu angeln. Aber irgendwie mußte er die Frauen anziehen, das war das Rätsel. Vor neunzehn Jahren hatte er Lora geheiratet, den Chanson-Star der Konkurrenz ACI, Lora Buster, die sich jeden Mann aussuchen konnte, und es gab genug, die sich mit Scheckbüchern und Kontenauszügen vorstellten. Aber nein, sie heiratete Ballister, und was erstaunlich, ja geradezu unverständlich war: Die Ehe hielt bis heute! Zwar war Lora mit Beginn ihres vierzigsten Lebensjahres etwas hysterisch geworden und wurde mit ihrem unaufhaltsamen Alter nicht fertig, färbte sich die Haare rotblond und trug sie als wallende Mähne, drückte mit Spezial-BHs ihre Brüste hoch und trippelte auf Bleistiftabsätzen herum, so daß es fast zu einem Spitzentanz wurde, aber Ballister beherrschte auch das und kriegte sie herum, beim sonntäglichen Angeln Gummistiefel zu tragen und mit einem Kescher die Fische an der Angel aus dem Wasser zu heben.

Felicitas Saunders kam zum Journalismus aus Wut. Sie ärgerte sich darüber, daß Mao-tse-tung ein schiefes Bild von Amerika haben mußte und bekam es fertig, den großen Chinesen, das lebende Denkmal im Reich der Mitte, nicht nur zu interviewen, sondern — wenn auch einseitig — umzustimmen. Mao sagte nach dem Interview: »Wenn alle Amerikaner so wären wie Sie, so schön, so klug, so angenehm, so versöhnungsbereit, dann sähe unsere Welt anders aus!«

Dieses Mao-Wort wurde zum Markenzeichen für Felicitas Saunders. Ganz Amerika kannte bald ihre Stimme, ihr Gesicht, ihre Gestalt, ihr Lächeln, ihr Augenblinzeln. Wenn es hieß: Morgen zeigt Ihnen Felicitas Saunders wieder einen Großen der Welt, dann knirschten die anderen Fernsehsender mit den Zähnen, denn dann hatte ACF die höchsten Einschaltquoten und damit auch die meisten Reklameaufträge.

Hunters fragte sich oft, warum Felicitas bei ACF blieb. Gut, sie war die bestbezahlte Reporterin der Welt, aber was die Konkurrenz ihr heimlich bot, um sie von ACF wegzureißen, überstieg selbst Hollywood-Gagen höchsten Formates. Die Saunders blieb bei ACF, ließ sich von Jérome Ballister leiten, ließ sich von ihm anschnauzen und blieb bis auf ihre Reportagen im Hintergrund. »Mein Privatleben ist für jeden tabu!« hatte sie einmal gesagt. »Um Tabus soll man sich nicht kümmern. Ich frage Sie ja auch nicht, Hunters, ob Sie heute eine farbige Unterhose tragen. Wir verstehen uns?«

Man verstand sich natürlich. Das Leben der Saunders außerhalb des Senders war kein Thema mehr. Man wußte nur: Sie besaß eine kleine Villa in einem großen Park irgendwo im Hinterland von New York, fuhr einen deutschen Wagen, einen Porsche, und hatte vor vier Jahren ihren Flugschein gemacht. Mit einer zweimotorigen Cessna flog sie gerne herum, ohne Ziel oft, nur aus Freude, unter und über den Wolken zu schweben und die Schwerkraft besiegt zu haben.

Präsident Hunters hatte an diesem Tag seine Zigarre nicht aufgeraucht, aber auch nicht aufgegessen. Felicitas hatte den Kampfhandschuh angenommen: 100 000 Dollar für ein Interview mit Prinz Khalif. Die gleiche Summe an

Hunters, wenn sie an Khalifs Presseverachtung scheiterte.

»Wie willst du das machen?« fragte später Ballister in seinem Büro. »Du kommst über den Sekretär von Saud nicht hinaus.«

»Es wird ganz einfach sein«, antwortete sie. »Laß dich überraschen.«

Sie küßte Ballister auf den Mund, sie waren ja allein. Und das war eigentlich für jeden, der die Saunders kannte, eine echte Überraschung.

Prinz Khalif hatte nicht gezögert, als man ihm meldete, daß Felicitas Saunders ihn sprechen wollte. Pressefeindlichkeit schließt nicht aus, daß man sich über die Medien unterrichtet. So wußte auch Saud, wer diese Felicitas war. Er hatte vor drei Monaten fasziniert ihr Interview mit Arafat angesehen und hätte wetten können, daß Arafat sich wegen der Saunders sogar seine berühmten Bartstoppeln habe kürzen lassen. Er war geradezu charmant gewesen und beantwortete Fragen, bei denen er sonst jeden Reporter hätte hinauswerfen lassen. Felicitas Saunders zeigte keinerlei Scheu oder Hemmungen. Ihre Fragen waren glasklar und politisch brisant.

Es war mehr Neugier auf diese ungewöhnliche Frau als eine Wandlung seiner Ansichten, daß Khalif die Anfrage von Felicitas sofort beantworten ließ und sich bereit erklärte, sie zu empfangen. Mit der Idee eines Interviews über den Wolken überraschte er die Saunders, sie griff sofort zu und entlockte Hunters einen Ausruf, der bald klassisch werden sollte: »Dieser Frau ist nichts unmöglich!«

Nun war also das Interview beendet, die Diener servierten eisgekühlte Getränke und arabisches Honiggebäck und zogen sich schnell zurück. Auch der Abbau der Kameras und Scheinwerfer war in wenigen Minuten getan ... dann saßen Prinz Saud und Felicitas allein im Salon und sahen sich eine Weile stumm an.

»Sie haben vieles nicht gefragt, Felicitas«, sagte Khalif plötzlich. Sein Oxford-Englisch war vollkommen. »Immer nur das Öl! Immer der Klagegesang, wir wollten die Industrienationen erpressen! Immer wieder Fragen nach den Konsequenzen. Sie haben mich enttäuscht.«

»Das ist bedauerlich, Hoheit.« Felicitas lächelte verhalten. Sie saß zurückgelehnt in einem der tiefen Sessel und rauchte eine lange orientalische Zigarette. Ein süßlicher Tabak, dessen Rauch die Zunge streichelte. »Aber ich frage nur, was unsere Millionen Zuschauer denken. Und Sie haben diesen Millionen geantwortet.«

»Nennen Sie mich nicht Hoheit.« Omar ben Saud winkte ab. »Könnten Sie nicht Khalif sagen?«

»Es spricht sich wirklich leichter.«

»Ich lade Sie ein, Felicitas. Bleiben Sie bei mir auf den Bahamas.«

»Unmöglich. Ich habe einen harten Job.«

»Ist das nötig?«

»Man hat mir im Leben nichts geschenkt, und außerdem macht es mir Freude.«

»Das sollte sich ändern.« Khalif hob sein Glas mit dem Orangensaft. »Ich möchte Ihnen ab heute alles schenken, was Sie wünschen und was bisher unerreichbar war. Sagen Sie etwas, irgend etwas ... es gehört Ihnen.«

»Auch das wäre kein Geschenk. Sie wollen eine Gegenleistung! Welche Nummer würde ich in Ihrem berühmten Harem tragen, Nummer 49 vielleicht?«

»Nummer 1! Nein, gar keine Nummer. Sie wären die absolute Frau meines Herzens. Felicitas, warum sind Sie so ironisch? Ich bin ein Mann von schnellen Entschlüssen.«

»Das haben Sie bewiesen, Khalif.«

»Und ich stehe treu zu meinen Entschlüssen.«

»Beispiel: Der Ölpreis!«

»Können wir das jetzt nicht vergessen?«

»Wie wäre das möglich? Sie bieten mir ein Leben an in einem Zauberreich. Aber womit finanzieren Sie es? Mit den Öl-Milliarden.« Felicitas lächelte wieder. »Khalif, auch wenn ich nicht so aussehe, ich bin eine sehr sensible Frau. Bei jedem Geschenk von Ihnen würde ich mir sagen: Wieder bezahlt mit dem Heizgeld der kleinen Leute, mit dem erhöhten Literpreis an den Zapfsäulen.«

»Wir Sauds brauchten das Öl nicht, um einer Frau ein Paradies zu schenken. Das wissen Sie genau.« Khalif beugte sich vor und zog sein Kopftuch über die Schulter. »Bin ich ein so abscheulicher Mensch?«

»Sie sind ein schöner Mann, Khalif. Das wissen Sie genau! Aber ich mißtraue schönen Männern. Sie sind nicht mein Typ.«

»Soll ich mir Pockennarben zulegen?«

»Auch das würde nichts nützen.« Felicitas lachte. Sie sah wunderschön aus in ihren engen weißen Hosen und der knappen geblümten Bluse. Korrekt angezogen und doch sich darstellend. »Khalif, ich werde mit der nächsten Maschine nach Miami zurückfliegen und dann sofort nach New York. ACF wartet auf das Interview.«

»Ich kaufe die ganze ACF!« sagte Khalif laut. »Was dann?«

»Sie werden sie nie bekommen.«

»Jeder Mensch ist von Zahlen auf einem Scheck fasziniert.«

»Die Aktionäre um Mr. Hunters nicht.«

»Es kommt auf die Größenordnung an. Fünfhundert Millionen sehen so aus.« Er schrieb mit dem Zeigefinger in die Luft eine 5 und dann acht Nullen. 500 000 000. »Das beeindruckt, Felicitas.«

»Das beweist nur, daß alle Argumente zur Ölpreiserhöhung leere Worte sind. Sie liegen auf Bergen von Geld und wissen nicht, wohin damit.«

»Nein! Soviel sind Sie mir wert!« Khalif legte die Hände aneinander, als wolle er jetzt eine Sure des Korans beten. »Aber Sie lieben einen anderen Mann, nicht wahr?«

»Ja«, antwortete Felicitas einfach.

»Wen?«

»Erwarten Sie wirklich, daß ich ihn nenne?«

»Sie überraschen mich. Bisher galt die große Saunders als kalt wie ein Eisberg.«

»Muß man die Liebe wie eine Fahne vor sich hertragen?«

»Man hat Sie nie mit einem Mann außerhalb Ihres Berufes gesehen.«

»Das wird man auch nicht, Khalif.«

»Besitzen Sie einen unterirdischen Gang, der in Ihr Haus führt? Kommen die Männer wie Maulwürfe zu Ihnen?«

»Ich liebe nur *einen* Mann, Khalif.«

»Sehen Sie, das ist ein gutes Interview. So etwas sollten wir bringen. Khalif und Felicitas unterhalten sich über die Liebe. Ich wette, daß so etwas Ihre Zuschauer mehr interessiert als meine Ölpreispolitik!« Prinz Saud blickte aus dem Fenster. Man näherte sich Nassau, die Insel kam schnell näher, die Boeing senkte sich zum Landeanflug. »Sie haben mich neugierig gemacht«, sagte er nachdenklich.

»Ich ahne etwas!« Felicitas wurde sehr ernst. »Es war ein

Fehler von mir, ich gebe es zu. Ein ganz grober, miserabler Fehler! So etwas hätte mir nicht passieren dürfen. Mir nicht! Khalif, Sie sind ein Gentleman! Bleiben Sie es bitte.«

»Ich möchte wissen, wer der Mann ist, der Sie liebt.«

»Was hätten Sie davon?«

»Ich werde ihn mir genau ansehen und mich dann fragen, warum gerade dieser Mann das höchste Glück der Erde genießt: Sie zu lieben! Mich reizen Geheimnisse. Es sind für mich archäologische Kostbarkeiten, die ich ausgraben muß!

Und warum lieben Sie diesen Mann, Felicitas?«

»Ich weiß es nicht.«

»Bei Gott, das wissen Sie nicht?«

»Wenn ich es wüßte, würde ich ihn nicht mehr lieben. Man kann Liebe nicht erklären, nicht analysieren, nicht denkerisch erfassen. Könnte man das, wäre es absolut keine Liebe mehr, sondern nur noch Sex. Sex ist erklärbar ... mit Worten, mit Griffen, mit Handlungen, im Bett. Da werden Reize aufgebaut und genutzt. Da werden Begehrlichkeiten abgebaut. Liebe ist etwas ganz anderes, Khalif. Das ist eine eigene innere Welt, in die man immer flüchten kann vor der äußeren Welt.«

»Und dieser unbekannte Mann ist für Sie eine ganze Welt?«

»Ja!«

»Ich muß ihn sehen. Ich *muß!*« Khalif sprang aus seinem Sessel auf. Felicitas sah ihn bedrückt an, wie er in dem Salon hin und her lief und die Fäuste gegeneinander schlug.

»Sie haben noch nie erlebt, Khalif, daß jemand zu Ihnen nein sagte?«

»So ist es.« Er blieb stehen. »Mein härtester Gegner war ein Rentner in Paris. Begreifen Sie das? Ein alter Mann, der im Monat von 650 Francs lebte! Einen ganzen Monat lang! Das ist doch unmöglich! Aber er lebte, und er hatte einen Hund, den er an einem einfachen Strick spazierenführte. Nicht einmal eine Lederleine hatte er. Ich stand zufällig unerkannt am Quai gegenüber Notre Dame, da kam der alte Mann mit seinem Hund vorbei. Und ich sehe: Der Hund hat zweierlei Augen. Links ein braunes, rechts ein blaues Auge! Ein Hund mit einem blauen Auge! Ich halte den Mann an und sage: ›Ich möchte den Hund kaufen!‹ Und der alte Mann antwortet mir: ›So viel Geld haben Sie gar nicht, Monsieur!‹ Ich frage: ›Wieviel verdienen Sie?‹ Und er sagt: ›Ich lebe von 650 Francs im Monat!‹ Da habe ich meine Brieftasche gezogen und ihm fünf Hundertdollarnoten hingehalten. ›Für den Hund!‹ sagte ich dabei. Aber der alte Mann lachte und antwortete: ›Meinen Bolou? Um nichts auf der Welt! Trennen wir uns, Monsieur!‹« Khalif atmete laut durch. »Ich habe den Hund mit den zwei verschiedenen Augen doch bekommen. Für 1,4 Millionen Dollar! Ich mußte ihn haben. Es war doch unmöglich, daß ein alter, armer Mann mir etwas abschlägt. Den Hund habe ich nachher erschießen lassen. Er interessierte mich nicht mehr. Er war ja nur ein Teil der Kraftprobe, ob Geld gewinnt. Und es gewinnt immer ...«

»Ein Irrtum, Khalif.« Über den Bordlautsprecher kam die Bitte des Captains, sich anzuschnallen. Die Maschine kreiste über Nassau und landete gleich. Sie schnallten sich an und saßen sich nun eng gegenüber. »Kennen Sie den Fortgang der Geschichte?«

»Hat sie einen? Ich bin zwei Tage später zurück nach Dubai geflogen.«

»Die Sache mit dem Hund, der 1,4 Millionen kostete, ging natürlich um die ganze Welt. Auf so etwas stürzen sich die Journalisten. Auch ich interessierte mich dafür und wollte den alten Mann vor die Kamera holen. Er hieß Jean Gabriel Tissant. Er holte sich am nächsten Morgen das ganze Geld von der Bank ab, saß stundenlang in seiner kleinen Wohnung vor dem Haufen Scheine und starrte dann in den leeren Hundekorb und auf sein Bett, wo Bolou immer gelegen hatte und laut geschnarcht hatte. Die Nacht darauf muß noch schlimmer gewesen sein. Tissant betrank sich, aber er konnte nicht schlafen. Der Hund fehlte ihm, er war vereinsamt, er war verwirrt, er lag plötzlich in einer kalten Welt! Ein Leben ohne Bolou, der über zwölf Jahre bei ihm gewesen war. Bolou, der ewig Treue! Ihn hatte er verkauft für 1,4 Millionen Dollar! Am nächsten Morgen stand Tissant vor dem Hotel George V., wo Sie damals wohnten, Khalif. Aber jetzt sprach keiner mehr mit dem alten Mann. Ihre Leibwächter jagten ihn weg wie eine Mücke! Tissant erfuhr nur noch, daß man Bolou erschossen habe und er mit dem Müll abtransportiert worden war. Gegen 11 Uhr vormittags sprang Tissant unter vielen Zeugen in die Seine, mit einem schweren Stein um den Hals gebunden. Als sie ihn endlich herauszogen, war er längst tot.« Felicitas blickte aus dem Fenster. Sie setzten gleich auf die Piste von Nassau auf, das Betonband unter ihr raste auf sie zu. Dann eine Erschütterung, der Düsenrückstau — sie waren gelandet. »Ich kam einen Tag zu spät nach Paris«, sagte sie. »Ich konnte nur noch den alten toten Mann besichtigen ...«

»Das wußte ich nicht.« Prinz Khalif ließ das Schnallenschloß aufklicken. »Man hat mir das nie berichtet. Ich hätte es auch nicht verstanden.«

»Eben!« Felicitas hob beide Hände. »Durch Ihren Kopf fließt kein Blut, sondern ein Strom von Gold. Wir beide zusammen wären eine Katastrophe! Es war wirklich interessant, sich mit Ihnen zu unterhalten, Prinz Khalif.«

Ballister holte Felicitas Saunders vom Flugplatz in New York ab. Er sah sehr besorgt aus. Das Aufnahmeteam war schon drei Maschinen früher angekommen und längst mit den Filmen im Labor. Der Kameramann hatte gesagt, daß die Saunders mit dem Prinzen zu einer Villa irgendwo auf der Insel gefahren sei. Um sie habe sich keiner mehr gekümmert, man habe das Aufnahmeteam fast wie Aussätzige aus dem Flugzeug geschoben.

»Das war eine Meisterleistung«, sagte Ballister, nachdem er Felicitas auf beide Wangen geküßt hatte. »Ich lag völlig auf dem Rücken. Als dann dein Anruf aus Nassau kam, daß du mit dieser Maschine kommst, hätte ich sogar Hunters abküssen können!«

»Man sieht, daß du verrückt bist! Wir hatten uns versprochen, daß wir nie allein ...«

»Ich bin ganz offiziell hier! Der Firmenwagen wartet draußen mit Chauffeur! Ich kann doch wohl noch als Abteilungsleiter meine erfolgreichste Reporterin abholen! Nach diesem Interview wird sowieso die halbe Welt kopfstehen! Lici, wie verkraftest du bloß den Ruhm?«

»Er kann zur Qual werden, Jérome!« Sie hakte sich bei ihm unter. Langsam gingen sie zum Ausgang. »Wir müssen noch vorsichtiger sein.«

»Lora gibt heute eine Party für ehemalige Schlagersänger. Sie ist voll beschäftigt. Ich muß mich auch sehen lassen. Es wird schlimm werden: Lauter vergessene Größen, die nicht wahrhaben wollen, daß keiner sie mehr hören will. Ich weiß, das Showgeschäft ist grausam, aber noch grausamer ist der Hörer! Wir produzieren für Millionen Raubtiere. Und ein Raubtier will seine Beute haben! Also, Lora ist voll im Einsatz.«

»Es ist Khalif, Jérome ...«

»Er hat dir einen Antrag gemacht?«

»Und was für einen! Ich könnte die neue Königin von Saba werden!«

»Das bin ich gewöhnt. Ich habe es aufgegeben, mitzuzählen, wie viele große Männer dich in die Federn ziehen wollten!«

»Das ist es nicht. Khalif ist auf die Jagd gegangen auf den unbekannten Mann, den ich liebe.«

»Er wird es schnell aufgeben, Lici.«

»Khalif nicht. Du kennst ihn nicht. Ich habe mit ihm ein paar Stunden verbracht, die mir bewiesen haben, daß wir nie die Denkweise der Orientalen begreifen oder auch nur nachvollziehen können. Er will den Mann sehen, der nicht käuflich ist.« Sie blieb stehen, mitten in der Flughafenhalle, und sah Ballister groß an. »Was würdest du tun, wenn er dir für mich 10 Millionen Dollar bietet?«

»Welche Frage, Lici! Darauf antworte ich nicht!«

»100 Millionen!«

»Ich würde ihn für verrückt erklären.«

»500 Millionen! Eine 5 mit acht Nullen! Jérome, überleg dir das! Eine halbe Milliarde Dollar für eine Frau! Verrückt wäre jeder, der so etwas ausschlägt! Du bist jetzt fünfundvierzig ... und wenn du jeden Tag dreimal in Champagner badest, den Pool mit Gold auslegst, das schönste Schloß in Kalifornien kaufst und es mit Goldziegeln deckst, du kannst das Geld einfach bis zu deinem Lebensende nicht ausgeben!«

»Es ist sinnlos, darüber zu diskutieren!« sagte Ballister ernst. »Das ist für mich kein Witz mehr, Lici! Komm, wir müssen ins Funkhaus. Du mußt noch den Einführungskommentar sprechen.«

»So sehr liebst du mich?« Sie hakte sich wieder bei Ballister unter und ließ sich zum Ausgang führen. »Und wenn ich mich anders orientiere? Dann bist du 500 Millionen Dollar los! Jérome, mir würde das die Nachtruhe rauben.«

»Mir nicht.« Ballister winkte zu einem großen Wagen hin, als sie die automatischen Türen durchschritten hatten. »Du bist nicht der Typ, der auf einem seidenen Diwan nur darauf wartet, daß ein Prinz aus dem Morgenland seinen Appetit mit dir stillt.«

»Das hätte man auch diskreter ausdrücken können.«

»Warum?« Ballister zog Felicitas zu dem anrollenden Wagen. »Etwas anderes wird von dir doch nicht erwartet. Ich bin vielleicht der einzige Mann in deiner Nähe, der dir nicht als erstes auf den Busen guckt.«

»Das weiß ich. Dich interessiert nur das Manuskript und der Bericht, den ich abliefere. Du bist ein Ekel! Wo treffen wir uns heute Abend?«

»Lora hat doch ihre Party ...«

»Da fällt es nicht auf, wenn du eine Stunde abhanden bist.«

»Lici! Wir können in drei Tagen für eine Reportage zusammen nach Washington fahren ...«

»Nein! Heute noch! Ich muß den geballten Prinzencharm und die 500 Millionen von mir lösen. Ich bin im Hamilton-Hotel unter dem Namen Sylvie Morris. Ich trage eine schwarze Perücke mit lauter kleinen Löckchen. Sie verändert mich so vollkommen, daß ich mich selbst nicht erkenne.«

Ballister schwieg, weil der Chauffeur die Türen aufriß.

Erst im Funkhaus, in seinem Büro, kam er wieder auf das Thema. Der erste Ansturm Hunters' war abgewehrt, er hatte die Saunders beglückwünscht und gleichzeitig die verlorenen 100 000 Dollar beklagt. Bei der ACF herrschte so etwas wie Weihnachtsstimmung: Das Khalif-Interview war der Höhepunkt des Jahres. Die große Konkurrenz ABC nagte vor Neid an den Schreibtischen und brüllte ihre Reporter zusammen.

»Lora war vorgestern beim Arzt«, sagte Ballister und goß sich und Felicitas einen Gin-Tonic ein. »Nein, nicht beim Psychiater, da hat sie ihre ständigen Sitzungen, zweimal in der Woche. Sie hat einen Internisten konsultiert, einen Kardiologen. Dr. Henry Meyer, ein netter Mann. Er rief mich nach der Untersuchung an und fragte mich: ›Sagen Sie mal, Jérome, Sie als Fernsehmann, Sie bringen doch 'ne Menge Ärger mit ins Haus? Das müssen Sie sofort abbremsen. Ihre Lora war bei mir. Kenne ich noch als Student, da hat sie herrlich gesungen. Ich sage es Ihnen am besten gleich: Lora hat einen Herzknacks. Mit ihrer Psyche mag sie jonglieren, das ist modern und schadet nichts, aber das Herz ist kaputt! Ganz hart sage ich das. Und jetzt kommt das, was wir Ärzte immer wieder sagen, auch wenn's nichts nützt: Lora darf keinen Ärger haben. Jede Aufregung kann tödlich sein! Dann kommt es zum Blutandrang, dann hämmert die Pumpe — ganz laienhaft ausgedrückt — und das übersteht sie nicht. Sie haben doch gemerkt, wie müde und abgeschlafft sie in letzter Zeit ist? Das war ein stiller Alarm! Also, Jérome, packen Sie Ihre Lora in Watte! Dann kann sie noch eine Weile leben!‹ — Ich war wie gelähmt, Lici ...«

»Und nun, Jérome?« Sie blickte in ihr Glas. »Begraben wir den Plan, daß du dich von Lora trennen kannst?«

»Dr. Meyer sagte noch mehr.«

»Spuck es aus, Jérome!«

»Er fragte knallhart: ›Ballister, haben Sie eine Geliebte? Leugnen Sie nicht, Kerle wie Sie im Fernsehen, das gleicht einem Hahn auf dem Hühnerhof! Ich will ja kein Pfaffe sein, mein Lieber, aber ich möchte nur raten, lassen Sie Lora nichts davon spüren oder gar wissen! Wenn Sie aus der Reihe hüpfen, tun Sie es so elegant, daß niemand davon etwas erfährt. Ich weiß, das ist verdammt schwer, man macht bei aller Vorsicht immer wieder Fehler. Es könnte Loras Tod sein, wenn sie erfährt, daß Sie andere Frauen bewegen.‹«

»Und du glaubst das?« fragte Felicitas ruhig.

»Ja. Ich habe drei Herzanfälle von Lora erlebt und habe immer gedacht, es seien ihre typischen hysterischen Reaktionen. Jetzt weiß ich, wie gefährlich das alles werden kann. Lici, stell dir vor, wir verursachen Loras Tod. Wir müßten den Beruf wechseln. Die Frauenverbände vergäßen uns das nie. Hunters wäre gezwungen, uns zu feuern. Wer schaltet dann noch ACF ein?«

»Es gibt eine Sylvie Morris«, sagte Felicitas und trank ihr Glas aus. »Nur heute und im Hamilton-Hotel! Später wird es andere geben, mit anderem Namen und anderem Aussehen. Wer sollte da Verdacht schöpfen. Wir müssen nur sehr vorsichtig sein.«

Ballister nickte. Für ihn war es fürchterlich, sich jede Stunde mit Felicitas erschleichen zu müssen. Aber alle Trennungspläne, die er mit Felicitas durchgesprochen hatte, waren nichts mehr wert nach Dr. Meyers Anruf und Diagnose.

»Wir haben ein verdammtes Schicksal vor uns!« sagte er dumpf. »Immer nur in Verstecken leben...«

»Glaubst du, daß Lora dich beobachten läßt?«

»Ich weiß es nicht. Gemerkt habe ich noch nichts. Aber möglich ist es. Wenn sie von dir spricht, zucken ihre Mundwinkel. Ich weiß nicht, ob ich heute Abend von der Party loskomme.«

»Ich warte jedenfalls.« Felicitas erhob sich und drückte eine Sprechtaste. Studio VII meldete sich. »Ich komme gleich zum Kommentar! Ist der Film in Ordnung?«

»Einfach umwerfend, Felicitas!«

»Danke.« Sie schaltete ab und sah Ballister fragend an. »Wenn Lora uns überwachen läßt, Jérome, werden wir auf einem dauernd sprengbereiten Pulverfaß leben.«

II

Es gibt Journalisten, die erst einmal auf ihren Kontostand sehen müssen, um Auskunft über die Höhe ihres Verdienstes geben zu können ... wie Felicitas Saunders. Bei ihnen ist jede Zeile, jedes Wort ein Klümpchen Gold wert. Ob berechtigt oder nicht, das soll nicht zur Debatte stehen, sie haben eben einen großen Namen und man zahlt ihnen das, was sie wollen oder erhoffen. Es gibt unter ihnen einige, die eigene Vermögensverwalter haben, weil sie sich kaum noch um das Geld kümmern können, sondern rund um die Welt unterwegs sind, aber das sind die großen Stars, und es gibt sie auch nur in den USA, wo die Medien eine größere Macht besitzen als die Regierung.

Die meisten Journalisten, man kann schon sagen fast alle, leben bescheiden dahin, und wenn sie eine feste Anstellung haben, sind sie fein raus und brauchen nicht dem miesen Job der harten Tagessensation nachzujagen, dieser Hetze, immer der erste zu sein, der irgend etwas aufreißt, was dann Millionen interessieren soll.

Man erkennt so einen Reporter an seinem lauernden Blick, seinem nervösen Augenzucken, seiner kaltschnäuzigen Unverschämtheit, immer da zu sein, wo andere nicht sein dürfen; man trifft sie überall, wo fremde Augen unerwünscht sind oder prominente Leute vom Normalweg einmal abgewichen sind, wo ein Interview tödlich sein kann oder ein Foto für alle Zeit entlarvend. Sie werden verjagt und kommen durch Hintertüren wieder, sie werden verprügelt und machen noch im Liegen ihre Fotos, sie tauchen als Froschmänner vor nackt sich sonnenden Prominenten auf oder kleben Mikrofone unter berühmte Betten, um der Umwelt zu berichten, daß Menschen auf der Matratze in groben Zügen alle gleich sind.

Es ist ein verdammt harter Job, jeden Tag etwas Neues und Interessantes zu liefern und den Chefredakteur zufriedenzustellen. Die Konkurrenz ist groß und gnadenlos. Mit vollem Namen in einer Zeitung genannt zu werden — ein Bericht von Harwey Smith —, kommt einer kleinen Seligkeit gleich. Wer in den USA gar auf eine Titelseite mit Namen kommt, hat es geschafft und die jagende Angst in Herz und Hirn, dort wieder verdrängt zu werden von einem noch fixeren Kollegen.

In dieser Landschaft des Fressens und Gefressenwerdens war Arthur Darkster ein kleines, trüb flackerndes Licht. Nicht, daß er nicht schreiben konnte, sein Stil war flott, frech, romantisch, sexy, brisant, ganz wie man es wollte und wie es zum Thema paßte, aber er hatte eben nicht das Gespür, wo sich die großen Knüller aufreißen ließen. Er konnte nur davon träumen, was Felicitas Saunders täglich praktizierte, und wenn er — wie in diesen Tagen — auf dem Kanal der ACF das Interview im Privat-Jet des Prinzen Khalif sah und hörte, bewunderte er neidlos die Kollegin, die er überhaupt für die Größte in seinem Beruf hielt.

Darkster war so etwas wie das dritte Glied. Er bekam Aufträge von seinen Redaktionen, die er gewissenhaft ausführte, aber Sensationen kamen dabei nicht heraus. Er arbeitete freiberuflich, wie man so schön sagt, an keine Zeitung fest gebunden, nur mit ihnen durch Mitarbeiterabsprachen verbunden, ein freier Vogel, dem man die Körner nicht in einem Schälchen hinstellt, sondern der sie sich mühsam selbst aufpicken muß. Das hat einige Vor- aber auch viele Nachteile: Man ist sein eigener Herr, doch man muß auch jeden Dollar erobern. Für Arthur Darkster hieß das: Immer auf dem Sprung sein, Kontakt zu allen möglichen Leuten halten, auf Menschenjagd gehen wie ein Kopfjäger und nie die Hoffnung aufgeben, mit einer wirklichen Sensation aus dem Schatten seines Reporterdaseins herauszutreten.

Er war deshalb mehr als verblüfft, als am Morgen nach Felicitas Saunders hervorragender Sendung über Prinz Khalif Omar ben Saud bei ihm das Telefon klingelte und ihn eine Männerstimme bat, um 11 Uhr im Café des Lincoln-Center zu sein. Dritter Tisch links vom Eingang. Zu Fragen kam Darkster nicht mehr. Der Anrufer hatte aufgelegt.

Reporter sollen ein Gespür haben, das ist ihr Grundkapital. Darkster empfand auch wirklich in dieser Minute ganz deutlich, daß dieser Anruf eine Wende in seinem Dasein sein müßte. Er trank zwei Tassen starken Kaffee mehr, als er sonst zum Frühstück schluckte, goß einen Whiskey hinterher und machte sich frühzeitig auf den Weg. Ein Anruf bei den verschiedenen Mordkommissionen brachte keine großen Zeilen, die übliche New Yorker Nacht mit einigen Toten und einem Dirnenmord. Man konnte darauf verzichten.

Im Café des Lincoln-Center saß am dritten Tisch links vom Eingang ein schwarzhaariger Mann und las in der New York Times. Darkster beobachtete ihn kurz. Ein Südländer, dachte er. Schwer zu orten. Aber schon die Feststellung Südländer ließ sein Herz schneller schlagen. Die Gedankenverbindung zur Mafia war sofort präsent. Das ist unmöglich, dachte er weiter. Was will die Ehrenwerte Gesellschaft von mir, dem kleinen Arthur? Wenn sie etwas mitzuteilen hat, dann sind die großen Kollegen dran. Die haben ihren direkten Draht zu den Schaltstellen der geheimen Macht.

Darkster nahm sich vor, sehr zurückhaltend zu sein und alles an sich herankommen zu lassen, ohne großes Interesse zu zeigen. Er ging an den Tisch, tippte gegen die aufgeschlagene Zeitung und sagte:

»Hier bin ich. Bleiben wir hier?«

Der Fremde sah ihn lustlos an, nickte, und Darkster setzte sich ihm gegenüber. Bei dem sofort hereilenden Kellner bestellte er einen Obstcocktail mit Vanille-Eis und lehnte sich zurück.

»Was ist los?« fragte er.

»Wir haben einen Auftrag für Sie, Arthur«, sagte der Fremde.

»Wer ist wir? Das ist zunächst wichtig.«

»Das ist völlig unwichtig. Wollen Sie Geld verdienen?«

»Auf ehrliche Art — immer.«

»Sie können 1000 Dollar bekommen.«

»Schon faul!« Darkster war von der Summe ergriffen, aber er sagte sich ganz richtig, wer 1000 Dollar ausspuckt, ist auch noch für mehr gut. Er wußte, daß er jetzt ziemlich hoch und gefährlich spielte, doch es wäre auch falsch gewesen, dem Mann um den Hals zu fallen und sofort zuzugreifen. Bei solchen Angeboten war das Pokern Ehrensache. »Ich weiß zwar nicht, was Sie auf Lager haben, Mister ...«

»Sagen Sie einfach Bob zu mir.«

»Ein schöner, kaum gebräuchlicher Name.« Darkster grinste breit. Der Fremde, den man nur Bob nennen sollte, schien keinen Humor zu haben. Er blieb ernst und geschäftlich kühl. »Also, Bob, wo wackelt die Erde?«

»Sie sind einverstanden?«

»Aber nein!« Darkster winkte mit beiden Händen ab. Er lutschte an seinem Eislöffel, wartete, bis der Kellner aus der Nähe verschwunden war, saugte durch einen Plastikstrohhalm den mit Alkohol durchsetzten Fruchtsaft aus dem hohen Glas. Bob wartete geduldig und faltete unterdessen seine New York Times zusammen. Vor ihm stand ein großes Glas Orangensaft. Das machte Darkster stutzig. Antialkoholiker unter den Mafiosi sind nicht nur eine Seltenheit, sondern ein Kuriosum. »Für 1000 Dollar pule ich mir das Ohrschmalz nicht aus dem Gehörgang. Ich höre nur noch Rauschen.«

»Sie sollen beobachten und Berichte liefern. 1000 Dollar und alle Spesen frei.«

Darkster beugte sich etwas über den Tisch. »Haben Sie einen Laut von sich gegeben, Bob?«

»Sie werden mit mir Kontakt halten«, sagte Bob unbeirrt. »Ihre Berichte und Fotos liefern Sie bei mir ab. Auch Ihre Rechnungen.«

»Bob, Sie sind eine herrliche Type! *Wen* soll ich beobachten und warum?« Darkster rollte eine halbgefrorene Kirsche durch seinen Gaumen. »Außerdem bin ich Journalist und kein Detektiv. Sie müssen sich im Telefonbuch in der Zeile geirrt haben. Wußte gar nicht, daß es einen Darkster gibt, der eine Detektei hat.«

»Das warum ist unwichtig.« Bob holte eine Brieftasche aus seinem Rock und legte sie auf den Tisch. Es war eine Demonstration. Darkster sah deutlich einen Packen Banknoten. Solche Anblicke heben den Blutdruck ungemein, und auch Arthur wurde es warm ums Herz. »Wen sollen Sie jetzt erfahren: Sie bleiben Felicitas Saunders auf den Fersen.«

»Bob, Sie sind reif für die Klapsmühle!«

»Tag und Nacht! Sie sollen ihr Schatten werden, ohne daß sie ihn bemerkt. Wir wollen alles über sie wissen. Wie sie lebt, was sie tut, mit wem sie sich trifft, wo, wann und was sie ißt, vor allem aber, welche Liebhaber sie hat!«

»Mehr nicht?« Darksters Stimme triefte von Spott. »Wollen Sie auch wissen, mit was sie sich vor dem Zubettgehen parfümiert?«

»Auch das, wenn es Ihnen gelingt.«

»Ich passe!« Darkster angelte nach einem Stück Vanille-Eis und schob es dann in den Mund. »Bob, warum gerade ich? Ausgerechnet ich und die Saunders? Ich bin gegen sie ein ganz kleiner Tintenpisser ...«

»Das wissen wir. Darum bekommen Sie auch den Auftrag, Arthur.«

»Bob, Sie glänzen vor Charme«, sagte Darkster säuerlich.

»An Ihre großen Kollegen sich zu wenden, wäre eine Dummheit.« Bob öffnete seine Brieftasche. Darkster schätzte den Inhalt auf mindestens 5000 Dollar. Nur große Scheine. Ein überwältigender Anblick. »Sie alle kennen die Saunders zu gut, mit Geld sind sie nicht bestechlich.«

»Aber ich.«

»Ja.«

»Bob, wenn ich ein Ehrenmann wäre, bekämen Sie jetzt eins in die Fresse.«

»Aber Sie sind kein Ehrenmann. Sie sind ein kleiner Reporter, der alles annimmt, was Dollars bringt. Für 1000 Dollar würden Sie Ihren eigenen Vater entmannen.«

»Der ist seit zwölf Jahren tot!« sagte Darkster gemütlich. »Aber für 1000 Dollar würde ich Ihnen jetzt liebend gern den Schädel einschlagen. Bob, das mit der Saunders ist undurchführbar. Das ist ein Hirngespinst. Erstens lebt sie in einer Welt, in die ich nicht hineinkomme, zweitens kostet diese Welt so viel Lappen, daß ich da nie am Rande mitmarschieren kann.«

»Geld spielt in diesem Fall keine Rolle«, sagte Bob ruhig. »Was Sie brauchen, bekommen Sie.«

»Das sagen Sie so daher?« Darkster schluckte. Er rechnete schnell durch, was man in Felicitas Nähe alles brauchte und gab es schnell auf, mit Zahlen zu jonglieren. Es waren für ihn utopische Summen. »Das halten Sie nicht durch, Bob!«

»Sie fangen also an?«

»Wenn die Saunders nach Florida fliegt und sich eine Yacht mietet ...«

»Tun Sie das gleiche, Arthur.«

»Wenn Sie nach Rom fliegt, in der Villa Medici wohnt ...«

»Mieten Sie sich ein Zimmer neben ihr.«

»In Tokio, im Okura ...«

»Sie bleiben in ihrer Nähe und halten die Augen auf, berichten mir und fotografieren. Jede Kleinigkeit ist interessant, ist ein Mosaiksteinchen für uns.«

»Und das alles für 1000 Dollar? Bob, setzen Sie ihren Hut auf und gehen Sie hinaus auf den Platz. Dort können Sie die Tauben füttern.«

»10 000 Dollar!« sagte Bob nüchtern. »5000 sofort, 5000 nach einem Monat. Wenn Sie uns das Foto eines Geliebten der Saunders liefern, erhalten Sie ein Erfolgshonorar von 20 000 Dollar extra.«

»Sagen Sie das noch mal, Bob!« Darkster knöpfte sich den Kragen auf, er schwitzte plötzlich. »Ganz langsam, Bobbylein! 20 000 Dollar extra, das sind also 30 000 Dollar zusätzlich Spesen ...«

»Sie können das ja in einem Rechencenter nachrechnen

lassen, wenn's Ihnen zu schwer fällt.« Der Mann, der Bob genannt sein wollte, erhob sich abrupt. »Es ist also alles klar, Arthur?«

»Ja und nein.«

»Was wollen Sie denn noch?«

»Warum wollt ihr Felicitas fertig machen?«

»Sie sollen nur Ihre Dollars ansehen und nicht fragen.« Bob steckte die New York Times in seine Rockaußentasche. »Das ist eine große Chance für Sie, Arthur. Schenkt Ihnen die Saunders einen Cent, gibt Sie Ihnen einen einzigen Dollar zu verdienen? Was wird sie wohl tun, wenn Sie zu ihr kommen und ihr sagen: Felicitas, du Größte, ich bin ein armes Reporterschwein ... hast du nicht einen Job für mich? — Sie wird Sie wegschnippen wie einen Fussel auf ihrem Kleid.«

»Stell die soziale Platte ab, Bob!« Darkster winkte ab und erhob sich gleichfalls. »Ich mache auch für 30 000 Dollar keine Sauerei an Felicitas mit.«

»Es ist garantiert Privatsache. Ehrenwort.«

»Ehrenwort?« Darkster sah Bob belustigt an. »Wo haben Sie denn dieses Wort aufgeschnappt, Bob? Junge, Sie können ja prächtig mit Fremdworten umgehen. Nun stieren Sie mich nicht an wie ein Lustmörder, geben Sie mir die 5000 Dollar und sagen Sie mir, wohin ich meine Berichte schikken soll.«

Bob öffnete wieder seine Brieftasche, warf die Geldscheine wie Papierschnipsel auf den Tisch und steckte sie dann in sein Jackett. »Wenn Sie glauben, Arthur, uns nur mit Mist beliefern zu können ...«

»Ich weiß, ich weiß.« Darkster winkte ab. »Keine Drohungen, Bob! Wenn ich eine Arbeit übernehme, hole ich das Beste raus, was möglich ist. Soll das ein Wort sein?«

»Ja. Hierhin alle Berichte.« Bob gab Darkster eine Visitenkarte und verließ darauf sofort das Café im Lincoln-Center.

Darkster setzte sich wieder an den Tisch, raffte die Geldscheine zusammen und las die Visitenkarte. Sie war äußerst vornehm. Büttenpapier mit Stahlstich.

Ahmed Sehadi ibn Mahmoud stand da. Und darunter, mit Schreibmaschine:

Zur Zeit Plaza Hotel. Suite 5.

Arthur Darkster starrte auf das Papier, pfiff durch die Zähne, erinnerte sich an das Interview der Saunders mit dem Prinzen Khalif und bewunderte seinen eigenen Geistesblitz.

Aus dieser Ecke kam der Auftrag! »Bobs« Ehrenwort stimmte sogar: Es war ein absolut privates Interesse. Ein Interesse, das nach Geld roch, meilenweit gegen den Wind. Aber auch ein Interesse, das für Darkster tödlich werden konnte, wenn er versagte oder heimlich zur anderen Seite überlief. Denn daß diese Visitenkarte im Zusammenhang mit seinem Auftrag Hunderttausende wert war, begriff er sofort. Die Fernsehstation ACF würde diese Information mit mindestens einem Jahreseinkommen der Saunders honorieren.

Darkster wurde es leicht übel in der Magengegend. Er bestellte sich einen Gin-Fizz, steckte die Hand in die linke Rocktasche und spielte mit den Banknoten. Es war ein verrücktes Gefühl, auf einmal so viel Geld zu haben und noch mehr zu erwarten.

Eine Stunde später mietete sich Darkster einen Luxuswagen und fuhr hinaus nach New Rochelle, wo Felicitas Saunders an der Küste des Long Island Sound in einem riesigen Park ihre versteckte Villa hatte. Er brauchte bis zum späten

Abend, bis er ganz in der Nähe in einem alten, verkommenen Landhaus eine Wohnung fand, die er sofort mit 500 Dollar Vorschuß anmietete. Die Besitzerin des Hauses, eine genau 89 Jahre alte Mrs. Jenny Havelook, die eigentlich gar nicht vermieten wollte, aber Darkster aus unerfindlichen Gründen sympathisch fand und ihm das langsam verfallende Haus zeigte, hatte nichts dagegen, daß der plötzliche Mieter auch ihr Telefon benutzte.

Im Wohnzimmer der Wohnung, die Darkster nun ausfüllte, roch es widerlich nach Urin. Aus allen Ritzen der Diele schien der Gestank zu kommen. Darkster riß zunächst die Fenster auf und blickte die Wand hinunter.

»Ist unter mir etwa ein defektes Klosett?« fragte er.

»Aber nein.« Mrs. Havelook lächelte mütterlich. »Mr. Benedictus Havelook, mein seliger Mann, litt zweiundzwanzig Jahre an einer Nieren- und Blasenkrankheit, bis er hier im Zimmer an einer Urämie starb. Gott habe ihn lieb! Riecht man noch etwas? Ist das peinlich, Mr. Darkster! Ich rieche nichts mehr, ich habe mich so sehr daran gewöhnt. Zweiundzwanzig Jahre, müssen Sie wissen —«

Später rief Darkster im Plaza Hotel an. Ahmed Sehadi ibn Mahmoud war auf seinem Zimmer.

»Was soll ich sagen?« fragte Darkster. »Bob, Ahmed oder Allah ist groß?«

»Wo sind Sie? Was wollen Sie, Arthur?«

»Bleiben wir also bei Bob. Ich bin ganz in der Nähe von Felicitas. Habe hier eine Wohnung gemietet und lebe auf urindurchtränkten Dielen! Das kostet gesondert Schmerzensgeld, Bob! Was ich nicht alles für Sie tue!«

»Sie können das Haus von Miss Saunders sehen?«

»Ich habe es im Visier!«

»Sehr gut! Arthur, ich habe vergessen, Sie zu fragen, ob

Sie ein Bankkonto haben. Ihre Spesen werden darauf eingezahlt. Wieviel haben Sie schon ausgegeben?«

»645 Dollar und 19 Cent, Bob.«

»Es werden Ihnen 700 überwiesen werden ...«

Darkster war sehr zufrieden. Was er jetzt tat, hatte zwar mit Journalismus wenig zu tun, aber man sieht ja einem Dollar nicht an, wie er verdient worden ist.

Darkster setzte sich in seinen schönen neuen Wagen, fuhr ein wenig durch die Gegend, sah sich im Kreis um die Saunders-Villa um und hatte das unverschämte Glück, gegen 23 Uhr seine erste Beobachtung machen zu können: Vor dem Einfahrtstor der Villa hielt ein kleiner Wagen, ein junges Mädchen mit langen blonden Haaren stieg aus, gab einem schlaksigen Burschen einen Kuß und trippelte auf schlanken Beinchen durch das Tor. Bevor sie es schloß, warf sie dem Boy noch einen Handkuß zu, was dieser mit seiner Autohupe beantwortete.

Darkster merkte sich die Autonummer, fotografierte mit einem hochempfindlichen Film das Mädchen unter den Torlampen und stieg dann aus, klappte die Motorhaube hoch und beugte sich in den Motorraum, als habe er eine Panne. Ein uralter, aber immer noch wirksamer Trick, denn ein stotternder Motor gehört zum motorisierten amerikanischen Alltag. So fuhr auch der junge Bursche ahnungslos an Arthur vorbei, zurück nach New York.

Rosa Saunders, Felicitas' 17jährige Tochter, war von einem Collegeabend nach Hause gekommen.

Der stoppelhaarige Bursche hieß Red Cummings, war Student der Medizin, 23 Jahre alt und der Star der Universitäts-Boxstaffel. Halbschwergewicht. Aber das erfuhr Arthur Darkster erst viel später, obwohl er darauf gar nicht neugierig war.

Man mußte es Lora Ballister neidlos zugestehen: Partys konnte sie feiern wie kaum eine andere. Wenn es hieß: Lora gibt einen Empfang, dann wußte jeder, der die Ehre hatte, eingeladen zu werden, daß bei Ballister eine Gesellschaft zusammenkam, die an diesem Abend untereinander, so nebenbei in Nebenräumen, einige Millionen Dollar bewegte. Cocktailglas und Auftragsbuch sind eine amerikanische Symbiose.

Die neue Party von Lora schien eine große Überraschung zu werden. Natürlich galt sie wieder einer Wohltätigkeit, wie die meisten Superprivatshows stets mit dem Mantel der Nächstenliebe behängt wurden. Erstens berichteten dann die Zeitungen darüber, was für das Image wichtig war. Zweitens klatschten die Frauenverbände rasenden Beifall, den man brauchte, denn ohne diese Vereinigungen lief nichts im gesellschaftlichen Leben, was nur verstehen kann, wer die Macht dieser Verbände in Amerika kennt, und drittens rechnete kaum einer nach, was solch eine Party kostete, wenn bei ihr 3000 oder 4000 Dollar an Spenden für ein Trinkerheim, ein Waisenhaus, einen Hundefriedhof oder eine Resozialisierung von gefallenen Mädchen übrig blieb. Lora Ballister hatte diesesmal die alten Kollegen eingeladen, die Großen der längst vergangenen Showtage, ergraute Sänger und mehrfach geliftete Blondinen, die noch einmal im erlesenen Kreis beweisen konnten, daß sie mit Recht auf den Nachwuchs herabblickten, der nur mit dem Hintern und dem Busen wackeln, aber nicht singen konnte.

Felicitas rief sofort an, als sie von Lora die Einladung bekam. Sie erholte sich einige Tage in ihrem Haus, lag am Pool und las viel, vor allem Kurzgeschichten. Sie liebte diese Kunst der knappen Erzählung. Es war wirklich eine Kunst, auf wenigen Seiten und mit wenigen prägnanten

Sätzen eine Welt auszubreiten, wozu andere tausend Seiten brauchten. Einen neuen Auftrag für ACF bereitete sie vor. Sie suchte ein Gespräch mit dem in Libyen untergetauchten, gestürzten Diktator Idi Amin Dada. Mit Khadafi, dem Gastgeber, hatte sie schon telefoniert. Er kannte sie von einem eigenen Interview und hatte versprochen, auf Amin einzureden. Außerdem hatte man ihm von dem Gespräch über den Wolken mit Prinz Khalif berichtet. Das war eine Leistung, die Khadafi zu würdigen wußte.

»Ich bin eingeladen worden, mein Schatz«, sagte Felicitas. »Von deiner Frau.«

»Ich weiß, Lici.« Ballister sprach wie immer mit einer Stimme, als habe er gerade ein paar Treppen hinter sich. »Der Erfolg von Loras Party mit den Schlagersängern war ein Volltreffer. Jetzt kommen die ganz Ergrauten dran. Die Tombola ist zu Gunsten von Kindern, die von ihren Vätern verlassen worden sind. Du mußt natürlich kommen.«

»Ich wollte absagen, Jérome ...«

»Unmöglich! Lora erwartet dich besonders.«

»Wieso?«

»Sie muß doch einen Spürhund auf deiner Fährte haben. So weiß sie zum Beispiel, daß ich dich geküßt habe, als du von dem Prinzen zurückkamst. Du weißt, auf dem Flugplatz.«

»Ich hatte dich gewarnt, mein Liebling!« Sie betrachtete die Einladungskarte und den infamen Nachsatz, den Lora eigenhändig unter den gedruckten Text geschrieben hatte: »Meine Liebe, Du sollst die Tombola leiten. Ich freue mich so.« Um nicht zu kommen, gab es nur eine Ausrede: Eine Krankheit! Und dann Dr. Henry Meyer als bestätigenden Arzt, ihm glaubte Lora in blindem Vertrauen. »Was hast du ihr erklärt?«

»Daß das ganze Team dabei war, daß es in aller Öffentlichkeit geschah und daß ich so froh war, dich wieder auf sicherem Boden zu wissen. Schließlich lebt ACF zur Hälfte von dir! Es war also ein firmeneigener Kuß! Das sah Lora ein. Aber ich habe nun den Beweis, daß sie etwas ahnt. Wenn du nicht zu ihrer Gala-Party kommst, lieferst du ihr Gesprächsstoff. Sie weicht mir aus ... sie hat etwas zu verbergen ... sie hat Angst, mir ins Auge zu sehen ... sie scheut ein Gespräch ... Du *mußt* kommen, Lici! Alle großen Zeitungen werden von der Party berichten. Die Saunders als Glücksfee an der Tombola. Das ist auch gut für ACF!«

»Kannst du an nichts anderes denken als an das verfluchte TV?« sagte sie bitter.

»Nicht, wenn ich hier an meinem Schreibtisch sitze und das Programm machen muß. Außerdem denke ich immer an dich. An Sylvie Morris im Hamilton-Hotel! Das Mädchen mit der Perücke aus tausenden kleinen, schwarzen Löckchen. Du warst wirklich nicht zu erkennen.«

»Am Sonntag werde ich hellblond sein und einen frechen Pony tragen.«

»Wieso am Sonntag?«

»Dann treffen wir uns in Staten Richmond im Hotel ›Crookes Beach‹.«

»Unmöglich, Lici!«

»Ich werde Gayle Hunnington heißen. Jérome ...«

»Lici, wir sollten erst abwarten, wie sich Lora auf der Party dir gegenüber benimmt. Denk an Dr. Meyers Diagnose: Jede Aufregung kann Loras Tod bedeuten!«

»Wie alt bin ich, mein Schatz?«

»Ich glaube ... siebenunddreißig.«

»Genau! Zu jung, um ein einsame Witwe zu sein, und

noch nicht so alt, einen Mann wie dich nur platonisch zu betrachten. Wer weiß, wie das ist, wenn ich fünfzig bin, sechzig, siebzig. May West hat noch mit 85 die Männer ins Boudoire geschleift.«

»Du lieber Gott, was steht uns da noch bevor!« Ballister lachte. Es klang gut, sein Lachen hatte etwas Erotisches an sich. Es war sonorer als seine Stimme beim Sprechen. »Lici, wie soll ich am Sonntag wegkommen?«

»In Washington ist eine Militärparade der Offiziers-Akademie. Die filmt ihr doch.«

»Natürlich.«

»Da mußt du hin! Aber du kommst nur bis Staten Richmond. Liebling, muß man dir alles vorsagen?«

»Werde nicht frech!« Ballister lachte wieder. Wie ich sie liebe, dachte er dabei. Undenkbar jetzt noch ohne sie zu sein. Aber da ist Lora mit ihrer Herzkrankheit, und da sind die Augen von Tausenden bigotter Frauen, die sich selbst einen Geliebten wünschen, aber jede, die einen hat, steinigen wollen. Das ist alles so verrückt. Eine Felicitas Saunders muß eine Lichtgestalt bleiben! Die Vietnam-Witwe, die sich bis zur höchsten Höhe durchgebissen hat! Das strahlende Beispiel! So einem Denkmal verzeiht man keinen heimlichen Mann. »Du kommst also zu Loras Party?«

»Was bleibt mir anderes übrig?« Felicitas legte die Einladungskarte auf den Rand des Pools. Ein Windstoß erfaßte das Papier und wehte es ins Wasser. Sie stieß einen kleinen, dramatischen Schrei aus, der Ballister vom Sitz zucken ließ.

»Was ist passiert, Lici?« rief er.

»Loras Einladung schwimmt im Pool.«

»Sie läßt dich auch ohne sie rein!« sagte Ballister sarkastisch. »Gerade dich!«

»Ich werde so freundlich wie nie sein«, sagte sie. »Ich werde Lora sogar küssen. Schließlich ist sie ja eine alte Freundin ...«

Die ersten Berichte, die Arthur Darkster an Ahmed Sehadi ibn Mahmoud, genannt Bob, schickte, waren mager, aber sie schienen Bob doch zu gefallen. Daß Felicitas Saunders sich zu Hause am Pool erholte und im knappsten Bikini durch den Park lief — Darkster gelang durch die Grenzhecke eine sehr gute Aufnahme, die Felicitas zeigte, wie sie nach ihrer Ansicht unbeobachtet das Bikinioberteil ablegte und sich in die Sonne legte, ein Anblick, der selbst abgebrühte Naturen wie Arthur zu einem inneren Seufzen hinriß — daß sie keinerlei Besuch empfing und ihre Tochter Rosa mit einem Studenten flirtete, entlockte Bob die Bemerkung:

»Sehr gut, Arthur.«

Am Nachmittag vor der Party mußte Darkster aktiver werden. Bei Felicitas fuhr ein Auto vor, er rief sofort einen Bekannten bei der Autozulassungsstelle an, gab die Nummer durch und erfuhr, daß der Wagen einer Friseuse gehörte.

Wie zufällig bummelte Darkster später durch die Gegend und ließ sich fast von dem Mädchen anfahren, weil er so dusselig war, bei ihrem Warnhupen zur falschen Seite zu springen.

»Sie sind gut!« sagte er und lehnte sich an den Wagen. »Wenn Sie eine Kühlerfigur suchen, müssen Sie das anders anstellen. Außerdem mache ich keine so gute Figur wie der Engel von Rolls Royce!«

»Sie sind allein schuld!« Die kleine Friseuse starrte ihn verstört an. Sie hatte eine Vollbremsung machen müssen.

Der Schreck lag noch in ihren Gliedern. »Sie sind direkt vor mein Auto gesprungen.«

»Der Schrecken! Ihre Hupe ... plötzlich in meinem Rücken! Da überlegt man nichts mehr.« Er nickte zu der weißen Villa der Saunders und beugte sich zum Fenster hinunter. »Sie waren bei dem großen Star?«

»Ja. Waschen und Frisieren. Sie hat heute eine große Party.«

In Darkster klingelten alle Alarmglocken. Nach außen blieb er völlig ruhig und sagte abwertend: »Die haben doch immer so eine Party! Davon leben die doch.«

»Heute ist sie besonders wichtig. Bei Lora Ballister. Kennen Sie die? War früher eine berühmte Sängerin. Lora Buster.«

»Ach die!« Darkster schaltete in seinem Computergehirn. Lora Buster galt einmal als die Königin des Chansons, bis sie heiratete. Anscheinend diesen Ballister, der Geld genug hatte, um große Partys zu geben. Wenn Felicitas Saunders dorthin eingeladen wurde, kamen alle zusammen, die für Bob interessant sein mußten. »Lange vorbei!« sagte Darkster und winkte ab. »Gute Fahrt, Mädchen. Und nicht hupen, wenn Sie einen Rücken sehen. Eine lebende Kühlerfigur bringt immer Probleme mit sich.«

Es war nicht schwer, etwas über Jérome Ballister zu erfahren. Darkster, der in seinem ganzen bisherigen Leben noch nie in einem Smoking gesteckt hatte, fuhr nach New York, kaufte sich beim besten Herrenausstatter einen mitternachtsblauen Smoking mit Seidenmoirée-Kragen und dazu alles, was man für einen festlichen Abend braucht. In New Yorks teuerstem Blumengeschäft ließ er sich einen grandiosen Strauß aus gelben und blaßrosa Rosen binden, umschlungen mit einer goldenen Schleife, auf die man mit einer Buchstaben-Schablone das Wort LORA spritzte. So gekleidet und bewaffnet verbrachte er die beiden Wartestunden bis zum Beginn der Party in einem angemessenen vornehmen Weinlokal und fuhr dann hinaus zum Haus der Ballisters.

Er hatte richtig kalkuliert. Wenn man zwanzig Minuten zu spät kommt, gerät man in den Sog der anderen Gäste, die ebenfalls zu spät kommen, und das ist eine ganze Menge. Alles drängte sich also durch die breite Tür in die Eingangshalle, wo zwei Hausmädchen und ein gemieteter Butler die Mäntel abnahmen und nur flüchtig auf die Einladungskarten blickten. Darkster zeigte keine Karte vor, sondern drückte dem Butler den Rosenstrauß so in die Hand, daß er das LORA auf der Goldschleife sehen konnte. »Einen Moment!« sagte er dabei, entledigte sich seines Mantels, gab ihn einem Mädchen und rückte seinen Smoking zurecht. Dann nahm er dem Butler den Rosenstrauß wieder ab und ging zur Tür des Salons, an der Lora und Jérome Ballister standen und die Gäste begrüßten.

Es war selbstverständlich, daß der Butler nicht mehr nach der Karte fragte. Das machte Darkster sehr glücklich. Er hatte seinen Schatten überwunden, bewies zum erstenmal, daß er die nötige Kaltschnäuzigkeit besaß, um eine große Karriere zu machen.

Lora nahm den wundervollen Strauß mit einem strahlenden Lächeln an, ließ sich die Hand küssen und blickte dann Darkster nach.

»Wer war denn das?« fragte sie Jérome, der bereits den nächsten Gast ins Auge gefaßt hatte und unruhig zur Tür blickte. Wann kam Felicitas Saunders? Kam sie wirklich? Wie würde sie auftreten? Er schielte zu seiner Frau und schüttelte den Kopf.

»Wer, meine Liebe?«

»Der Rosenkavalier ...«

»Du hast die Einladungen verschickt!«

»Es muß einer vom Presseclub sein! Er war noch nie hier. Sieh dir das an: Auf der Schleife steht LORA.«

»Geschmacklos!« sagte Ballister abwesend und merkte nicht, wie sehr er Lora damit traf. »So 'was macht man mit Trauergebinden.«

Lora schwieg. Sie winkte dem Butler, sagte: »Stellen Sie es in eine Vase!« und straffte sich dann. Es war, als spanne sich in ihr eine Stahlfeder. Das Lächeln auf ihrem Gesicht blieb, aber es war zu einer Maske erstarrt. Auch Jérome Ballister spürte, wie sich in ihm die Umwelt veränderte. Er atmete auf und alarmierte gleichzeitig sein Gehirn.

Felicitas Saunders betrat das Haus.

Sie war nicht allein. Ihre Tochter Rosa brachte sie mit. Ein raffinierter Schachzug, lobte Ballister innerlich. Die herrlichste Witwe der Welt mit ihrem Kind, das so früh den Vater verlor. Dazu noch in Vietnam. Ein Held! Wer wagte es, Felicitas jetzt zu attackieren? Auch Lora nicht. Der tragische Glanz, der Felicitas umgab, machte sie unangreifbar.

Sie sah hinreißend aus in ihrem langen, roten Chiffonkleid und den hochgesteckten Haaren, die an Fernost, an Japan, erinnerten. Daneben das lange wallende Blond der Tochter über flaschengrüner Seide mit Stickereien, eine vollkommene Inszenierung. Lora begriff das sofort. Sie löste sich von der Tür und ging Felicitas entgegen. Jérome Ballister bewegte sich nicht. Wenn zwei Wellen aufeinander treffen, kann man nur zermalmt werden, wenn man dazwischen steht.

Es war ein großer Auftritt. Lora umarmte Felicitas, küßte sie auf die Wangen und sagte laut: »Wie arm wären wir ohne dich! Du siehst wunderbar aus!« Dann küßte sie Rosa, hakte sich bei Felicitas unter und führte sie in den Salon. Jérome hatte gerade noch Zeit und Gelegenheit, ihr zuzunicken und zu sagen: »Bis später, Felicitas. Ich muß noch den Empfangschef spielen.« Da kam schon der nächste Gast, der Sänger Piero Dacocca, der vor zwanzig Jahren dreimal an der Met den Cavaradossi in »Tosca« gesungen hatte und der auch heute Abend eine Arie zum Besten geben sollte. Er umarmte Ballister, dröhnte mit angespanntem Zwerchfell theatralisch: »Sei mir gegrüßt, mein edler Freund!« und küßte Jérome auf die Nase, ehe dieser sein Gesicht aus der Reichweite ziehen konnte.

Arthur Darkster stand bereits an der Hausbar, balancierte ein Cocktailglas in der Hand und musterte die Gäste. Seine Gedanken konzentrierten sich auf die süße blonde Schönheit Rosa Saunders. Sie war durch Lora von ihrer Mutter getrennt worden und begrüßte einige Bekannte.

Über die Tochter zur Mutter, dachte Darkster zufrieden. Das ist ein guter, normaler, gerader und ungefährlicher Weg. Und er kann mit Informationen gepflastert sein!

Es war eine schlechte Idee, aber so etwas merkt man erst hinterher.

III

Lora Ballister war von einer bestrickenden Freundlichkeit. Sie hatte Felicitas zum letzten Mal vor vier Monaten persönlich gesehen, auf dem Bildschirm natürlich öfter, das verpaßte sie nie. Und immer, wenn die Sendung mit der Saunders vorbei war, empfand sie eine unbändige Lust, ihr Glas mit Wein, das sie dabei trank, gegen das Fernsehgerät zu schleudern.

Sie war eifersüchtig, warum es nicht zugeben? Welche Frau wäre es nicht? Sie hatte für Jérome Ballister ihre Karriere aufgegeben, wie sie immer erzählte, obgleich jeder in der Branche wußte, daß ihr strahlender Stern zum Zeitpunkt der Heirat bereits sehr im Dunkel verglomm. Sie hatte die Ehe als etwas Endgültiges betrachtet, getreu den Worten des Pfarrers, der von »bis daß der Tod euch scheidet« geredet hatte, und sie war — wenigstens in den ersten Jahren ihrer Gemeinschaft mit Ballister — allen Anfechtungen, die man natürlich noch an sie herantrug, entgegengetreten und hatte sogar Jérome davon erzählt. »Stell dir vor, Jimmy Calander hat mir einen eindeutigen Antrag gemacht!« Oder: »Gestern kam O'Phaerson zu Besuch. Der verdammte Bursche hat mich doch an den Busen gefaßt.« Ballister lachte dann immer sein melodisches Lachen, nahm das alles nicht ernst, griff sich aber heimlich die Übeltäter und drohte ihnen Fausthiebe an. Einmal schlug er sogar zu, ausgerechnet beim Star der Fernsehserie »Kommt Mama wieder?«, dem schönen Phil Toppa. Zwei Drehtermine fielen dadurch aus, weil Toppa zwischen den Augen eine fulminante Beule trug, die auch der beste Maskenbildner nicht mit Fett und Puder überschminken konnte, ohne das Gesicht des schönen Phil völlig zu verändern.

Man änderte daraufhin das Drehbuch von Szene zu Szene, ließ Toppa als Strohwitwer tolpatschig gegen eine Küchenschranktür knallen und hatte somit einen Grund, Toppa mit einem demolierten Gesicht sogar groß ins Bild zu bringen. Kritiker lobten später Phils große schauspielerische Leistung als beulentragender, verlassener Ehemann. Die Serie »Kommt Mama wieder?« wurde ein großer Erfolg für ACF.

Nur Präsident Hunters lud Ballister zu einem Drink in die Chefetage ein und sagte etwas säuerlich: »Jérome, ich möchte Sie bitten, das nächstemal dahin zu schlagen, wo's später keine Kamera sieht. Aber genau zwischen die Augen. Das ist der Produktion teuer geworden. Zwei Drehtage im Eimer, der Autor der Serie legt sich mit Magenkrämpfen ins Bett, weil er das Drehbuch mit dem dämlichen Türknall abändern sollte. Sie wissen ja, wie Autoren sind, sie kommen sich bei jedem Abänderungswunsch wie kastrierte Heilige vor, und dann Toppa selbst. Du lieber Gott! Ich war im Krieg als Pionier in Frankreich, habe die Invasion mitgemacht, habe die Halbinsel Cotentin mit gestürmt, da habe ich Verwundungen gesehen, daß sich einem der Magen rumdrehen konnte, aber das war nichts gegen Toppas Beule über der Nase! Toppa war der schwerverletzteste Mann, den es je gegeben hat! Jérome, bitte, das nächste Mal nur hinlangen, wo der Körper bedeckt bleibt.«

Das waren noch Zeiten gewesen. Lora erinnerte sich an sie mit geradezu wollüstigem Schaudern. Damals war Ballister noch ein Ehemann, der nach seinem Dienst im Studio seinen Schreibtisch nicht eine Minute später als nötig räumte und in die Arme seiner Lora flüchtete. Siebzehn glückliche, herrliche Jahre, in denen Ballister vom Nachrichtensprecher über den politischen Kommentator und den stellvertretenden Unterabteilungsleiter für Show und Unterhaltung bis zum Chef der großen Abteilung AKTUELLES avancierte und zum Freund von Präsident Hunters wurde.

Das änderte sich, als Felicitas Saunders, bislang freie Journalistin mit einer merkwürdigen Treue zu ACF ihren festen Vertrag unterschrieb und Mitglied des Star-Teams wurde, dessen Leitung natürlich auch Ballister hatte. Von da an, ganz allmählich, fast unmerkbar — ein Mediziner würde sagen: ausschleichend — bröckelte Ballisters tägliches Heimweh nach Lora ab. Natürlich hing das mit seinem erweiterten Aufgabenbereich zusammen, natürlich gab es unwiderlegbare Erklärungen, natürlich mußte Lora einsehen, daß die rechte Hand von Hunters mehr tun mußte, als dessen eigene linke Hand, natürlich mußte Jérome viel unterwegs sein, um die vielen laufenden Produktionen zu überwachen, wie er überhaupt zum Feuerwehrmann des Senders wurde. Doch für Lora war die ständige Anwesenheit von Felicitas Saunders auch ein Anlaß, daß Ballister immer mehr mit dem Sender verheiratet war als mit ihr.

Beweisen konnte sie nichts. Das war das Fatale. Auch bei ACF selbst sprach niemand von einer Affäre Ballister–Saunders. Und das will etwas heißen. Es gibt kaum ein größeres Klatschnest als einen Fernsehsender, und — wieder mit Ausnahme der Mediziner — nirgendwo ist gegenseitiges Mißtrauen, Bespitzeln, Karrieresucht, Rufschädigung, Abwertung fremder Leistungen, heimliches Abschießen und seelenerweiternde Schadenfreude ein so fester Bestandteil des täglichen Lebens wie beim Fernsehen.

Aber über Ballister sprach niemand. Und von Felicitas Saunders sagte man, sie vergliche alle mit ihrem gefallenen Mann Bob und nähme es den anderen Männern übel, daß sie nicht auch in Vietnam geblieben wären.

Lora zog sich Felicitas als Freundin heran. Das war ein ebenso alter, wie sinnloser Trick. Er brachte nichts ein außer vermehrtes Mißtrauen. Denn jetzt, als Mitglied des Hauses Ballister gewissermaßen, konnte Jérôme als höflicher Mensch Felicitas sogar in Gegenwart von Lora mit einem Kuß begrüßen. Und ebenso langsam wie Ballister aus seiner Ehe wegglitt, rutschte Lora in eine verderbliche Hysterie hinein. Das fing mit Migräneanfällen an, steigerte sich über Nervenschmerzen am ganzen Körper bis zu rätselhaften Weinkrämpfen, um schließlich beim Psychiater zu enden. Eine Frauenkarriere, über die sich in Amerika niemand mehr wundert. Der Gedankenaustausch über Psychiater gehört zu den Lieblingsthemen von amerikanischen Frauenzirkeln.

»Du mußt mir erzählen!« sagte Lora jetzt und zog Felicitas in einen Nebenraum. Im großen Wohnzimmer, das ausgeräumt worden war und wie ein Saal wirkte, begann eine Combo zu spielen. Zur Einstimmung. Später wurde es klassisch, mit Flügel und einem kleinen Streichorchester, wenn die alten großen Stars noch einmal für die Wohltätigkeit auftraten. »Ist der Prinz wirklich ein so faszinierender Mann?«

»Er hat Geld«, antwortete Felicitas. »Er hat so viel Geld, daß er gar nicht weiß, wieviel es ist. So denkt und lebt er auch. Wenn das faszinierend ist ...«

»Er hat dich tatsächlich entführt?«

»Wer sagt das?«

»Das Kamerateam! Und Jérôme wollte erst nicht mit der

Sprache heraus, aber ich habe ihn weich gekocht, bis er redete. Im Bett kann Jérome wegschmelzen wie Fett in der Pfanne.«

Felicitas ließ diesen Hieb über sich ergehen, ohne Wirkung zu zeigen. Sie lächelte sogar Lora an. »Der Prinz wollte mich überreden, mitzukommen.«

»Also stimmt es doch! Und du hast abgelehnt?«

»Bin ich käuflich?«

»Du wärst eine der reichsten Frauen der Welt geworden ... ohne die Schinderei beim Sender.«

»Ich trage da einen gewissen, sicherlich dummen Stolz mit mir herum, liebe Lora«, sagte die Saunders ruhig. »Ich möchte Karriere machen durch meinen Geist, nicht durch meinen Unterleib. Unmodern, was? macht nichts. Ich habe Freude an diesem Leben.«

»Bist du moralisch?« fragte Lora. Sie sah dabei Felicitas an wie ein Geier, der neben seiner Beute hockt.

»Nein! Ich bin nicht moralisch«, sagte die Saunders ohne Zögern. »Wer ist das schon?«

»Du könntest dir einen Geliebten halten?«

»Bin ich keine Frau?«

»Auch einen verheirateten Geliebten?«

»Warum nicht?«

»Du würdest nie an die andere Frau denken?«

»Immer! Ich würde sie beneiden, daß sie diesen Mann ständig hat, Tag und Nacht, ich nur stundenweise und in weiten Abständen.«

»Das ist doch gemein, so schrecklich gemein!« sagte Lora. Ihre Stimme war wie mit Staub belegt. »Es gibt Millionen andere Männer.«

»Es gibt Milliarden Sterne — sagen die Astrologen — aber nur einer von ihnen ist unser persönlicher Leitstern.«

Felicitas wandte sich um. Der Sänger Raoul Croix steckte den Kopf zur Tür herein. Er war früher ein großartiger Bariton gewesen, ein umjubelter Don Giovanni, bis nach einem schrecklichen Autounfall seine beiden Beine verkrüppelten. Man singt zwar nicht mit den Unterschenkeln, aber das Wissen, nie mehr elegant wie früher auf einer Bühne stehen zu können, warf Croix aus der Bahn. Er wurde Trinker und lebte nur noch vom verlassenen Ruhm. Seine herrliche Stimme allerdings verging langsamer als sein Körper. Heute wollte er noch einmal das Lied an den Abendstern aus Wagners »Tannhäuser« singen.

»Man wartet auf euch, ihr Schönen!« sagte er mit seiner rundum in Ton eingebetteten Bühnenstimme. »Jérome rennt herum wie ein geköpfter Hahn. Ohne euch kann die Party ja nicht anfangen. Außerdem — muß das sein? Diese Combo? Diese Knickebeinmusik! Mir wird übel davon! Michail Tschassnow hat vorgeschlagen, daß er sich gleich an den Flügel setzt und einen flotten Liszt spielt. Er macht schon seine Finger weich.«

Croix demonstrierte, wie Tschassnow seine Hände gegeneinanderdrückte und bis zum Gelenkknacken wegbog, lachte und warf die Tür wieder zu.

»Hast du einen Geliebten?« fragte Lora mit spröder Stimme.

»Ja.«

»Du lieber Himmel, und keiner weiß das!« Lora starrte Felicitas betroffen und voll Mißtrauen zugleich an. »Das sagst du so daher?«

»Nur zu dir, meine liebe Lora.« Felicitas Lächeln war eine abgrundtiefe Gemeinheit in Loras Augen. Sie spürte, wie ihre Nerven wieder zu flimmern begannen. »Ich weiß, daß du darüber schweigen wirst. Und wenn nicht ... ich habe nie mit dir darüber gesprochen. Ein Dementi von mir ist glaubhafter als tausend Vermutungen.«

Die Tür wurde aufgerissen. Ballister stürzte ins Zimmer. Er sah aus, als wackele das ganze Haus unter einem Erdbebenstoß. »Hier seid ihr!« rief er. Sein Blick traf Felicitas nur für einen Bruchteil einer Sekunde, aber er genügte, um seine Sorge auf Felicitas auszustrahlen. »Die Gäste stehen herum und saufen vor Langeweile. Edward Pemm hat bereits den dritten schweinischen Witz erzählt. Ihr müßt kommen.«

Felicitas nickte und faßte die etwas steif gewordene Lora unter. Wenn Pemm mit Witzen begann, war höchste Gefahr im Verzug. Edward Pemm war ein begabter Regisseur, vor allem für Klassiker, speziell für Shakespeare. Nicht weil er Shakespeare besonders verehrte, sondern weil Shakespeare — Originalton Pemm: — »so herrliche Flüche und ausgrabenswürdige Sauereien geschrieben hat, die kaum einer kennt!«

»Wir hatten ein interessantes Gespräch, Jérome«, sagte Felicitas, als sie mit Lora an ihm vorbeiging. »Lora wollte wissen, ob ich einen Geliebten habe. Ich habe natürlich keinen. Ist es so, Lora?«

Lora Ballister nickte. Ihre Stimme erstickte in der Kehle. Sie wurde rot im Gesicht, riß sich von Felicitas los und betrat den Saal mit dem bezauberndsten Bühnenlächeln.

Die Gäste klatschten anerkennend.

Im Hintergrund sagte Arthur Darkster zu Rosa Saunders, nahe an ihr kleines Ohr gebeugt: »Verdrücken wir uns nach draußen. Hier wird's gleich stinklangweilig. Tschassnow geht zum Klavier. Die Wohltätigkeitspforten werden geöffnet.«

Es gibt — unter anderem — zwei Dinge, die man lassen sollte: Ein Mädchen in einen dunklen Park locken, wenn deren Freund ein Halbschwergewichts-Boxer ist, und über alle Maßen schreckhaft sein, wenn man mit Außergewöhnlichem konfrontiert wird. Das hört sich nach zwei grundverschiedenen Dingen an, aber bei Arthur Darkster fielen sie zusammen.

Red Cummings, der Student der Medizin, war natürlich nicht für wert befunden worden, an Loras Party teilzunehmen. Sie kannte ihn überhaupt nicht, und auch Felicitas wußte nur von ihm, daß er mit ihrer Tochter befreundet war, ein paarmal mit ihr Tennis gespielt und getanzt hatte und sie dann nach Hause brachte. Gesehen hatte sie ihn noch nie. Wenn sie Rosa danach fragte, bekam sie meist die Antwort: »Na ja, ein netter Boy. Mutti, wir wollten doch ...«, und das Gespräch glitt sofort in andere Bahnen und entfernte sich weit von Red Cummings.

Verliebte, die nicht dort eingeladen werden, wo ihr Mädchen tanzt, sind von Natur aus mißtrauisch. Cummings machte darin keine Ausnahme, auch wenn er bereit war, jedem die Zähne einzuschlagen, der an Rosas Treue auch nur mit einem Seufzer zweifelte. Das hielt ihn aber nicht ab, gerade heute einen Bewacherposten zu beziehen und das Haus der Ballisters von hinten, durch den Park zu betreten. Er benutzte dazu eine Klappleiter, mit der er die zwei Meter hohe Lorbeerhecke überstieg, auf der anderen Seite hinuntersprang und erst beim Auftreffen jenseits der Sperre seine Fehlplanung erkannte: Der Rückweg war ungleich schwerer, denn die Leiter lehnte ja draußen an der Hecke! Immerhin hatte er in dem großen Park Gelegenheit genug, Posten zu beziehen und Rosa im Auge zu behalten. Die Türen zur Terrasse standen offen, die Gardinen waren zurückgezogen, man konnte in alle Zimmer blicken, wo die festliche Gesellschaft in Gruppen zusammenstand und sich unterhielt, bis der offizielle Teil des Abends begann.

Cummings suchte sich einen Logenplatz aus — eine mächtige Platane —, lehnte sich an den dicken Stamm und nahm mit den Augen teil an Loras berühmter Party. So sah er auch, wie sich die Gäste in den Saal drängten, ein Mann an den Flügel schritt und zwei Gäste sich selbständig machten und hinaus in den Park traten.

Red Cummings knirschte mit den Zähnen und begann nervös zu kauen. Er erkannte Rosa deutlich in ihrem bestickten Kleid, ihr Blondhaar leuchtete, bis sie in die Nacht trat, und der Mann an ihrer Seite sprach auf sie ein und legte sogar den Arm um ihre Schulter.

Cummings atmete mit offenem Mund, er hörte sein Blut rauschen, was er eigentlich als Mediziner für völlig blödsinnig halten mußte, aber es war so, irgendwo in seinem Körper mußte eine geheime Feuerstelle sein, die alles in ihm weich kochte, und dann zerfiel auch die letzte innere Mahnung, lief die letzte innere Bremse heiß. Er schlich um den dicken Platanenstamm herum, ließ Rosa und den ekelhaften Begleiter an sich vorbeigehen und preschte dann aus dem Schatten hervor.

Arthur Darkster befand sich in Hochstimmung. Rosa schien eine Informationsquelle erster Güte zu sein, man mußte sie nur richtig anbohren. Er erzählte ihr deshalb ein paar tolle, nie erlebte Erlebnisse von Reportereinsätzen in Alaska und Cuba und flocht geschickt ein, daß ja auch die Mama von einem Abenteuer zum anderen schwamm.

»Wir alle bewundern Felicitas«, sagte Darkster. »Sie ist eine ungewöhnliche Frau. Man sagt, daß Sie sehr einsam ist.«

»Wir sind gern allein.« Rosa blieb stehen und schob mit beiden Händen ihr Haar aus der Stirn. »Aber einsam sind wir nicht.«

»Natürlich. Ein dummer Ausdruck.« Darkster klopfte mit der Faust gegen seine Stirn. »Besuche gibt es ja genug. Felicitas' Cocktails sollen ja berühmt sein.«

Die Antwort, die Rosa darauf gab, und die lautete: »Das muß ein Irrtum sein«, hörte Darkster nur wie ein Rauschen. Ein harter Griff packte seine Schulter, riß ihn herum, er starrte in ein in der Dunkelheit unklares Männergesicht, dann gab es einen dumpfen Laut, Darkster fiel ein Bleisack aufs Kinn, alle Lichter verlöschten. Dann stürzte er in geradezu vorbildlicher Haltung wie ein Baumstamm nach hinten in das weiche Graspolster.

»Du bist verrückt!« sagte Rosa entsetzt. »Total verrückt! Red, wie kommst du überhaupt hier herein? Was willst du hier? Du kannst doch nicht jeden mit dem ich spreche, auf den Rücken legen!«

»Er hat den Arm um dich gelegt!« Cummings stand herum wie ein ausgebrochener Gorilla, stierte auf den bewegungslosen Arthur Darkster und bereute alles.

»Du gehst sofort nach Hause!« sagte Rosa scharf. »Sofort! Oder wir sehen uns nie wieder!«

»Baby ... ich!« Cummings versuchte einen Gnadenakt, faßte nach Rosas Kopf und wollte sie küssen, aber sie schlug ihm schnell und kräftig auf die Finger. »Was wollte der Kerl von dir?«

»Der Kerl war gerade dabei, meine Mutter zu loben!« sagte Rosa giftig. »Ein netter Kerl! Ich werde mich morgen mit ihm treffen.«

»Rosa!« Cummings lehnte sich entkräftet gegen den Baumstamm. »Das bringt mich um! Bitte tu es nicht.«

»Sind wir verheiratet? Nein! Verlobt? Nein! Wir werden das auch nie sein, Red Cummings, wenn du weiter wie King-Kong durch die Gegend tappst! Hau ab!«

Es hatte keinen Sinn mehr, mit Rosa noch zu diskutieren. Cummings bedachte sie mit einem traurigen, in himmelweiter Liebe eingebetteten Blick, stieg über Darkster hinweg und trottete durch den nachtschwarzen Park davon. An der Hecke bewies er weniger sportlichen als zerstörerischen Einsatz. Er brach in die schöne Hecke ein Loch, verließ so das Grundstück der Ballisters und schulterte draußen seine Klappleiter. Wenig später summte sein alter Wagen davon.

Arthur Darkster erwachte, weil ihm jemand kaltes Wasser ins Gesicht goß. Er schüttelte sich, merkte dadurch, daß seine Hirnnerven noch nicht voll der Lähmung entwichen waren und setzte sich zunächst. Rosa kniete neben ihm, wischte ihm mit einem nassen Taschentuch das Gesicht ab und drückte es ihm dann unters Kinn. Dort schien eine Wurst zu hängen, wenn er den Mund bewegte, war es ihm, als wabbele etwas herum.

»Was war denn das?« fragte er. Er sprach vorsichtig. Im knöchernen Gerüst seines Gesichtes tickte noch der Schmerz. »Da hat mich doch einer niedergeschlagen.«

»Ja«, sagte Rosa. Mehr gab es nicht zu kommentieren.

»Ein Mann —«

»Ja.«

»Kannten Sie ihn? Haben Sie ihn erkannt?«

»Nein! Es geschah alles so plötzlich. Er war auf einmal da, schlug zu, und war wieder weg. So schnell, daß man gar nichts erkennen konnte.«

»War es ein Gast? Hatte er einen Smoking an?«

»Mein Gott, ich habe nur Sie angesehen, wie Sie umfielen. Möglich, daß es ein Gast war!« Rosa griff diesen Gedanken mit Freuden auf. Er führte von Red weit weg. »Haben Sie einen Feind unter den Gästen?«

»Ich kenne ja gar keinen! Ich bin zum erstenmal bei Loras Party.« Darkster versuchte aufzustehen, schaffte es nicht allein, und Rosa mußte ihn stützen. Dabei legte er beide Arme um ihren Hals und zog sich an ihr hoch. Der Anblick hätte ausgereicht, um Darkster zum Punchingball für Cummings zu machen. Als er endlich leidlich sicher stand, drückte er das nasse Taschentuch selbst an sein Kinn. »Wo haben Sie das Wasser her, Rosa?«

»Zwölf Schritte links ist ein kleiner Teich. Hoffentlich stört es Sie nicht, daß in dem Wasser auch Frösche laichen.«

»So verseucht kann gar kein Wasser sein, um mir jetzt nicht zu helfen.« Darkster bewegte sich vorsichtig vorwärts, setzte einen Schritt vor den anderen und empfand eine unbändige Sehnsucht nach Kühle und Nässe für sein Gesicht. Ein Teich, jubelierte es in ihm. Ein großer Fleck Wasser. Man kann den Kopf hineinstecken und die Wurst unter dem Kinn wegspülen. Hatte der Kerl einen Schlag! Das alles muß ein Irrtum gewesen sein, eine Verwechslung in der Dunkelheit, vielleicht ein Racheakt unter sonst guten Freunden, der aber daneben ging. Wer sollte ihn, den kleinen unbedeutenden Arthur Darkster, so rasend lieben, daß man ihn in die Sterne schickt?

Der Teich war wirklich nahe, das Wasser schimmerte in der Dunkelheit, von Ballisters Haus her erklang Klaviermusik. Tschassnow spielte Liszt. Jeder hätte diese Stimmung romantisch genannt, wenn nicht Arthur in seiner Schreckhaftigkeit laut aufgestöhnt und dann Rosa zu sich herumgerissen hätte. Zu mehr war er nicht fähig, entnervt vom bereits Erlebten und Gespürten riß er den Mund auf und brüllte völlig unheldisch: »Hilfe! Hiiiilfe!«

In dem Teich laichten nicht nur Frösche und schwammen Seerosen ... auch ein Mensch lag darin. Er lag auf dem Rücken, die Beine noch am Ufer, den Kopf im flachen Wasser, sein Mund stand offen, die Augen quollen hervor, und als Darkster ihn entdeckte, schwamm im leichten Wind gerade eine Seerose auf den Toten zu und steuerte auf den offenen Mund, als sei er ein Hafen.

Man kann verstehen, daß dieser Anblick für Darksters lädierte Nerven zu stark war.

Rosa starrte zunächst den Toten an, zerrte dann an Darksters Ärmel, schrie ihn schließlich an: »Seien Sie still! Es hört ja doch keiner!«, und ließ dann Darkster allein, lief zum Haus zurück und platzte mitten in das Adagio hinein, das Tschassnow mit geschlossenen Augen spielte. So war Rosas zitternde Stimme besonders klar und deutlich zu verstehen, untermalt von Liszt.

»Im Garten ... im Teich liegt ein Toter!«

Mit einem Mißklang, der an sehr gelobte moderne Musik erinnerte, rutschten Tschassnow die Hände von der Klaviatur. Lora Ballister erstarrte, Felicitas blickte sofort hinüber zu Jérome, Ballister schüttelte den Kopf, als sei er im Atelier und wäre mit einer Szene nicht einverstanden.

»Mein Gott, es ist Tito Varone«, sagte wenig später Lora erschüttert. Sie standen alle am Teich, Taschenlampen erhellten das Gelände, beschienen den Toten im Wasser und die Seerose, die an seiner Nase hängengeblieben war. »Tito Varone, der beste Lohengrin, den ich je gehört habe.«

»Vielleicht hat ihn der Schwan aus dem Kahn geworfen?« sagte Croix, der Varone nie hatte leiden mögen. »Außerdem weiß ich, daß er wasserscheu war.«

Niemand grinste. Kollegenwitze sind immer gallig, hier war er übertrieben.

»Ich habe die Polizei gerufen«, sagte Ballister nüchtern. »Auch wenn es ein Unglücksfall ist.«

»Tito hat gesoffen wie ein poröser Schlauch!« sagte ein anderer Gast. Es war der früher bekannte Heldenbariton Emond Harley, ein unvergessener Fliegender Holländer. »Er war schon betrunken, als Lora die letzten Ankommenden begrüßte. Er muß im Dunkeln ausgerutscht sein.«

Und in die folgende Stille hinein sagte Arthur Darkster: »Nein! Er ist ermordet worden! Auch ich wurde angegriffen und sollte der nächste sein! Unter uns ist ein Mörder! Ein Wahnsinniger!« Er sah hinüber zu Rosa, die neben Felicitas stand. »Das stimmt doch, Rosa?«

»Ich weiß es nicht«, sagte sie, senkte den Kopf, begann zu schluchzen und preßte ihr Gesicht an Felicitas Brust.

Die Mordkommission traf bereits zwanzig Minuten später ein.

Ein forscher Lieutenant verkündete ermutigend: »Sie alle sind verdächtig!«, der Polizeiarzt untersuchte die Leiche, nachdem man sie im Teich fotografiert und dann aus dem Wasser gezogen hatte. Das Ergebnis war eindeutig: Mord durch Erwürgen mit einem Strick. Erst nach diesem qualvollen Tod hatte man Tito Varone in den Teich geschleift. Ein Motiv konnte keiner nennen. Varone lebte sehr zurückgezogen, ernährte sich von den Prozenten an seinen noch immer verkaufbaren Opernplatten, sang ab und zu in Kindersendungen das Sandmännchen — allerdings ohne Namensnennung, denn dieser Niedergang war nicht zu verkraften. Stundenlang hatte er vor dem Plattenspieler gesessen und die Aufnahmen aus seiner Glanzzeit angehört.

Dann hatte er zum Vergleich die neuen Sänger aufgelegt, mit den gleichen Arien, und war glücklich, wenn er sagen konnte: »Gegen mich singen die heute wie früher unsere Buffos.« In den letzten Jahren soff er und beendete solche Stimmvergleiche immer in völliger Trunkenheit.

Nein, Feinde hatte er nicht. Nur Bemitleider. Und einige sarkastische Freunde, wie Croix. Warum sollte man Tito Varone umbringen?

Der Lieutenant veranstaltete einen Vorzeigemarsch. Jeder von Ballisters Gästen mußte an ihm und zwei Sergeanten vorbei, seine Beine heben und seine Schuhe zeigen. Es stellte sich heraus, daß alle einwandfrei saubere Schuhe trugen bis auf Rosa Saunders und Arthur Darkster. Ihn aber hatte man selbst überfallen, er hatte den Toten entdeckt und sogar um Hilfe geschrien. Das war ihm jetzt peinlich, es paßte nicht zu dem Bild eines Journalisten, der von sich erzählte, er habe sich in Alaskas Wildnis sechs Wochen allein durchschlagen müssen, bis er auf Menschen traf.

Weit nach Mitternacht fuhren die Gäste weg. Die Party war geplatzt, die Wohltätigkeit erst gar nicht zum Sammeln gekommen. Das kalte Buffet allerdings war weitgehend geräumt worden, und auch der Alkoholvorrat hatte große Lücken. Tito Varone wurde in einem runden Zinksarg weggetragen. Er hatte so nie sterben wollen. In einem Interview gab er einmal seine Sehnsucht preis: »Wenn es möglich wäre, möchte ich Gott bitten« — hatte er gesagt —, »daß er mich zu sich nimmt, während ich als erschlagener Siegfried unter Wagners herrlichem Trauermarsch von der Bühne getragen werde ...«

Jetzt war es eine Zinkwanne mit Deckel.

Auf die Publicity, die Ballister in den nächsten Tagen erfuhr, hätte er gern verzichtet. Der Begriff von der »Mord-Party« wurde zum geflügelten Wort in New York. Mit einer Wonne ohnegleichen stürzten sich die Journalisten der Presse auf ihren Kollegen vom verhaßten Fernsehen. Die Party wurde gerupft wie eine Mastgans, die Gästeliste allein gab Anlaß zu Erinnerungen an die großen alten Künstler — man hatte endlich wieder einen Stoff, von dem man wochenlang leben konnte. Durch Mord aufgeblühte Nostalgie. Wenn das nicht die Leser beim Morgenkaffee in Stimmung brachte!

Geradezu gespenstisch wurde es, als Präsident Hunters schon am zweiten Tag nach dem Party-Mord Ballister zu sich rufen ließ und zu ihm sagte:

»Jérome, da hat mich Pemm auf eine Idee gebracht ...«

»Ausgerechnet Pemm!« sagte Ballister sauer. »Nicht mein Ressort, aber ich bin der Meinung, daß wir nun genug Shakespeare gebracht haben.«

»Wer redet denn von dem alten Knaben aus England?« Hunters lachte hämisch. »Sie haben den besten Stoff seit langem geliefert: Pemm will aus Ihrer Killer-Party eine Serie machen. Leuchtet mir alles ein, was er sagt: Hinein ins volle Menschenleben! Dazu einen romantischen und einen sozialen Spritzer. Wenn man überlegt, was Lora an diesem Abend alles um sich versammelt hatte! Diese Schar von großen Knallern. Früher hätte so ein Programm kein Sender der Welt bezahlen können. Aber ACF macht es jetzt. Wir drehen alles nach, wie's bei dir war, Jérome! Wir lassen die alten Mädchen und Knaben noch mal alle in ihren Glanznummern auftreten, mit Rückblenden in ihr Leben. Und dann — rumbum — während Croix den Papageno singt, wird Varone an deinem Teich gekillt! Das gibt eine Szene, da kriegt Hitchcock eine Gelbsucht! Das Finale, das Pemm vorschwebt, ist einsame Klasse: Die alten großen Sänger stehen in der letzten Folge um den Teich und den toten Varone und singen den Schlußchor aus dem Tannhäuser. Das bleibt hängen, Jérome, das vergißt keiner mehr! Das wird Fernsehgeschichte! Ich habe nie geglaubt, daß Pemm so ein cleverer Junge ist und vor Ideen sprühen kann. Was meinst du dazu?«

»Scheiße!« sagte Ballister grob.

»Einschaltquote mindestens 85 Prozent!« Hunters tat beleidigt. »Bonanza ist dagegen ein Limonaden-Sketch!«

»Für so eine Scheiße sperre ich mein Haus!« sagte Ballister laut.

»Dann bauen wir's im Atelier nach! Nichts einfacher als das: Die Fassade und 'nen Teich, ein paar Bäume, Dunkelheit ... Jérome, das ist ein Filmstoff, für den andere Autoren Fässer voll Tinte saufen würden, wenn ihnen der Gedanke käme. Überleg es dir, Jérome. Hier steckt für dich sogar der Vizepräsident von ACF drin.«

Ballister trank das Glas Whiskey aus, das Hunters spendiert hatte, und verzog den Mund, als habe er Jauche getrunken. »Da muß also erst ein Mord passieren, um das Törchen nach oben aufzustoßen«, sagte er. »Hunters, das widert mich an! Haben wir denn wirklich so einen Mist-Job?«

»Wir machen Fernsehen für über 100 Millionen. Schon vergessen?« Hunters wühlte in einer Mappe mit den neuesten Statistiken, aber Ballister winkte ab. Er kannte sie ebenso gut wie Hunters. Computerberechnungen, nach denen sie alle tanzen mußten. Die Einschaltzahlen der einzelnen Sender, die Repräsentativumfragen der Meinungsforschungs-Institute, die man potenzieren mußte, um dem wirklichen Zahlenspiegel nahe zu kommen, all diese herzlosen Berechnungen, wo ein halbes Prozent Plus oder Minus gleich Millionen Dollar darstellten. »ABC und BFN hatten im letzten Quartal eine Sehsteigerung von ...«

»In diesem Quartal sind wir Sieger!« unterbrach Ballister gequält. »Drei Knüller, davon zwei von Felicitas.«

»Und einer von Pemm!« Hunters wackelte mit den großen Ohren. Er konnte das vorzüglich, was ihm auch den Spitznamen »Das Elefantchen« eingebracht hatte. Böse Zungen behaupteten, er habe sich an sein normales Ohr besonders große Ohrmuscheln transplantieren lassen, um jeden Furz im Funkhaus zu hören. »Jérome, wir sind eine Firma, die Geld verdienen muß, um unsere Aktionäre nicht vom Champagner zu entwöhnen. Muß ich das ausgerechnet dir sagen? Wer hat vor Jahren die Fährte aufgenommen, daß Marilyn Monroe nicht durch Tabletten, sondern durch die Spritze eines Arztes der Kennedy-Familie gestorben sein soll? Auch wenn's 'ne Ente war ... journalistisch war das eine Superbombe!«

»Das war etwas ganz anderes, Hunters.«

»Natürlich. Da betraf es nicht das eigene Haus! Aber ein guter Fernsehmann macht auch vor der eigenen Schwelle nicht halt.« Hunters beugte sich über den breiten Tisch, der sie trennte. »Jérome, ich habe da überhaupt die Idee des Jahrhunderts!«

»Bitte vergessen, Hunters!« sagte Ballister sauer.

»Felicitas wird die Hauptrolle spielen! Die Saunders zum erstenmal als Schauspielerin in einer Bombenrolle! Ha, ist das eine Idee!« Hunters wackelte wieder mit den Ohren. »Wir braten eine Handlung hin, die vom Säugling bis zur Urahne Wonneseufzer erzeugt! Deine Lora macht auch mit: Hauptrolle Nummer zwei! Sie spielt sich selbst, die Frau eines Fernsehbosses, die große Partylöwin. Und Felicitas wird ihre Gegenspielerin sein, der man ihren Geliebten, eben Varone, ermordet.«

»Ich höre mir den Blödsinn nicht länger an!« sagte Ballister und stand auf. »Ich bereite eine Sendung aus dem Weißen Haus vor, das ist wichtiger!«

»Aber der Knall kommt ja noch, Jérome! Alle glauben, Varone sei ihr Liebhaber, auch wenn fast 30 Jahre Altersunterschied dazwischen liegen. Und erst, als der Gute leblos im Teich wässert, erfährt man, daß es nicht ihr Geliebter, sondern ihr heimlicher Vater war! Darum lebte sie bei ihm! Der eifersüchtige Mörder hat also vollkommen sinnlos getötet! Junge, in ganz Amerika werden die Taschentücher ausverkauft sein! Wenn 100 Millionen heulen, gibt's Hochwasser! ACF kann sich seinen Sendemast vergolden lassen! Und da winkst du ab?«

»Weder Lora noch Felicitas, Hunters!« sagte Ballister laut und endgültig. »Und als Rivalinnen schon gar nicht! Eher gebe ich meinen Job auf!«

Er verließ den verblüfften Hunters und fuhr mit dem Lift hinunter in das unterirdische Studio Nr. 4, wo gerade eine Sendung »Physik für den Hausgebrauch« aufgenommen wurde. Das fehlte mir noch, dachte Ballister bis ins Innerste erschrocken. Lora und Felicitas vor der Kamera in ihren natürlichen Rollen. Wer ist so idiotisch und fährt in das Auge eines Taifuns, statt ihm auszuweichen?

Von seinem Büro rief er später Hunters an. Der Präsident war beleidigt und dementsprechend ungnädig. »Sie wünschen, Ballister?« fragte er steif. Ballister mußte lächeln. Manchmal war Hunters wie ein kleiner böser Junge. Unter vier Augen duzten sie sich seit über zehn Jahren. Damals war Hunters als neuer Präsident zu ACF gekommen, von der Aktionärsversammlung gewählt. Er kam aus einem fremden Milieu, vom Direktorsessel einer pyrotechnischen Fabrik. Bei seiner Antrittsrede sagte er: »Bisher habe ich Raketen in die Luft geschossen, das soll sich fortsetzen. Ich werde ACF in den höchsten Fernsehhimmel schießen!« Vier Tage später hatte er mit Ballister Brüderschaft getrunken, weil er mit sicherem Blick erkannt hatte, daß in diesem Mann einer seiner Raketentreibsätze steckte.

»Hunters, hör einmal ausnahmsweise still zu«, sagte Ballister ernst. »Ich vertraue dir jetzt ein Geheimnis an. Schlag dir Lora aus dem Sinn. Sie ist todkrank. Dr. Meyer hat mir die Diagnose schonungslos mitgeteilt. Jede Aufregung kann Loras Tod bedeuten.«

»Aber den toten Varone in eurem Teich hat sie blendend überlebt!«

»Sie hat hinterher vier Tage gelegen und Tabletten geschluckt. Ein Zusammenspiel mit Felicitas hält sie *nicht* aus!«

»Ach, *so* ist das«, sagte Hunters gedehnt.

»Du denkst wieder um die Ecke«, sagte Ballister abweisend. »*So* ist nichts. Ich möchte nur nicht Lora als Opfer diesem gefräßigen Moloch Fernsehen hinwerfen.«

Red Cummings war in eine verteufelte Lage geraten. Er begriff das sofort, als er die ersten Zeitungen las. Die Suche der Polizei konzentrierte sich auf jenen unbekannten Mann, der auch Arthur Darkster niedergeschlagen hatte, anscheinend, weil er glaubte, Darkster habe etwas von dem Mord an Varone bemerkt. Es stand einwandfrei fest, daß der Mörder von außen gekommen war und nicht zu den Gästen gehörte. Die Lorbeerhecke war im hintersten Winkel zerstört. Der Täter hatte mit Gewalt ein Loch hineingerissen, um das Grundstück betreten und verlassen zu können. Eine Rekonstruktion der Tat war damit leichter geworden. Nur das Motiv fehlte noch. Von allen Italo-Amerikanern war gerade Tito Varone der harmloseste gewesen. Nun rief die Polizei Augenzeugen auf. Wer hatte in jener Nacht in der Nähe der Ballister Villa einen verdächtigen Mann gesehen? Vielleicht sogar noch mit Lorbeerblättern oder Zweigen am Anzug?

Cummings setzte sich sofort in seinen klapprigen Wagen und fuhr zum College. Dort ließ er Rosa unter dem Vorwand, er käme vom Sender und müsse ihr etwas Dringendes von ihrer Mutter bestellen, aus dem Unterricht holen.

Sie ging hinaus in die breite Eingangshalle, sah Cummings und drehte sich sofort auf den hübschen Beinen um.

»Rosa ...«, sagte Red flehend. »Nur einen Augenblick! Ich brauche dich.«

»Was soll das heißen?« Sie drehte sich wieder um, betrachtete ihn mißbilligend und rutschte unaufhaltsam ins Mitleid ab. Cummings sah irgendwie verwildert aus, aus den Fugen geraten.

»Hast du die Zeitungen gelesen?« fragte er.

»Natürlich.«

»Sie suchen mich.«

»Wenn sich einer so dämlich anstellt, habe ich kein Mitleid!« sagte sie entgegen ihrer Empfindungen.

»Ich habe doch Varone nicht umgebracht.«

»Das weiß ich.«

»Ich kenne ihn gar nicht.«

»Du kanntest Arthur auch nicht. Trotzdem ...«

»Er hat dich umarmt.«

»Geh zur Polizei und erkläre alles.«

»Die glauben mir keinen Ton!«

»Das befürchte ich auch. Was willst du also tun?«

»Nichts!« sagte Cummings kläglich. »Ich werde das Phantom bleiben müssen, nach dem die Polizei jagt.«

»Und den wirklichen Mörder deckst du damit für alle Zeiten.«

»Das ist es, was mich verrückt macht! Rosa, mit wem könnte man darüber sprechen?«

»Mit keinem, Red.« Sie kam auf ihn zu, streichelte ihm das Gesicht und lächelte ihn ermutigend an. »Es ist ein Geheimnis, das nur uns gehört. Und wir werden mit ihm fertig werden müssen.«

IV

Wer Hunters kannte, mußte damit rechnen, daß er einen so schönen Plan wie die Ballister-Party als Fernsehserie nicht kampflos aufgab. Der Stoff war auch wirklich zu publikumswirksam, um ihn gleich am Veto von Ballister sterben zu lassen.

Pemm erschien bei Ballister, warf seine Sportmütze, die er immer trug und sein Markenzeichen war, gegen die Wand und setzte sich Ballister gegenüber. Dann packte er einen Stoß Papiere auf den Tisch und sagte:

»Daran habe ich zwei Tage und zwei Nächte gearbeitet. Ist eine Superstory! ACF wird den Goldenen Tränensack dafür verliehen bekommen!«

»Laß mich in Ruhe!« knurrte Ballister. »Ich habe zu tun! Am Ende des Flurs sind die Scheißhäuser, häng's dorthin!«

»Hunters ist ganz happy.«

»Gratuliere. Schlag ihm vor, er soll die Leiche spielen!«

»Ich habe schon mit Felicitas gesprochen«, sagte Pemm mit einem unschuldigen Blick. Ballister fuhr hoch wie gestochen. Sein Gesicht rötete sich.

»Das ist eine Frechheit!« sagte er scharf. »Pemm, Felicitas gehört zu meiner Mannschaft! Sie wird von *mir* eingesetzt, und von keinem anderen!«

Pemm nickte, griff in die Tasche und warf Ballister eine gläserne Rolle über den Tisch. »Für alle Fälle.«

»Was ist das?«

»7-Chlor-3-carboxy-1,3-dihydro-2,2-dihydroxy-5-phenyl-2 H-1,4-benzodiazepin.«

»Raus!«

»Es beruhigt ungemein. Eine Tablette am Morgen, eine am Abend. Der ganze Rummel dieser Welt wird dir gleichgültig wie ein hustendes Kamel in Saudi-Arabien.«

»Was hat Felicitas gesagt?«

»Sie ist von der Story begeistert.«

»Nein!« Ballister sprang auf. »Pemm, das ist ein ganz infamer Bluff!«

»Frag sie selbst.«

»Das werde ich. Sofort! Und wenn du gelogen hast ...«

»Was dann? Na? Und was, wenn ich die Wahrheit sage?«

»Wann hast du mit Felicitas gesprochen?«

»Vor zwei Stunden. Im Studio 14. Sie unterhielt sich vor der Kamera mit einem Knaben von dem Oil-World-Trust und nahm ihn auseinander mit den Argumenten, die sie von Prinz Khalif gehört hatte.«

»Ich weiß. Aktuelle Fragen am Vormittag! Wo ist sie jetzt?«

»Zu Hause.«

Ballister griff zum Telefon, aber bevor er die Nummer wählte, sah er Pemm noch einmal herausfordernd an. »Noch kannst du berichtigen! Wenn Felicitas gleich das Gegenteil erzählt, ist das Zimmer hier für dich für immer gesperrt!«

Pemm hob die Schultern und grinste breit. »Wenn's so ist, Jérome, häng die Tür aus. Du brauchst sie nicht mehr. Was ich sage, ist astrein.«

Ballister wählte Felicitas' Telefonnummer und füllte die Wartezeit des Klingelns aus, indem er über einen Haussprechapparat das Sekretariat von Hunters anwählte und sagte: »Blondie, sag dem Präsidenten, ich bin in zehn Minuten bei ihm.« Blondie, ein Typ von Vorzimmerdame, der bei Besuchern Minderwertigkeitskomplexe auslöst, antwortete kurz mit »Okay!« und schaltete ab.

Bei Felicitas Saunders meldete sich niemand. Entweder war sie noch nicht zu Hause eingetroffen, oder sie hatte wieder einen ihrer Gartenspaziergänge unternommen, bei denen sie kein Telefon störte.

»Ich fahre zu ihr hin«, sagte Ballister. »Pemm, nimm zur Kenntnis: Ich lasse die Serie verbieten, Persönlichkeitsschutz!«

»Du wirst doch überhaupt nicht genannt. Wir nennen dich im Film Valéry Sadou.«

»Aber jeder weiß, wer dahinter steckt!«

Pemm grinste wohlgefällig. »Das treibt ja die Leute vor die Mattscheibe!«

Hunters hatte sich auf Ballisters neuen Besuch präpariert: Er rauchte eine dicke Havanna-Zigarre, trank Whiskey und trommelte mit den Fingern einen Militärmarsch auf die Tischplatte.

»Ich warne dich, Jérome«, sagte er sofort, als Ballister die Tür aufriß, »ich war bei der Marineinfanterie!«

»Das ist über dreißig Jahre her!«

»Aber ein Stück Ledernacken steckt noch in mir! Du hast gar keine Chance mehr. Felicitas ist von der Rolle begeistert. Die Geliebte, die in Wirklichkeit das liebende, uneheliche Töchterchen ist. Tränen hatte sie in den Augen, als ich ihr das schilderte!«

»Das bezweifle ich!« rief Ballister. »Felicitas reagiert auf so einen Blödsinn anders. Wenn sie nicht lacht, tippt sie sich an die Stirn, und damit ist alles gelaufen. Ich fahre gleich zu ihr hinaus! Darum bin ich hier, und Pemm weiß es auch schon: Ich werde den Film verhindern!«

»Zwei Millionen Dollar ...«, sagte Hunters gemütlich.

»Was soll das?«

»Schuldest du der ACF als Schadenersatz, wenn du dich querlegst. Das ist noch milde. Ein Freundschaftspreis.«

»Mein Gott — habt ihr denn kein Gewissen?«

»Beim Fernsehen?« fragte Hunters verblüfft.

Ballister kapitulierte. Er sah Hunters fast mitleidig an und wandte sich dann zur Tür. »Dreht ihr den Film auch ohne Lora und Felicitas?« fragte er, die Klinke in der Hand.

»Vielleicht. Aber dann ist die Hälfte der Luft 'raus!«

»Sie ist ganz raus!« sagte Ballister scharf. »Lora und die Saunders werden nicht spielen. Wie wollt ihr übrigens den Mörder — im Film?«

»Der Mörder bist du!« Hunters lachte. »Du bist der Geliebte von Felicitas und glaubst, der arme Varone sei der unbekannte Nebenbuhler. Als sich nachher herausstellt, daß er ihr Vater ist, drehst du völlig durch, hast eine große, herrliche Szene als Irrer und stürzt dich in den East River. Die Schiffsschraube eines Ausflugsdampfers, auf dem gerade der ›Verein zur Förderung der Sauberhaltung der Stadt‹ sein Clublied ›Wenn die herbstlich bunten Blätter fallen...‹ singt, zerstückelt dich. Die Zuschauer werden sich vor Begeisterung die Hosen naßmachen. Die Rolle des Valéry Sadou soll übrigens Tennessi Lambord spielen. Er war als Macbeth große Klasse und legt einen fantastisch irren Blick hin.«

Für Ballister war das zuviel. Er verließ fluchtartig Hunters Büro, knallte die Tür zu und stieß seinen rechten Arm in Richtung des Prachtweibes Blondie. »Er lebt noch!« sagte er rauh. »Aber wenn ich einen großen Wunsch von einer gütigen Fee übrig hätte: Ihn soll sofort der Schlag treffen!«

Selbstverständlich wurde Ballisters Ankunft vor der Saunders-Villa von Arthur Darkster beobachtet und fotografiert. Daß Ballister seinen Reporterstar privat aufsuchte, war nichts Außergewöhnliches, zumal die Frauen — Lora und sie — befreundet waren, was Darkster deutlich gesehen hatte. Aber ungewöhnlich war es doch, daß Ballister über ein Funkgerät verfügte, das auf Felicitas Frequenz eingestellt war. Ballister betätigte nämlich aus seinem Auto heraus das Funksignal, das automatisch das Tor öffnen ließ, eine Vertraulichkeit, die gleichzusetzen ist mit dem Besitz des Hausschlüssels.

Man sieht, daß die Gefahr oft in den kleinen, unscheinbaren Dingen sich verbirgt.

Darkster notierte sich das. Dann rief er vom Telefon der alten Jenny Havelook seinen Kontaktmann Ahmed Sehadi ibn Mahmoud im Plaza-Hotel an und sagte:

»Bob, mein Lieber, ich bin verzweifelt. Ich komme auf keine anständigen Spesen. Felicitas Saunders ist das Musterbeispiel einer ehrbaren Frau: Hin zum Sender, zurück ins Haus, dazwischen gibt's nichts. Ich kann Ihre Enttäuschung verstehen, aber Ihnen zuliebe kann ich ihr keinen animalischen Bettwärmer andichten. Eben ist Ballister zu ihr gekommen.«

»Aha!«

»Was heißt hier Aha? Ballister ist ihr Chef, sie ist mit seiner Frau Lora befreundet. Und wenn er nachts bei ihr klingelt, ist es immer noch legal! Sie kennen Ballister nicht.«

»Wir haben genaue Auskünfte über alle Personen, mit denen Frau Saunders verkehrt.«

»Dann werden Sie wissen, Bob, welch ein Knabe Ballister ist! Superkorrekt, knochentrocken, ein Wühler, wenn's um Arbeit geht, ein Papierfresser, von dem seine Mitarbeiter sagen: Wenn der einen Witz macht, muß man den Tag zum Nationalfeiertag erklären! So einen sterilen Klotz mit Felicitas in Verbindung zu bringen, das wäre geradezu pervers. Und über Tochter Rosa weiß ich, daß Männerbesuche bei Felicitas zu den Ausnahmen gehören. Überhaupt Besuche. Für die Saunders ist ihr Haus eine einsame, stille Insel, die keiner betreten soll. Nur einmal im Jahr gibt sie ein Fest, im Dezember, kurz vor Weihnachten. Da lädt sie ihre Kollegen und Kolleginnen von ACF ein und beschert sie. Und womit? Sie erraten es nie, Bob: Mit selbstgebackenen Anisplätzchen, Makronen und einem Christstollen nach Deutscher Art! So unheimlich brav ist sie ...«

Ahmed Sehadi ibn Mahmoud knurrte ein Dankeschön und legte auf. Er war verwirrt und enttäuscht, böse und von Fragen gequält. Irgend etwas stimmte hier nicht. Das Leben, das die Saunders führte, widersprach ihrem eigenen Geständnis. Es gab einen Mann! Sie hatte es dem Prinzen Khalif selbst gesagt, ohne Zögern, mit dem Stolz einer geliebten Frau. Sie hatte es so gesagt, daß Khalifs Herz zu bluten begann und den Unbekannten in den Tod hinein haßte.

Versagte Arthur Darkster? Das mußte Ahmed verneinen, näher als er hatte noch nie jemand Felicitas Saunders ständig im Blick gehabt.

Ballister hielt vor dem Haus, stieg aus und schloß die Tür auf. In der großen Eingangshalle mit den modernen Gemälden und Plastiken blieb er stehen und rief laut »Lici! Lici!« aber er bekam keine Antwort. Erst als er hinten auf die Terrasse trat, sah er Felicitas. Sie schwamm in dem großen Pool, unter der ausgefahrenen Blumenmarkise hatte sie ein Liegebett, einen Tisch mit Obstsäften und einen tragbaren TV-Empfänger aufgebaut.

Ballister zog seine Jacke aus, hängte sie an einen Riegel der weißen Klappläden und nahm in einem Korbsessel neben dem Tisch Platz. Als Felicitas im Pool wendete und zurückschwamm, sah sie Ballister, winkte ihm zu, stieg aus dem Wasser und lief auf ihn zu. Sie war nackt, und es war immer wieder ein Erlebnis, ihren Körper zu sehen. Ballister sprang auf, nahm ein großes Badetuch und schlang es um Felicitas, als sie vor ihm stand. Sie küßte ihn, machte sich steif und wartete, bis Ballister sie abfrottiert hatte, von den Schultern bis zu den Beinen. Er schien das nicht zum erstenmal zu machen, seine Hände waren geschickt. Als er ihre Brüste und die Hüften trocken rieb, schloß sie die Augen und streichelte sein Gesicht.

»Ich denke an La Rochefoucauld«, sagte sie. Ihre Stimme hatte einen viel dunkleren Klang als sonst. »Der Mensch bedarf weit größerer Tugenden, das Glück zu ertragen als das Unglück, hat er gesagt. Nach dieser Philosophie sind wir die größten Tugendbolde.«

Ballister beendete seine Frottiertätigkeit und ging zu seinem Korbsessel zurück. Er füllte zwei Gläser mit Fruchtsaft und brachte Felicitas eines. Sie hatte sich auf die Gartenliege gelegt, das Badetuch zur Seite fallen lassen und bot ihren Körper der Sonne und Ballister dar. Für sie war das eine Selbstverständlichkeit. Ballister kannte jeden Zentimeter ihres Körpers. Schamhaftigkeit, nur weil es Tag war, hielt sie für eitle Heuchelei. Sie gehörte ihm, dazu braucht man keine Uhr.

»So ernst?« fragte sie. »Hast du gewußt, daß Rosa heute im College bleibt?«

»Nein —«

»Du bist nicht gekommen, um diese so seltene Chance auszunutzen?«

»Ich komme von Hunters, Lici.«

»Pardon! Der Herr Abteilungsleiter ist dienstlich hier!« Sie schlug das Badetuch um ihre Nacktheit und hielt es über der Brust zusammen. »Wird verlangt, daß ich mich züchtig bekleide?«

»Auch Pemm hat mich belästigt.«

»Ich weiß. Er will die Mutter Courage mit bloßem Oberkörper spielen lassen und sucht nun überall Befürworter dieser genialen Idee.«

»Er hat gesagt, daß du begeistert wärst, mit Lora zusammen in einem Film zu spielen, der unsere schreckliche Party behandelt.«

»Er hat mir von dem Plan erzählt. Ich finde ihn hervorragend.«

»Lici!« Ballister starrte sie entgeistert an. »Verzeih, aber ich verstehe dich nicht mehr! Kennst du wirklich die Rolle?«

»Vom Exposé her, ja.«

»Du spielst Loras Rivalin! Du bist meine Geliebte!«

»Wir werden das Leben spielen, mein Schatz.«

»Lora wird das nicht überstehen! Sie wird die Parallelen merken.«

»Lora ist härter im Nehmen, als ihr alle glaubt.«

»Ich halte dieses Thema für einen ausgemachten Unsinn!« Ballister lief aufgeregt vor Felicitas auf der Terrasse hin und her. »Ich wehre mich dagegen, daß das Entsetzen, das uns alle gepackt hat, nun kommerziell ausgeweidet wird! Und es enttäuscht mich maßlos, daß du so etwas mitmachst! Gerade von dir hätte ich sicher erwartet, daß du —«

Ballister schwieg. Er begegnete Felicitas' Blick und fühlte sich plötzlich unbehaglich. In ihren Augen lag eine Warnung, aber er wußte noch nicht, in welcher Form der Angriff kommen würde.

»Bob ist in Vietnam geblieben«, sagte sie. Ballister hob beide Hände.

»Was soll denn das wieder? Das ist doch etwas ganz anderes.«

»Er wollte nur an einer nahen Quelle Wasser holen, er war nicht an der Front, er war hinten zur Auffrischung, zur Erholung, zum Empfang von Ersatzleuten, alles war ruhig, die Dorfbevölkerung freundlich, die Mädchen hurten mit Bobs Soldaten, das gehörte dazu, denn die Soldaten hatten Schokolade und Fett, Zucker und Fleischdosen, und Bob ging eben nur mal zur Quelle, um Wasser zu holen. Er kam nicht wieder. Als man ihn suchte, fand man ihn ... in einer Fallgrube, die man nahe bei der Quelle ausgehoben hatte, mit Pappe und Erde gedeckt, die einbricht, wenn ein ausgewachsener Mann darüber geht. Bob lag in drei Meter Tiefe, auf zugespitzten Bambuspfählen aufgespießt. Sieben Pfähle hatten seinen Körper durchdrungen.«

»Lici ...«, sagte Ballister dumpf.

»Auch schrecklich, nicht wahr? Aber hat euch das abgehalten, darüber einen Film zu drehen? Peinlich genau ... ein US-Captain, der zu einer Quelle geht und in einer Fallgrube aufgespießt wird. Der Film wurde ein großer Erfolg. Ich habe ihn mir nie ansehen können! Und du schreist herum, weil wir eine Party verfilmen wollen, auf der ein alter Sänger mit einem Strick erwürgt wird und in einem flachen Teich liegt?«

»Das hast du dir fein überlegt«, sagte Ballister gepreßt. »Wann ist dir dieses verdammte Argument gekommen? Jetzt wohl? In dieser Minute? Bei Pemm und Hunters hast du nicht daran gedacht! Das kann ich beschwören, so gut kenne ich dich! Als Pemm mit dem idiotischen Vorschlag kam, hast du nur daran gedacht: Hier kann ich mit dem Feuer spielen! Hier erlebt Lora die Wahrheit, verpackt in einem Drehbuch! Hier kann sie sich an die Wirklichkeit gewöhnen. Wenn sie diese Rolle gespielt hat, ist das richtige Leben nur noch eine Fortsetzung und birgt keine Überraschungen mehr.«

»Ich liebe dich!« sagte Felicitas ruhig.

»Ich dich auch!« schrie Ballister, von einer plötzlichen Unbeherrschtheit mitgerissen. »Aber — verdammt nochmal! — wir müssen vorsichtig sein!«

»Ich bin siebenunddreißig Jahre alt.«

»Das glaubt keiner.«

»Und die Jahre verrinnen. Sie fliegen dahin, schneller als früher.«

»Rutsche mir bloß nicht in eine Alterspanik, bitte nicht! Das habe ich zu Hause mehr als Fliegen! Als Lora zu ihrem Geburtstag von einem verkalkten Kolegen 44 Rosen bekam, für jedes Jahr eine, fiel sie in einen Schreikrampf, und ich mußte Dr. Meyer mit Blaulicht und Sirene kommen lassen! Wenn jetzt auch du anfängst, mit deinen 37 Jahren zu jonglieren ... Für mich bist du die strahlende Jugend!«

»Bis zum ersten Lifting!«

»Was hat das mit Pemms und Hunters' saublödem Film zu tun?« schrie Ballister nach wie vor aus den Fugen geraten. »Du brauchst nur nein zu sagen, und das Projekt ist geplatzt! Und ich erwarte von dir, daß du nein sagst ...«

»Das erwartest du?« fragte sie gedehnt. Ihre Stimme hätte Ballister warnen müssen, aber er war zu sehr in Fahrt, um auf Nuancen zu achten.

»Ja!«

»Als Abteilungsleiter der ACF oder als mein Geliebter?«

»Als beides!«

»Aufnahme beendet!« Sie ließ das Badetuch wieder los, setzte sich nackt auf die Gartenliege und griff nach ihrem Glas. »Du bist als Abteilungsleiter hier. Dem muß ich sagen, daß sich die Abteilung AKTUELLES nicht in die Abteilung FERNSEHSPIEL einmischen soll! Pemm verlangt von dir ja auch keine Interviews von Breschnew. Und mein Geliebter? Wo ist er? Ich sehe ihn nicht! Hier auf der Terrasse steht nur ein schnaubender Mann, der herumbrüllt. Mein Geliebter Jérome ist zärtlich und schreit nicht die Blätter von den Bäumen.«

»Lici!« rief Ballister und schlug die Hände zusammen. »Ich will doch nur verhindern, daß wir in ein persönliches Drama schliddern.«

»Setz dich zu mir.« Sie klopfte mit der flachen Hand auf die Liege. »Küß mich und creme mich ein. Vor allem die Brust. Du weißt, wie empfindlich gerade dort die Haut ist ... O Ballister, Ballister, warum mußte ich gerade bei dir meinen härtesten Vorsatz wegwerfen?«

Zu dieser Mittagszeit wurde von dem geplanten Film nicht mehr gesprochen.

Das Begräbnis von Tito Varone wurde zu einem Ereignis in New York.

Der Staatsanwalt hatte die Leiche endlich freigegeben und gestattet, daß man Varone von einem gekachelten Kühlfach in einen schönen, geschnitzten Mahagonisarg mit kupfernem Kruzifix auf dem Deckel umbettete.

Der Friedhof war mehr von Neugierigen als von Trauernden überfüllt, sie wollten die alten und zum Teil schon vergessenen Stars sehen, die am Grab vorbeizogen, Erde und Blumen auf den Sarg warfen und sich sehr erschüttert zeigten, weil eine Batterie von Fernsehkameras auf sie gerichtet war und sie der Vergangenheit, wenn auch nur für ein paar Filmmeter, entrissen wurden.

Hunters ließ es sich nicht nehmen, am Grab eine Rede zu halten, obwohl er Tito Varone kaum gekannt hatte und er nie bei ACF gesungen hatte. Wie alle alten Künstler war er für die Fernsehbosse uninteressant geworden, als seine Stimme etwas brüchig wurde und auch die beste Maske nicht mehr verbergen konnte, daß der Rudolf, der da in »La Bohème« schmachtend »Wie eiskalt ist dies Händchen ...« sang, längst der Großvater der reizenden Mimi sein konnte. Auch Hunters war da keine Ausnahme. Als Lora, voll beschäftigt mit Wohltätigkeits-Taten, eine Sendung »Noch immer unvergessen« vorschlug, hatte er geantwortet:

»Lora! Ich habe Geld zu verwalten und zu vermehren. Nicht meins, dann wäre ich großzügiger. Aber wir alle wissen doch, daß wir mit einer Mumiensendung keinen Hund zum Schwanzwedeln bekommen! Da produziere ich lieber Hal Bobcock! Der Junge kommt an! Tritt auf mit einem Plexiglas-Einsatz im Hosenschlitz! Bei jedem Konzert sind 100 Sanitäter anwesend, um die hysterischen Weiber abzuräumen.«

Hier nun, am Grabe, nannte Hunters pathetisch Tito Varone einen der größten Sänger unserer Zeit. Dabei passierte ihm ein Ausrutscher. Er erinnerte an die großen Erfolge als Barbier von Sevilla, den Varone nie gesungen hatte, weil er Tenor und kein Bariton gewesen war. Den Barbier hatte der früher elegante Croix gesungen, nun stand er tief beleidigt am Grab und hörte das Lob an, das eigentlich ihm galt, aber Varone mitgegeben wurde.

Arthur Darkster stand natürlich auch am Grab. Er hatte

Ballisters Besuch bei Felicitas genau registriert und gemeldet, daß Ballister drei Stunden im Haus geblieben sei. Es mußte geschäftlichen Krach gegeben haben. Ein Foto, das Ballister beim Hinausfahren aus dem Tor zeigte — mit einem hervorragenden Teleobjektiv aufgenommen, verriet einen sehr wütenden Mann. Ballisters Gesicht war verkniffen, als habe Felicitas ihn hinausgeworfen. Auch im Sender erfuhr Darkster später, daß zwischen Ballister und der Saunders Windstille herrschte. Ballister besuchte nicht mehr das Studio, wenn Felicitas auf Sendung war, und Felicitas trank mit Ballister nicht mehr einen Tee in der Kantine nach getaner Arbeit.

Darkster hatte sich einen guten Stand im Funkhaus verschafft. Durch Zufall begegnete er auf einem Flur einem Mann, den er sehr gut kannte. Ewald Pytsch, früher Reporter beim Daily News, der eine sensationelle Serie über einen geheimnisvollen Unhold geschrieben hatte, der nachts in den Parks jungen Frauen auflauerte, sie vergewaltigte und ihnen als Abschiedsgeschenk mit einem anscheinend elektrisch beheizten Siegel sein Monogramm unter die linke Brust brannte. Ganz Amerika las gebannt von diesem Sexmonster, bis es einer Polizistin, die als Lockfrau herumgeschickt worden war, gelang, den Unhold zu überwältigen. Nach einem Karateschlag ging er zu Boden. Es stellte sich heraus, daß der Reporter Ewald Pytsch auch der sexuelle Siegelbrenner war. Er hatte seine eigenen Schandtaten beschrieben, die er — wie er vor Gericht aussagte — nur getan hatte, um einmal eine sensationelle Serie schreiben zu können!

Damit war Pytsch als Reporter tot. Nach drei Jahren Zuchthaus tauchte er unter und verschwand. Nun sah ihn Darkster bei ACF wieder. Er war Hilfsbeleuchter, schleppte

Elektrokabel herum, baute die Scheinwerfer auf, nahm die ersten Ausleuchtungen vor und nannte sich Joe Holland.

Holland-Pytsch war von diesem Wiedersehen gar nicht begeistert, spendierte in der Kantine zwei Cuba libre und zwei Hot dogs und versprach Darkster, als Gegenleistung für eisernes Schweigen, einen Lichtbildausweis von ACF für ihn zu besorgen, mit dem er zu jeder Tages- und Nachtzeit den Sender betreten konnte. Für den Portier war es schier unmöglich, alle Gesichter zu kennen, für ihn galt nur der Ausweis.

Auch Arthur Darkster trat an das Grab, warf ein paar Blumen auf Varones letzte Wohnung, verharrte ehrfurchtsvoll ein paar Sekunden, als gedenke er des geliebten Toten, schielte dabei aber hinüber zu der Gruppe, die ihn viel mehr interessierte. Dort standen Ballister, Lora, Felicitas, Rosa, Hunters, Croix, Pemm und andere Berühmtheiten, überragt von dem wallenden Künstlerkopf des russischen Pianisten Tschassnow. Und genau in der Verlängerung dieses markanten Kopfes, außerhalb der dichtgedrängten Menge, neben einem Grabstein, der einen segnenden Engel aus Marmor darstellte, stand ein Mann, dessen Gesicht Darkster bekannt vorkam. Und plötzlich schoß es durch sein Gedächtnis: Er erinnerte sich an das verschwommene Gesicht, das aus der Nacht aufgetaucht war, das er nur für eine Sekunde gesehen hatte, bevor ihn der Hammerschlag am Kinn traf. Er war es, er mußte es sein!

Darkster brach seine tiefe Trauer um Varone ab, machte dem nächsten Blumenwerfer Platz und rannte aus dem Trauerkreis. Er bahnte sich einen Weg nach hinten, aber als er den Marmorengel erreichte, war der Mann verschwunden.

Darkster sagte halblaut »Scheiße!«, kämmte alle Gänge

zwischen den Gräbern durch, jetzt voll davon überzeugt, den Mann gesehen zu haben, der ihn niedergeschlagen hatte. Nach dem Gesetz der Logik mußte er auch der Mörder von Tito Varone sein.

Etwas abseits standen zwei Männer in dezentem Dunkelblau, die beide einen Blumenstrauß in der Hand hielten, ihn aber nicht zum Grab trugen und dort niederlegten. Darkster grinste verhalten, trat auf sie zu und tippte grüßend mit dem Zeigefinger an seine Stirnseite.

»Er ist hier, Lieutenant«, sagte Darkster freundlich. »Werfen Sie Ihre Blümchen weg und riegeln Sie den Friedhof ab.«

»Sie stehen mir in der Sonne, Darkster!« Der Lieutenant schob das Kinn vor. »Wir haben alle fotografiert. Wenn er hier ist, haben wir ihn im Bild.«

»Nur keine Panik. Er stand keine fünfzehn Meter hinter Ihnen. Ich habe ihn wiedererkannt.«

»Darkster, Sie Rindvieh! Und da geben Sie keinen Laut?« Der Lieutenant warf seine Blumen zur Seite auf ein Grab, in dem eine Mrs. Sarah Bulderness lag, verstorben 1897. »Wo? Wie sah er aus? Warum haben Sie nicht sofort Alarm geschlagen?«

»Am Grab? Ich stand vor dem Sarg und hatte gerade meine Blümchen geworfen ...«

»Sie haben einen Mörder entkommen lassen!« schrie der Lieutenant. »Personenbeschreibung!«

»Ich kenne nur sein Gesicht. Als ich es entdeckte, bin ich weg vom Grab und zu ihm hin. Aber da stand er nicht mehr. Ich kann Ihnen beim besten Willen nicht sagen, Lieutenant, was der Kerl anhatte. Als ich sein Gesicht wiedererkannte, knackten bei mir alle Sicherungen.«

Es war vorauszusehen, daß die sofort ausschwärmenden

Beamten eine sinnlose Arbeit verrichten würden. Sie sollten einen Mann festnehmen, den keiner kannte. Was Darkster beschrieb, war mehr als dürftig.

Alter zwischen zwanzig und dreißig. Groß. Sportlicher Typ. Kantiges Kinn. Haare? Fehlanzeige. Der Mann trug eine Mütze. Khakifarben, mit einem grünen Schirm. Das war die einzige Information, die nützlich sein konnte.

Während die Polizei noch den Friedhof durchkämmte und die letzten Trauergäste an Tito Varone vorbeizogen, fuhr Red Cummings wieder nach Hause. Die Khakimütze mit dem grünen Sonnenschild lag auf dem Nebensitz. Er hatte nur einen Blick auf Rosa werfen wollen und war deshalb zum Friedhof gekommen. Als er Arthur Darkster sah, hielt er es für besser, sofort wieder zu verschwinden. Er war sich nicht sicher, ob Darkster nicht doch etwas gesehen hatte, bevor er in den klassischen K.o. fiel. Rosa würde es hinterher erzählen, ob Darkster irgendwie reagiert hatte. War dies der Fall gewesen, mußte man mit ihm als große Gefahr rechnen und ihm aus dem Weg gehen.

»Kommen Sie mit, Darkster«, sagte der Lieutenant später, als sich die Trauergäste verliefen und auch Ballister mit seinem Gefolge an Künstlern wegfuhr, um in Luigis italienischem Restaurant »Vesuvio« das von ACF großzügig gestiftete Gedächtnisessen für Tito Varone zu starten. »Wir werden nach Ihren Angaben ein Phantombild anfertigen und unters Volk bringen. Manchmal nutzt das etwas. Auch wenn eine Sonnenbrille und ein Schnurrbart ein Gesicht vollkommen verändern können. Über alles andere sind Sie sich doch wohl im klaren?«

»Über was, Lieutenant?« fragte Darkster wirklich erstaunt.

»Wenn der Mörder weiß, daß Sie ihn erkannt haben,

gehören Sie zu den gefährdeten Personen. Stellen Sie sich immer mit dem Rücken an die Wand und bleiben Sie zu Hause, wenn's dunkel wird.«

»Das kann ja lustig werden«, sagte Darkster säuerlich.

»Das Los der Überlebenden!« Der Lieutenant versuchte sich in Sarkasmus. »Wollen Sie sich unter Polizeischutz stellen lassen?«

»Nein! Danke!« sagte Darkster. »Dann schon lieber mit dem Rücken zur Wand.«

Das Gespräch mit Idi Amin in seinem Exil in Libyen war perfekt. Staatschef Khadafi hatte sein Versprechen gehalten und auf Amin eingeredet, bis dieser zusagte. Es war das erste Lebenszeichen, das Idi Amin seit seiner Flucht aus Uganda gegeben hatte und gleichzeitig die Bestätigung aller Vermutungen, daß Libyen ihn aufgenommen hatte. Das Versteckspielen war vorbei. Die Kommentare aus aller Welt, die dieses Asyl besprachen, ließen Khadafi kalt. Libysches Erdöl hielt vor allem die europäische Wirtschaft in Gang, sicherte Millionen Arbeitsplätze, garantierte Wohlstand und Wirtschaftswachstum. Entrüstung mußte sein, das gehörte zum moralischen Gesicht, aber mehr als Worte ließ die politische Lage nicht zu. Und Worte vergißt man schnell. Wer in der Wüste lebt, wie Khadafi, begreift andere, größere Zeiträume als ein von der Uhr gehetzter Konsumabhängiger.

Allerdings hatte auch Prinz Khalif Omar ben Saud mitgemischt. Er hatte seinen lieben Bruder Khadafi angerufen und ihm mitgeteilt, daß ihm sehr viel daran läge, Felicitas Saunders als erste und einzige Interviewerin bei Amin zu sehen.

»Ich werde auch herüberkommen«, sagte Khalif. »Wir

könnten allerhand besprechen, was für die Zukunft wichtig ist.«

Diese Hintergründe waren natürlich in New York unbekannt. Bei ACF, auf der Chefetage, gingen sinnbildlich alle roten Lichter an: Höchste Geheimstufe! Hunters, der persönlich, ohne Umwege über Abteilungen, das Telex aus Libyen in Empfang nahm, prustete zunächst wie ein aufgetauchtes Nilpferd, schrie nach Miss Blondie und einer Flasche Whiskey, schloß sich dann in sein Büro ein und schwor sich, dieses Telex einrahmen zu lassen und wie einen echten Picasso an die Stirnwand seines Zimmers zu hängen.

Erst nach einiger Zeit begriff er, daß dies nicht sein Erfolg, sondern der von Felicitas Saunders war, klebte das Telex mit Klebestreifen an die Wand und rief Ballister und Felicitas zu sich.

Ballister fragte unhöflich: »Wenn es sich um das Partyprojekt handelt, Hunters, ich bin jetzt unabkömmlich!«

»Kommen Sie herauf!« sagte Hunters ganz dienstlich. »Es fällt in die Abteilung AKTUELLES.«

Auch Felicitas hatte eine Frage, was Hunters mit einem Stöhnen untermalte.

»Ist Ballister bei Ihnen?«

»Er wird kommen.«

»Dann erscheine ich hinterher.«

»Sie kommen jetzt!« brüllte Hunters. »Zum Teufel, was geht mich euer Kuschelmuschel an? Der Sender steht vor einer Weltsensation, und ihr bespuckt euch wie Lamas! Sofort zu mir!«

Später standen Ballister, Hunters und Felicitas stumm vor dem angeklebten Telex, irgendwie ergriffen, aber jeder mit anderen Gedanken.

»Das bringt ACF endgültig an die Spitze!« sagte Hunters mit der gleichen feierlichen Stimme, mit der er die falsche Grabrede bei Varone gehalten hatte. »Felicitas, wir können Ihnen das gar nicht danken.«

»Ich freue mich darauf!« sagte Felicitas Saunders. »Es ist ein prickelndes Gefühl, einem Mann gegenüber zu treten, der seine Frau den Krokodilen vorgeworfen haben soll.«

Und Ballister sagte mit der ihm eigenen Nüchternheit: »Felicitas wird nicht nach Libyen fliegen. Ich verbiete das!«

Es war merkwürdig, daß niemand merkte, wie das Gebäude der ACF nach dieser Bombe schwankte.

V

Nach jedem Knall gibt es eine Phase der Ruhe, der lähmenden Stille. Es ist, als ob alles Lebende erst einmal wieder Atem holen muß.

Hunters holte Atem, trat von der Wand mit dem angeklebten Telex aus Libyen weg und sagte mit schwerer Stimme, als habe er wirklich explosionsartigen Kalkstaub geschluckt:

»Jérome, jetzt bist du völlig verrückt geworden. Geh nach Hause, leg dich ins Bett und warte auf den Psychiater. Ich schicke dir Dr. Ellworth. Der hat Erfahrung. Er behandelt sogar zwei Senatoren.«

»Felicitas fährt nicht!« sagte Ballister stur. »Als sie mit dem Vorschlag kam, Idi Amin im Exil zu interviewen, habe ich genickt, weil ich das Ganze für völlig undurchführbar hielt. Auch als Khadafi schrieb, er wolle sich dafür einsetzen, habe ich nicht daran geglaubt. Ich habe Felicitas die Freude an einem Wunschtraum gelassen, weil er nie Wahrheit werden würde. Aber jetzt sieht das alles ganz anders aus!«

»Wieso?« fragte Hunters noch immer mit seiner Kalkstaubstimme. »Sie fliegt hin, quetscht den Dicken aus und kommt mit einer Weltsensation zurück.«

»Und wenn sie nicht zurückkommt?«

»So umwerfend wirkt Idi nun auch wieder nicht auf Frauen!« Hunters nahm das Telex von der Wand, fächelte sich damit Luft zu und trat an das riesige Fenster. Von hier aus konnte man weit über den Hudson sehen, ein atemberaubendes Panorama. »Und wenn er Felicitas' Typ ist —

oder Khadafi? — braucht es dich doch nicht von den Beinen zu hauen.«

»Mich fragt wohl keiner?« Felicitas Saunders war zu der Sesselgruppe gegangen, setzte sich und griff nach Hunters Whiskeyglas, das auf dem Tisch stand. »Hunters, hören Sie nicht darauf, was Ballister sagt. Er ist seit einigen Tagen ungenießbar wie ein fauler Hering. Natürlich fliege ich nach Tripolis.«

»Nein!« unterbrach sie Ballister laut.

»Wir müssen die Abteilung AKTUELLES umbesetzen«, warf Hunters ein. »Leider, leider. Der bisherige Chef leidet an Hirnverknöcherung.«

»Warum soll ich nicht fliegen?« fragte Felicitas. In ihrer Stimme klang die Angriffslust mit, die Ballister in den letzten Tagen immer wieder angetroffen hatte. Es geht um Grundsätzliches, dachte er. Das ist eine absolute Kraftprobe. Gleich werden wir uns anschreien ... und übermorgen treffen wir uns wieder in einem Vorstadthotel und schweißen unsere Körper zusammen. Wie soll ich Hunters klarmachen, daß ich vor Angst vergehe, wenn sie nach Libyen fliegt, daß ich das Liebste, was ich habe, nicht für eine Reportage opfern möchte. Wie kann ich ihm das sagen, ohne daß er auf unser intimes Geheimnis stoßen wird? Aber Felicitas provozierte eine Situation, in der er nur unterliegen konnte.

»Das weißt du genau«, antwortete Ballister.

»Ich weiß nichts. Ich kenne keinen Grund, der mir verbietet, die Reportage des Jahrzehnts zu machen.«

»Für ACF!« donnerte Hunters aus dem Hintergrund am Fenster.

»Es ist einfach zu gefährlich!« schrie Ballister zurück. »Wenn das kein Grund ist!«

»Wir werden Felicitas mit 1 Million versichern! Dann ist Rosa gesichert.«

»Du bist ein Herzchen!« sagte Ballister dumpf. »Ein Gemüt wie ein Nashorn! Was ist eigentlich der Mensch bei dir wert?«

»Wir machen hier Fernsehen!« Hunters seufzte auf, als sei sein Herz weggerutscht. »Über den Wert eines Menschens kann man keinen Film drehen.«

»Man kann ... die Opferung der Felicitas Saunders für eine Tagessensation!«

»Hervorragend.« Hunters kam an den Tisch, goß sich einen Whiskey ein und knallte die Flasche auf die Platte. »Du übernimmst ab sofort die Sonntagmorgen-Sendung ›Das ist der Tag des Herrn‹! Da kannst du predigen, daß die Mütterlein im eigenen Wasser schwimmen lernen.«

»Ich weiß nicht, warum ihr euch streitet«, sagte Felicitas. »Jérome, mir kann gar nichts passieren. Die Weltöffentlichkeit ist doch dabei.«

»Die Weltöffentlichkeit wird sich wegen einer Felicitas Saunders nicht aus den Angeln heben lassen. Sie hat die Greuel in Korea angesehen, Vietnam, Kambodscha, Bangla-Desch, die Flucht von Millionen über Land und Meere. Und was hat sie getan? Sie war entsetzt! Na und! Sie klagte an. Die Beklagten hatten dadurch einige fröhliche Stunden. Sie lachten sich über die Weltöffentlichkeit krumm! Was glaubt ihr wohl, was passiert, wenn Felicitas Saunders in Libyen verschwindet? — Nichts geschieht! Ein paar Zeilen in den Zeitungen, Hunters wird im Fernsehen seine Empörung kundtun, aber gegen das Argument der Gegenseite kommt er nicht an: Es waren Banditen, die Felicitas in der Wüste raubten! Man sucht sie jetzt. Banditen gibt es überall, am meisten in den USA! — Und nach wenigen Tagen spricht keiner mehr von Felicitas. Wer kennt heute noch die arme, kranke jüdische Greisin, die von Amin in Entebbe aus dem Flugzeug geholt wurde und irgendwo ermordet wurde? Wer spricht noch von ihr?«

»Ich!« sagte Felicitas ruhig. »Ich werde Amin nach ihr fragen.«

»Sie ist übergeschnappt!« rief Ballister entsetzt. »Hunters, gestehe wenigstens, daß so etwas Wahnsinn ist!«

»Es ist Wahnsinn, Felicitas!« dröhnte Hunters und wackelte mit den Ohren. Jetzt ist er weit genug, dachte Ballister. Wir sollten das Gespräch abbrechen. Es führt zu nichts mehr. Wir werden uns nur noch wüst beschimpfen. »Jérome hat völlig recht, aber es ist ein Wahnsinn, der unbezahlbar ist, wenn er gelingt!«

»Außerdem — wer sollte mich verschwinden lassen? Und warum?« fragte Felicitas logisch.

»Niemand.« Ballisters Stimme war rostig vor Erregung.

»Jetzt ist er völlig aus seiner Haut!«, sagte Hunters und starrte Ballister wie einen sich krümmenden Kranken an.

»Niemand, wenn die Saunders als Touristin herumreist. Aber wir kennen sie doch. Wie war das bei Arafat? Der hat das Gespräch abgebrochen und war so höflich, sie nicht sofort einzulochen. Wie war das bei Pol Pot? Der hat sie mit Gewalt an die thailändische Grenze bringen lassen und abgeschoben. Alles Gentlemen — soweit es sich um Felicitas handelte. Bei Idi Amin habe ich Bedenken. Wenn Felicitas bei ihm in ihrer Manier loslegt und ihn fragt: Haben Sie Ihre Frau den Krokodilen vorgeworfen? Haben Sie selbst mit einem Eisenhammer Gefangene erschlagen? Haben Sie einem Ihrer Minister die Augen und die Zunge herausreißen lassen? Haben Sie Ihren Gegnern die Genitalien abschneiden lassen und sie dann gezwungen, diese zu essen? Was wird dann wohl sein? Wird Amin wohlig lachen und sagen: Felicitas, du bist ein kleiner Witzbold! Alles imperialistische Lügen! — Hunters, sauf nicht wie ein bodenloser Eimer ... sag auch ein Wort!«

»Felicitas sollte solche Fragen vermeiden.« Hunters sah die Saunders wie um Verzeihung bittend an. »Es gibt doch noch andere Fragen ...«

»Dann fliegt sie nicht. Stimmt's?«

»Stimmt!« sagte Felicitas. »Meine Interviews bestimme ich allein! Ich frage, was *mir* paßt! Ich habe keine Angst.«

»Aber ich!« brüllte Ballister. »Ich! Gilt das nicht?«

»Wo kommen wir hin, wenn im Fernsehen persönliche Gefühle maßgebend werden?« schrie Hunters dazwischen. »Das ist ja zum Gallegurgeln! Die große Reportage lebt vom Risiko, da hat doch alles andere in Deckung zu gehen!«

Ballister sprang auf, sah Hunters an, als suche er eine Stelle für einen sofort tödlichen Stich, übersah Felicitas und rannte aus dem Zimmer. Im Vorraum fand er eine entsetzte Blondie, die alles mit angehört hatte.

Zwei Stunden später rief Felicitas bei Ballister an. Er war nach Hause gefahren, hatte sich geduscht, als habe das Gespräch mit Hunters ihn arg beschmutzt, und saß jetzt in dem mit tropischen Pflanzen bestückten Wintergarten. Lora war nicht da. Sie war in New York und kaufte bei Valentino neue Schuhe.

»Jérôme?« fragte Felicitas milde.

»Nicht zu Hause!« antwortete Ballister.

»Bist du allein?«

»Falsch verbunden, Miss ...«

»Sei nicht albern, Liebling. Komm heraus zu mir.«

»Sie sprechen hier mit einem Unbekannten, denn würden

Sie mich kennen, hätten Sie es jetzt nicht nötig, am Telefon zu sitzen.«

»Ich liege, mein Schatz. Und ich bin ganz darauf eingestellt, dich zu sehen. Rosa macht eine Landpartie. Mit einem netten, sympathischen Jungen. Red Cummings heißt er. Medizinstudent. Will einmal Chirurg werden. Rosa hat ihn mir vorgestellt, sie scheint in ihre erste große Liebe zu schweben. — Komm rüber, Jérome. Ich muß mit dir reden. Ich brauche dich jetzt.«

»Nein.«

»Es geht um Libyen.«

»Gestorben! Für mich kein Thema mehr!«

»Sei nicht so starrköpfig, Liebling.«

»Verdammt, ich liebe dich und vergehe vor Angst! Das kann man nicht wegreden, nicht wegstreichen, nicht weglieben. Warum soll ich also kommen? Jede Umarmung von dir macht die Angst nur noch größer!«

»Ich wollte dir vorschlagen, mit mir nach Libyen zu fliegen.« Ballister hörte, wie sie tief einatmete. »Es muß wunderbar sein, Jérome, wir haben noch nie in der Wüste geliebt.«

Es war ein Fehler von Ballister, daß er bei Felicitas immer seinen nüchternen Verstand verlor.

Die Vorabmeldung, daß die Saunders an einem noch geheimgehaltenen Platz ein Exklusiv-Interview mit dem geflüchteten Idi Amin Dada machen würde, war eine Sensation ersten Grades. Das Außenministerium meldete sich bei Hunters, der CIA und eine »Organisation zur Demokratisierung Ugandas«. Auf den Chefetagen der Konkurrenz lief man mit verschleiertem Blick herum. Felicitas mußte ihr Telefon abstellen. Die Angebote von Buchverlagen, Illustrierten und Presse-Agenturen überschlugen sich. Bei Ballister meldete sich ein Mann, der in vertraute Verhandlungen eintreten wollte. Es stellte sich heraus, daß es ein Kontaktmann des israelischen Geheimdienstes war.

In Bedrängnis aber kam Arthur Darkster. »Was nun?« fragte er Ahmed Sehadi ibn Mahmoud. »Ich habe so etwas geahnt. Man kann der Saunders nicht am Rock hängen bleiben! Wie komme ich arme kleine Sau zu Amin? Können Sie mir das sagen, Bob?«

»Sie fliegen hin!« antwortete Ahmed einfach.

»Ihr Humor läßt mich erschaudern«, sagte Darkster. »Wann fliege ich?«

»Einen Tag vor Felicitas Saunders.«

»Allah küsse Ihre Stirn, Bob. Aber ehrlich, jetzt ohne Witz ...«

»Es ist kein Witz, Darkster. Sie fliegen einen Tag vorher nach Libyen und steigen im Hotel ›Es Sidra‹ ab. Dort ist für Sie ein Zimmer reserviert.«

»Euer Service ist wahrhaftig erstklassig!«

»Mit Einschränkung. Felicitas Saunders kennt jetzt Ihr Gesicht.«

»Ich konnte es mir in der Schnelle nicht umoperieren lassen.« Darkster lachte über seine eigene dumme Antwort. »Und eine Maske wäre aufgefallen.«

»Sie werden deshalb in Libyen darauf achten müssen, daß keiner, der Sie kennt, Sie sieht.«

»Ich werde mich in einen Araber verwandeln, mit Dschellabah und Bart und Brille. Ich habe darin Erfahrung.« Darkster gluckste vor Vergnügen. »Jedes Jahr feiert die deutsche Kolonie in New York Karneval. Ich wurde immer eingeladen. Die letzten drei Jahre habe ich mich als Araber maskiert. Ein voller Erfolg, sage ich Ihnen, Bob.

Irgend etwas müßt ihr Araber an euch haben, das die Weiber schwach macht.«

»Sie hören noch von uns«, sagte Ahmed kurz angebunden. »Auf Ihrem Konto liegen morgen 2000 Dollar Reisekostenvorschuß.«

Ehe sich Darkster überschwenglich bedanken konnte, hatte Ahmed aufgelegt.

Schwierigkeiten gab es auch bei Ballister selbst. Bis zum letzten Augenblick zögerte er mit der Neuigkeit, daß auch er nach Libyen fliegen würde. Lora hatte die dramatische Party ohne sichtbare Wirkung überstanden. Dr. Meyer, der sie betreute, war weniger optimistisch als Ballister. »Wir leben bei Lora wie auf einem Pulverfaß«, sagte er sehr anschaulich. »Man kann nicht sagen, wann es hochgeht, weil man nicht weiß, welcher Funke der Auslöser ist. Varonas Tod hat sie mitgenommen, aber die Erschütterung blieb an der Oberfläche. Etwas anderes kann es sein, was sie seelisch trifft. Ein Blattschuß. Den überlebt sie kaum.« Dr. Meyer sah Ballister forschend an. »Jérome, packen Sie vor mir aus, wenn Sie eine Geliebte haben ...«

»Reden Sie nicht solch dummes Zeug«, sagte Ballister abweisend.

»Ein Arzt lauscht nicht nur auf Herztöne, mißt den Puls und verschreibt Pillen, ein Arzt ist auch der nächste Beichtvater und ebenso verschwiegen. Gegenüber dem klerikalen Beichtvater hat er den großen Vorteil, nicht nur Vaterunser beten zu lassen, sondern konkrete Vorschläge und Hilfen anzubieten.«

»Wechseln wir das Thema, Doktor«, sagte Ballister, der sich innerlich zurückzog wie eine Schnecke in ihr Haus. »Bei mir können Sie bohren und werden doch nicht fündig. Ich bin keine verborgene Sexquelle.«

»Der Typ sind Sie auch gar nicht, Jérome! Aber Sie sind ein Mann, und Sie leben die meiste Zeit des Tages unter einem Haufen verdammt hübscher Weiber, die nicht gerade mit dem Moralinorden ausgezeichnet sind.«

»Ihre Fantasie galoppiert, Doktor.« Ballister lächelte etwas schief. »Eine TV-Anstalt ist kein Riesenpuff!«

»Ich werde mich hüten, so etwas zu denken.« Dr. Meyer hob beide Hände. »Aber ich habe Sie doch viermal im Sender besucht. Auf jedem Flur kam mir die leibhaftige Versuchung entgegen.«

»Das sehen Sie noch so als Außenstehender.«

»Und Lora ...«

»Das ist ja das Verrückte! Lora kommt aus dem Milieu, hat lange genug darin gelebt ...«

»Eben drum.«

»Sie wußte, daß sie keinen Buchhalter einer Nudelhandlung heiratete.«

»Das mit der Nudelhandlung ist hervorragend!«

»Ich habe Lora nie Anlaß gegeben, so zu denken!«

»Sie ist nervös, seit Felicitas bei Ihnen arbeitet.«

»Blödsinn!« Ballister wurde das Gespräch ziemlich heiß. »Ich kenne ihre Eifersucht. Felicitas ist doch Loras Freundin.«

»Stimmt. Sie haben sich so gerne wie Elisabeth und Maria Stuart. Gottseidank gibt es keine Beilhinrichtung mehr!«

»Sie übertreiben maßlos, Doktor.« Ballister suchte nach einer Zigarette, fand sie zerknittert in seiner Hosentasche und zündete sich eine an. Dr. Meyer dankte, er rauchte nur Zigarren oder Pfeife. »Hat Lora Ihnen gegenüber irgend etwas geäußert?«

»Ja.«

»Was?« Ballister bezwang seine Erregung. Er sah Dr. Meyer unterkühlt an.

»Sie sagte: Wenn Jérome mich betrügt, überlebe ich das nicht. Er aber auch nicht.«

»Das hat sie gesagt?«

»Wörtlich. So kurze prägnante Sätze behalte ich im Wortlaut. Seien Sie also vorsichtig, Jérome, wenn Sie tatsächlich einem anderen Rock nachschleichen. Meistens verliert man den Überblick, wenn man verliebt ist. Und je älter man ist, um so dümmer stellt man sich an.«

»Danke! Ich bin erst fünfundvierzig.«

»Das ist nicht mehr taufrisch.« Dr. Meyer nickte mehrmals und erhob sich dann. »Wenn es Sie beruhigt, ich glaube Ihnen, Jérome. Lora ist eine fabelhafte Frau, das brauche ich Ihnen nicht zu sagen. Wenn sie jetzt ein bißchen hysterisch wird, wer kann ihr das übelnehmen. Mit vierundvierzig gärt in jeder Frau die Panik vor dem unausbleiblichen Älterwerden. Auch Sie, mein Lieber, kommen noch in diese Krise. Werden Sie mal fünfzig, da drehen die Männer durch wie ein ungebremstes Karussell.«

»Es steht da was ins Haus, Doktor!« sagte Ballister vorsichtig.

»Also doch, mein Sohn Brutus!«

»Sie denken wieder um drei Ecken. Nein, ich muß nach Libyen.«

»Zu dem verrückten Amin-Interview?«

»Ja.«

»Aber das macht doch Felicitas.«

»Ich werde sie begleiten.«

»Allein?«

»Natürlich mit dem Kamerateam und so weiter. Wir werden neun Mann sein.«

»Aber ohne Lora.«

»Ja.«

»Das machen Sie ihr mal klar!« Meyer sah sehr besorgt aus. »Hier hätten wir zum Beispiel den Funken, der den Knall auslöst.«

»Ich *muß* hin! Es ist nötig. Ich habe einen Beruf, und den muß ich voll ausfüllen. Das muß auch Lora einsehen. Ich kann ihrer Eifersucht wegen nicht meinen Job aufs Spiel setzen.«

»Sie können mit hundert nackten Mädchen nach Libyen fahren, aber nicht mit der Saunders.«

»Nur sie kann das Interview machen. Nur sie wird zugelassen! Kommen wir mit einem anderen Gesprächspartner, können wir sofort wieder einpacken.«

»Das weiß ich alles, Jérome! Dann nehmen Sie doch Lora mit!«

»Würde sie die Reise aushalten?«

»Ich weiß nicht.«

»Es wird eine Strapaze werden. Keiner weiß, wo man Amin versteckt hält. Wenn es nun mitten in der Wüste ist, in einer Oase?«

»Da müßte Lora in ihrem Zustand kapitulieren.«

»Damit sind doch alle Antworten gegeben. Nehme ich sie nicht mit, kann es zu einem Herzanfall kommen. Dann heißt es: Dieser Ballister hat die Arme umgebracht, weil er sie zu Hause ließ. Passiert was in Libyen mit Lora, heißt es: Dieser Ballister hat sie umgebracht mit seiner Reise. Er wußte doch, daß sie es nicht aushält. Was soll ich also tun? Was ich auch mache, es ist falsch!«

»Ich werde mit Lora sprechen«, sagte Dr. Meyer. »Ich glaube, ich bin der einzige, der bei ihr kein Mißtrauen hinterläßt.«

Dr. Meyer sprach mit Lora. Ballister merkte es am Abend, als er müde vom Sender nach Hause kam. Lora hatte dick Make-up aufgetragen, aber er sah trotzdem, daß sie lange geweint hatte. Das tat ihm ehrlich leid, machte ihn aber auch vorsichtig.

»Du fliegst also mit Felicitas nach Libyen«, sagte sie beherrscht. »Nett, daß du Dr. Meyer mit dieser Neuigkeit vorausschickst.«

Ballister verzichtete darauf, den wahren Sachverhalt zu erklären. Lora war offensichtlich nicht in der Stimmung, Erklärungen zu verstehen.

»Ich fliege nicht mit Felicitas nach Libyen«, sagte Ballister, »sondern ACF wünscht, daß ich sie aus Sicherheitsgründen begleite.«

»Bist du vom FBI oder vom Geheimdienst?« fragte sie spitz. »Haben Sie dich als Abteilungsleiter eingestellt oder als Gorilla?«

»Lora, bitte«, sagte Ballister qualvoll. »Warum redest du über Dinge, die man nicht ändern kann. Das weißt du doch!«

»Ich weiß nur, daß Felicitas wieder einmal einen ihrer total verrückten Pläne durchgedrückt hat und ihr alle nun springen müßt! Sie pfeift, und ihr müßt hüpfen. Warum habt ihr eigentlich nicht den ›Rattenfänger von Hameln‹ als Dauerprogramm im Sender? Felicitas als Flötenspieler, und ihr alle als quietschende Ratten!«

»Es hat keinen Zweck, mit dir in dieser Art weiterzusprechen!« sagte Ballister. Er ging an den Tisch, auf dem seine Lieblingsspeise — Putenbrust gebacken mit Morcheln in Sahne, dazu einen leichten französischen Rotwein — auf einer Wärmeplatte wartete und setzte sich. Lora rannte um den Tisch herum und ließ sich ihm gegenüber auf ihren Stuhl fallen.

»Guten Appetit!« sagte sie giftig.

»Danke. Ich bin hundemüde.« Ballister schüttete sich Wein ein. »Eine herrliche Pute ...«

»Ich habe sie von ›Mackenzie‹ bringen lassen.« Sie rührte nichts an und ignorierte auch, daß Ballister ihr Glas vollschüttete. »Wann willst du fliegen?«

»Ich will gar nicht.«

»Wann *mußt* du fliegen?« fragte sie mit triefendem Spott.

»Übermorgen früh nach Paris. Von dort nach Tripolis. Das ist der schnellste Weg.«

»Was würdest du sagen, wenn ich mitkomme? Oh, nicht mit euch von ACF! Ich will euren Club nicht stören. Ich fliege privat! Allein! Vielleicht mit demselben Flugzeug, vielleicht mit einer späteren oder früheren Maschine. Was würdest du sagen, wenn ich plötzlich in Tripolis in deinem Hotelzimmer stehe?«

»Guten Tag, Lora. Verdammt heiß heute, was?«

»Sehr witzig! Du entwickelst dich im Alter ... in jeder Beziehung! Vor Spätzündern soll man sich in acht nehmen. Es können leicht Fehlzünder werden!«

»Hast du ein Buch über Granaten gelesen?« fragte Ballister ruhig. Er aß mit Genuß an seiner Putenbrust und verteilte die Morchelsauce über das Fleisch. »Was hast du erwartet, was ich sage?«

»Ich werde da sein, mein Lieber! Das schwör' ich dir. Darauf kannst du dich verlassen! Mich stellt man nicht in eine Ecke, um zu verschimmeln. Mich nicht! Ich brauche euer Wohlwollen nicht, ich habe es nicht nötig, irgendwie um Erlaubnis zu bitten, ich kann allein nach Libyen fliegen!«

»Wenn du ein Visum hast ...«

»Mein Anwalt wird es besorgen. Nur keine falschen Hoffnungen —«

»Du hast einen Anwalt?« fragte Ballister erstaunt. »Seit wann denn?«

»Schon lange!«

»Und wen?«

»Ich muß keine Namen nennen!«

»Das stimmt. Du mußt gar nichts! Du bist eine freie amerikanische Frau, vollgepumpt mit Rechten —«

»Ich bin *deine* Frau!«

»Das hat noch nie jemand bestritten.«

»Es gibt Dinge, die sieht man rot, obwohl sie schwarz sind.«

»Dann wird es dringend nötig, einen Augenarzt aufzusuchen. Man nennt die Krankheit ›partielle Achromatopsie‹.«

»Du bist ein Ekel! Ein Ekel! Ein Ekel!«

»Jetzt kommt auch noch eine Phonophobie dazu.«

»Was ist denn das?«

»Stottern ...«

»Ich hasse dich!« sagte Lora dumpf. »O Gott, wie hasse ich dich! Du perverser Geistesathlet!«

Ballister dachte intensiv an Dr. Meyers Worte und verzichtete auf weitere Antworten oder Kommentare. Er aß unter Loras tötenden Blicken weiter, trank sein Glas Wein und erhob sich dann. »Kommst du mit?« fragte er.

»Wohin? Nach Libyen?« Ihre Stimme klang spitz und hell.

»Nein. Ins Kaminzimmer. Ich will in aller Ruhe eine gute Pfeife rauchen.«

»Soll ich sie dir mit dem Daumen nachstopfen?«

»Bitte nicht. Als junger Mann habe ich davon am rechten Daumen eine Hornhaut bekommen.«

»Sie liegt jetzt über deinem Gemüt!« schrie sie. »Ich gehe ins Bett.«

Er zuckte nur mit den Schultern, wartete, bis Lora unter Türenknallen verschwunden war und ging hinüber ins Kaminzimmer. Es war ein Raum im altenglischen Stil, etwas überladen mit Ahnenbildern, die nicht Ballisters eigene waren, und alten Waffen, die nur als Staubfänger dienten, aber der marmoreingefaßte Kamin hatte einen hervorragenden Zug, rauchte nicht ins Zimmer, räucherte nicht die Menschen an, sondern verbreitete wohlige, funkenknisternde Romantik.

Ballister setzte sich in einen englischen Ledersessel, zündete sich eine wertvolle Pfeife an und starrte in das Holzfeuer, das der Gärtner jeden Abend anzündete, ganz gleich, ob jemand das Zimmer benützte oder nicht.

Sie wird nach Libyen kommen, dachte er. Ich kenne sie. Plötzlich steht sie da, wird Felicitas umarmen und küssen, wird mich küssen, wird ihren großen Auftritt haben. Und sie wird mitziehen in die Wüste.

Zum erstenmal in seinem Leben verfing sich Ballister in dem Gedanken, daß eine Wüste sehr gefährlich sein konnte und eine Frau wie Lora verschlingen könnte. Man konnte gar nichts dagegen tun ... es war Schicksal.

Ballister starrte in den Pfeifenqualm.

Einen Tag vor Felicitas Saunders — wie geplant — flog Arthur Darkster nach Tripolis.

Die Organisation klappte vorzüglich. Er holte sich vorher im Plaza Hotel bei Ahmed Sehadi ibn Mahmoud sein Visum ab, seine Hotelreservierung, die Flugtickets und einen Ausweis, der in arabischer Sprache geschrieben war und auf dem einige eindrucksvolle Stempel prangten.

Darkster betrachtete den Ausweis und hielt ihn Ahmed hin.

»Ich bin hocherfreut, Bob, daß ihr mich wie einen Diplomaten ausstattet, aber was bedeutet dieser Ausweis hier.«

»Er erlaubt Ihnen, überall in Libyen hinzugehen, auch wenn es Sperrgebiet ist.«

»Sauber! Ohne Risiko?«

»Sie müssen ihn nur vorzeigen.«

»Kann ich mich darauf verlassen, daß die Kontrolleure auch lesen können?«

»Wenn Sie die arabische Welt beleidigen wollen, sagen Sie es deutlicher. Ich habe dann einen Grund, Sie aus dem Fenster zu werfen.«

Darkster entschuldigte sich sofort, nahm seine Papiere und verließ Ahmed mit dem Gefühl, in eine Affäre hineinzukommen, für die 30 000 Dollar äußerst wenig war. Ihm war sein Leben mehr wert. Bei der Witwe Jenny Havelook bezahlte er seine Miete noch einen Monat im voraus, packte einen kleinen Handkoffer mit dem Nötigsten, schlief ein paar Stunden auf Vorrat und verschlief so seine dritte Begegnung mit Cummings. Red war bei Felicitas erschienen, die ihre Vorbereitungen für die Reise abschloß, und erklärte, er wolle auf Rosa aufpassen wie ein dressierter Hund. Mrs. Saunders brauche sich keinerlei Sorgen zu machen.

»Hoffentlich!« sagte Felicitas. »Sie wissen, was ich meine, Red. Man kann mit mir offen darüber spechen. Ich gehöre nicht mehr zu der Generation, die ihren Kindern vom Klapperstorch erzählt.«

»Ich gebe Ihnen mein Ehrenwort«, sagte Cummings. »Sie werden Rosa so wiedersehen, wie Sie sie verlassen haben.«

»Und wie habe ich sie verlassen, Red?«

»Haben Sie Zweifel?«

»Nein.« Sie sah Cummings nachdenklich an. »Haben Sie kürzlich in einem Boxkampf gesiegt und standen in der Zeitung?«

»Nein. Warum?«

»Ich meine, ich hätte ein Bild von Ihnen gesehen.«

»Unmöglich.« Cummings lächelte breit und entwaffnend. Das verdammte Foto des Phantombildes, das die Polizei veröffentlicht hatte, war in allen Zeitungen erschienen und hatte Cummings schon viel Kummer bereitet. Seine Kommilitonen begrüßten ihn lachend mit »Na, du Party-Mörder!«, Rosa hatte zwar lange vor Angst gebibbert, aber keiner, der Cummings kannte, hatte der Polizei einen Wink gegeben. Das Ganze war zu lächerlich, zu absurd! Außerdem sahen so Hunderttausende von jungen Amerikanern aus, und da die Polizei noch ein zweites, verändertes Foto zeigte, den gleichen Mann mit Brille und Schnurrbart — »Es ist möglich, daß er sein Gesicht verändert hat« — machte man wohl über Cummings Witze, aber ließ die Polizei weiter suchen. Ein Hinweis hätte genügt, dieser ganzen Komödie ein Ende zu bereiten. Inzwischen aber lief der wirkliche Mörder Varones unbehelligt frei herum und amüsierte sich über das Phantombild. So wenigstens sah es Rosa, und Cummings gab ihr recht, aber er weigerte sich, der Polizei den Irrtum zu erklären.

»Ich bin allergisch gegen Polizei!«, sagte er zu Rosa. »Überhaupt soll man sich in die Klauen des Staates nicht freiwillig begeben. Ich rufe doch auch nicht einen Tiger an, wenn kein Gitter zwischen uns steht.«

Am nächsten Morgen fuhr Darkster zum Flugplatz Idlewild. Sein Flug nach Libyen war etwas komplizierter als bei Felicitas Saunders. Er flog von New York nach Lissabon, von Lissabon nach Kairo, von Kairo nach Tripolis. Das dauerte vierzehn Stunden länger, hatte aber den Vorteil, daß Darkster in Kairo vier Stunden Aufenthalt hatte. Er nutzte ihn aus, kleidete sich in dem Basar orientalisch ein und flog die letzte Strecke als vollendeter Araber weiter. Sein vier Tage alter Bart sah zwar erbärmlich aus, aber da Darkster über einen starken Haarwuchs verfügte, bedeutete jeder neue Tag eine vollkommenere Mimikri.

In Tripolis fand er tatsächlich sein Zimmer reserviert vor und bekam einen unbändigen Durst auf einen großen Whiskey mit Eis. Er war schon auf dem Weg zur Hotelbar, als ihm einfiel, daß ein Moslem keinen Alkohol trinkt, sein Aussehen ihn aber als Araber auswies.

Mit neidvollen Blicken auf seine an der Bar trinkenden westlichen Brüder hockte er sich in eine Ecke, bestellte einen Fruchtsaft und plante sein Abendprogramm. Ein sogenanntes Nachtleben gab es in Tripolis nicht. Also sah er sich die Stadt an, wanderte durch die alte Kasbah mit ihren verwinkelten Gängen und Gassen, beobachtete die Moslems beim Abendgebet und wurde auf dem Rückweg zum Hotel von neun Huren angesprochen. Da sie mit ihm arabisch sprachen, tat er so, als widere ihn diese Belästigung an, er schob die Mädchen brüsk zur Seite und war froh, wieder auf seinem klimatisierten Zimmer zu sein. Es war Darksters erste Berührung mit dem Orient. Er fand alles interessant und bemerkenswert, aber langweilig. Das ist kein Widerspruch, Darkster fehlte eben nur eine richtige hochprozentige Flasche.

Am nächsten Tag landete das Team der ACF, von Paris kommend. Es war, als fiele ein Engel vom Himmel.

Bevor zur Gangway die Flugzeugtür geöffnet wurde, rollte ein Wagen voller Blumen an. Acht in weiße Dschellabahs gekleidete Diener bestreuten die Treppenstufen mit Blüten und luden riesige Blumenkörbe aus. Erst dann surrte die schwere Tür hoch. Ballister war der erste, der hinaustrat, dann der Chefkameramann. Sie blieben stehen, als sie das Blumenmeer sahen, und winkten ins Flugzeug zurück.

In einem schlichten hellblauen Kleid, die Haare im Wind wehend, kam Felicitas aus der Tür. Sie blieb vor dieser Blumenpracht etwas betroffen stehen und straffte sich dann, als sie die Gangway hinunterblickte.

Am Ende der Treppe stand ein weißer Rolls Royce mit einem livrierten Chauffeur.

Ein Mann in einem cremefarbenen Seidenanzug verbeugte sich fast demütig.

Prinz Khalif Omar ben Saud holte Felicitas ab.

VI

Zum erstenmal sah Arthur Darkster seinen Auftraggeber. Er nahm jedenfalls an, daß er das war, denn es erschien ihm unwahrscheinlich, daß ein Amerikaner sich eines arabischen Bevollmächtigten bediente. Drei Stunden vor Felicitas' Landung in Libyen hatte ihn Ahmed Sehadi ibn Mahmoud im Hotel angerufen und gefragt:

»Was wissen Sie über Ballister?«

»Das habe ich Ihnen ja schon gesagt! Ein anscheinend magenkranker Bursche, der kaum lachen kann, aber auf der Leiter von ACF ganz oben steht. Glücklich verheiratet mit Lora, die früher als Lora Buster die Männer reihenweise in Paralyse fallen ließ. Okay?«

»Man kann nicht in Paralyse fallen — Paralyse ist eine Krankheit, die sich langsam entwickelt.«

»Nun nehmen Sie doch nicht alles so wörtlich, Bob!« sagte Darkster und warf einen verzweifelten Blick an die Decke. »Es sollte ein Vergleich sein. Zugegeben, er war schlecht, aber ich bin ja auch kein Dichter! Wesentlich ist doch wohl allein, daß Ballister ein Kerl ist, der die wichtigste Abteilung von ACF wie Napoleon seine Truppen behandelt. Auch schlecht gesagt, was?«

»Warum fliegt er mit nach Libyen?«

»Man sollte ihn mal fragen, Bob.«

»Das werden Sie herausfinden!«

Ahmed schien von Ballisters Reise überrascht worden zu sein. Tatsächlich hatte es geheißen, daß Felicitas Saunders mit einem Kamerateam und einem Assistenten kommen werde, und für diese Männer hatte man auch das Visum erteilt. Erst viel später entdeckte man bei einer Durchsicht der Angestelltenliste von ACF, daß dieser Ballister durchaus kein Assistent, sondern Felicitas unmittelbarer Chef war. Aber da war es zu spät, man konnte ein Visum nicht ohne eindeutige Begründung rückgängig machen. Prinz Khalif tobte, nannte Ahmed einen Versager und befahl, auf Ballister besonders aufzupassen. Diese Aufgabe fiel nun Darkster zu.

»Ich werde versuchen« — sagte er sarkastisch —, »ob es mir gelingt, mich in der Mitte zu durchteilen. Die eine Seite kümmert sich um Ballister, die andere läßt Felicitas nicht aus den Augen! Dem Auge ... es ist ja nur noch eins. Und schön wird das auch nicht aussehen. Es könnte die Saunders erschrecken, immer einem halben Menschen zu begegnen. Soviel ich weiß, ist Felicitas ein Ästhet ...«

»Wenn Sie für jedes blöde Wort einen Dollar bekämen, wären Sie reich!« sagte Ahmed steif. »Sie werden sich nur noch ausschließlich um Ballister kümmern.«

»Für den gleichen Preis?« fragte Darkster vorsichtig. Die Verschiebung seines Auftrages konnte auch eine Reduzierung seines Honorares bedeuten.

»Es bleibt alles, wie es war.«

Nun stand Darkster in der Nähe des gelandeten Flugzeuges, als gehöre er zum Flugplatzpersonal, trug seine Dschellabah und war erstaunt über die Wirkung, die sein Ausweis auslöste.

Er brauchte ihn nur wortlos vorzuzeigen, und alle Türen öffneten sich. Man fragte ihn nicht, behandelte ihn mit größter Zuvorkommenheit und ließ ihn tun, was er für richtig hielt. Darkster hatte dazu einen Versuch gewagt: Er zückte den Ausweis, ging durch die Sperre und schlenderte über das Rollfeld. Jetzt kommt gleich ein Jeep gerast und holt mich ab, dachte er. Aber keiner kümmerte sich um ihn. Mit windgeblähter Dschellabah beendete er sein Experiment, ging zum Flughafengebäude zurück und wartete auf die Ankunft von Felicitas.

Nun war sie da, lächelte nach allen Seiten, stieg die Gangway hinunter, zerquetschte mit ihren Schuhen die Blüten und wurde von Prinz Khalif in Empfang genommen. Auch ein Vertreter des Informationsministeriums von Libyen war erschienen, aber er kam gerade dazu, die Saunders mit ein paar offiziellen Worten zu begrüßen und ihr die Hand zu drücken. Der weiße Rolls Royce mit seinen offenen Türen ließ keine langen Zeremonien zu.

Darkster blickte durch den Sucher seiner Kamera auf Ballister. Er hatte ein Teleobjektiv aufgeschraubt, und so konnte er ganz deutlich und nah jeden Gesichtszug Ballisters erkennen und — wenn nötig — fotografieren. Ihm schien es bemerkenswert, daß Ballister nicht sofort Felicitas folgte, sondern nach einigem Zögern die Gangway hinunterschritt. In seinem Gesicht spiegelte sich nichts, absolut nichts. Es war das Pokerface, wie es Darkster von ihm erwartet hatte. Sie spinnen alle, dachte Darkster. Wenn zwischen Felicitas und Ballister etwas sein soll, dann wäre das genauso absurd, wie aus Feuer und Wasser einen neuen Teig zu kneten.

Prinz Khalif strahlte Felicitas an, als beginne hier in Tripolis ihre Hochzeitsreise. »Ich habe Ihnen versprochen, daß wir uns wiedersehen«, sagte er. »Und ich habe noch nie Versprechungen vergessen, die ich einer schönen Frau gemacht habe.«

»Ich bin gekommen, um Amin zu interviewen.« Felicitas beachtete nicht die offenen Türen des Wagens, noch den gesenkten Kopf des livrierten Chauffeurs.

»Sie werden Amin selbstverständlich sprechen, Felicitas.«

»Ich habe die Zusage von Khadafi persönlich.«

»Er ist mir wie ein Bruder.« Khalif lächelte charmant. »Er hat Ihnen einen entzückenden kleinen Palast bei Sabrathah, direkt am Meer, zur Verfügung gestellt.«

»Ich wohne im Hotel ›Es Sidra‹. Die Zimmer sind reserviert, Prinz.«

»Es wurde umdisponiert. Man ist der Ansicht — ich pflichte dem nur bei —, daß ein Palast besser zu Ihnen paßt als ein paar nüchterne Hotelzimmer.«

»Ich bin gewöhnt, allein für mich zu disponieren!« Felicitas' Stimme klang bestimmt. »Ich wohne im Hotel!«

»Der Palast ist ein Gastgeschenk des Staates. Es bedeutet eine große Auszeichnung, in ihm zu wohnen. Und Sie kommen als ein besonders lieber Gast.«

»Ich möchte im Hotel wohnen!« sagte Felicitas. Es klang eigensinnig, trotzig, aber wer die Saunders kannte, wußte genau, daß sie allergisch gegen jede Bevormundung war, auch wenn sie von Regierungschefs oder orientalischen Prinzen kam. Vielleicht in solchen Fällen ganz besonders. »Ich wohne grundsätzlich da, wo mein Team wohnt. Ist es auch in den Palast am Meer eingeladen?«

»Sie können doch nicht Khadafi brüskieren«, wich Khalif aus und warf einen schnellen, aber scharfen Blick auf Ballister, der nun auch über die blumenbestreute Gangway herabkam. Ihm folgte das Filmteam, junge Leute in Jeans und offenen Hemden, lässig, unkompliziert und durch ihren Beruf mit allen Tricks vertraut. Es gab wenig, was sie erschütterte, und sie freuten sich schon jetzt über die Erlebnisse mit den samthäutigen Libyerinnen außerhalb des sterilen Hotels.

»Kommt eigentlich niemand auf die Idee, daß ich brüskiert werde?« fragte Felicitas angriffslustig. »Wie ich das jetzt sehe, betrachtet man mein Kommen nicht als Arbeitsbesuch, sondern als feudalen Kurzurlaub.«

»Sie werden Idi Amin sehen und interviewen«, sagte Prinz Khalif geduldig. »Aber man kann diese Arbeit in den freien Stunden auch mit Schönheit verkleiden. Eine Hochsee-Yacht steht ebenfalls zu Ihrer Verfügung.«

»Sie kennen meinen Arbeitsrhythmus nicht, Prinz. Ich fahre zu Amin, frage ihn aus, kehre zum Hotel zurück und bin mit dem nächsten Flugzeug wieder weg.«

»Wie kann man, gerade in Ihrem Beruf, die Welt so vereinfacht sehen?«

»Weil sie es ist ... und weil ich sie mir so zurechtlege! Meine Zeit ist zu kurz, um sie mit Nebensächlichkeiten zu verschenken.«

»Worum geht es denn?« fragte Ballister und trat neben Felicitas an den Rolls Royce heran. Natürlich kannte er Prinz Khalif von vielen Bildern her, aber er bemühte sich mit Erfolg, den Unwissenden zu spielen. »Gibt es Schwierigkeiten mit dem Hausdiener?«

Felicitas' Augen wurden weit und strahlend. »Welcher Hausdiener denn, Jérome?«

Ballister zeigte auf Prinz Khalif, dessen Gesicht sich in eine starre Maske verwandelte. »Den da! Ist das kein Hausdiener vom Hotel?«

»Aber Jérome!« Felicitas drohte mit dem Zeigefinger. »Du kennst Prinz Khalif Omar ben Saud nicht? Das Interview im Flugzeug ...«

»Ah! Sie sind das?« Ballisters Miene erhellte sich. Er zeigte eitle Freude. »Ich muß um Entschuldigung bitten, Hoheit. Ich kenne Sie nur im Haikh und mit Kopftuch. Im

Anzug sehen Sie für mich völlig fremd aus. Es ist mir äußerst peinlich —«

»Der Prinz hat einen Palast für uns!« sagte Felicitas und blinzelte Ballister an. »Am Meer. Und eine Yacht liegt auch dort.

»Ich ziehe ein Hotel vor.« Ballister wandte sich zu dem stummen Khalif. Ihre Blicke kreuzten sich lautlos, aber ihr Zusammenprall hätte, wenn sie Töne hervorgerufen hätten, bis in das Weltall gedonnert. »Allein schon wegen der Telefonverbindung. Du weißt, ich muß am Tag mehrmals New York anrufen! Hoheit, diese zwei Tage werden unruhig werden.«

»Sie rechnen mit zwei Tagen?« fragte Khalif steif.

»Höchstens! Was soll hier so lange dauern?«

»Ich bezweifle, daß Sie Amin schon nach zwei Tagen sprechen können.«

»Man hat mir zugesichert ...«, sagte Felicitas laut.

»— daß Sie Ihr Interview bekommen. Aber keiner kann Amin zwingen, sich Ihrem Zeitplan unterzuordnen. Er macht seine eigene Zeiteinteilung. Es kann vorkommen, daß er sagt: Übermorgen um 11 ... und eine halbe Stunde vorher sagt er wieder ab und verschiebt alles um weitere zwei Tage. Er ist ein souveräner Mensch.«

»Wir sind ein souveräner Sender, das gleicht sich aus. Wenn das Interview in unnötige Schwierigkeiten eingebettet ist, fliegen wir wieder zurück«, sagte Ballister leichthin. Prinz Khalifs Miene verfinsterte sich noch mehr.

»Das bestimmen Sie?« fragte er.

»Ja.« Ballister grinste mit impertinenter Freundlichkeit. »Ich vergaß ganz, mich vorzustellen, Hoheit. Ballister, Jérome Ballister. Miss Saunders arbeitet unter meiner Leitung.«

»Ich denke, sie ist selbständige Journalistin?«

»Wenn sie eine Auftragsarbeit übernimmt, gehört sie zum Team wie jeder andere.« Ballister tat es sichtlich gut, weiterzusprechen. »Bei irgendwelchen Unklarheiten oder Entscheidungen bitte ich also, sich an mich zu wenden. Ich trage hier die Verantwortung. Und ich bin der Ansicht, wir sollten jetzt ins Hotel fahren. Es sei denn, Miss Saunders besteht unbedingt darauf, in den Palast zu ziehen. Das wäre ihre private Entscheidung.«

»Warum denn diese Diskussionen?« Felicitas setzte sich in den weißen Rolls Royce. »Natürlich bringt mich Prinz Khalif ins Hotel. Ich will doch keine Sonderbehandlung haben!«

Ballister blieb vor dem Flugzeug stehen, bis Khalif und Felicitas in ziemlich schneller Fahrt das Flugfeld verlassen hatten. Durch eine von Militär bewachte Ausfahrt fuhren sie davon. Niemand kontrollierte sie, im Gegenteil, die Wache salutierte sogar vor dem weißen Wagen.

Was geschieht, wenn er jetzt doch nicht zum Hotel, sondern zu dem Palast fährt, sinnierte Ballister. Nichts geschieht! Man kann protestieren und intervenieren ... sie werden sich nur köstlich darüber amüsieren. Kein Telefongespräch wird mehr möglich sein, man kann uns von der Welt abschneiden, und keiner kümmert sich darum. Zwar wird Hunters immer an der Strippe hängen, aber was kann er tun, wenn man ihm mitteilt, irgendein Wüstensturm habe vorübergehend das Telefonnetz beeinträchtigt. Ob es geglaubt wird, ist völlig ohne Interesse. Man ist hier in einen Machtbereich gekommen, der von keiner Seite mehr beeinflußbar ist. Das Totalitäre ist hier Gesetz.

Äußerst sorgenvoll stieg Ballister in die bereitstehende Taxe und fuhr zum Hotel »Es Sidra«. Arthur Darkster folgte ihm in einem zweiten Wagen, sehr unlustig, denn diese Beobachtungen brachten nichts ein. Vor dem Hotel atmete Ballister auf. Der Rolls Royce des Prinzen parkte an der Ausfahrt, und in der Hotelhalle saß Khalif selbst, umgeben von seinen Leibwächtern, beachtete Ballister mit keinem Blick und trank ein Glas Fruchtsaft.

Ballister bekam ein schönes Zimmer mit einem Balkon zum Garten, warf seinen Koffer aufs Bett und trat hinaus. Palmenhaine wechselten ab mit maurischen Gärten, angelegt in der uralten Tradition der Kalifen, wie man sie noch unverändert in Malaga, in den Gärten des Generalife, sehen kann. Eingebettet in diese üppige, fantasievolle Landschaft schimmerte ein großer, blaugekachelter Pool.

Hinter Ballister schellte das Telefon. Er ging ins Zimmer, nahm ab und hörte Felicitas.

»Ich sehe dich auf dem Balkon«, sagte sie. »Mein Zimmer ist links über dir, die große Eckterrasse gehört dazu. Ich wollte dich etwas fragen, Liebling ...«

»Ich schlage vor, wir treffen uns in zehn Minuten im Garten und gehen ein bißchen durch die Natur, Miss Saunders«, antwortete Ballister steif.

»Bist du verrückt?« Ihre Stimme gluckste vor Vergnügen. »Sag bloß, du bist eifersüchtig! Ausgerechnet auf Khalif.«

»In zehn Minuten, ja?« sagte Ballister stur.

Und plötzlich verstand Felicitas, aber es reizte sie, das, was sie und Ballister dachten, nun auch auszusprechen. Jetzt erst recht.

»Glaubst du, man hört unser Telefon ab?« fragte sie herausfordernd.

»Man muß damit rechnen.«

»Wir sind hier doch nicht in Moskau.«

»Verborgene Neugier gehört zu den Grundprinzipien eines totalitären Staates. Also — in zehn Minuten?«

Ballisters Ahnung schien nicht ohne Fundament zu sein. Bevor er in den Garten ging, blickte er noch einmal vom Balkon hinunter. Die Hotelleitung schien einen plötzlichen Reinigungswahn bekommen zu haben. Am Pool arbeiteten zwei weißgekleidete Aufseher, im Garten pflückten und harkten drei Gärtner. Das wäre es also, dachte Ballister zufrieden. Sie machen sich nicht einmal die Mühe, diskret zu sein. Sie wollen demonstrieren, daß sie die Stärkeren sind. Sie lassen keine Fragen offen.

Im Garten wartete bereits Felicitas auf ihn. Darkster saß mit seiner Telekamera im geschnitzten Zierwerk eines Pavillons, von dessen Dach man den Garten nach allen Seiten überblicken konnte. Durch den Sucher beobachtete er Felicitas. Sie begrüßte Ballister mit einer Kühle, als sei sie tief beleidigt worden.

»Wir werden beobachtet wie der Sicherheitsfaktor Nummer 1. Dein Prinz übertreibt maßlos«, sagte Ballister leise. Felicitas verzog keine Miene.

»Es ist nicht *mein* Prinz! Ich kann nicht verhindern, daß er hier ist und alle Balzarten durchspielt, wenn er mit mir spricht. Ich weiß genau wie du, daß dieser Libyen-Trip eine heiße Sache wird!«

»Wir müssen uns einig sein, daß keiner von uns allein irgend etwas unternimmt oder sich mitschleppen läßt. Jetzt bin ich froh, daß ich mitgeflogen bin. Der scharfe Prinz wird Nerven an mir lassen.«

»Ich bitte dich, Jérome, sei vorsichtig.«

»Ich habe keine Angst.«

»Das ist es nicht.« Sie lachte plötzlich, wollte den Arm um Ballister legen, aber im letzten Augenblick hielt sie in der Bewegung noch inne und ließ den Arm wieder fallen. »Aber du kannst die ganze Menschheit zur Verzweiflung treiben, wenn Khalifs Ärger den Ölpreis wieder höher treibt! Sie haben uns in der Hand, wir sind alle erpreßbar, und sie wissen es genau. Sie können mit uns spielen, was sie wollen.«

»Bis zu einer gewissen Grenze. Bis man zu ihnen sagt: Sauft euer Öl allein!«

»Das kann noch Jahre dauern!«

»Aber der Zeitpunkt kommt.«

»Dann haben sie Milliarden genug, um ein Jahrhundert zu überleben. Es sind ja nur eine Handvoll Scheichs. Das Volk vermißt keinen Reichtum, weil es nie einen gekannt hat.« Sie schüttelte den Kopf. »Wir sind ihnen nicht mehr gewachsen, Jérome, sie sitzen auf dem Lebenssaft einer verwöhnten Leistungsgesellschaft.« Sie blieb stehen, strich sich die Haare aus der Stirn und blickte sich um. Die Gärtner arbeiteten fast lautlos und bildeten einen weiten Halbkreis. »Hast du mich in den Garten gerufen, um politische Gespräche zu führen?«

»Ich wollte dir nur sagen, daß du keinen Schritt ohne mich gehen sollst.«

»Bitte, auf die Toilette muß ich allein!«

»Die Situation ist viel zu ernst, um darüber Witze zu machen«, sagte Ballister säuerlich. »Ich hatte vorher immer Angst, daß mit Amin Schwierigkeiten auftauchen. Wer hat denn an Khalif gedacht? Aber jetzt hat sich alles verschoben. Die Gefahr ist sogar greifbar geworden, und sie *heißt* Khalif!«

»Also doch eifersüchtig, mein Schatz?«

»Wer hindert ihn daran, dich nachher von hier wegzubringen? Im gleichen Augenblick ist Nachrichtensperre!«

»Ich wußte gar nicht, daß du so eng mit der Abteilung ›Fernsehspiele‹ verbunden bist«, sagte sie spöttisch. »So ein Blödsinn kommt doch nur aus dieser Küche. Arabischer Prinz entführt Fernsehreporterin, um sie zu vernaschen, aber sie kämpft um ihre Ehre, bis der Prinz sie leidenschaftlich ersticht. Sollen wir versuchen, diesen grandiosen Stoff an Hollywood zu verkaufen?«

»Ich kann darüber nicht lachen«, sagte Ballister ernst. »Verzeih, aber mir steht die Sorge bis zur Kehle!«

»Und wie willst du sie wegschlucken?«

»Mit einem Ultimatum! Wenn innerhalb der nächsten zwei Tage das Interview mit Amin nicht stattfindet, fliegen wir zurück nach New York.«

»Hunters wird dich aus dem Fenster werfen. Nach dieser Werbetrommel von ACF nun diese Blamage. Felicitas Saunders kommt geschlagen zurück. Zum erstenmal hat sie ein Interview nicht geschafft! Daran denkst du wohl gar nicht? Das gibt einen unabwaschbaren Fleck auf meinem Namen!«

»Man muß auch Niederlagen verkraften können! Keiner kann erwarten, daß eine Saunders nur Erfolge hat!«

»Du willst also die Bremse ziehen, wenn sich in zwei Tagen nichts tut?«

»Und wie. Die ganz große Luftdruckbremse! Ich lasse mir doch von einem Khalif nicht vorschreiben, wie lange ich in Libyen zu bleiben habe!«

Knapp hundert Meter von ihnen entfernt, in einem kleinen Salon neben der Hotelbar, hatte Prinz ben Saud vier Männer mit unbewegtem Gesicht um sich versammelt.

»Mir gefällt dieser Ballister nicht!« sagte Prinz Khalif mit ruhiger Stimme. Seine schwarzen Augen musterten jeden der Männer. »Es ist ein Gesicht, das ich nicht gerne sehe.

Aber bitte keinen Skandal. Keine ›einfache‹ Lösung. Ich erwarte Fantasie und Diskretion, kein Blut!«

»Wer verdurstet, blutet nicht«, sagte einer der Männer. »Auch ein Ertrinkender bleibt sauber.«

Prinz Khalif hob die Schultern und lächelte schwach. »Ich lasse mich überraschen. Meine Trauer wird echt sein.« Er winkte mit der Hand, als verjage er plötzlich ihn umsurrende Fliegen. »Mohammad wird das Geld verteilen. Er sitzt in der Halle. Salam ...«

Die vier Männer drehten sich um und verließen stumm den Salon. Mohammad war der Sekretär des Prinzen. Er winkte die vier zu sich, zog sich mit ihnen in eine Ecke der Hotelhalle zurück und übergab jedem ein schmales Kuvert.

Die ganze Aktion besaß nur einen logischen Fehler, der sich verhängnisvoll auswirken sollte. Weil Khalif etwas vergessen hatte, verfing er sich in seinem eigenen Plan. Er hatte nicht an Arthur Darkster gedacht. Verstrickt in seine Rache, übersah er ihn. Darkster aber hatte die Aufgabe, Ballister nicht aus den Augen zu lassen und widmete sich diesem Auftrag — auch wenn er ihn als idiotisch bezeichnete — mit allem Einsatz. Für ihn war Ballister 30 000 Dollar wert, so etwas läßt man sich nicht ohne Gegenwehr aus der Hand nehmen.

Ob man Ballister nun verdursten lassen wollte, oder ob er ertrinken sollte, ob ein wild gewordener Autofahrer ihn auf den Kühler nahm oder ob er in den Gassen der Kasbah, der Altstadt, einfach verschwand, immer hatte man mit Arthur Darkster zu rechnen, weil er immer in Ballisters Sichtweite sich bewegte.

Hätte man Darkster gesagt, er sei zum Schutzengel geworden, hätte er sich trotz seiner arabischen Maskerade besoffen. So aber wartete er, bis Ballister und Felicitas den

Garten wieder verließen, kletterte von seinem Pavillondach und sagte laut:

»Das werden die ersten 30 000 Dollar, die man durch Dämlichkeit verdient.«

Er irrte sich gründlich.

Der Abend war voll verplant. Prinz Khalif gab ein Essen für Felicitas, zu dem er notgedrungen auch das ganze Team einladen mußte. Anschließend sollte eine Rundfahrt durch Tripolis stattfinden und ein Fußmarsch durch die Kasbah.

Der Zauber Nordafrikas bei Nacht. Die tausend Gerüche des Bazars. Ein Bauchtanz in einem libyschen Nachtcafé. Und — am Rande der Stadt, wo die Wüste begann — der so demütig machende Sternenhimmel über dem Meer aus Sand.

Es wurde ein Abend voll gepreßter Freundlichkeit. Drei Herren des libyschen Informationsministeriums belagerten Felicitas und ließen sich Erlebnisse aus ihrem Leben erzählen, Ballister genoß die große Freude, mit Prinz Khalif zu sprechen und erklärte ihm mit Genuß den Begriff Informationsfreiheit, wie ihn ein Amerikaner versteht. Darkster, der nicht eingeladen worden war, um auch mit seinem veränderten Äußeren nicht zu sehr ins Blickfeld von Ballister oder Felicitas zu geraten, aß in einem Nebenspeisesaal Hammelkeule mit Couscous und Pfeffersauce, was ihn gewaltig zu Whiskey anregte, aber er mußte als braver Moslem Wasser trinken und hinterher einen höllisch starken und süßen Kaffee.

Aus der Stadtrundfahrt wurde nichts. Zur großen Enttäuschung von Khalif, aber auch der vier bereitstehenden, gekauften Problemlöser mußte das kleine Fest abgebrochen werden.

Felicitas Saunders bat um Nachsicht; sie war einfach müde, klagte über Kopfschmerzen, schob es auf den Zeitunterschied zwischen New York und Libyen und schlug vor, man solle doch ohne sie das Programm durchführen. Das lehnte der Prinz natürlich ab, das Kamerateam war enttäuscht und beschloß nach schnellem Blickwechsel, allein auf die Pirsch nach glutäugigen Araberinnen zu gehen. Felicitas stand auf, ließ sich von Khalif zum Lift begleiten und die Hand küssen. Ballister verdrückte sich an die Bar, streifte Darkster mit einem Blick, erkannte ihn aber in seiner Dschellabah und seinem Stoppelbart nicht wieder, und ließ sich einen Manhattan mixen.

Natürlich war Felicitas weder müde, noch hatte sie rasende Kopfschmerzen. Zeitunterschiede hatten ihr noch nie etwas ausgemacht. Ballister kannte sie zu gut, um ihr jetzt eine Erschöpfung abzunehmen. Er fragte sich nur, was sie damit bezweckte, den Abend platzen zu lassen. Wollte sie Khalif deutlich sagen, wer hier zu bestimmen hatte, oder hatte sie Angst, daß er, Ballister, einen neuen Zusammenstoß mit dem Prinzen haben könnte? Er nahm sich vor, sie nachher vom Zimmer aus anzurufen und sich zu erkundigen, ob die Kopfschmerzen sich beruhigt hatten.

Die Gäste des Hotels fand Ballister langweilig. Es waren meistens französische Kaufleute, einige Männer, die mit Ölbohrungen zu tun hatten, Ingenieure, zwei Deutsche aus der Touristikbranche, aber kein Amerikaner. Ein paar reiche Libyer saßen im Barraum, unterhielten sich gedämpft und knabberten ein Honiggebäck zu Fruchtmixgetränken oder Kaffee.

Nach einer halben Stunde bezahlte Ballister, verließ die Bar und ging ein paar Schritte vors Hotel. Der weiße Rolls Royce war weg. Der Prinz hatte für diesen Tag kapituliert.

Ballister freute sich, ging ins Haus zurück und fuhr mit dem Lift auf seine Etage.

Arthur Darkster zögerte. Daß Ballister jetzt auf sein Zimmer fuhr, hieß noch nicht, daß er sich dort auch ins Bett legte. Er konnte sich umziehen und kam wieder herunter, um — frei aller Pflichten und fern der Ehefrau — auch einen eigenen nordafrikanischen Zauber zu erleben. Warum sollte Ballister da anders sein als die meisten Männer, die man allein reisen läßt?

Darkster beschloß also, von der Bar aus die Hotelhalle unter Beobachtung zu halten und sich Ballister anzuschließen, falls dieser auf intime Entdeckungsreisen ging. Aber Ballister kam nicht. Gegen Mitternacht bescheinigte sich Darkster, daß er seine Pflicht voll erfüllt und ein Recht auf Schlaf habe. Es war ein mieser Tag gewesen, über den sich nicht zu berichten lohnte. Aber das hatte er geahnt, das hatte er Ahmed Sehadi ibn Mahmoud schon in New York gesagt: Ballister zu beobachten, ist das gleiche, als müsse man Muster auf einem Teppich zählen. Stupide Arbeit. Ballister war völlig uninteressant.

Etwa um die gleiche Zeit, als Darkster mit diesem Gedanken gähnend aus der Hose stieg und seine Dschellabah in eine Ecke des Zimmers feuerte, klopfte es bei Ballister an der Tür.

Ballister stand auf, griff nach einem soliden Filmstativ, das er sich vom Kamerateam ausgeliehen hatte, und öffnete mit einem Ruck die Tür.

Felicitas, in einem weiten, langen Morgenmantel, huschte hinein und drückte hinter sich die Tür zu.

»Willst du mich mit dem Stativ erschlagen?« fragte sie.

Und Ballister fragte mit ehrlichem Entsetzen zurück:

»Bist du verrückt geworden? Was willst du denn hier?«

»Zu dir ...«

»Was heißt: zu dir?« Er sah sie verständnislos an.

»Es soll trotz weit verbreiteter, allgemeiner Meinung, doch einen Menschen geben, der dich liebt.«

Ballister war mehr betroffen als gerührt und zeigte das auch unverblümt. »Hat dich jemand gesehen?« fragte er.

»Ich glaube nicht.« Sie warf den Morgenmantel ab, schleuderte die Pantoffeln von ihren Füßen und schlüpfte in Ballisters Bett. Sie trug einen Hauch von Nachthemd der sie bekleidete, aber auch auf raffinierte Art nackt wirken ließ. Ballister stand unschlüssig herum. Er wußte, daß alle Vernunft in seinem Hirn ausgeschaltet wurde, wenn er erst Felicitas Körper umfaßte. Das war immer so — ihre Umarmungen erschlossen eine neue, nur ihnen eigene Welt, und alles was jenseits davon lag, wurde völlig ohne Interesse.

»Und wie willst du wieder ungesehen hinaufkommen?«

»Über die Treppe. Die Gäste benutzen grundsätzlich den Lift.« Sie klopfte auf das Kissen neben sich. »Komm zu mir, Liebling.«

»Ich halte es für klüger, daß du wieder in deine Suite gehst.«

»Und ich habe mich tagelang auf diese libyschen Nächte gefreut. Hier sind wir endlich allein! Hier kann uns niemand überraschen. Hier brauche ich keine Perücken und Theaterschminke.«

»Und wenn Lora plötzlich vor der Tür steht?« Ballister kapitulierte halbwegs, er setzte sich auf die Bettkante. »Sie wollte kommen.«

»Jetzt landet kein Flugzeug mehr. Wenn sie kommt, dann morgen. Die Stunden bis zum Sonnenaufgang gehören uns allein.« Sie umarmte ihn, zog ihn zu sich auf das Bett und küßte ihn. »Du hältst mich für wahnsinnig, nicht wahr?«

»Was wir tun, ist ein halsbrecherischer Leichtsinn!«

»Ich werde verschwinden beim ersten hellen Streifen am Himmel.« Sie kuschelte sich an ihn und dehnte sich wohlig, als seine Hände über ihren Körper wanderten. »Warum liebe ich dich eigentlich so? Das habe ich mich oft gefragt.«

»Und die Antwort?«

»Ich weiß es nicht. Aber ein Tag ist verdorben, an dem ich dich nicht gesehen habe. Auch wenn du als Chef ein ausgesprochenes Ekel bist! — Küß mich! Verdammt, Jérome, küß mich sofort —«

Das Telefon weckte sie. Sie schraken hoch, Ballister blickte auf seine abgelegte Armbanduhr und starrte Felicitas sorgenvoll an. Es war kurz nach vier Uhr morgens, kaum eine normale Zeit für ein Telefonat.

Ballister hob ab, hörte die Telefonzentrale des Hotels sagen: »Bitte, einen Moment. Ich verbinde!«, und dann war Loras gehetzte Stimme da, unterbrochen von heftigem Atmen.

»Jérome!« rief sie. Es klang verzweifelt. Ballister setzte sich ins Bett und hob erschrocken die Schultern. »Hörst du mich? Bin ich klar zu hören? Jérome!«

»Ganz klar, Lora!« Ballister gab seiner Stimme einen verschlafenen Klang. »Wo bist du denn? Von wo rufst du an?«

»Von hier. Von uns. Zuhause! Du bist so weit weg!«

»In Libyen«, antwortete Ballister sarkastisch. »Was ist denn los? Hast du wieder Schmerzen? Hast du schon Dr. Meyer angerufen?«

»Hier ist der Teufel los, Jérome!«

»Aber wieso denn?« Er winkte stumm, Felicitas legte ihr

Ohr an die andere Seite des Telefons und hörte mit. Es war eine geradezu verworfene Situation: Die nackte Geliebte im Bett des Ehemannes hört das Gespräch mit der Ehefrau mit.

»Rosa schläft heute bei mir.« Felicitas sah Ballister verblüfft an und zuckte ratlos mit den Schultern. Wieso schläft Rosa bei Lora? Davon war nie gesprochen worden. Lora klärte die Frage sofort auf. »Rosa rief mich am Vormittag an. Und sie fragte: Kann ich heute bei dir schlafen? Ohne Mutti ist es so leer im Haus! Ich fürchte mich allein, da helfen auch die Alarmanlagen nichts. — Natürlich sagte ich sofort zu. Rosa kam dann zu uns, am Nachmittag, und brachte einen jungen Mann mit. Mediziner. Red Cummings heißt er.«

Felicitas nickte mehrmals, als Ballister sie fragend anschaute. Es stimmt. Cummings ist ein guter Junge. Will auf Rosa aufpassen, aber sie hat trotzdem Angst. Es war eine gute Idee, zu Lora zu gehen. Dann mußte sie lächeln und streichelte Ballister über das Gesicht. Wir sind doch eine unmoralische Bande, dachte sie. Die Tochter schläft bei der Frau des Geliebten der Mutter, die wiederum zur gleichen Zeit mit dem Mann der Frau schläft.

»Cummings blieb bis gegen 21 Uhr«, sprach Lora weiter. »Ein sympathischer junger Mann mit vollendeten Manieren und großen Plänen. Und Rosa ist verliebt. Wir hatten einen netten Abend zusammen. Dann fuhr er nach Hause, Rosa und ich tranken noch ein Glas Wein, und wir freuten uns, daß gegen 22 Uhr noch Stan Barley hereinschauen wollte. Du kennst Stan doch, Jérome? Er hat das Jazz-Sinfonie-Orchester und hat die erste Sinfonie in Jazzform komponiert. Stan hatte Probe und wollte nachher noch auf einen Drink vorbeikommen und mir eine neue Komposition vorspielen.« Lora lachte grell und hysterisch. »Du weißt doch, Jérome ... Stan ist seit neunzehn Jahren in mich verliebt und hat dir nie verziehen, daß du mich geheiratet hast. Aber Stan kam nicht. Wir warteten bis nach 23 Uhr, dann ließ ich die Hunde noch einmal raus, sie rasten in den Garten und benahmen sich wie verrückt. Sie kamen auch nicht zurück, und als ich zu ihnen ging, Jérome, als ich zu ihnen ging ...« Ihre Stimme wurde schrill. »Stan lag da! Ermordet. Wie Varone ... mit einem Strick erwürgt ...« Jetzt weinte sie laut. Ballister stand der Schweiß auf der Stirn. »Im Haus wimmelt es von Menschen. Die Mordkommission ist da! Ein Haufen Reporter! Ich bin am Ende, Jérome. Kannst du nicht sofort zurückkommen? Hörst du mich? Der zweite Mord in unserem Garten. Wer will uns denn da fertig machen? Wer will uns vernichten? Und warum bloß? Warum? Weißt du darauf eine Antwort?«

Ballister wußte keine ... er saß wie versteinert im Bett, und Felicitas tupfte ihm mit ihrem durchsichtigen Nachthemd den Schweiß aus dem Gesicht.

VII

Selbst ein Mann wie Ballister, dem man nachsagte, daß er auch in den heißesten New Yorker Sommertagen keinen Kühlschrank anstellte, weil seine Gegenwart genug Kälte ausströmte, brauchte jetzt einige Atemzüge Zeit, um die Situation voll zu begreifen. Felicitas kraulte ihm den Nakken, weil sie wußte, daß ihn das ungemein beruhigte, aber diesmal hielt er ihre Hand fest und schüttelte abwehrend den Kopf.

»Zurückkommen ist völlig unmöglich«, sagte er mit belegter Stimme. »Das siehst du doch ein, Lora.«

»Nichts sehe ich ein!« schrie Lora hysterisch. »Du sonnst dich in der Wüste, während hier in unserem Haus die Leute reihenweise umgebracht werden.«

»Bis jetzt sind es zwei.«

»Bis jetzt?« Lora bekam anscheinend keine Luft mehr. »Genügt dir das nicht? Erwartest du noch mehr?« Sie weinte plötzlich herzzerreißend, und Ballister sah sie in Gedanken vor sich, auf dem Bett liegend, gegen die Decke starrend, in der freien Hand ein zerknülltes Taschentuch. Gleichzeitig fiel ihm ein, was Dr. Meyer gesagt hatte: Keine Aufregung. Jede große Erschütterung kann eine Katastrophe werden!

»Lora, bitte, reg dich nicht auf!« sagte Ballister beschwörend. »Die Polizei wird sich schon um alles kümmern.«

»Nicht aufregen?« schrie sie. »Das sagst du so daher! Um den halben Erdball herum gibst du so billige Ratschläge! Begreifst du nicht, daß ich vor Angst umkomme? Um unser

Haus herum schleicht ein Massenmörder! Ein Würger! Und warum?«

»Darauf gibt es keine Antwort!« sagte Ballister nachdenklich. »Da Fremde umgebracht werden und nicht wir ...«

»Dein Gemüt übertrifft das eines Elefanten!«

»Ein Elefant ist ein zartes Geschöpf — von der Psyche her betrachtet«, sagte Ballister. »Das müßtest du wissen! Aber deine Frage ist berechtigt: Warum bepflastert man uns mit Toten?«

»Aha! Du kommst also?«

»So schnell wie möglich! Morgen — nehme ich an — treffen wir Amin.«

»Ist dieser Idi Amin dir wichtiger als unser Haus?« schrie Lora grell.

»Im Augenblick ja!« Ballister starrte mit finsterer Miene vor sich hin. »Auch für uns gilt: Die Schau muß weitergehen! Es ist nicht anzunehmen, daß morgen wieder einer im Garten liegt. In spätestens drei Tagen bin ich zurück. Lora, wir haben doch Bekannte genug, die bei dir schlafen können! Oder nimm dir zwei Privatwächter. Sprich mit dem Lieutenant.« Er zögerte und sagte dann: »Und laß Rosa bei dir. Sie hat sicherlich Angst?«

»Ist das ein Wunder? Ich werde auch ihren Freund, diesen Red Cummings, bitten, bei uns Wache zu halten. Er ist wirklich ein netter Junge und stark. Boxmeister der Universität! Red wäre bereit, bei uns zu wachen.«

»Na also! Und in drei Tagen bin ich wieder da!« Ballisters Stimme nahm einen freundlichen Klang an. »Lora, Kopf hoch! Ich rufe nachher bei Hunters an. Er soll mit der Polizei alles regeln. Und das mit Cummings ist sehr gut. Lora, hab bitte keine Angst mehr ...«

Er hörte, wie sich Lora die Nase putzte. Dann sagte sie: »Was macht Felicitas?«

Ballister sah Felicitas an. Nackt hockte sie mit untergeschlagenen Beinen neben ihm und rauchte nervös eine Zigarette.

»Was soll sie um diese Zeit tun? Sie schläft.« Und dann ritt ihn der Teufel, und er fragte: »Willst du sie sprechen? Sie bewohnt eine Suite im obersten Stock des Hotels. Vielleicht ist es möglich, von hier umzuschalten. Soll ich's versuchen?«

»Nein!« Dieses Angebot schien Lora beruhigt zu haben. »Laß sie schlafen. Es reicht, wenn wir zwei keine Nachtruhe mehr haben. Sie wird Angst um Rosa haben.«

»Sicherlich.«

»Dann bring ihr das morgen früh schonend bei. Ich liebe dich, Jérome. Vergiß das nicht ...« Und damit legte sie auf.

Ballister ließ den Hörer sinken. Felicitas blies den Rauch ihrer Zigarette durch die Nase.

»Jetzt weiß ich, was Poker in Reinkultur bedeutet«, sagte sie. »Und ich erkenne, welch ein Vabanque-Spieler du bist! Wenn Lora nun gesagt hätte: Ja, verbinde mich mit ihr! Was dann?«

»Dann hätte ich mit den Fingern geknackt, als wenn man umschaltet, und du wärst drangegangen.«

»Nackt neben dir —«

»Noch gibt es kein Fernsehtelefon. Das wäre der Untergang aller Intimität!«

»Und was willst du nun tun, Liebling?«

»Schlafen!« Ballister zog Felicitas an sich, küßte ihre Brüste und bettete seinen Kopf dazwischen. »Was kann ich in Libyen tun, wenn man in New York einen Mann erwürgt?«

»Du hast Nerven wie ein Nilpferd!«

»Liebt ihr Frauen eigentlich Tiervergleiche? Lora mit Elefanten, du mit Nilpferden. Und immer falsch. Dick ist bei diesen Dickhäutern nur die Haut! Mach das Licht aus, Lici. Weißt du, daß deine Haut wie Orangen duftet?«

Sie löschte das Licht, legte die Arme um seinen Körper und starrte in die Dunkelheit. Ballister schlief tatsächlich schnell wieder ein, während sie noch lange wach lag. Auch sie beschäftigte die Frage, von der Lora keine Antwort wußte: Warum und wer mordet in Ballisters Garten? Ein Zufall konnte das nicht mehr sein.

Vorzüglich geschlafen hatte Arthur Darkster.

Das hatte seinen Grund. Bevor er sich ins Bett schwang, hatte er seine wollene Dschellabah mit seinem europäischen Anzug vertauscht, war in die Bar hinuntergefahren und hatte sich dort eine ganze Flasche Whiskey und einen Kübel Eis geben lassen. Mit diesem Schatz im Arm sauste er mit dem Lift wieder hinauf auf sein Zimmer, zog sich aus, legte sich in befreiter Nacktheit aufs Bett und begann, seine gezwungene Abstinenz in Whiskey aufzulösen, als sei dies ein Säurebad. Darkster tat das gut, er soff die halbe Flasche leer, ließ die Eisstückchen im Glas klingeln, was für ihn zur Zeit die schönste Musik war, und dann fiel er in einen Schlaf, aus dem er hochschrak, weil sich seine Blase meldete.

Es war schon heller Tag, zwar noch früh, aber die Sonne stand bereits mit ziemlicher Glut und weißlich im Blau schwimmend, am Himmel. Darkster vollzog seine Entleerung und trat dann auf den kleinen Balkon, um die Arme auszubreiten und tief Luft zu holen. Bei dieser Bewegung hielt er plötzlich und ruckartig inne und starrte entgeistert auf den seitlich unter ihm liegenden Balkon Ballisters. Dann war es, als stände er auf elektrisch geladenem Boden, er hüpfte davon, holte seine Kamera, hüpfte zum Balkon zurück und kniete sich hinter das Geländer. Nur noch die Linse blickte über die Brüstung, und im Sucher bestaunte Darkster die wohl seltensten und sensationellsten Bilder, die er mit seinem Kameramotor unentwegt schoß.

Felicitas Saunders nackt, aber auch völlig nackt, auf dem Balkon von Ballisters Zimmer. Die Saunders, wie sie sich wohlig in der Sonne reckt und streckt, ihre Haare schüttelt, mit beiden Händen über ihre berühmten Brüste streichelt, nach hinten spricht und glücklich lacht. Und dann Jérome Ballister, der sture Hund von ACF, ernüchternd-fad in seiner einfarbenen Badehose gegenüber dem göttlichen Körper der Saunders, er kommt auch aus dem Zimmer, redet auf Felicitas ein, sie lacht, umarmt ihn und küßt ihn, und dieser Ballister legt doch wirklich beim Kuß beide Hände gespreizt auf Felicitas' Hintern und preßt sie an sich.

Der Motor der Kamera klickte. Drei Bilder pro Sekunde. Eine ganze Serie vom geheimen Liebesleben der Saunders mit dem Eisenfresser Ballister. Fotos voll unbeschwerter Zärtlichkeit. Fotos, die damit endeten, daß Ballister die Saunders zurück ins Zimmer zog, und Darkster neidvoll sagte: »Das ist'n erstes Frühstück! Donnerwetter!«

Er zog sich auch vom Balkon zurück, setzte sich auf das Bett und spürte jetzt erst, wie ihn die Erregung schüttelte. Was er da mit der Kamera eingefangen hatte, war schlechtweg unbezahlbar! Ihm kam das mit aller Wucht zum Bewußtsein: Kein Prinz, kein Ölmilliardär war so potent, diese Bilder zu erwerben. Für lächerliche 30 000 Dollar schon gar nicht, und auch 50 000 oder 100 000 Dollar waren nur Zahlen, über die ein Arthur Darkster jetzt lächeln konnte. Der Film, den er in der Kamera hatte, veränderte sein ganzes Leben. Katapultierte ihn in die Spitzengruppe der Verdiener. Machte aus ihm einen Rentier, der sein Leben ganz nach Belieben einrichten konnte. Solange es diese Negative gab, würde für Arthur Darkster nun die Sonne scheinen.

Diese Gedanken waren ungeheuerlich. Nicht, daß er so etwas überhaupt denken konnte, sondern in ihren Auswirkungen. Das Wort Erpressung verdrängte Darkster dabei völlig, er sah nur ein reelles Geschäft auf Gegenseitigkeit: Ich benutze die Fotos nicht, und du zahlst dafür eine Sperrgebühr in Form einer guten Lebensrente. Es ist, als wenn man ein Haus auf Rentenbasis kauft; nur sollte einem die weibliche Ehre und Sittsamkeit mehr wert sein als ein läppisches Haus.

Darkster widerstand dem Drang, seinen Triumph mit der anderen Hälfte der Whiskeyflasche zu begießen. Er spulte den Film in der Kamera zurück, nahm ihn heraus, steckte ihn in eine Plastikdose und überklebte den Deckel dick mit Leukoplast. Witzig, wie Darkster war, schrieb er mit Filzstift auf den Klebestreifen: Tieraufnahmen — freie Wildbahn. Den wertvollen Film versenkte er tief in seinen Fotokoffer.

Damit war eigentlich Darksters Aufgabe in Libyen erfüllt. Alles, was jetzt noch kommen konnte, waren lächerliche Momentaufnahmen: Ballister, wie er Felicitas vielleicht die Hand auf den Rücken legte, wie er sie unterfaßte, wie er mit ihr im Pool schwamm und sie sich mit Wasser anspritzten, wie sie sich mit Wein zuprosteten. Alles dämlicher Alltag, wie ihn Millionen andere Menschen auch erleben, ohne daß man für diese fotografierte Normalität viele Dollars zahlt.

Darkster duschte sich, sang unter der Brause Opernarien, obwohl er eine schauerliche Singstimme hatte, die keinen Ton halten konnte, und ließ sich dann mit New York verbinden. Es war schon ein Witz, daß er in Libyen in der Nähe seines Auftraggebers arbeitete, aber Ereignisse nach New York melden mußte. Ahmed Sehadi ibn Mahmoud schien wider Erwarten zufrieden zu sein. Darkster hörte es mit Erstaunen.

»Um Mr. Ballister brauchen Sie sich nicht mehr zu kümmern«, sagte Ahmed mit Freundlichkeit. »Ruhen Sie sich aus, sehen Sie sich Tripolis und die Oasen an, baden Sie im Meer und seien Sie nur wieder zur Stelle, wenn Mrs. Saunders zurück nach New York fliegt. Es kann auch sein, daß sie nicht fliegt, dann ist Ihre Aufgabe beendet und Sie können nach New York kommen.«

Darkster war nach diesem Gespräch irgendwie beunruhigt. Was heißt: »Wenn sie nicht fliegt?« Wieso sollte Felicitas nach dem Interview nicht fliegen? Bereitete sich hier etwas vor, was noch einmal eine lebenslange Rente versprach? Spielte der Prinz Khalif auf verstimmten Klavieren?

Ahmeds Freundlichkeit, Darkster ein paar Tage Ferien in der Wüste zu gönnen, erhielt plötzlich eine ganz andere Färbung. Dahinter konnte sich der Wink verbergen, sich wie die drei heiligen Affen zu benehmen: nichts sehen, nichts hören, nichts sprechen. Alles drei Eigenschaften, die gerade Darkster nur dem Wort nach kannte, die aber nie zu seinem Wesen gehört hatten.

»Das kann ja lustig werden«, sagte Darkster nach diesen Überlegungen, fuhr hinunter in den Frühstücksraum und traf dort bereits das Kamerateam an. Die Männer hockten mißmutig um einen Ecktisch und stierten aus verquollenen

Augen um sich. Sie hatten eine lange Nacht hinter sich, in einem Privatclub, dessen Adresse ihnen der Portier vertraulich zugesteckt hatte. Was sie dort erlebt hatten, übertraf sogar gewisse Etablissements in der Bronx, und das will etwas heißen! Die libyschen Mädchen waren offensichtlich von Potenzen verwöhnt.

Mit Erstaunen sah Darkster, der wieder seine Dschellabah trug, daß auch Jérome Ballister schon unten war. Er saß allein am Tisch, der aber für zwei gedeckt war. Also würde Felicitas noch erscheinen und nicht auf dem Zimmer frühstücken. Das paßte zu ihr. Sie, der große Star, benahm sich nie wie ein Star. Sie war immer dort, wo ihr Team war. Sie war ein Teil der Truppe, nicht eine Sonne, die diese Truppe nur sporadisch beschien.

Darkster bestellte sich als guter Moslem Kaffee und aß dazu frische knackige Brötchen mit Butter. Er beobachtete Ballister dabei. Der ertappte Liebhaber machte gar nicht den Eindruck eines glücklichen Menschen, der im Besitz einer der schönsten und klügsten Frauen dieser Welt war. Wie man Ballister immer kannte, saß er verschlossen herum, trank eine Tasse Tee mit etwas Rum und starrte vor sich hin.

Arthur Darkster beschloß bei diesem wenig ermunternden Anblick, seine Lebensrente nicht bei Ballister, sondern bei Felicitas Saunders einzureichen. Ballister bekam es fertig, statt zu zahlen, die Polizei einzuschalten, ohne Rücksicht, was dann folgen würde. Es blieb sowieso ein Rätsel, warum Felicitas ausgerechnet mit Ballister ins Bett stieg und nicht mit den hervorragendsten Männern, die ihr zu Füßen lagen.

Zehn Minuten später erschien die Saunders in einem fast männlich geschnittenen Safarianzug und einem Segeltuchhut auf den Haaren. Trotzdem sah sie wieder hinreißend aus. Sie sprach zunächst mit dem Team und ging dann erst an den Tisch zu Ballister. Der Heuchler begrüßte sie, als sähen sie sich nach langer Zeit wieder. Darkster mußte grinsen. Sie spielten das gut, das mußte man anerkennen. Sie spielten es so perfekt, daß man darin schon eine lange Übung erkennen konnte.

Ballister und Felicitas wurden am Pool von der Nachricht überrascht, daß in einer halben Stunde Abfahrt zu Idi Amins Versteck sei. Die libysche Regierung stellte dazu zwei Limousinen, einen Lastwagen für das Filmteam und zwei Militärbegleitfahrzeuge zur Verfügung. Ein Beamter des Informationsministeriums würde Felicitas Saunders begleiten. Ballister sollte den zweiten Wagen nehmen, also allein hinter Felicitas herfahren.

»Warum das denn?« fragte Ballister den Mann aus dem Ministerium. »Wir haben doch leicht alle Platz in einem Wagen!«

»Aus Sicherheitsgründen!« Der Beamte war sehr wortkarg. »Der Herr Staatspräsident wird wahrscheinlich auch zugegen sein.«

»Ich werde auch mit Khadafi sprechen können?« rief Felicitas erfreut. »Ein Doppelinterview?«

»Es wird sich alles zeigen.« Der Beamte hob die Schultern. »Aus Sicherheitsgründen werden keine genauen Pläne vorher bekanntgegeben.«

»Ich bin ja unmittelbar hinter dir«, sagte Ballister später, als Felicitas im Ministerium anrufen wollte, um Ballister in ihrem Wagen fahren zu lassen. »Natürlich tun sie alles, um unsere Sicherheit zu garantieren. Du mußt damit rechnen, daß ich bei Amin überhaupt nicht vorgelassen werde. Es ist schon eine Auszeichnung, daß sie mich überhaupt mitnehmen.«

»Das habe ich ja verlangt!«

»Trotzdem. Diese Großzügigkeit ist anerkennenswert. Er blickte auf seine Uhr. »In zehn Minuten geht es los! Verdammt, ich habe tatsächlich Herzklopfen wie eine Jungfrau vor dem Lotterbett! So ganz verroht einen das Fernsehen doch nicht.«

Auch Darkster machte sich bereit. Vor dem Hotel stand der Lastwagen, das Kamerateam verpackte die Metallkisten mit den Filmen und Apparaten, den Scheinwerfern und dem großen Tonbandkoffer, einige Soldaten standen herum, die Maschinenpistolen auf den Rücken geworfen. Zwei dunkle französische Limousinen warteten im Schatten, daß sie vorfahren durften. Das war auch für Darkster das Signal, sich seinen Mietwagen aus der Garage holen zu lassen und sich an den Konvoi zu hängen.

Aber so einfach war das nicht. Als Felicitas, Ballister, der Ministerialbeamte und die Soldaten aus dem Hotelkomplex herausfuhren und Darkster ihnen folgte, geriet er in eine Sperre. Die Straße war gesichert. Ein Offizier schrie ihn an, natürlich auf arabisch, und schrie noch mehr, als Darkster ihn dümmlich anschaute und nicht reagierte. Erst als Darkster seinen geheimnisvollen Ausweis zeigte, geriet der Offizier in sichtbare Verwirrung, las das Schriftstück mehrmals durch, beäugte Darkster wie einen seltenen Affen, las noch einmal, schüttelte den Kopf, zögerte noch immer und gab dann endlich die Weiterfahrt frei. Was da auf dem Papier stand, mußte etwas Grandioses sein. Darkster nahm sich vor, nach seiner Rückkehr nach New York dieses Schreiben von einem Experten übersetzen zu lassen.

Er gab Gas, raste der Kolonne nach und war bald wieder

auf Sichtweite an sie herangekommen. Sie fuhren auf der Straße zum Dschebel Nefusa, also in die Wüste hinein, in Richtung Nalut, wo es heiß und trocken und trostlos war und man sich nicht vorstellen konnte, daß dort irgendwo ein standesgemäßes Quartier für den gestürzten Amin vorhanden sein würde. Vielleicht war es auch nur eine Ablenkung und irgendwo bog man wieder zum Meer hin ab.

Darkster folgte in Sichtweite, schwitzte, fluchte, schluckte staubigen Sand und flehte innerlich zu allen Heiligen, daß sein Wagen durchhielt und nicht heillos versandete.

Genau das schien aber Ballister zu passieren. Nach einer Stunde Fahrt rumpelte und bockte sein Wagen, der Chauffeur rief Allah um Hilfe an, aber Allah ist ein Gott und kein Kraftfahrzeugmechaniker. Der Wagen blieb stehen, die beiden Militärlastwagen fuhren achtlos um sie herum und weiter und nebelten sie sogar noch in riesige Staubwolken ein. Ballister beugte sich zu dem Fahrer vor.

»Was ist los?« fragte er auf französisch.

»Motor böse!« antwortete der Fahrer. »Spuckt!«

»Das höre ich. Und nun?«

»Wir müssen nachsehen.«

»Soviel Zeit haben wir nicht. Drücken Sie auf die Hupe, damit die anderen anhalten! Ich steige um in das andere Auto.«

»Die hören uns nicht«, sagte der Fahrer ruhig. »Sind schon zu weit!« Er öffnete die Tür, stieg aus und legte eine Pistole auf das Autodach. Ballister sträubten sich wie bei einem Hund die Nackenhaare. Da haben wir die Situation, durchfuhr es ihn. Darum der zweite Wagen! Jérome Ballister in der Wüste von Unbekannten erschossen, als man eine Panne beheben wollte. Wer wollte das jemals nachprüfen oder anzweifeln? So einfach ist das, Prinz Khalif

Omar ben Saud, nicht wahr? Wie nennt ihr die Wüste? Die Große Schweigende. Und sie wird schweigen.

Ballister stieg auf der anderen Seite aus wie ein Delinquent, der zu seinem Pfahl gehen muß. Alles war sinnlos ... weglaufen, sich wehren, verhandeln. Um sie herum war die tote Weite, von einem Straßenband durchschnitten, das in der Hitze flimmerte. Sie waren allein ... ein angeblich versagendes Auto, ein finster blickender Libyer und ein amerikanischer Fernsehdirektor. Was jetzt geschah, sahen nur Himmel, Sonne und Sand ... Zeugen, die keiner fragen konnte. Ballister ging langsam um den Wagen herum. Ein Mann muß wissen, wann das Ende ist.

Nur hier war es ein Irrtum.

Sie waren nicht allein.

Eine Staubwolke hing plötzlich in der Luft, und über eine Bodenwelle hinweg klapperte Arthur Darkster heran. Der libysche Fahrer starrte das Fahrzeug wie eine Erscheinung an, steckte seine Waffe wieder ein und öffnete die Motorhaube. Ballister zog die staubige Luft in die Lungen ... es war ein köstlicher Atemzug, eine Bestätigung, weiterzuleben.

Darkster bremste, wirbelte neue Staubwolken auf und rannte auf Ballister zu.

»Ist was passiert?« fragte er.

»Ein Glück! Sie sprechen englisch?«

»Warum nicht?«

»Die meisten Ihrer Landsleute sprechen nur berberisch oder auch noch italienisch.«

Darkster nickte. Natürlich, Ballister hielt ihn für einen Araber. Die Dschellabah, der Bart, die Sonnenbrille ... wer käme da auf den Gedanken, einen Amerikaner vor sich zu haben.

»Kann ich helfen?« fragte Darkster.

»Ich fürchte nein!« Ballister grinste verzerrt. »Der gute Chauffeur sucht jetzt verzweifelt nach einem Motorfehler. Verstehen Sie etwas von Motoren?«

»Keinen Schimmer! Ich weiß nur, wo man Gas gibt, kuppelt und bremst. Aber man sollte so tun, als ob man was verstände.«

»Der Wagen hoppelte plötzlich und stand dann.« Ballister grinste wieder. »So etwas kann man mit dem Gaspedal sehr schön hinzaubern. Es ist jedenfalls eine Erleichterung, daß Sie da sind. Wo fahren Sie hin?«

»Nur so durch die Gegend. Ziellos.«

»Das gibt es hier auch?«

»Wir nennen es Wüstenbummel.« Darkster lächelte breit. »Steigen Sie bei mir ein?«

Ballister ging langsam zu Darksters Wagen. Jetzt muß es passieren, dachte er. Er hat Zeit genug zum Überlegen gehabt. Jetzt muß er zwei umbringen. Man sollte den Fremden warnen.

Aber dazu kam Ballister nicht. Darkster war an den Fahrer herangetreten, zog sein geheimnisvolles Schriftstück aus der Tasche und hielt es dem Fahrer vor die Augen. Ob er lesen konnte, stand nicht zur Frage. Er sah auf jeden Fall die Stempel, er erkannte ein amtliches Schreiben, und das machte Eindruck auf ihn. Da Darkster nicht verstand, was der Fahrer zu ihm sagte, spielte er den großen Herrn, winkte lässig ab und ließ den Libyer einfach stehen. Im Wagen saß bereits Ballister und kam sich sehr geborgen vor.

»Wissen Sie, daß Sie mir das Leben gerettet haben?« fragte er, als Darkster sich hinter das Steuer klemmte.

Darkster hob die Schultern, gab Gas und ratterte an dem

angeblichen Pannenwagen vorbei. »Mir juckte so etwas in der Nase!« sagte er. »Wenn Sie von mir ein zweites Leben bekommen haben, dann vergessen Sie es nicht. Sie sollten sich in gewissen Situationen daran erinnern.«

»Bestimmt!« Ballister, der Ahnungslose, klopfte Darkster auf die Schulter. »Ich hatte abgeschlossen, wissen Sie? Ich ging über die Wüstenstraße und sagte zu mir: Gleich ist es vorbei. Und ich war ganz ruhig dabei. Das war das Merkwürdigste ... diese gelassene Ruhe, wo man weiß, es gibt nichts mehr. Und nun lebe ich wieder, dank Ihnen! Wie kann ich Ihnen danken?«

»Später!« sagte Darkster und schnaufte durch die Nase. »Später!« Er dachte an den Film voller verborgener Leidenschaft, der hinter ihm im Fotokoffer lag. »Darüber reden wir noch.«

Es war sinnlos geworden, jetzt noch Felicitas zu folgen. Er wendete auf der Straße, fuhr zurück, donnerte an dem Pannenwagen vorbei und vernebelte den Fahrer mit einer Staubwolke.

»Der Ärmste —«, sagte er dabei. »Sein Auftraggeber wird ihn auspeitschen lassen. Und das wird noch eine große Güte sein.«

Ballister war zur Untätigkeit verurteilt, und das brachte ihn fast um. Im Hotel war er sicher, das wußte er, da konnte man keinen Unfall oder Überfall konstruieren, aber die Angst um Felicitas, die Unkenntnis, was nun mit ihr geschah, die Verantwortung, die auf ihn drückte und die ihm niemand abnehmen konnte, zerrieben ihn völlig. Der schwache Trost, daß ja das Kamerateam bei ihr war, hob nicht die Sorge auf, daß nach dem Interview mit Amin mit Sicherheit Prinz Khalif auftauchen würde, um in einem neuen Anlauf Felicitas für sich zu interessieren. Die »Panne« auf der Wüstenstraße bewies, daß Khalif mit allen Mitteln zu arbeiten bereit war. Es war ihm also auch zuzutrauen, daß er Felicitas einfach in seine Arme zwang, ohne Rücksicht, was später daraus werden konnte. Ein Mann wie Khalif war souverän, unangreifbar, in jeder Richtung. Über Repressalien würde er schallend lachen. Wer wollte ihn aus seinem Palast, irgendwo auf der arabischen Halbinsel, herausholen?

Ballister nervte die Behörden, indem er ununterbrochen anrief. Beim Informationsministerium, beim Außenministerium, bei der amerikanischen Botschaft, bei einer UNO-Beobachtungsstelle, beim persönlichen Referenten von Khadafi, sogar bei der Direktion einer Ölbohrgesellschaft, von der er wußte, daß amerikanische Fachleute die Bohrungen leiteten.

Überall stieß er auf Desinteresse, Unzuständigkeit oder sogar Ablehnung. Sein Antrag beim Informationsministerium, sofort zu Amin nachgefahren zu werden, stieß auf rüde Ablehnung. Ein Beamter sagte schroff: »Nicht Sie interviewen, sondern Mrs. Saunders! Was wollen Sie überhaupt? Sie sind als Tourist hier, wir haben Sie nicht eingeladen!«

Das war deutlich. Ballister gab es auf, setzte sich an die Hotelbar und wartete. Auch Hunters im fernen New York konnte nicht helfen. Er sagte, als Ballister ihm die Situation schilderte:

»Jérome, nun dreh nicht durch! Was du da andeutest, das können sie sich nicht leisten.«

»Du ahnst gar nicht, was alles möglich ist!« hatte Ballister gerufen. »Und wenn Felicitas doch etwas passiert?«

»Dann intervenieren wir.«

»Das ist doch Scheiße!«

»Dann gibt es diplomatische Verwicklungen!«

»Und was kommt dabei heraus? Heiße Luft! Geschwätz! Wegen eines Menschen, wegen einer Frau, wird man sich doch nicht die Afrikapolitik versauen lassen!«

»Und was schlägst du vor, du neuer Superpolitiker?« brüllte Hunters. Ballister dachte daran, daß Hunters jetzt den Schlips herunterriß und heftig schwitzte. »Wenn ich damit hausieren gehe, bringen sie es einen Tag lang in allen Zeitungen unter dem Thema ›Berufsrisiko‹. Und damit ist die Sache k.o.! Verdammt, ich war immer dagegen, daß Felicitas sich auf dieses Abenteuer einläßt.«

Ballister hatte wortlos aufgelegt. Er erinnerte sich, wie Hunters einem tanzenden Gorilla gleich vor Freude herumgehüpft war, als aus Libyen die Genehmigung zum Interview bei ACF eintraf. Dann hatte er den Zuschauerzuwachs ausgerechnet, das neue Werbevolumen, die Mehreinnahmen. Es war ein Tag gewesen, dessen Datum man in Gold gießen mußte, wie es Hunters lauthals verkündete. Ballister hatte den ekligen Verdacht, daß auch Felicitas Tragödie — falls es eine geben sollte — in breiter Form vermarktet würde und dem Sender ACF wiederum neue Werbeeinnahmen brachte. Hunters, der ehemalige Präsident einer Feuerwerksfabrik, war für große Knaller immer gut.

Darkster blieb in der Nähe, aber im Hintergrund. Er fühlte sich merkwürdigerweise für Ballister verantwortlich, solange er noch in Libyen war. Der Anschlag auf Ballister bewies, daß er außerhalb New Yorks nirgendwo sicher war. Das war genau das, was Darkster nicht gebrauchen konnte. Man läßt eine Kuh nicht schlachten, von der man glaubt, sie gäbe eimerweise Milch. Hier war es notwendig, gegen seinen Auftraggeber zu arbeiten, ohne daß dieser es merkte. Man brauchte sich nur dumm zu stellen und zu sagen: Ich habe den Auftrag bekommen, Ballister zu beobachten. Das kann ich nicht, wenn man ihn mir vor der Nase killt! Also habe ich eingegriffen! War das etwa falsch? Pardon, das wußte ich nicht, das muß einem ja vorher gesagt werden.

Vier Stunden nach Ballisters Rückkehr ins Hotel rief man ihn zum Telefon. Ballister erhob sich schwer, wie mit Blei in den Beinen. Jetzt ist es soweit, dachte er, und sein Herz verkrampfte sich. Jetzt wird man mir mitteilen, daß Felicitas Saunders von unbekannten Banditen überfallen worden ist. Verschleppt, irgendwohin. Und Khalif wird eine Million Dollar Belohnung ausschreiben für den, der Felicitas findet ... in verschlossenen Zimmern in seinem Palast!

In der Telefonzelle lag der Hörer neben dem Apparat. Ballister riß ihn ans Ohr und rief: »Ja! Wer ist da?«, aber er erhielt keine Antwort. Völlig sinnlos schüttelte er den Hörer, rief noch einmal: »Hier Ballister! Wer spricht?«, aber da sprach keiner, es rauschte nur eintönig, als halte man auf der anderen Seite den Hörer an einen niedrigen Wasserfall.

Ballister atmete heftig, wartete, boxte dann gegen den Apparat, aber das hatte nur zur Folge, daß das Rauschen in ein Knacken überging. Die Leitung war tot.

Tot.

Ein Wort, das Ballister ansprang und ihm den Herzschlag lähmte. Er warf den Hörer zurück, lehnte sich einen Augenblick gegen die Kabinenwand und öffnete dann die Drehtür, als müsse er sich gegen eine verschiebbare Mauer stemmen. Der Portier sah ihn erstaunt an, als er bleich und mit zerknittertem Gesicht an die Theke kam.

»Wer hat da angerufen?« fragte Ballister mit schwerer Zunge.

»Keine Ahnung, Sir«, antwortete der Portier. Er war ein eleganter, junger Libyer, der sieben Sprachen sprach.

»War ... war es eine Frau?«

»Nein, ein Herr, Sir. Er sagte: Holen Sie bitte Mr. Ballister an den Apparat. Ich warte.«

»Er hat nicht gewartet.«

»Sorry, Sir.« Der Portier zeigte Mitleid im Mienenspiel. »Mehr kann ich nicht sagen, denn mehr wurde nicht gesprochen.«

»Und woher kam das Gespräch?«

»Keine Ahnung, Sir.«

»Aus dem Ausland? Das merkt man doch!«

»Nein, Sir, aus dem Inland. Es war ein libysches Gespräch. Der Herr sprach auch Arabisch. Berberisch, wie wir alle hier.«

»Danke.« Ballister nickte und ging zur Bar zurück.

Er sprach Berberisch. Holen Sie bitte Mr. Ballister an den Apparat. Ich warte. Aber er hatte nicht gewartet. Warum hatte er nicht gewartet? Wer konnte ihn anrufen? Hatte Felicitas noch die Möglichkeit gehabt, einen Berber zu bestechen und Ballister Nachricht geben zu lassen, wo sie sich befand? War der Mann dabei überrascht und unschädlich gemacht worden?

Fragen wie Felssteine, die auf einen herunterfallen.

Ballister durchbrach seinen Vorsatz, bis zu Felicitas' Rückkehr nichts mehr zu trinken, und bestellte sich einen Cognac. Während er ihn mit kleinen Schlucken trank, dachte er darüber nach, ob er wieder die amerikanische Botschaft anrufen sollte. Was man ihm dort sagen würde, wußte er im voraus: Haben Sie Beweise? Vermutungen, private Sorgen gehen uns nichts an. Wir können nur handeln, wenn wir Fakten in der Hand haben.

Und er würde antworten: Wenn Sie die Fakten — Felicitas' Verschwinden — in der Hand haben, ist es doch zu spät! Unternehmen Sie etwas!

Die Antwort darauf: Bedaure. Wir sind nicht dazu da, vorzubeugen, sondern Greifbares zu untersuchen.

Es war alles so seicht. Ballister bestellte den zweiten Cognac, aber er trank ihn nicht zu Ende. Der Portier erschien in der Bar, mit einem glücklichen Lächeln, als käme er zur Bescherung, und rief:

»Mr. Ballister? Ein Gespräch für Sie, Sir. Der gleiche Herr von vorhin! Ich hab' ihn an der Stimme erkannt ...«

VIII

Noch nie in seinem Leben hatte Ballister neun Meter so schnell zurückgelegt wie in diesen Sekunden. Er hatte so viel Schwung, daß er in der Telefonzelle gegen die Rückwand prallte, irgendein hervorstehendes Brett sich ihm in den Magen bohrte, er mußte husten, hielt sich mit der Linken den schmerzenden Bauch fest und riß den Hörer ans Ohr.

»Ja?« schrie er. »Hier ist Ballister. Was ist los?«
»Mr. Ballister selbst?« fragte eine kühle Stimme zurück.
»Ja!«
»Sir, einen Moment, ich verbinde.«

Die Nüchternheit der Stimme trieb Ballister Angstschweiß auf die Stirn. Es ist etwas passiert, durchfuhr es ihn, während er das Knacken im Apparat hörte, die Umschaltgeräusche. Felicitas ist etwas zugestoßen! Diese kalte Stimme war ein staatliches Sprachrohr.

»Melden Sie sich!« brüllte er in den Hörer. »Zum Teufel, sagen Sie doch einen Ton!«

Dann war eine Stimme da, und Ballister mußte sich an die Wand lehnen, schloß die Augen und spürte, wie es in seinen Mundwinkeln zu zucken begann. Die Spannung löste sich, die Verkrampfungen zerbrachen, und er wunderte sich über sich selbst: Er war dem Weinen näher als jeglicher männlichen Stärke.

»Liebling —« sagte die Stimme. Sie war so greifbar nah, als stände sie vor ihm. »Was ist denn los? Warum brüllst du so? Kannst du mich gut hören?«

»Lici ...« Ballister schluckte mehrmals. »Mein Gott, wo bist du? Woher rufst du an? Lici —«

»Du bist ja aufgeregt, Liebling ...«

»Ist das ein Wunder? Welche Frage!«

»*Ich* habe mir große Sorgen gemacht. Deine Panne habe ich im Rückfenster gesehen, aber wir konnten nicht anhalten, weil wir sowieso in Zeitdruck waren. Wir durften nicht zu spät kommen. Amin wartet nicht. Das ganze Interview wäre geplatzt. Wir mußten daher ohne dich weiter. War's schlimm, mein Schatz?«

Das hatten sie sauber organisiert, dachte Ballister bitter. Nur mit dem Auftauchen meines unbekannten Lebensretters konnten sie nicht rechnen. Die Gefahr war nun vorbei. Daß Felicitas anrufen konnte, war der Beweis, daß man umdisponiert hatte.

»Nein, es war nicht schlimm«, sagte er und atmete schwer. »Irgendwas am Motor. Ein freundlicher Araber kam des Weges und nahm mich zurück nach Tripolis. Das war alles. Ist es ein Wunder, daß in solchen Sandwolken die Motoren verrecken? Aber wie geht es dir?«

»Blendend, Liebling!«

»Woher rufst du an?«

»Wenn ich das wüßte. Irgendwo in der Wüste, in einer verdammt feudalen Oase. Unser Gespräch kommt per Funk und wird dann über die Telefonzentrale geleitet. So hat man mir's erklärt.«

»Und wo bist du jetzt?«

»In einem zauberhaften Haus inmitten von Palmengärten. Ein kleines Paradies, wenn nicht ein paar Meter weiter die einsamste Wüste beginnen würde. Wir haben gerade gegessen und ich habe mich geduscht.«

»Und Amin?«

»Erledigt«, sagte Felicitas Saunders nüchtern. »Das Interview ist gestorben.«

»Also nichts!«

»Umgekehrt, ich habe alle Aufnahmen im Kasten!«

»Du hast Amin wirklich gesprochen?«

»Aber ja. Er war sehr freundlich, hat mir tausend Komplimente gemacht und einen tollen Satz losgelassen: ›Sie wissen gar nicht, wie sehr sie der Welt damit geschadet haben, gegen mich eine Revolution anzuzetteln. Ich wäre bald der Kaiser von ganz Afrika geworden und hätte die Weltpolitik damit verändern können! Alle Menschen wären glücklich geworden und hätten im Überfluß leben können! Afrika kann vier Welten ernähren.‹ Was sagst du nun?«

»Wenig. War's auch wirklich Amin? Kein guter Doppelgänger?«

»So gut kann kein Doppelgänger sein wie Amin selbst! Er platzte von Sprüchen und sah noch dicker aus als früher. Nur als ich nach seinen Geheimdienstgefängnissen fragte und nach den Häftlingen, die andere Häftlinge mit Eisenstangen auf dem Gefängnishof erschlagen mußten, wurde er böse und schrie: ›Ich kann doch nicht jedem Polizisten oder Soldaten am Rock hängen! Übergriffe gibt es überall.‹ Und auf das Thema seiner Frauen ging er nur locker ein. Er sagte: ›Bei Ihnen gibt es Scheidungsrichter, wenn eine Frau ihren Mann betrügt. Was also? Bei uns in Afrika herrschen eben andere Gesetze, weil unsere Menschen eben nur andere Strafen verstehen. Wir müssen mit Naturgewalten leben und müssen wie Naturgewalten denken. Das ist alles. Warum redet man bei Ihnen soviel darüber? Ich verstehe das nicht!‹ Aber das wirst du ja alles im Film hören — und sehen! Ein tolles Interview, mein Liebling. Ich bin so ziemlich geschafft...«

»Gratuliere, Lici!« Ballister hätte vor Glück schreien können. »Du bist die Größte! Wann kommst du zurück?«

»Morgen früh. Wir fahren hier gleich bei Sonnenaufgang ab.«

»Du bleibst über Nacht dort? Das gefällt mir gar nicht.«

»Den Rückweg schaffen wir nicht mehr.« Sie lachte hell.

»Noch immer Angst?«

»Wahnsinnige Angst.«

»Es ist doch alles vorbei, Schatz.«

»Prinz Khalif ist noch da!«

»Keine Sorge!« Ihre Stimme klang forsch wie immer. »Hier in der Oase ist er nicht. Dafür ist Khadafi hier und gibt heute Abend für mich ein Essen. Du hast überhaupt keinen Grund zur Sorge. Alles ist stinknormal ...«

»Das beruhigt mich ungemein.« Ballister blähte die Nasenflügel. Stinknormal scheint es auch zu sein, in der Wüste ermordet zu werden. »Trink nicht zuviel, Lici.«

»Es gibt nur Fruchtsäfte und für mich einen leichten Rotwein. Khadafi ist ein strenger Moslem! Ich nehme an, die große Überraschung kommt noch: Idi Amin wird auch zum Essen kommen. Schade, daß du nicht hier sein kannst. Die dumme Panne.«

»Ja, die dumme Panne. Schade.« Ballister lächelte verzerrt. »Aber es beruhigt mich sehr, daß du morgen wieder bei mir bist. Wir können am Abend dann zurück nach Paris fliegen. Viel Vergnügen, Lici.«

»Danke, mein Liebling. Halt, leg nicht auf! Noch eins ...«

»Ja? Was denn?«

»Ich liebe dich unendlich ...«

»Vergiß es nie!«

Ballister legte auf, blieb aber noch in der Telefonkabine und blickte durch die Glastür in die Hotelhalle. Drei Araber saßen in den tiefen Sesseln, lasen in der Zeitung oder sahen sehr uninteressiert durch die Gegend. Aber Ballister wußte genau, daß sie ihn beobachteten und daß jeder Schritt, den er tat, registriert wurde. Er mußte auf Khalif entsetzlich störend wirken.

Pfeifend verließ er die Telefonkabine, ging an einem der sitzenden Araber vorbei und sagte dabei mit größtem Vergnügen: »Es war Mrs. Saunders aus der Wüste. Es geht ihr sehr gut! Seine Hoheit wird sich darüber sicherlich freuen.«

Der Araber zeigte keine Wirkung. Er sah an Ballister vorbei, als verstünde er ihn gar nicht. Seine Miene blieb unbeweglich, ein wenig hochmütig. Ballister zuckte mit den Schultern, ging zurück zur Bar und nahm sich vor, auf Felicitas' Erfolg und Wohl ein paar Gläser zu trinken.

In ihm war tatsächlich keine Sorge mehr.

Gegen Mittag des nächsten Tages traf die Autokolonne tatsächlich wieder in Tripolis ein. Ballister hatte ungeduldig gewartet und stand draußen vor dem Hotel, als die Fahrzeuge hielten und Felicitas aus dem Wagen sprang. Man begrüßte sich sehr zurückhaltend, aber herzlich, gab sich rechts und links einen Wangenkuß, bei dem Felicitas flüsterte: »Mein Liebling, ich bin ja so froh!« Darkster im Hintergrund fotografierte diese Szene pflichtgemäß für seinen Auftraggeber und grinste, wenn er an die Fotos dachte, die auf dem Grunde seines Koffers warteten, entwickelt zu werden. Das Kamerateam war genauso happy, begrüßte Ballister mit Wortschwallen, aus denen sich nur heraushören ließ, daß der abgedrehte Film absolute Spitze sei, ein knallhartes Interview der Saunders und ein Idi Amin, wie man ihn sich wünschte, dick und jovial, brüllend und drohend, wehklagend und anklagend, gespenstisch und clownesk. »Mut hat sie!« sagte der Chefkameramann. »Ein paarmal habe ich bei ihren Fragen den Atem angehalten, und mir zuckte gewaltig die Muffe! Jetzt sind wir im Eimer, habe ich gedacht. Das schluckt der Dicke nie! Aber er hat's geschluckt! Die Saunders ist ihre Million Dollar wert, verdammt nochmal!«

Während Ballister und Felicitas mit dem Vertreter des Informationsministeriums noch einen Drink nahmen, hatte Darkster dagegen einen weniger guten Nachmittag. Ahmed Sehadi ibn Mahmoud rief aus New York an und nannte den guten Arthur das größte Arschloch, das je Ahmeds Weg gekreuzt hatte. Man verzeihe diesen Ausdruck, aber Ahmed gebrauchte keine Tiernamen oder andere mindere Vergleiche, sondern sagte eben dieses anatomische Wort zur Illustrierung seines Unmutes.

Darkster schluckte es im Bewußtsein, Sieger zu sein und bald nicht mehr abhängig von orientalischen Dollars. Allerdings bat er um Aufklärung, wieso man ihn mit einem Darmausgang verglich.

»Sie hatten den Auftrag, sich *nicht* mehr um Mr. Ballister zu kümmern!« sagte Ahmed mit einer Stimme, als habe er Säure getrunken. »Und was tun Sie?«

»Ich fahre in der Wüste spazieren und treffe zufällig auf Ballister, der eine Autopanne hat! Ist es verderblich, ein hilfreicher Mensch zu sein? Ihr Prophet Mohammed sagte doch: Wenn deinem Nachbarn das Kamel verendet, dann ...«

»Halten Sie den Mund!« unterbrach Ahmed grob. »Was Sie getan haben, war idiotisch! Kommen Sie nach New York zurück!«

»Sofort?«

»Ja!«

»Und Felicitas Saunders?«

»Ihr Auftrag ist beendet.«

»Es können sich aber noch pikante Situationen ergeben. Jetzt, wo der Idi-Amin-Streß vorbei ist ...«

»Wir haben andere Pläne.« Ahmeds Stimme wurde befehlerisch. »Kommen Sie her und holen Sie sich Ihr Geld ab! Was haben Sie als Material anzubieten?«

»Einige Küßchen mit Ballister, Balgerei im Pool, die Saunders in einem atemberaubenden Bikini, einige geil glotzende Berber in ihrer Nähe.«

»Mager, nicht wahr, Darkster?«

»Ich kann ihr keinen strammen Burschen ins Bett zaubern, wenn sie so tugendsam ist, mein Bester!« Darkster freute sich bei diesem Satz wie der Hauptgewinner in einer Lotterie. Wenn du wüßtest, lieber Ahmed, wenn du wüßtest ... »Aber ich habe es Ihnen gleich gesagt: Die Saunders beobachten, heißt, vor einem Nonnenkloster auf der Lauer zu liegen! Ich kann Ihre Sonderprämie nie erwerben!«

»Betrachten Sie sich also als entlassen!« sagte Ahmed knapp. »Den Rückflug bezahlen wir noch, mehr nicht!«

Darkster war froh, so milde davongekommen zu sein. Er packte seine wenigen Sachen zusammen, beschloß aber, erst abzufliegen, wenn Ballister und Felicitas auf dem Weg nach Paris waren. Er selbst wollte dann die Route über Madrid nehmen. Eine Nacht noch in Spanien, in der Madrider Altstadt. Für ihn der richtige Abschluß des sicherlich ersten und letzten großen Trips über den Atlantik. Als Pensionär von Felicitas' Geld wollte er sich dann in Kalifornien niederlassen, an der Küste, ziemlich tief im Süden an der mexikanischen Grenze, in ewiger Wärme. Wenn

Ballister auch noch zahlte, konnte man Arthur Darkster den glücklichsten Menschen der Welt nennen.

Am Abend flog das Team der Fernsehgesellschaft ACF nach Paris ab. Diesmal war Prinz Khalif nicht auf dem Flugplatz, kein weißer Rolls Royce brachte Felicitas zum Flughafen, keine Blumen regneten auf die Gangway ... in einem Taxi fuhren sie hinaus, und nur ein Beamter des Ministeriums genügte der Höflichkeitspflicht, Felicitas Saunders offiziell zu verabschieden. Khalif hatte nichts mehr von sich hören lassen. Er hatte lediglich einen riesigen Strauß roter Rosen geschickt, kommentarlos. Felicitas ließ ihn im Hotel zurück. Es war eine ebenso lautlose, aber deutliche Antwort.

Darkster startete mit dem letzten Flugzeug nach Madrid, nachdem er wußte, daß seine zukünftigen Milchkühe außer Gefahr waren. Seine Dschellabah schenkte er einem verlumpten Mann, der vor dem Flughafen herumlungerte und heimlich bettelte, denn Bettelei war in Libyen verboten. Der Berber begriff das Geschenk erst gar nicht, fiel dann auf die Knie und wollte Darkster die Hand küssen, aber der wehrte ab und rannte davon in die Halle. Noch auf der Flughafentoilette rasierte er sich den stoppeligen Bart ab und kam sich dann erst wieder wie er selbst vor.

In drei oder vier Tagen werden die Fotos fertig sein, dachte er, während er noch einen starken Kaffee an der Air-Port-Bar trank. Dann werden wir ganz sanft vorgehen, mit einem Ausschnitt nur ... der Balkon, Ballister, wie er die Arme ausstreckt, und — links angeschnitten, ganz raffiniert und nur wie eine sanfte Welle — ein Stück von Felicitas Hüften. Es war anzunehmen, daß die Saunders sofort den herrlichen Schwung ihres Hinterns erkannte und darauf reagierte. Sie wußte ja, wie das ganze Bild aussah und was man links, was jetzt weggeschnitten war, sehen konnte.

So hart ist auch eine Saunders nicht, um dabei nicht tief Luft holen zu müssen.

In New York hatte Hunters sich etwas ausgedacht: Er empfing seinen »ungefaßten Brillanten« mit der Tanzkapelle von ACF. Roddy Lewis spielte Evergreen-Blues, zwei Kameras nahmen auf, wie Felicitas und Ballister aus dem Flugzeug kamen, ein riesiger Orchideenstrauß wurde von Hunters selbst überreicht. Danach grinsten sie alle in die Runde und die Kameras und wußten, daß so etwas die Zuschauer liebten und beeindruckte. In der Rubrik »Heute Abend in New York« würde dieser Empfang gesendet werden, als Auftakt zu Felicitas Amin-Interview, von dem man schon jetzt sprach, ohne zu wissen, was sie mitgebracht hatte. Allein die Tatsache, daß die Saunders als einzige in das geheime Versteck vorgedrungen war und Idi Amin gesehen hatte, war eine Sensation erster Klasse.

Auch Lora Ballister war zum Empfang gekommen, zusammen mit Felicitas' Tochter Rosa und deren Freund, dem Medizinstudenten und Boxer Red Cummings. Der Junge sah etwas zerknüllt aus, machte sich sichtbar Sorgen um Rosa und die komischen Morde in Ballisters Garten und wußte, daß irgendwo im Hintergrund jetzt auch ein paar Beamte der Mordkommission standen und alles beobachteten. Nach ihrer Ansicht war Ballister irgendwie gefährdet, auch wenn immer andere umgebracht wurden. Vor allem sah man keine Motive und Zusammenhänge, und das machte nervös.

Es wurde ein schöner Werbefilm für Hunters und die ACF. Lora fiel ihrem Mann um den Hals, Rosa ihrer

Mutter, Cummings machte sogar einen Diener, was ihn als gut erzogenen jungen Mann auswies, und dann sagte Felicitas ins Mikrofon:

»Ich bin überwältigt von diesem Empfang. Kinder, macht doch keinen solchen Wirbel! Was ist denn los? Ich habe doch bloß ein Interview gemacht und zufällig hieß der Mann Idi Amin ...«

Sehr wirksam, sehr raffiniert. Hunters stöhnte vor Wonne. Er umarmte die Saunders mitsamt ihren Orchideen und führte sie zu seinem Wagen, begleitet von der Musik der ACF-Kapelle. Ballister blieb zurück, bei seiner Frau, die an ihm hing, als habe er sie gerade vor dem Ertrinken gerettet. Rosa und Cummings bummelten hinter Felicitas her, Arm in Arm, ein schönes Liebespaar.

»Sie haben etwas herausgekriegt«, sagte Lora leise und drückte Ballisters Arm.

Er schrak zusammen, weil er gerade Felicitas nachgeblickt hatte. »Was haben sie herausgekriegt? Wer?«

»Die Polizei. Beide Tote wurden mit einem Hanfseil erwürgt, Kleinfingerdick. An der Haut wurden Hanffusseln gefunden. Der Mörder muß sehr stark sein. Er hat immer sofort so wild zugezogen, daß die Kehlkopfknorpel brachen.«

»Das bringt uns auch nicht weiter.« Ballister löste sich aus Loras Griff und legte den Arm schützend um sie. »Wir müssen das in aller Ruhe und mit aller Kraft durchstehen, Lora! Etwas anderes bleibt uns auch gar nicht übrig. Bloß keine Panik. Vielleicht will der Mörder genau das!«

»Aber warum denn? Warum bloß, Jérome?«

»Frag einen Verrückten! Und ein Verrückter muß es sein! Irgendwann wird er sich verraten ...«

Weil Darkster an diesem Abend noch in Madrid war und

sich ausgiebig amüsierte, verpaßte er die Fernsehsendung von Felicitas' Ankunft in New York und damit auch das bildliche Wiedersehen mit dem Mann, den er als den zu erkennen glaubte, der ihn in Ballisters Park niedergeschlagen hatte. Ein paarmal kam der Mann groß ins Bild, und Darkster hätte — wäre er vor dem Bildschirm gewesen — einen Schrei ausgestoßen und die Mordkommission alarmiert. Aber so geschah nichts, und der Film wanderte nach der Sendung zum ewigen Schlaf ins Archiv.

Ballister sah sich den Film zu Hause an. Felicitas war mitgekommen, weil Rosa noch bei Lora wohnte und auch Cummings sein Quartier im Hause Ballister erst noch abbauen mußte. Einträchtig saßen sie in dem großen Salon, tranken kalifornischen Wein und amüsierten sich über den dicken Hunters, der über die Mattscheibe wuchtete und bestes amerikanisches Grinsen um sich warf. Der ganze Zehn-Minuten-Film war eine Huldigung für Felicitas Saunders, aber sie selbst sagte am Schluß: »Das beste daran war Roddy Lewis mit seiner Band!«

Hinterher besichtigte man den Garten und die Stelle, wo man den armen Stan Barley erwürgt gefunden hatte. Die Markierungsfähnchen der Polizei staken noch im weichen Boden, kleine Plastikschildchen mit Nummern. Cummings erklärte, wie Barley dagelegen hatte, völlig überrascht sei sein Gesichtsausdruck gewesen, kein bißchen verzerrt. Die Polizei sei der Ansicht, daß der Mörder ihn von hinten lautlos angesprungen haben mußte und dann mit dem Strick sofort mit ungeheurer Kraft den Kehlkopf zerdrückt hatte. Wie ein Messer war der Strick in das Fleisch gedrungen, woraus man folgere, daß der Strick voller Blut sei.

»Er wird übermorgen begraben«, sagte Lora mit zitternder Stimme. »Die Polizei will das Begräbnis von allen Seiten heimlich filmen und jeden auf den Bildern unter Beobachtung nehmen.«

»Glauben die wirklich, der Täter wirft beim Begräbnis auch ein Blümchen auf den Sarg?« Cummings tippte sich an die Stirn. »Das ist doch ein dummer und überholter Spruch, daß der Täter immer an den Ort seiner Tat zurückkehrt!«

»Bei Irren weiß man das nie.« Ballister ging langsam zum Haus zurück. »Wenn es ein Irrer war! Aber ich glaube, Red, Sie haben recht: Hier wartet die Polizei vergebens.«

Wenn es Psychoterror sein soll, dachte er betroffen, wird er weitergehen. Aber ist es überhaupt möglich, daß jemand unschuldige Menschen umbringt, nur um seinem Nebenbuhler das Leben sauer zu machen? Kann ein Mensch so bestialisch denken? Ballister erinnerte sich an einen einzigen Blick, den ihm Prinz Khalif zugeworfen hatte. Der Blick, als er sagte, Felicitas wohne im Hotel und sonst nirgendwo. Es waren Augen gewesen, in denen nicht ein Funken Menschlichkeit mehr gewesen war.

»Wir werden für die nächsten Wochen alle Partys absagen«, meinte Ballister, als sie wieder im Haus waren. »Wir werden die Besuche bei uns nur auf den Tag verlegen. Keine Empfänge mehr am Abend. Und wenn es sich nicht vermeiden läßt, niemand geht mehr allein aus dem Haus oder in den Garten. Mindestens zwei andere müssen ihn begleiten.«

»Wir werden wie Gefangene leben«, sagte Lora leise. »Eingekerkert in unsere Angst. Was will man bloß von uns?«

»Wenn wir das wüßten, wären wir nahe an des Rätsels

Lösung!« sagte Red Cummings. »Dann sähen wir ein Motiv.«

»Es gibt immer Motive.« Ballister füllte die Weingläser nach. »Ein beliebtes ist der Ruhm. Was glaubst du, Lora, wieviel uns beneiden, daß wir Geld, ein Haus und einen bekannten Namen haben.«

»Du hast dafür Tag und Nacht gearbeitet, Jérome ...«

»Das gilt nicht. Man sieht nur den Glanz, aber nie die dunkle Seite dahinter.«

»Ich schlage vor, ihr verreist für ein paar Wochen.« Felicitas sah an Ballister vorbei, als sie das sagte. »Lora hat wirklich Erholung nötig.«

»Unmöglich! Ich kann jetzt nicht weg aus dem Sender. Gerade jetzt nicht. Wir bereiten eine neue Sendereihe vor«, sagte Ballister.

»Allein fahre ich nicht.« Lora schüttelte wild den Kopf. »Was soll ich denn allein irgendwo in der Wildnis? Das ist ja wie eine Verbannung!«

Sie weinte wieder, lehnte den Kopf an Ballister und empfand es als tröstend, daß er schützend den Arm um sie legte.

»Ich werde morgen überall Halogenscheinwerfer anbringen lassen!« sagte Ballister energisch. »Ich leuchte den ganzen Garten aus. Kein Regenwurm wird ungesehen durchs Gras kriechen können! Und Lichtschranken lasse ich montieren. Wer durch sie hindurchgeht, wird von unsichtbaren, versteckten Kameras gefilmt! Ich weiß nicht, wer uns hier fertig machen will, aber ich nehme den Kampf auf! Ich habe bisher noch nie kapituliert!«

Der Film war entwickelt, der erste, vergrößerte Abzug hing an einer Schnur, von einer kleinen Chromklammer festgehalten, in der Dunkelkammer. Eine Vergrößerung 20 × 30. Eine schöne, scharfe Aufnahme, die jedes Detail hervorhob.

Felicitas Saunders in paradiesischer Nacktheit. Und vor ihr Jérome Ballister, in einem kleinen Höschen, ziemlich zerknautscht aussehend, mit ausgestreckten Händen, als wolle er im nächsten Augenblick die ihm angebotene Schönheit anfassen.

»So sieht also ein sorgloses Leben aus!« sagte Darkster zufrieden. »Mrs. Saunders, Mr. Ballister, ich begrüße Sie als meine Teilhaber! Wenn wir alle vernünftig bleiben, wird es ein Dauergeschäft werden.«

Mit wirklicher Freude vergrößerte er die anderen Bilder und hing alle 38 Fotos an die Trockenleine. Eine Bilderkette, wertvoller als jede Perlenkette. Mit Ahmed Sehadi ibn Mahmoud hatte er noch einmal gesprochen. Sie hatten sich wieder im Café des Lincoln-Center getroffen, und Ahmed hatte sich großzügig gezeigt. Neben 5000 Dollar in bar bewilligte er Darkster auch noch 10 000 Dollar als Sonderzuwendung, gewissermaßen als Trost für die entgangenen 30 000 Dollar Prämie, wenn Darkster belastende Fotos hätte machen können.

»Das war ja nun wohl das, was man einen Flop nennt!« sagte Darkster gemütlich und steckte die Dollarnoten ein. »Die Saunders sollte man zum Ehren-Engel ernennen. Ihr Sexualleben spielt sich im Sender ab. Das Mikrofon ist ihr Bettgenosse, und von der Kamera läßt sie sich streicheln. Da kommt kein Mann dazwischen! Hätten Sie das gedacht, Bob?«

»Gehofft!«, antwortete Ahmed kühl. »Insofern war Ihre Arbeit gut, Darkster. Dafür auch die 10 000 Dollar gratis. Vielleicht hätten Sie mehr bekommen, wenn Sie nicht diese dumme Wüstenfahrt gemacht hätten, sondern sich an der Bar besoffen hätten.«

»Man kann nicht an alles denken, Bob!« Darkster hob bedauernd die Schultern. »Aber aus Fehlern lernt man! Seien Sie gewiß, mein Lieber, ich habe gelernt ...«

Am Abend gab es eine große Wiedersehensbegrüßung mit der alten Mrs. Jenny Havelook. Darkster bezog wieder seine Wohnung gegenüber von Felicitas, prallte wieder zurück vom Uringestank, der aus den Dielen quoll, und trank tapfer eine Tasse Tee mit der netten alten Dame, aß zwei Kekse, die wie Gummi hinter den Zähnen kleben blieben, und erzählte von seiner Reise. Nur verlegte er sie nach Hawaii, wo er auch noch nicht gewesen war, und schilderte dieses Eiland mit so glühenden Farben, daß Mrs. Havelook sehnsüchtig ausrief:

»O Mr. Darkster, wenn man noch einmal siebzig wäre! Ich flöge sofort hin! Welch ein Glück, jung zu sein und die Welt zu erleben.«

Das sagte sich Darkster auch. Mit 34 Jahren werde ich zum Pensionär, das soll mir mal einer nachmachen! Ich werde die Welt sehen von ihren schönsten Seiten!

Am Abend rief er an. Er hatte Felicitas Saunders nach Hause kommen sehen. Ihre Tochter Rosa war bei ihr. Morgen sollte das Interview mit Idi Amin gesendet werden. In Abänderung des Programms. Hunters hatte die Publicity-Trommel geschlagen, für ACF große Anzeigen in die Zeitungen gegeben, nach jeder Sendung seiner Station durch eine Sprecherin, eine süße Blondine mit Namen May Vernon, auf die Sensation hinweisen lassen: Felicitas Saunders spricht mit Amin.

Es war das Thema des Tages in ganz Amerika. Seit zwei Tagen aber auch belagerte das CIA nicht nur die Saunders, sondern auch Ballister. Man wollte interne Informationen, Hinweise, Anhaltspunkte, die alle auf eine Frage hinausliefen: Wo hält sich Idi Amin verborgen? Wo in Libyen? Wie sah die Oase aus, wie das Haus? Als sowohl die Saunders wie Ballister stumm blieben, appellierte man an ihr Vaterlandsgefühl und an ihre amerikanische Ehre.

»Sehen Sie sich den Film an«, sagte Ballister energisch zu den CIA-Leuten. »Wir stehen im Wort, nicht mehr zu sagen! Bräche ich dieses Wort, wäre das die Pleite von ACF! Felicitas bekäme nie wieder ein exklusives Interview. Das sehen Sie doch ein, meine Herren, auch wenn Sie vom CIA sind?«

Man sah das zwar nicht ein, aber ließ vorerst Ballister und die Saunders in Ruhe. Auch eine Privatvorführung vor dem CIA lehnte Hunters ab. »Sie sind Zuschauer wie alle anderen!«, sagte er grob. »Oder können Sie ein aktuelles politisches Interesse des Weißen Hauses vorweisen?«

Amerika war also bis aufs äußerste gespannt. Felicitas Saunders beherrschte völlig die Szene. Und in diese Spannung hinein rief Arthur Darkster an. Er gab seiner Stimme einen weichen, ja fast öligen Klang, als er sagte:

»Mrs. Saunders, ich gratuliere zu Ihrem Erfolg in Libyen. Während alle Welt Ihr Interview mit Idi Amin erwartet, darf ich Ihnen ganz privat meine Hochachtung aussprechen für Ihre unnachahmliche Balkonszene im Hotel ›Es Sidra‹.«

Darkster lächelte wissend, als Felicitas Saunders zunächst keine Antwort gab. Jetzt denkt sie nach, stellte er sich vor. Ganz kühl denkt sie nach: Wieso konnte ich gesehen werden? Wer hat mich gesehen? Wie war das möglich? Und was wird nun daraus?

Darkster unterbrach Felicitas' Gedankengänge, indem er weitersprach.

»Ihr Erstaunen ist berechtigt, Mrs. Saunders. Es wird noch größer werden, wenn ich Ihnen gestehe, daß ich von dieser klassischen Balkonszene, gegen die Romeo und Julia billigstes Theater ist, genau 36 hervorragende Fotos besitze. Fotos von größtem Seltenheitswert. Nach diesen 36 Aufnahmen mußte ich das Objektiv wechseln. Die Linsen waren verbogen. Sie waren bei Ihrem Anblick zu heiß geworden. Diese Linie, vom Hals über die Brüste und den Leib bis zu den Schenkeln, da wird einem Kurvenspezialisten ja schwindelig ...«

»Wer sind Sie?« fragte Felicitas nüchtern und kühl. Darkster bewunderte sie jetzt noch mehr. Gab es eigentlich etwas, was sie aus der Fassung bringen konnte, außer der heimlichen Liebe zu einem verheirateten Mann?

»Erwarten Sie darauf eine Antwort?«

»Ich glaube Ihnen nicht.«

»Aber Sie wissen genau, wovon ich rede.«

»Nein!«

»Mrs. Saunders, spielen wir doch nicht Blindekuh. Warum sollen wir unnütz umeinanderlaufen? Übrigens sieht Jérome Ballister im kurzen Slip besser aus, als ich dachte. Viel sportlicher. Er sollte sich seine Anzüge woanders kaufen!«

»Sie wollen mich auf eine läppische Art erpressen, stimmt's? Aber ich bin dafür das denkbar schlechteste Objekt! Ich reagiere nicht auf Bluff!«

»Wir wollen doch wie vernünftige Menschen miteinander reden und auskommen, nicht wahr?« Darkster legte eine Kunstpause ein, um die Spannung zu heben. »In Ihrem Briefkasten neben dem Einfahrtstor liegt ein brauner Umschlag mit einer Ausschnittsvergrößerung. Ein sehr diskretes Bild, Mrs. Saunders. Es soll ja kein Unfrieden zwischen uns aufkommen. Das Foto zeigt Jérome Ballister in seinem Slip, wie er gerade nach einer Dame greift. Aber die Dame sieht man nicht, ich habe sie weggeschnitten. Man sieht von ihr nur einen Teil ihres nackten Oberschenkels. Ein die Fantasie ungemein anregendes Foto. Ich bin sicher, daß Sie die Inhaberin dieses Oberschenkels kennen. Bitte, informieren Sie sich. Ich rufe in zehn Minuten wieder an.«

Darkster legte auf und war mit sich sehr zufrieden. Er trank einen Whiskey, beobachtete mit dem Fernglas, wie Felicitas tatsächlich am Tor erschien, den Briefkasten öffnete und das Kuvert herausnahm. Sie schaute sich nicht um, suchte nicht in der Umgebung. Ganz sachlich verschloß sie den Kasten wieder und ging zum Haus zurück.

Genau nach zehn Minuten schellte Darkster sie wieder an. »Sprechen Sie ein Lob aus, Mrs. Saunders«, sagte er im Plauderton. »Ist das nicht eine Aufnahme mit beachtlicher Tiefenschärfe? Ich habe neben mir die abgeschnittene Stelle. Sie tragen ein ganz entzückendes, winziges Muttermal unterhalb der linken Brust, seitlich zur Taille hin.«

»Wieviel?« fragte Felicitas ohne hörbare Erregung.

»Es sind 36 Fotos — eins schöner als das andere.«

»Wieviel?«

»Das läßt sich nicht mit einer Zahl umreißen, Mrs. Saunders. Fangen wir an mit den Unkosten. Da wir Partner werden wollen, bitte ich Sie, mir einen kleinen Kostenbeitrag zu gewähren. Ich bin nicht unverschämt ... 10 000 Dollar.«

»Einverstanden. Wann bekomme ich die Negative?«

»Wir sprachen von den Unkosten. Davon kann man nicht leben. 36 Fotos dieser Qualität sind eine Lebensversicherung. Aber warum damit hausieren gehen? Das Leben muß weitergehen, und ich begnüge mich mit 5000 Dollar im Monat. Das sind im Jahr 60 000 Dollar. Mir ist klar, daß wir da gar nicht weiter zu verhandeln brauchen bei Ihrem Millioneneinkommen. Nehmen wir an, ich lebe noch 30 Jahre, so ergibt das 1 800 000 Dollar. In 30 Jahren, Mrs. Saunders! Bitte, erkennen Sie an, wie fair ich bin! Jedes Jahr zu Ihrem Geburtstag werde ich Ihnen von den 36 Fotos ein Negativ schicken als Beweis meiner Korrektheit.«

»Und wenn ich mich weigere?«

»Es würde 36 Titelfotos geben, jedes für 50 000 Dollar. Das wären 1,4 Millionen Dollar auf einen Schlag. Zweifeln Sie daran, daß jedes Magazin für diese Bilder diese Summe zahlen würde? Ich nicht. Ein Morgen im Leben der Saunders, aufgenommen mit einer Motorkamera ...«

»Wohin wollen Sie das Geld überwiesen haben?« Felicitas' Stimme war kühl wie bisher. Darkster wischte sich erregt über die Stirn. Sie kann verlieren, dachte er. Lieber Himmel, welch eine Frau! Sie bezahlt für ein Leben lang Ruhe, und sie benimmt sich dabei, als kaufe sie einen Kohlkopf.

»Ich rufe Sie wieder an«, sagte Darkster und atmete tief. »Mrs. Saunders, ich bewundere Sie.«

»Und ich hasse Sie«, entgegnete sie kalt. »Ich werde Sie umbringen, wenn ich Sie jemals zu sehen bekomme! Das ist ernst gemeint ...«

»Ich weiß.« Darkster starrte gegen die Wand mit der zerschlissenen Tapete. »Ich traue Ihnen das auch zu. Es ist gut, zu wissen, daß wir beide jetzt etwas zu verlieren haben. Das räumt alle Unklarheiten aus dem Weg. Wir müssen jetzt miteinander leben oder zur Hölle gehen!«

IX

Der Zeitpunkt war gekommen, wo Ballister seine eigenen Nerven bewunderte. Bei ACF galt er schon immer als ein Mann, dessen Ruhe selbst in kritischen Situationen, wo andere ihre Krawatte aufgefressen hätten, nie eine Panik aufkommen ließ. Aber dann erreichte er eine Grenze, und hinter der begann auch er zu brüllen, und zwar so intensiv, daß in den Studios das blanke Entsetzen herrschte. Vor allem Felicitas Saunders war ein paarmal in Ballisters Kanonade geraten, wenn ihre Ansichten gar zu eigenwillig waren. Dann hatte jeder darauf gewartet, daß die Saunders ihre unheimliche Stärke ausspielte und kühl sagte: »Ich gehe jetzt zu ABC!« Das hätte wiederum bedeutet, daß Hunters die Wände hochging und Ballisters Stuhl wackelte. Aber soweit war es rätselhafterweise nie gekommen. Die Saunders zog den Kopf ein, ließ sich anblasen und duldete stumm. Niemand verstand das, denn niemand wußte ja, was an den Abenden und in bestimmten Nächten geschah.

Heute aber war Ballister da gelandet, wo jeder Mann in seiner Lage zur wandelnden Bombe wird. Regisseur Pemm erschien wieder in Ballisters Büro, warf seine Sportmütze wie immer gegen die Wand und setzte sich vor Ballister auf die Schreibtischkante. Sein Gesicht glänzte, was bei Pemm immer mit Vorsicht zu betrachten war.

»Sie sind ein Genie, Jérome!« sagte Pemm enthusiastisch. »Bei unserem Film mit Felicitas und Lora ...«

»Der ist gestorben!« unterbrach Ballister hart.

»... fehlte mir noch der letzte Pep! Die Geschichte mit

dem erdrosselten Nebenbuhler, der in Wirklichkeit der unbekannte Vater der Geliebten ist, krankte an der Einfachheit. Eine zu gerade Handlung. Das Publikum will Verwicklungen. Und was tun Sie, mein Bester? Sie liefern sie mir! Ihr zweiter Toter im Garten ist 'ne Wucht! Daß ich daran nicht vorher gedacht habe. *Noch* ein Mord, im selben Garten, das ist geradezu Zucker. Der arme Stan Barley! Wer übernimmt jetzt das Jazz-Sinfonie-Orchester? Billy Hepper? Ein guter Mann, ein sehr guter, nur zu dick! Der wirkt auf der Mattscheibe wie ein Walroß!« Pemm holte zischend Luft. »Sei's drum. Ihr zweiter Toter — so habe ich mir das gedacht — ist der Bruder des ersten Toten. Toll, was? Ein verschollener Bruder, vor zwanzig Jahren ausgewandert nach Australien. Der kommt nun zurück, erfährt von dem Mord und versucht, auf eigene Faust den Mörder zu finden. Und was tut er? Er läuft im Garten dem eifersüchtigen Mann direkt in die Arme. Der glaubt an einen zweiten Nebenbuhler und wupp ... erwürgt er ihn auch mit einem Strick! Jérome, was sagen Sie nun?«

»Raus!«

»Hunters ist so begeistert von dem Stoff, daß er mich zum Abendessen eingeladen hat.«

»Dabei können Sie mir einen großen Gefallen tun, Pemm!«

»Gern. Welchen denn?«

»Essen Sie faulige Austern ...«

Pemm lächelte säuerlich, aber beleidigen konnte man ihn nicht. Sein Fell war nilpferddick. »Ich wußte, daß Sie wieder die Rolläden herunterlassen, Jérome«, sagte er. »Aber Sie müssen zugeben, daß das ein Stoff ist, den man sich nicht entgehen läßt! Ein Drama von fast antiker Größe! Und so werde ich es auch inszenieren, ein moderner

Äschylos. Unsere Zuschauer werden schweißnaß auf ihrem Hintern kleben! Jan Perczynski und ich schreiben bereits am Drehbuch. Haben Sie schon mit Lora gesprochen?«

»Ich werde ihr kein Wort davon sagen!«

»Dann werde ich sie anrufen.«

»Pemm!« Ballister beugte sich vor. Seine Augen waren plötzlich hart und wie aus geschliffenem Metall. »Wenn Sie das tun, wenn Sie ein einziges Wort von Ihrem verrückten Film zu Lora sagen, schlage ich Sie krankenhausreif! Ist das deutlich genug?«

»Ich weigere mich, Drohungen anzunehmen.« Pemm stieß sich von Ballisters Schreibtisch ab. »Sie sind ein Mensch ohne Humor, Jérome! Du lieber Himmel, wie kann man in der Abteilung AKTUELLES nur so verknöchern? Macht das der tägliche Umgang mit Politikern? Wir haben hier einen Millionenstoff, Ballister. Unsere Einschaltquoten werden in die Höhe schnellen, die Werbeaufträge werden nur so purzeln.«

»Hunters' Jubellied, ich kenne es!« Ballister zeigte auf die Tür. »Pemm, verschwinden Sie! Ich habe hier mindestens sieben Dinge auf dem Schreibtisch, die ich Ihnen an den Kopf werfen kann! Also — schnell hinaus!«

Pemm zuckte mit den Schultern, nahm seine Mütze vom Boden und verließ Ballisters Büro. Noch während er hinter sich die Tür zuzog, hörte er, wie Ballister bei Hunters anrief.

»Wie sieht meine Kündigungsfrist aus?« fragte Ballister.

»Überhaupt nicht«, antwortete Hunters. »Was soll der Quatsch?«

»Was heißt überhaupt nicht?«

»Du bist unkündbar.«

»Aber wenn *ich* gehen will?«

»Komm rauf!« sagte Hunters und hustete heftig in den Apparat. »Ich muß dir mal wieder das Hirn ausspülen ...«

Nach einer halben Stunde sah Hunters ein, daß man Lora mit solch einem Film auf gar keinen Fall belasten durfte. Ihr Herz konnte dabei versagen, wie es Dr. Meyer angekündigt hatte.

»Also streichen wir Lora«, sagte Hunters. »Aber Felicitas will ihre Rolle spielen!«

»Mit ihr rede ich noch.«

»Und du meinst, sie gibt klein bei?«

»Ich hoffe es.«

»Jérome«, Hunters beugte sich vor und roch dabei an seiner dicken Zigarre. »Unter uns Freunden: Ist was zwischen euch?«

»Deine Gedanken werden auch immer blöder!« entgegnete Ballister abwehrend.

»Es ist doch so, daß die Saunders kaum noch etwas ohne deinen Rat tut.«

»So habe ich sie mir erzogen. Das hat Mühe und Nerven genug gekostet.«

»Kann man Felicitas überhaupt noch erziehen? Wie machst du das? Hypnotisierst du sie? Oder spielen da doch persönliche ...«

Ballister erhob sich abrupt. »Mir ist meine Zeit zu wertvoll, um solchen Unsinn zu verkraften. Ich bleibe dabei, Hunters: Wenn Pemm irgendeinen Laut zu Lora gibt, wird er bis zu seinem Lebensende im Rollstuhl fahren! Auch das Fernsehen sollte Grenzen im menschlichen Bereich respektieren.«

»Das ist zwar eine völlig neue Moral, aber ich werde darüber nachdenken, Jérome. Wir sind ja keine Unmenschen ...«

»Nein!« Ballister ging zur Tür. »Wir sind Ungeheuer. Wäre ACF sonst so beliebt?«

Das Begräbnis von Stan Barley war ein Ereignis, das im ganzen Land gesehen wurde. Hunters fabrizierte dazu ein Sonderprogramm von drei Stunden, in das er noch schnell einige dicke Werbespots hineinnahm. Da die großen Firmen wußten, welche große Sehbeteiligung die Beerdigung hatte, akzeptierten sie jeden Preis, um ihre Reklame eingeblendet zu sehen. So wurde die Rede des Pfarrers dreimal unterbrochen durch ein Mundwasser, einen Babywunderspray und ein schäumendes Bier. Das Herablassen des Sarges und die zum Abschied vom Jazz-Sinfonie-Orchester gespielte Jazz-Suite Nr. 4 von Stan Barley wurde gleich sechsfach zerhackt durch Reklamen für ein Mieder, einen Kaugummi, einen Gesundheitsschuh, einen Haarfön, eine Angelrute und eine elektronische Küchenmaschine. Sie zerschnippelte Bohnen, während man Barley ins Grab senkte. Hunters war sehr zufrieden.

Wer ein Auge dafür hatte, konnte sehen, daß unter den zahlreichen Trauergästen auch eine Menge Kriminalbeamter waren. Selbstverständlich stand auch Arthur Darkster am Grab, warf seine Blümchen hinein und sprach ein paar artige Worte mit Ballister, der abseits stand. Felicitas Saunders war nicht erschienen, natürlich fehlten auch Tochter Rosa und Red Cummings. Lora zitterte am ganzen Leib bei dem Gedanken, daß jetzt der Mörder irgendwo in ihrer Nähe herumstand und sich am Anblick des Begräbnisses weidete. Die Mordkommission war sich einig geworden, daß es sich um einen Irren handeln mußte, denn für beide Morde gab es kein Motiv. Barley und Varone waren einfach so, aus einer mörderischen Laune heraus, umgebracht worden. Ein solcher Fall gehört zu den fast unlösbaren, wenn nicht das Glück oder der Zufall helfen ... oder die Unvorsichtigkeit des Täters.

Pemm filmte die ganze Sache von einem Podiumgerüst aus, von dem er den ganzen Friedhof gut überblicken konnte. Später wollte er die Aufnahmen in seinen Film einschneiden, so geschickt, daß man die Menschen nicht erkannte. Man brauchte dann die Friedhofsszenen nicht nachzudrehen. Ballister nahm das zum Anlaß, noch am Grab mit Hunters zu sprechen.

»Wie ist das mit meiner Kündigungsfrist?« fragte er.

»Hör mit dem Blödsinn auf!« knurrte Hunters.

»Pemm hört ja auch nicht mit dem Film auf! Entweder er oder ich!«

»Pemm dreht fürs Archiv!«

»Du lügst wie ein Politiker!«

»Ich habe dir versprochen, Lora und Felicitas aus der Sache rauszulassen, was willst du noch? Pemm dreht einen normalen, modernen Gesellschaftsfilm mit kriminalistischem Einschlag. Jede Ähnlichkeit zu lebenden Personen ist ungewollt! Das ist das gute Recht von Pemm! Meckert dir Pemm bei deiner Abteilung AKTUELLES dazwischen? Da möchte ich dich mal hören!« Hunters schnaufte tief und legte sein dickes Gesicht in Falten. »Übrigens bin ich in Trauer. Stan war ein guter Freund von mir. Zeige wenigstens soviel Herz, daß du am Grabe nicht vom Beruf sprichst.«

»Das mußt du sagen!« Ballister nickte zu Lora hinüber. »Sieh dir Lora an! Ein Nervenbündel! Pemms Film ist eine totale Belastung für sie.«

»Darüber haben wir bereits gesprochen, Jérome! Du lieber Himmel, laß mich wenigstens heute damit in Ruh.

Laß mich einmal richtig traurig sein! Nicht einmal am Grab hat man seine Ruhe!« Hunters blickte auf den blumenübersäten Sarg. Die letzten Trauergäste schritten vorüber. »Du kündigst nicht!«

Ballister ging zurück zu Lora und faßte sie unter. »Komm«, sagte er leise. »Wir verschwinden. Oder willst du das Totenessen mitmachen?«

»Nein!« Sie lehnte sich an ihn. Daß Felicitas nicht gekommen war, empfand sie als wohltuend. »Ob der Mörder unter uns ist?«

»Das kümmert mich herzlich wenig.«

»Aber mich! Ich frage mich immer: Wer wird das nächste Opfer?«

»Daran solltest du nie denken! Vielleicht ist es gerade das Ziel dieses Unbekannten, Unruhe, Verwirrung und Panik zwischen uns zu bringen.«

»Aber warum? Was haben wir denn getan, daß man uns fertig machen will?«

»Diese Frage bleibt immer, Lora.« Er zog sie vom Grab weg, führte sie zu dem vor dem Friedhof wartenden Wagen und ließ sie einsteigen. Eine rührende Szene war es, wie er über ihre Wange strich, ehe er die Tür zuwarf. Darkster, im Hintergrund lauernd, fotografierte auch das. Eine herrliche Bildfolge gibt das, dachte er. Der neue Tartüff, ein Heuchler großer Klasse! Hier streichelt er seine Frau, in Tripolis spielt er mit der nackten Saunders auf dem Hotelbalkon. Wenn das kein Vermögen wert ist.

Darkster ließ keine Zeit unnütz verstreichen. Eine Stunde nach dem Begräbnis rief er bei Ballister an.

»Ich habe was für Sie, Jérome«, sagte er leutselig und mit verstellter tiefer Stimme. »Wenn Sie das sehen, werden Sie jubeln! Ich sage Ihnen: Von Ihnen ist noch kein Foto so natürlich und echt gemacht worden, so vital, möchte ich sagen!«

»Wer sind Sie?« fragte Ballister kurz.

»Aber Ballister? Solche dummen Fragen!«

»Heben Sie Ihre Zeit für etwas Besseres auf, wie ich!«

»Legen Sie nicht auf, Jérome! Lora sieht sehr mitgenommen aus ...«

Darkster hörte, wie Ballister die Luft durch die Nase einzog. »Was ist mit Lora?« fragte er.

»Sie wirkt zerbrechlich.«

»Was geht das Sie an?«

»Ich mache mir Sorgen, daß sie Enthüllungen gegenüber nicht mehr stark genug ist.«

»Hören Sie mal zu, mein Junge«, sagte Ballister langsam. »Was Sie auch glauben, auf der Pfanne zu haben, ich bin nicht erpreßbar! Sie kennen mich anscheinend nicht.«

»Ich kenne Sie zu gut, Jérome! Besser, als jeder andere. Ich bin sogar mit Ihrer intimen Anatomie vertraut. Nicht schlecht übrigens, sieht man Ihnen so gar nicht an! Nur weil ich Sie so gut kenne, erlaube ich mir, mit Ihnen so vertraut zu sprechen.«

»Ich gebe Ihnen eine Adresse«, sagte Ballister nüchtern.

»Das ist nett. Von wem denn?«

»Von einem guten Psychiater —«

»Ballister, schlagen Sie keine Salti! Ich bin vollkommen klar. Ist Ihnen Tripolis ein Begriff?«

»Natürlich.«

»Und das schöne Hotel ›Es Sidra‹?«

»Da habe ich gewohnt.«

»Auf einer anderen Etage als unsere herrliche Felicitas Saunders. Aber eines Morgens trat die Schöne auf *Ihrem*

Balkon ins Freie, und sie war überhaupt von oben bis unten so wundervoll frei wie der helle Morgenhimmel ...«

»Sie Saukerl!« sagte Ballister ruhig.

»Ich besitze eine Motorkamera, Jérome. Ich kann Ihnen sagen, was ich da geschossen habe, einfach Klasse! Für mich, einen kleinen Mann, bedeutet das eine Sternstunde. Die keusche Witwe Saunders und der treue Ehemann Ballister.«

»Wo kann ich Sie treffen?« fragte Ballister ohne jegliche Erregung. Dagegen arbeitete es in seinem Gehirn wie ein rasender Computer. Diese Fotos wären Loras sicherer Tod! Sie wären auch Felicitas' Ende. Bei allen Frauenverbänden gilt sie als die eiserne Witwe, die nur dem Andenken ihres in Vietnam gefallenen Mannes lebt. Den Ruhm, den sie sich in ihrem Beruf erarbeitet hatte, übertrug sich auch auf den Toten. Es war sein Name. Saunders. Wenn die Bilder veröffentlicht wurden, stürzte ein Denkmal. Nichts ist in Amerika tödlicher als die Enttäuschung der Frauenverbände. Und gerade ein Fernsehsender lebt von der Schbeteiligung der Frauen. Die Reklamespots sprechen vor allem sie an. Ein fotografierter Ehebruch der Saunders kostete ACF Millionen Dollar. Es war eine klare Situation, mit der Ballister nun fertigwerden mußte.

Darkster grinste ins Telefon. »Ich glaube, Ballister, Sie halten mich noch immer für einen Schwachsinnigen! Warum sollten wir uns treffen?«

»Ich möchte Ihnen die Negative abkaufen.«

»Das können wir auch auf Distanz. Ich nehme aber an, daß Sie kaum in der Lage sein werden, den nötigen Preis für alle 36 Fotos aufzubringen. Verteilen wir ihn auf mehrere Jahre. Sagen wir 12 Jahre. Jedes Jahr bekommen Sie drei Negative zurück. Ich habe dadurch eine Rente und Sie die Gewißheit, daß alles ruhig bleibt. Ich bin bescheiden: 1000 Dollar pro Monat. So billig kann ewiger Frieden sein.«

»Ich lehne ab!« sagte Ballister hart. »Von mir aus bringen Sie die Bilder in die New York Times!«

Er bluffte mit einer wilden Entschlossenheit und hoffte insgeheim, daß der Unbekannte das nicht als letztes Wort ansah und einhängte. Darkster war auch zu sehr verblüfft, um das Gespräch zu beenden. Er hatte alles erwartet, aber das nicht.

»Ist das Ihr Ernst, Jérome?« fragte er.

»Sie hören es!« Ballister atmete auf. Es ging weiter, aber er war zufrieden. Sein Gegner zeigte Wirkung auf diesen Schlag.

»Sie wollen den Skandal?«

»Wir werden ihn überleben. Mrs. Saunders hat Geld genug, um irgendwo in Ruhe zu leben. Gehen Sie mit den Fotos hausieren! Noch etwas?«

»Ja, ich gebe Ihnen Bedenkzeit.«

»Wozu?«

»Es gibt auch eine Fotoserie, ganz frisch. Da hilft nach einem Begräbnis ein Mann seiner Frau in das Auto und streichelt ihr die Wange. Dieses rührende Glück gegenübergestellt dem nackten Ringelreihen auf dem Hotelbalkon in Tripolis gibt ein umwerfendes Kontrast-Programm.«

Ballister gab sich innerlich geschlagen, aber er blieb nach außen hart. Das darf nie an die Öffentlichkeit, dachte er. Das wäre die infamste Art, drei Menschen restlos zu vernichten.

»Wie wollen Sie das Geld überwiesen haben?« fragte er.

Darkster atmete auf. Ballisters Sicherheit hatte ihn gewaltige Nerven gekostet. »Das war endlich ein sehr vernünftiger Satz, Jérome! Ich rufe Sie wieder an. Sie müssen zugeben, daß ich Ihnen gegenüber vor Humanität geradezu stinke.«

»Das stimmt!« sagte Ballister ernst. »Sie sind ein Stinktier!«

Dann legte er auf. Darkster lachte etwas hysterisch, hängte ein und verließ die Telefonzelle von »Antonettis Taverne«. Am Tresen trank er noch einen Cuba libre und stieß mit sich selber an. Sein ferneres Leben war gesichert. Für Darkster gab es das Problem des täglichen Arbeitskampfes nicht mehr.

Wer sich bei Camino Cappadozza, kurz CC genannt, die Haare schneiden, den Bart stutzen oder rasieren ließ, gehörte nicht gerade zur feinen Gesellschaft. Dazu lag der Friseursalon, der sich laut Schild über der Tür stolz »Coiffeur Internationale« nannte, zu weit abseits, nämlich im Hafenviertel von Hoboken, und vor allem der Damensalon wurde von den Huren bevölkert, die bei Einbruch der Dunkelheit ins Jagdrevier ausschwärmten und vornehmlich frisch gelandete Seemänner erlegten. Ab und zu kamen auch Touristen in diese dunkle Gegend, um das New York der Kriminalromane kennenzulernen und sich ein wenig zu gruseln, aber das normale Leben gab wenig Anlaß, CC's Friseursalon zu einem Mittelpunkt illustrer Gäste zu machen.

Trotzdem lebte Cappadozza sehr gut, fuhr einen Buick neuesten Modells, kleidete sich mit Anzügen aus teuren Maßateliers und leistete sich eine Geliebte, die — ihrer Qualität entsprechend — in einem sündhaft schönen Leopardenmantel herumlief. Wie CC das mit seinem Friseursalon schaffte, war eine Frage, die niemand laut stellte. In dieser Gegend nahm man alles hin, man munkelte nicht, man besänftigte seine Gedanken mit dem Rat, ruhig weiterzuleben sei besser, als einiges zu wissen, vor allem aber nahm man einen Namen nicht in den Mund, der allgegenwärtig und doch nebulös war und dem man sich klaglos unterordnete.

Ab und zu verschwand Camino Cappadozza für einen Tag oder mehrere, aber nie länger als eine Woche, schien irgendwo eine Menge Geld zu kassieren, denn nach seiner Rückkehr bekam seine Geliebte Gigi ein Schmuckstück mehr, man ging im Waldorf essen oder lud Freunde zu »Giannis Borente« ein, ein sizilianisches Restaurant, in dem man ab und zu auch die Dons der großen Familien von New York treffen konnte. Dann fühlte sich CC wie im siebten Himmel, vor allem, wenn ihm Don Batucci, der als der kommende Pate galt, freundschaftlich zulächelte.

Cappadozza wunderte sich deshalb, als in seinem Friseursalon das Telefon klingelte und eine ihm fremde Stimme sagte: »Wo können wir uns treffen?«

CC hatte gelernt, vorsichtig zu sein. Mißtrauen ist überhaupt die Vorbedingung, in Hoboken alt zu werden. Er grinste deshalb gegen die gefliese Wand und antwortete: »Für wann soll ich Sie notieren? Heute habe ich noch zwei Plätze frei. Um 15 Uhr und um 18 Uhr. Haareschneiden oder Dauerwelle?«

»Sie sind mir empfohlen worden«, sagte die fremde Stimme.

»Eine große Ehre für mich. Was darf ich notieren?« fragte CC geschäftsmäßig.

»Könnten wir uns heute in ›La Colombe‹ zu einem Drink treffen?«

Cappadozza kräuselte die Stirn und spitzte die Lippen.

»La Colombe« war ein Luxusrestaurant, er kannte es genau, auch den Besitzer, der noch nie Ärger in seinem Haus gehabt hatte, weil er fleißig für diese Sicherheit zahlte.

»Ich habe ein Geschäft, Sir«, sagte CC vorsichtiger als zuvor. »Und außerdem schneide ich außer Haus keine Haare. Sie müßten schon zu mir kommen.«

»Es handelt sich um ein privates Problem.«

»Ein Toupet? Eine Perücke? Aber darüber kann man doch offen sprechen. Sie können bei mir die schönsten Haarteile ausprobieren.«

»Sie sind mir von Dino Lombardi empfohlen worden...«, sagte der Fremde, fern allen Humors.

Cappadozza wurde noch vorsichtiger. Die Sache mit Dino Lombardi lag zwar schon über drei Jahre zurück, aber sie war ihm noch in bester Erinnerung. Damals hatte er eine Menge Geld verdient, und was in Pittsburgh geschehen war, hatte wochenlang die amerikanische Öffentlichkeit in Atem gehalten und das FBI beschäftigt. Noch heute gab es im FBI einen Beamten, der mit der ungeklärten Sache betraut war und darauf wartete, daß doch noch ein Wunder geschah. Es ging darum, daß an einem Tag hintereinander, in Abständen von jeweils einer halben Stunde, neun der bekanntesten Geschäftsleute liquidiert wurden, lautlos, mit aus Luftdruckgewehren abgeschossenen Giftpfeilen. Ehe die Angeschossenen reagieren konnten und das nächste Hospital aufsuchten, war das bisher unbekannte Gift schon in der Blutbahn verteilt und führte nach zwanzig Minuten zu einem Tod durch Atemlähmung.

Nun war jemand am Telefon, der Dino Lombardi kannte und sich auf eine Empfehlung von ihm berief. Das war nicht nur ungewöhnlich. Das war schier unmöglich! Wenn jemand ein Interesse daran hatte, daß das Wort Pittsburgh aus dem Sprachschatz gestrichen wurde, dann war es Lombardi.

»Ich kenne keinen Dino Lombardi«, sagte Cappadozza deshalb. »Sie müssen mich verwechselt haben, Sir.«

»Lombardi sagte: ›Camino ist ein guter Mensch! Er reagiert immer auf ein bestimmtes Wort. Es heißt Biancarilla.‹«

Cappadozza seufzte verhalten. Biancarilla am Ätna, ein kleines Bauernnest, ständig mit der Bedrohung durch den Vulkan lebend. Ein paar Häuser auf Lavaboden, sich in den kargen Boden festkrallend. Daher stammten die Cappadozzas, war Großvater Leone 1921 nach Amerika ausgewandert. Im Schlafzimmer von CC, dem Bett gegenüber, hing ein Foto von Biancarilla, immer mit Blumen umkränzt. Vergiß nie die teure Heimat!

»Es ist gut«, sagte Cappadozza resignierend. »Biancarilla stimmt. Wann in der ›Colombe‹?«

»Heute gegen 19 Uhr? Wir können zusammen essen.«

»Wie erkenne ich Sie?«

»Ich sitze am dritten Tisch links von der Tür.«

»In der Nische?«

»Genau da. Dino hat mir gesagt, daß sie immer pünktlich sind.«

Cappadozza antwortete nicht, sondern hängte ein. Ein prickelndes, unangenehmes Gefühl breitete sich in ihm aus. Er zögerte, wählte dann aber doch die Nummer und hörte eine Frauenstimme fragen: »Ja bitte?«

»Ist Dino da?« knurrte CC.

»Wer spricht?«

»Biancarilla ...«

»Moment.«

Dann war Dino da und sagte, ehe Cappadozza loslegen

konnte: »Bist du total verrückt? Wie kannst du den Namen herausschreien?«

»Ich schreie ihn bloß, aber du gibst ihn an Fremde weiter! Ist dein Gehirn jetzt völlig weg?«

»Er hat bei dir angerufen?« fragte Lombardi.

»Aha! Es stimmt also!« Cappadozza hieb mit der Faust gegen die Wand. »Warum hast du dich nicht gleich beim FBI gemeldet? Wer ist der Anrufer?«

»Ich verdanke ihm vieles. Das muß ich dir mal erklären. Er ist von einer TV-Gesellschaft.«

»Du große Scheiße! Soll ich etwa ein Interview geben? Oder machen die einen Friseurwettbewerb? Was will er?«

»Er hat private Probleme.«

»Und damit schickst du ihn zu mir? Dino, klinkst du völlig aus? Warum malen wir kein Transparent und tragen es gemeinsam durch die Straßen: Wir sind die Pittsburgh-Brothers!«

»Mein Gott, halt die Schnauze, Camino! Ich habe ihm nur gesagt, daß du ihm raten könntest, mehr nicht. Und es ist gar nicht das Schlechteste, im TV einen Burschen sitzen zu haben, dem man auf die Schulter klopfen kann und einen guten Freund nennt.«

»Und was soll ich ihm raten?« Cappadozza nahm sich vor, mit Dino nicht am Telefon, sondern Auge in Auge zu reden. Lombardi wurde gefährlich, wenn er es nötig hatte, mit einem Fernsehfritzen Freundschaft zu schließen und CC weiterzuempfehlen. So etwas roch verdammt nach Angebranntem, und Cappadozza war nicht bereit, irgendein Risiko einzugehen. Bei seinem Doppelberuf war das auch unmöglich. Da gehört Anonymität zum Geschäftsfundament.

»Sieh ihn dir an«, sagte Lombardi. »Und mach dir nicht

die Hose naß. Er weiß gar nichts, nur soviel, daß du gute Verbindungen hast. Und das darf man doch wohl sagen?«

In der »Colombe« saß Ballister keine fünf Minuten, als ein Mann eintrat, der genauso aussah, wie ein Camino Cappadozza aussehen muß. Ohne Zögern ging der Mann zum dritten Tisch links in der Nische und blieb vor Ballister stehen. Seine Augen musterten ihn kalt und mit jenem kalten Glanz, den Pemm bei seinen Mafia-Filmen immer in Großaufnahme brachte, um dem Publikum das Gruseln zu lehren. Pemms berühmteste Großaufnahme war das Auge von Richard III. im Shakespeare-Film, wo sich in der dunklen Pupille der Mord an den kindlichen Prinzen spiegelte. Bei ACF gingen massenhaft Zuschauerbriefe ein, davon drei von Müttern, die bei dieser Szene eine Frühgeburt erlitten, so gewaltig durchzuckte sie die Großaufnahme. Daran mußte Ballister unwillkürlich denken, als Cappadozza ihn stumm und forschend anstarrte.

»Setzen Sie sich, Camino«, sagte Ballister freundlich. »Bemühen Sie sich nicht, ich bin nicht zu hypnotisieren. Mein Wille ist zu stark.«

Cappadozza setzte sich, bestellte sich vornehm einen Kir Royal und wedelte dann mit der rechten Hand. »Wie soll ich Sie anreden?« fragte er.

»Hat Ihnen Lombardi meinen Namen nicht genannt?«
»Nein.«
»Ein guter Mann! Trotzdem kommen Sie?«
»Das Losungswort!«

Ballister lehnte sich zurück. »Stellen wir zunächst eins fest: Mich interessiert überhaupt nicht, wer Sie sind, was Sie machen, woher Lombardi Sie kennt, was Sie mit ihm zusammen ausgefressen haben. Sie sind ein Friseur aus Hoboken, der mir helfen kann. Ist die Position klar?«

»Halb! Erstens ist noch gar nicht sicher, ob ich Ihnen helfen kann oder will, und zweitens haben Sie noch immer nicht Ihren Namen genannt. Meinen kennen Sie!«

»Ich bin Jérome Ballister.«

»O je!«

»Was heißt ›o je‹?«

»Der Ballister von ACF? Der Chef?«

»Nur von AKTUELLES!«

»Ohne Sie wäre ACF eine Limonadenfabrik! Sie und Felicitas Saunders sind die große Nummer! Morgen, das Amin-Interview, das sehe ich mir an! Da stelle ich die Klingel und das Telefon ab, um nicht gestört zu werden. Mann, was wollen *Sie* von *mir?*«

»In einer Zwangslage erinnerte ich mich an Dino Lombardi, dem ich einmal im Sender die Möglichkeit gegeben habe, sich von einer dummen Verdächtigung reinzuwaschen. Nebenbei: Er war wirklich unschuldig, aber man wollte ihm da ein dickes Ding anhängen. Eine Geldschranksache.«

»Idiotisch! Dino war nie ein Knacker!«

»Sie sagen es! Also, Dino half mir, Sie zu suchen. Und nun zu uns: Ich werde erpreßt.«

Cappadozzas Alarmklingel im Hirn begann zu rappeln. Wenn jemand einen Ballister erpreßte, mußte es sich um eine massive Sache handeln. So etwas aber geht immer vom Syndikat aus. Es war geradezu selbstmörderisch, sich da hineinzuhängen. Man pinkelt doch nicht in die Ecke der eigenen Wohnung!

»Dafür gibt es die Polizei«, sagte Cappadozza geradezu naiv.

»In meinem Fall nicht. Polizei bedeutet bei aller Diskretion doch Öffentlichkeit. Ich kenne meine Kollegen von der Presse. Die riechen so etwas! Sie sollen herausfinden, wer der Erpresser ist.«

»Aha!«

»Mehr nicht.«

»Den letzten Satz verstehe ich nicht!« sagte Cappadozza steif. »Aber es gibt auch genug Privatdetektive.«

»Bei meinem Namen wäre es töricht, darauf zurückzugreifen.«

»Und mir vertrauen Sie?«

»Ja. Sie besitzen die gewisse Disziplin, die in Ihrem Beruf lebensnotwendig ist.«

»Erklären Sie das näher, Ballister!« sagte Cappadozza finster.

»Muß ich das?« Ballister lächelte ihn wie einen lieben Bruder an. »Hören Sie mich an. Jemand hat Fotos gemacht von einer Situation, die niemals an die Öffentlichkeit kommen darf!«

»Hoppehoppe Reiter...« grinste Cappadozza genußvoll. »Ballister, ich würde so etwas auch nicht als Freiluftveranstaltung aufziehen.«

»Der Bursche will eine Leibrente von 1000 Dollar pro Monat. Über zwölf Jahre.«

»Ballister, müssen das Aufnahmen sein! Sie sehen gar nicht aus wie ein sexueller Vorturner!«

»Ich möchte nun, daß Sie, wenn ich die ersten Raten zahle, dabei sind und diesen Burschen ausfindig machen. Das ist alles! Bringen Sie mir Name und Wohnung, und Sie bekommen 10 000 Dollar dafür. Ist das ein Wort?«

»Und was geschieht dann mit dem Fotografen?«

»Das überlege ich mir noch. In einem muß ich Sie enttäuschen: Ich töte ihn nicht. Das ist nicht mein Stil. Ich kann es auch gar nicht, auch nicht mit bezahlten Killern! Ich könnte mit einer solchen Belastung nicht leben. Dumm, was?«

»Ich bewundere jeden Menschen, der sich Moral leisten kann«, sagte Cappadozza. »Aber glauben Sie nicht, Ballister, daß Sie bei mir an den falschen Mann gekommen sind? Warum schnüffelt Dino nicht für Sie herum?«

»Sie haben mehr Möglichkeiten, sagt Lombardi. Und: Sie haben die Intelligenz, diesen Burschen zu überlisten.«

»Das läuft ja wie Gänseschmalz übers Brot!« Cappadozza grinste breit. »Wann sollen Sie die erste Rate der Rente zahlen?«

»Übermorgen. Ich bekomme noch genaue Anweisungen. Dann rufe ich Sie sofort an.« Ballister beugte sich über den schmalen Tisch. »Camino, helfen Sie mir?«

»Ich weiß nicht.«

»Aber ich weiß, daß dieser Bursche mich restlos fertigmachen kann. Er hat mich voll in der Hand! Er kann mich ausquetschen, bis ich ein trockener Schwamm bin! — Wollen Sie einen Vorschuß?«

»Sehe ich aus, als wenn ich gleich vor Hunger umfalle?« Cappadozza wirkte sehr beleidigt. »Wenn ich zusage, dann nur, weil Sie Dino mal geholfen haben.«

»Sie sagen zu?« fragte Ballister, schwer atmend. Mein Gott, dachte er, wo bin ich gelandet? Wer hätte das für möglich gehalten? »Sie machen das?«

»Ja!« sagte Cappadozza. »Ich habe von jeher eine Stinkwut auf diese anonymen Erpresser ...«

X

Muß gesagt werden, daß das Interview Felicitas Saunders' mit Idi Amin eine Sensation wurde? Man hörte Fragen, die kein anderer gewagt hätte, und man hörte Antworten mit all dem Größenwahn und entlarvender Selbstdarstellung, wie es nur Amin fertigbrachte. Neue Erkenntnisse kamen dabei nicht heraus, das erwartete auch niemand, aber es war an sich schon ungeheuerlich, daß einer Frau etwas gelungen war, worum sie jeder Geheimdienst beneidete.

In der Stunde der Sendung saßen Felicitas, Ballister, Hunters und fast die gesamte Belegschaft der ACF im kleinen Sendesaal zusammen und sahen sich auf einer Großbildwand den Film aus Libyen an. Lora Ballister fehlte. Sie lag im Bett mit Herzschmerzen, Dr. Meyer betreute sie, hatte für sie eine besonders gut ausgebildete Schwester zur Pflege abgestellt und hatte zu Ballister gesagt: »Darauf habe ich gewartet! Die Reaktion auf diese Aufregungen mußte kommen! Das wirft sie wieder näher an die Katastrophe heran! Jérome, Sie sollten mit Lora verreisen.«

»Können vier Wochen tatsächlich helfen?« hatte er gefragt.

»Nein! Wer spricht von vier Wochen? Sie sollten mindestens ein halbes Jahr pausieren und nach Europa fahren. In die Schweiz. Frische, gesunde Bergluft, nicht zu hoch, Mittellage ... und Ruhe, Ruhe, Ruhe! Spaziergänge in ozonhaltiger Luft, tief durchatmen, das Blut mit Sauerstoff füllen, dem Herz eine Aufgabe geben, nicht nur als Pumpe, sondern auch als Träger der Seele! Liebe ... die wirkt oft Wunder. Sie sollten sich die Zeit nehmen, Lora wieder zu lieben.«

Ballister hatte ihn nachdenklich angeblickt und dann geantwortet: »Ihr Mediziner macht es euch einfach. Ihr verschreibt Rezepte, ohne euch darum zu kümmern, ob die Medikamente auch schmecken.«

»Medizin soll kein Gaumenkitzel sein, sondern helfen!«

»Sie wissen genau, Doktor, daß ich kein halbes Jahr wegbleiben kann!«

»Allein fährt Lora nicht. Das habe ich schon vorgetastet. Sie braucht Ihre Nähe.«

»Weiß sie, wie schlecht es um sie steht?«

»Nein! Sie weiß nur, daß ihr Kreislauf labil ist. Warum sollen wir sie belasten mit der Wahrheit? Es genügt, wenn Sie es wissen. Um es ganz nüchtern zu sagen: Es kann an Ihnen liegen, ihr Leben zu verlängern. *Kann*, sage ich! Soll ich mal mit Hunters sprechen?«

»Wegen einem halben Jahr Urlaub? Der bekommt dann selbst einen Herzanfall.«

»Ihr seht euch immer als unentbehrlich an! Was passiert denn mit eurem verdammten Sender, wenn Sie sich bei einem Autounfall eine Reihe Knochen brechen? Stellt ihr den Betrieb ein?«

»Denken wir nicht daran, Doktor. Es muß dann eben weitergehen.«

»Und dann geht es auch, was?«

»Das ist höhere Gewalt.«

»Und ein kaputtes Herz ist keine höhere Gewalt?«

»Überzeugen Sie mal Hunters davon. Außerdem: Ein halbes Jahr weg vom Sender, heißt: Weg vom Fenster.«

»Nicht, wenn man Ballister heißt.«

»Doktor, der Kampf um jeden weicheren Stuhl ist bei uns mörderisch. Sie ahnen das nicht. Wenn ich gehe, stehen zehn andere Bewerber da und kraulen Hunters jede Speckfalte! Ein halbes Jahr Schweigen ist in unserem Beruf gleichbedeutend mit Aufgabe. Sehen Sie es mal militärisch: Aus einer marschierenden Kolonne schert einer aus. Was tun die anderen? Sie rücken sofort nach und füllen die Lücke im Glied. So einfach ist das!«

Lora lag also an diesem Abend im Bett, sah sich Felicitas' Amin-Film in einem Fernsehgerät an, das am Fußende des Bettes stand, und wußte schon nach den ersten Minuten, daß die Saunders damit die einsame Spitze erreicht hatte. Es gab keinen TV-Reporter mehr, den sie zu fürchten brauchte, der an sie heranreichte.

Das ist Jéromes Werk, dachte sie. Das ist allein sein Verdienst. Er hat Felicitas zum Star gemacht. Ich wäre auch ein großer Star geworden, ich hatte einen steilen Weg vor mir, aber ich hätte ihn leicht geschafft ... doch ich habe ihn geheiratet und auf den Ruhm verzichtet. Was habe ich jetzt davon? Krank bin ich geworden, einsam, verbittert und nur noch eine schnelle, sporadische Geliebte meines Mannes. Alt bin ich geworden, der Spiegel lügt nicht. Mit vierundvierzig haben die Augenwinkel Falten, ziehen sich scharfe Striche von der Nase zu den Mundwinkeln, bildet sich gekräuselte Haut am Hals, hängen die Brüste durch und bilden sich an den Hüften und Oberschenkeln Fettpolster unter der Haut. Da hilft keine Creme mehr, da kann Make-up nur noch überdecken, da schmiert man die Fältchen zu, als verputze man Risse in einem Mauerwerk.

Sie legte sich zurück in die Kissen, starrte auf Felicitas Saunders und Idi Amin und kam sich elend und verlassen vor. Das ist es, dachte sie. Überall sind Risse. Nicht nur an meinem Körper, auch zwischen Jérome und mir. Und wenn man sie auch immer wieder zuspachtelt, einmal werden sie so aufklaffen, daß kein Seelenmörtel mehr hält!

Angst überfiel sie. Sie starrte auf die schöne Felicitas, die einmalig mutig Idi Amin mit Fragen attackierte, und kam sich plötzlich häßlich und uralt vor. Sie sprang aus dem Bett, riß sich das Nachthemd vom Leib und stellte sich vor den wandhohen Spiegel. Mit den Händen drückte sie die Brüste hoch, bis sie waagerecht und spitz von ihrem Körper abstanden.

Sehe ich aus wie eine alte Frau? Was unterscheidet mich von dieser Saunders, die sieben Jahre jünger ist als ich? Was sind schon sieben Jahre? Hat sie diese langen schlanken Beine wie ich? Hat sie so glatte Hüften wie ich? Und wie ist es mit dem Leib? Ist meiner nicht flach und ohne die geringste Wölbung? Kein Bauchansatz, nichts. Aber sie wird ihn haben. Sie hat ein Kind, ihr Leib hat sich mal gebläht bis zur Unförmigkeit, das muß man sehen, da bleibt immer etwas zurück. Und gestillt hat sie. Können Ihre Brüste noch so straff sein wie meine?

Sie drehte sich vor dem Spiegel, strich mit den Händen an ihrem Körper hinunter und verweilte auf ihrem von dunkelbraunen gekräuselten Haaren bedeckten Dreieck. Es stand im krassen Gegensatz zu ihren rotblond gefärbten Kopfhaaren, die ihrem Gesicht die unnatürliche Hübschheit einer Puppe verliehen. Bei der Berührung zuckte sie zusammen und zog die Unterlippe in die Zähne.

Wenn sie in sieben Jahren noch so aussieht wie ich, sollte sie eine Wallfahrt aus Dankbarkeit machen, dachte sie. Wo ist mein Körper fehlerhaft? Zeig mir eine einzige Stelle, an der du beweisen kannst: Du wirst alt! Es gibt keine. Ich bin eine schöne Frau.

Hörst du, Felicitas: Ich bin schön ... schön ...

Sie warf sich herum, rannte zum Fernsehgerät und stellte sich nackt vor die Mattscheibe. Die Saunders unterhielt sich mit Amin gerade über die Greueltaten seines Geheimdienstes. Wütend, fauchend, gestikulierend stritt Amin alles ab.

»Sieh mich an!« schrie Lora und drehte sich wie vor dem Spiegel. »Ich bin schöner als du! Zieh dich aus, du superkluges Flittchen, und stell dich neben mich! Ich schlage dich um Längen ... um ganze Längen ... Ich — ich —«

Sie sank in sich zusammen, schlich zum Bett zurück und warf sich auf die Steppdecke. Mit offenem Mund, nach Atem ringend, blieb sie so liegen, bis sich ihr wild hämmerndes Herz etwas beruhigt hatte und das verkrampfte Zittern in ihrem Körper ausglitt.

Im Fernsehen lachte Felicitas Saunders. Amin mußte einen Witz gemacht haben.

»Hure«, sagte Lora und knirschte mit den Zähnen. »Du verdammte Hure! Warum wirft dich keiner den Krokodilen vor ...«

Im Funkhaus wurde gefeiert.

Felicitas Saunders nahm die Glückwünsche entgegen, Hunters spendierte französischen Champagner, von einem bekannten Schlemmerlokal war ein großes kaltes Buffet aufgebaut worden. Man hatte allen Grund, fröhlich zu sein. ACF hatte alle Konkurrenten überrundet, die Einschaltquote mußte geradezu fantastisch sein. Das wurde insgeheim bewiesen von den anderen Stationen, die kollegial anriefen und Felicitas sinnbildlich umarmten.

Hunters schwamm in einem Meer von Wonne. Die Präsidenten der größten Stationen der USA hatten ohne Ausnahme vor dem Bildschirm gesessen und meldeten sich jetzt. Hunters sprach so jovial mit ihnen, als habe er davon Kenntnis, daß sie bereits vor dem Konkurs standen. »Es war ein Glückstreffer!« sagte er mit donnernder Bescheidenheit. »Eine Kettenreaktion. Es fing damit an, daß Felicitas Mobutu auf der Löwenjagd begleitete und mit Fidel Castro Tennis spielte. Eins zog das andere nach sich, bis zu Prinz Khalif Omar ben Saud. Absolutes Glück, mein Bester! Kann morgen auch Ihnen widerfahren.«

Ballister ließ der ganze Rummel kalt. Er dachte viel mehr an Camino Cappadozza und den unbekannten Erpresser, der — ohne es zu wissen — ihn völlig in der Hand hatte. Das letzte Gespräch mit Dr. Meyer hatte den Ausschlag gegeben: Wenn Lora eines dieser Fotos aus Tripolis sehen würde, wäre das ihr sicherer Tod. Bis heute war Ballister geneigt gewesen, Dr. Meyers Diagnose wenn nicht als übertrieben, so doch als sehr überzogen anzusehen. Er hatte sogar den Gedanken gehabt, Lora alles zu sagen, das Unwetter, das einem Taifun gleichen würde, über sich ergehen zu lassen und dann reinen Tisch zu machen. So schnell stirbt man nicht, hatte sich Ballister gesagt. Lora war von jeher ein zäher Typ gewesen, bis sie ab Vierzig begann, mehr und mehr zu spinnen und vor ihrem Alter zu flüchten. Vielleicht ließ sich auch Dr. Meyer von ihrer Hysterie blenden, und alle Herzaufzeichnungen waren von ihr beeinflußt. Ballister wußte nicht, ob es so etwas gab, er war kein Mediziner, aber er konnte sich das ganz gut vorstellen, daß EKG und andere elektronische Kurven wie verrückt ausschlugen, wenn Loras Herz in unterdrückter Hysterie wild zu schlagen begann.

Das war nun anders. Lora war wirklich krank. Die Ereignisse der letzten Wochen hatten deutliche Spuren hinterlassen. Ballister sah es mit Sorge. Und er begriff auch sofort nach dem Anruf des Erpressers, daß es nur den Weg des Zahlens gab, wenn es Cappadozza nicht gelang, ihn zu entlarven. Die Polizei war da völlig sinnlos eingesetzt. Ehe sie zugriff, würde der Unbekannte ein Foto in Loras Hände spielen. Damit war die Katastrophe vollkommen.

Ballister saß in einer Ecke des kleinen Sendesaales, hatte sich am Buffet einen Teller mit Lachsbrot und Kaviar geholt, trank seinen Champagner und betrachtete die Schar der Feiernden, vor allem aber Hunters, der mit dem Charme eines Nilpferdes umher trabte und Wohlwollen verbreitete. Auch Ballister, dem Mann, dem eigentlich neben der Saunders alles Lob gebührte, hatte man gratuliert. Aber er hatte sich, wie so oft, ziemlich abweisend benommen, sehr einsilbig, wenn auch sehr höflich. So ließ man ihn also in Ruhe in seiner Ecke sitzen und tanzte lieber mit den Kolleginnen.

»Was hast du denn?«, fragte auch Felicitas, als sie nach allem Händeschütteln auch zu ihm kam. »War ich — ehrlich — so schlecht? Was die anderen sagen, ist mir kalter Kaffee. Was *du* sagst, darauf lege ich Wert. Also, Jérome: Wo war da ein Haken?«

»Es war gar keiner da, Lici. Du warst vollkommen!«

»Warum hast du dann deine Eisenfressermiene aufgesetzt?«

»Es sind andere Probleme.«

»Lora?«

»Auch.«

»Ist sie wirklich so krank?«

»Ja. Aber damit müssen wir leben. Es sind andere Probleme.« Er sah zu Felicitas hinauf. Sie hatte ein raffiniertes Kleid an. In dem eng anliegenden Stoff lagen ihre Brüste wie in Körbchen. Ballister fand das Kleid zu aufreizend. Eine Frau wie Felicitas hat das nicht nötig, war seine Ansicht. Sie braucht auf sich nicht mehr aufmerksam zu machen. Aber er behielt es für sich, er sprach mit ihr nicht darüber. Er bewunderte sie immer, was sie auch tat und wie sie sich auch kleidete. Und er rätselte immer wieder an sich herum, wieso gerade er diese herrliche Frau lieben durfte. Die ewige Frage, mit der er sich in stillen Stunden beschäftigte.

»Ist dir in Tripolis etwas aufgefallen?« fragte er. »Jemand, der immer in unserer Nähe war?«

»Eigentlich nicht.« Sie sah ihn erstaunt an. »Um uns herum war ständig jemand. Ich war ja nie allein. Dafür sorgte schon Khalif. Warum?«

»Der Motorschaden in der Wüste war konstruiert.« Er nahm sein Glas und trank einen langen Schluck. »Ich habe es dir nicht gesagt, um dir nicht die gute Stimmung in Libyen zu verderben.«

»So etwas habe ich geahnt. Du solltest nicht mit zu Amin.«

»Ich sollte getötet werden.«

Felicitas starrte Ballister sprachlos an. Erst dann, nach einer Phase des Erstaunens, begriff sie richtig, was er gesagt hatte. Entsetzen sprang in ihre Augen.

»Was sagst du da?«, stammelte sie. »Liebling ...«

»Ein unbekannter Araber, der zufällig die Straße hinunterfuhr, hat mich gerettet. Ich sollte erschossen werden, und alles sollte so aussehen, als seien wir überfallen worden. Ich nehme an, der Fahrer — und Mörder — hätte sich selbst am Kopf verletzt, um diesen Überfall glaubhaft zu machen.«

»Mein Gott, Jérome ...« Sie hockte sich vor ihn und

nahm seinen Kopf zwischen ihre Hände. Er wehrte sie ab und zog ihre Arme hinunter.

»Man sieht zu uns her. Das kannst du doch nicht tun ...«

»Das ist mir jetzt alles gleichgültig!«

»Denk an Lora.«

»Das tue ich unentwegt und suche einen Ausweg! Sie wollten dich töten! Und du nimmst an: meinetwegen ...«

»Ja. Es gibt keine andere Erklärung.«

»Khalif?«

»Das ist nur so eine Ahnung. Ich habe nicht den geringsten Beweis. Aber ich vergesse seinen Blick nicht bei unserem Gespräch auf dem Flugplatz. Ein Hai hat da noch einen geradezu lieblichen Gesichtsausdruck.« Er drückte ihre Arme und nickte ihr zu. »Steh auf, Lici. Du kannst doch nicht hier vor mir hocken ...«

»Ich möchte ein Glas gegen die Wand werfen, daß alle zuhören und dann laut schreien: Ich liebe Jérome Ballister! Schluß mit der Maskierung! Ich liebe ihn. Basta!«

»Und dann?«

»Sollen wir uns ewig in billigen Vorstadthotels verstekken?«

»Lora wird nicht mehr lange leben.«

»Sie wird so lange leben, bis wir Greise sind!«

»Dr. Meyer gibt ihr noch ein Jahr. Höchstens zwei. Er hat mir die Krankheit genannt, irgend so einen unaussprechlichen lateinischen Namen, hinter denen sie sich zumauern. Aber er hat's mir erklärt: Bei Lora verdünnen sich die Arterienwände. Am Ende sind sie so dünn wie Seidenpapier und reißen dann auf. Es gibt da keine Rettung, nur ein Hinauszögern, ein Warten auf die Sekunde, wo sie platzen. Was bei uns tödlich wäre, könnte für Lora die

Rettung sein: Kalkablagerungen an den Adernwänden. Aber gerade das produziert sie nicht.« Er drückte wieder ihre Arme. »Komm, steh auf. Hunters grinst schon wie ein Pavian. Ich bin mir sicher, daß irgend jemand noch heute bei Lora anruft und sagt: ›Ihr Mann hat ein Glück! Die Saunders liegt ihm zu Füßen!‹«

Sie erhob sich, nahm ihr Glas vom Tisch und ging. Dafür kam Hunters heran und wuchtete sich in einen Sessel neben Ballister. »Wie fühlte sich Washington nach der entscheidenden Schlacht?« dröhnte er. »Genauso fühle ich mich, Jérome ...«

»Beschissen!«

»Wieso denn?«

»Washington fühlte sich beschissen! In Wirklichkeit konnte er kein Blut sehen. Er war ein sehr sensibler Mann. Das kann man von Ihnen beim besten Willen nicht sagen.«

»Du bist heute am Tage des Sieges von einem umwerfenden Charme! Was mißfällt dir eigentlich? Ist dir klar, daß du bei der nächsten Versammlung zum Vize-Präsidenten der ACF gewählt wirst? Du wirst mein Nachfolger, Junge. ACF steckt schon halb in deiner Tasche!«

»Ist es möglich, daß ich ein halbes Jahr aussetze?« fragte Ballister.

Hunters starrte ihn an, als habe Ballister ihn angerülpst. »Unmöglich!«

»Ab sofort.«

»Völlig idiotisch!«

»Was nutzt mir dann der ganze Zauber? Mit jedem Erfolg verliere ich mehr mein Ich, meine freie Persönlichkeit. Ich werde der Sklave des Ruhmes! Hunters, ich will hier raus! Ich will ein halbes Jahr nur an mich denken! In einem ganzen langen Leben nur ein halbes Jahr ... ist das zuviel verlangt? Das muß doch möglich sein!«

»Mir ist rätselhaft, wieso gerade du eine solche Frage stellst! Du weißt selbst genau, daß du nicht zu ersetzen bist!«

»Das ist kein Mensch, Hunters!«

»Im allgemeinen nicht. Aber du gehörst zu den 0,01 Prozent Ausnahme! Du hast den Job, du hast ihn so aufgebaut, daß er mit dir steht oder fällt, also mußt du ihn auch durchziehen, bis du umfällst! Das ist dein Schicksal, Junge!«

»Wir werden noch darüber reden«, sagte Ballister, »laß dir die Stimmung nicht versauern, Hunters. Wie war die Sehbeteiligung?«

»Die höchste dieses Jahres! Geschätzt, natürlich. Genaues werden wir in einer Woche wissen, wenn die Umfrage vorliegt.« Hunters erhob sich, schlug Ballister auf den Rücken und ging zu den anderen. Im Saal wurde getanzt, eine Combo spielte, es war wie ein später Karneval.

Ballister trank seinen Champagner zu Ende und wollte gehen, als ihm ein Bürobote mit beiden Armen zuwinkte. Ballister änderte die Richtung und ging zu dem gestikulierenden Mann.

»Telefon für Sie!« sagte der Bürobote. »Ich habe gesagt, heute ist alles zu, aber der Mann bestand darauf. Es sei wichtig und vor allem privat. Was soll ich tun?«

»Ich komme. Legen Sie das Gespräch auf nebenan.«

Das ist er, dachte Ballister. Der Saukerl hat eine Begabung für Dramatik. Er weiß genau, was jetzt hier los ist. In den Triumph stößt er hinein mit dem Bild des Untergangs.

Ballister blieb stehen und blickte sich um. Wer war so

gut informiert, wenn nicht einer von ACF selbst? War es jemand vom Filmteam? Er suchte die Tanzenden ab und sah die Kameramänner und den Toningenieur beim Boogie. Der Beleuchter stand am kalten Büffet und aß ein Tartarbrot. Aber Pemm fehlte.

Pemm? Unmöglich. Pemm war ein genialer Spinner, aber mehr nicht. Zum Intriganten fehlte ihm alles, auch wenn er durch den ständigen Umgang mit Shakespeare-Dramen mit Gaunern und Schurkereien bestens vertraut war.

Ballister schloß hinter sich die Tür des Nebenraumes, nahm das Telefon ab und wartete, bis die Zentrale durchgeschaltet hatte.

Er war es. Ballister erkannte ihn sofort an der verstellten dunklen Stimme.

»Hier bin ich!« sagte Ballister.

»Wissen Sie, daß es leichter ist, den US-Präsidenten oder Breschnew zu erreichen als Sie? Himmel, werden Sie abgeschirmt! Bei Ihnen ist jetzt High life, was?«

»Ja.«

»Das steht Ihnen auch zu. Ich habe die Sendung gesehen. Das Beste, was jemals über eine Mattscheibe geflimmert ist! Diese Saunders! Spitze ist ein viel zu lahmer Ausdruck dafür. Und wenn ich mir dazu auch noch die Fotos betrachte, die in afrikanischer Sonne leuchtende Haut ... Ballister, Sie sind ein Glückskind. Der große TV-Macher und der große heimliche Liebhaber! Ein Segen, daß ich nicht neidisch bin. Ich verlange vom Leben nur meinen bescheidenen kleinen Teil. Monatlich 1000 Dollar. Sie müssen zugeben, das ist wirklich human!«

»Wie und wo wollen Sie es haben?« fragte Ballister ruhig.

Darkster zögerte etwas. Er saß wieder in seiner Wohnung im Hause von Mrs. Jenny Havelook und hatte sich alles genau überlegt. Vor allem hatte er sich eins gefragt: Wenn du einen Roman über einen Erpresser schreibst, den niemand entdecken kann, wie würde dieser vorgehen? Welchen Trick, den man noch nicht kennt, würde er anwenden? Und er war darauf gekommen, daß es am besten sei, wenn man nichts zu sehr komplizierte. Je raffinierter ein Apparat gebaut ist, um so störanfälliger ist er auch. Darksters Rentenzahlung war geradezu genial simpel.

»Überweisen Sie das Geld jeden Ersten auf mein Postscheckkonto«, sagte er. »Haben Sie was zum Schreiben in der Hand? Ich nenne Ihnen die Nummer.«

Ballister war so verblüfft, daß er einen Augenblick nicht reagierte. Verrückt, dachte er nur. Total verrückt! So etwas gibt es doch nicht. Erpressergeld auf ein Postscheckkonto.

»Soll das ein Witz sein?« fragte Ballister.

»Sie denken völlig falsch!« Darkster lachte glucksend. »Sie denken: Dann kann er das Geld auch bei mir abholen!«

»So ist es!«

»Aber die Sache hat einen Haken, Ballister. Fotos und Negative liegen bei einem Anwalt. Diesen guten Mann rufe ich jeden Tag an! Jeden Tag! Nur anklingeln, melden, Ende. Aber er weiß, daß es mich noch gibt! Rufe ich nicht an, wartet er drei Tage. Am vierten Tag schickt er die Fotos zu Lora und an die größte Presseagentur der Staaten. Es hat also gar keinen Sinn, mir etwas auf den Hals zu hetzen. Der Verlierer sind immer Sie, auch wenn ich dabei draufgehe!« Darkster lachte wieder mit tiefer Zufriedenheit. »Na, ist das eine Absicherung? Außerdem ist der Postscheckkonten-Name falsch, und die gesamte Korrespondenz geht auf ein Schließfach. Vergessen Sie alle Gedanken, Ballister, an mich kommen Sie nie heran! Und schreiben Sie sich bitte die Kontonummer auf!«

Ballister schrieb. Er notierte sich die Nummer, da er nirgendwo in seinen Taschen Papier fand, auf den Unterarm und zog dann das Hemd wieder darüber. »Okay!« sagte er dann nüchtern.

»Haben Sie's?«

»Wie in mich eingebrannt.«

»Das ist auch nötig. Um uns darüber klar zu sein: Wenn bis zum 10. jeden Monats der Betrag nicht auf dem Konto ist, erfolgt ein Anruf. Stellen Sie sich dann dumm, rollt die Aktion ab!«

»Ich verstehe.« Ballister blieb ganz ruhig. »Sie sollen über Unpünktlichkeit nicht zu klagen haben. Aber ich erwarte auch Ihr Entgegenkommen.«

»Wenn es machbar ist ...«

»Nach der ersten Rate zeigen Sie Ihren guten Willen und übersenden mir das erste Negativ.«

»Einverstanden, Ballister. Sie sollen sehen, daß ich ein guter Partner bin. Sie bekommen das Negativ Nummer sieben. Auf dem Foto strecken Sie gerade die Hand aus, um Felicitas' wirklich herrlichen Busen zu berühren.«

Ballister hängte wortlos ein. Er zweifelte nicht mehr daran, daß der Unbekannte die Fotoserie geschossen hatte. Eine Goldader im besten Sinne. An diesem Film konnte Ballister arm werden.

Er wartete eine Minute und rief dann Camino Cappadozza an.

CC schien getrunken zu haben. Er begrüßte Ballister mit »Hallo Boy!« und fuhr fort: »Diese Saunders ist eine einsame Wucht! Und sie kommt aus Ihrem Stall, was? Man kann Sie beneiden, Ballister! Ich habe vor dem Schirm gesessen und war einfach weg. Wie die den dicken Amin in die Zange genommen hat ... ich habe vor Aufregung geschwitzt! Die redet sich um Kopf und Kragen, habe ich gedacht, aber sie ist ja heil davongekommen, wie wir wissen. — Was gibt's?«

»Er hat sich gerade gemeldet, Cappadozza.«

»Der hat es eilig.«

»Er gratulierte zu dem Film. Hat ihn auch gesehen.«

»Wer nicht in Amerika?«

»Ich soll das ganze Geld auf ein Postscheckkonto zahlen.«

»Auf was?« Auch Cappadozza schien viel erlebt zu haben, aber so etwas noch nicht. »Ballister, sind Sie wirklich ganz klar? Nicht noch von der Feier etwas paralysiert?«

»Das dachte ich zuerst auch. Aber dann erklärte er mir alles. Es sieht böse aus.« Ballister wiederholte, was Darkster ihm geschildert hatte. Cappadozza hörte zu, ohne ihn zu unterbrechen. Er war so stumm, daß Ballister fragte: »Sie sind noch da?«

»Aber ja.«

»Das schlägt Ihnen aufs Gemüt, was? Mir auch!«

»Während Sie reden, denke ich«, sagte Cappadozza. »Ich sehe keinen Anlaß zur Panik.«

»Was wollen Sie denn machen? Angenommen, Sie bekommen tatsächlich heraus, wer hinter dem falschen Namen steckt. Sie bekommen heraus, welches Schließfach er benutzt, Sie kriegen ihn sogar zu fassen. Was dann? Er hat die Fotos gar nicht.«

»Aber sein Anwalt.«

»Den kennen Sie nicht.«

»Noch nicht. Aber er wird es uns sagen. So hart ist keiner, daß er nicht eines Tages den Mund bei uns aufmacht.«

»Am vierten Tag gehen die Fotos raus! Wenn er diese vier Tage durchhält ...«

»Nehmen Sie so etwas wirklich an?« fragte Cappadozza mit einer Freundlichkeit, die Ballister frieren ließ. »Es wäre ein Wunder, wenn er einen Tag durchhält!«

»Ich will keine Gewalt ... darüber waren wir uns klar. Cappadozza, ich möchte von Ihnen nur den Namen des Kerls! Nur den Namen, nicht seine Einzelteile!«

»Aber Sie wollen doch die Fotos?«

»Ja.«

»Ich bringe sie Ihnen. Ballister, Sie sind ein sympathischer Mensch. Ich habe noch einmal mit Dino Lombardi gesprochen. Wir sind uns einig, daß man Ihnen jetzt so selbstlos helfen muß, wie Sie damals Dino die Gelegenheit gegeben haben, sich reinzuwaschen. Wir legen Ihnen die Negative auf den Tisch, zusammen mit dem Besitzer. Da halten Sie uns jetzt nicht mehr auf.«

»Das war nicht mein Auftrag, Cappadozza! Mein Gott, verstehen Sie doch: Ich bin kein Mensch, der mit einer Schuld leben kann! Ich habe doch keinen Killerauftrag gegeben!«

»Das kann ich beschwören.« Cappadozzas Stimme war milde und weich. »Ballister, es gibt Dinge, die einem plötzlich persönlich ans Herz wachsen. Machen Sie sich keine Sorgen. Es kann nur sein, daß es etwas länger dauert, daß Sie zwei oder drei Raten zahlen müssen.«

»Das tue ich gern, wenn die Zukunft wieder hell aussieht.«

»Sonnig, Ballister, sonnig wie über den sizilianischen

Bergen! An Ihrer Stelle könnte ich jetzt ruhiger schlafen. Ihnen passiert nichts mehr.«

Cappadozza beendete damit das Gespräch. Wie ein glühendes Eisen ließ Ballister den Hörer auf die Gabel fallen. Was habe ich da getan?, dachte er. Ich habe einen Menschen ans Messer geliefert. Auch wenn er ein Lump ist, er bleibt ein Mensch! Ein Mensch jetzt, der die längste Zeit hinter sich hat ...

Lora erholte sich langsam. Nach einer Woche konnte sie mit Ballister zum Golfplatz fahren und ihm beim Spiel zusehen.

Ballister hatte die 1000 Dollar bezahlt und nichts wieder gehört. Auch von Cappadozza nicht. Felicitas Saunders hatte er in dieser Zeit zweimal gesehen, wieder in kleinen Vorstadt-Hotels. Sie wartete im Bett auf ihn, und sie fielen übereinander her wie Verhungerte mit einer geradezu kannibalischen Lust. Lora konnte keinen Verdacht hegen. Sie lag, von Dr. Meyers Krankenschwester betreut, auf einem Diwan im Wintergarten der Villa und wußte, daß Jérome wie immer bis in die Nacht hinein im Funkhaus war oder zu Konsultationsbesprechungen fuhr. Einmal rief sie bei Felicitas an. Es war eine Nacht, in der Ballister wirklich im Sender war. Lora sagte nur Belangloses, berichtete über ihre Besserung und war zufrieden, daß Felicitas zu Hause war. Das schloß aus, daß sie mit Jérome irgendwo zusammen war. Auch war Rosa im Haus und deren Freund Red Cummings. Ein besseres Alibi konnte Ballister nicht haben. Das sah Lora ein.

Am Montag der nächsten Woche traf bei Ballister im Funkhaus ein Brief ein. Privat. Ohne Absender. Ballister drückte auf einen Knopf, der im Sekretariat signalisierte:

Keine Störung. Von niemandem! Dann schlitzte er das Kuvert auf.

Es war das erste Negativ. Beigefügt war eine Vergrößerung dieses Bildes. Ballister starrte es an und war sich im klaren, daß der Unbekannte sogar noch untertrieben hatte. Er erinnerte sich genau an die Situation. Felicitas hatte gesagt: »Wie warm schon die Morgensonne ist, Schatz. Fühl mal, meine Haut ist wie ein Ofen!« Und er hatte die Hand ausgestreckt, ihre Brust umfaßt und geantwortet: »Das ist nicht die Morgensonne. Das ist noch der Vulkan der Nacht ...«

Und irgendwo hatte jemand mit einer Motorkamera das alles fotografiert. Das und noch mehr.

Ballister zerriß das Foto, verbrannte die Schnipsel in seinem Aschenbecher und blies die Asche aus dem Fenster. Das Negativ schloß er in seinen Schreibtisch ein. Er hatte ein Tresorfach und war sicher.

Als er später Cappadozza anrief, hatte er sich beruhigt.

»Das erste Negativ ist gekommen«, sagte er.

»Gratuliere. Wie ist es?«

»Grauenvoll! Wie sieht's bei Ihnen aus?«

»Wir pirschen uns vor. Die maßgebenden Burschen vom Postscheck müssen erst überzeugt werden, daß Diskretion Luxus ist. Aber ich glaube, daß wir nächste Woche wissen, wohin die Korrespondenz geht.«

»Brauchen Sie mehr Geld?« fragte Ballister heiser.

»Wir rechnen später ab.«

»Und wenn hinter der ganzen Sache eine private, aber ins Hochpolitische spielende Auseinandersetzung steht?«

»Wie soll ich das verstehen?« fragte Cappadozza gedehnt. »Ballister, servieren Sie mir da keinen Mist! Mit dem CIA will ich nichts zu tun haben!«

»Ein arabischer Prinz könnte dahinter stecken. Einer der Öljongleure ...«

»Das wissen Sie, Ballister?«

»Es ist nur eine Ahnung. Ich bin mit einem Prinzen zusammengerasselt, wegen Felicitas Saunders!«

»Das ist ein Ei, so hart wie Beton. Wie soll ich das knacken?« Cappadozza zog die Luft durch die Nase. »Ballister, da müssen wir umdenken! Aber ich glaube das nicht! Ein arabischer Prinz hat Ihre lumpigen 1000 Dollar nicht nötig. Wenn er Sie fertigmachen will, wirft er die Fotos auf den Markt!«

»Er hat es auch nicht nötig, nur als Psychoterror mir Tote in den Garten zu legen. Und trotzdem tut er es!«

»Was tut er?« Cappadozzas Stimme wurde einen Grad heller. »Sagen Sie das noch mal!«

»In meinem Garten sind nacheinander zwei meiner Bekannten erdrosselt worden. Ohne Motiv! Das muß doch einen Grund haben!«

»O Mann!« Cappadozza schien ehrlich erschüttert zu sein. »Darüber müssen wir wirklich nachdenken. Mit einer so großen Nummer wie einem Ölscheich habe ich noch nicht gespielt.«

Es schien, als sollte Darkster durch dieses verständliche Fehldenken sich aus der Schlinge ziehen, ohne es zu wissen.

XI

Eines muß man anerkennen: Darkster war zwar in seinem Beruf ein gesundes Mittelmaß, also ein Journalist, der über ein bescheidenes Zeilenhonorar nicht hinauskam, aber im Laufe dieser Wochen entdeckte er in sich — sehr zum eigenen Erstaunen — eine ausgesprochene Begabung zur Kriminalität. Aufgewachsen in den Straßenschluchten New Yorks und schon von Kind an gewöhnt, sich durch Dreck und Müll ans Sonnenlicht zu kämpfen, leitete ihn jetzt der Instinkt bei allen seinen Handlungen.

Er wußte, daß Ballister nicht ohne Gegenwehr die monatliche Rente zahlen würde, im Gegensatz zu Felicitas, die trotz aller Berufshärte eine im Grunde weiche Frau geblieben war und klaglos zahlen würde, um sich und vor allem die Ehre ihres heimlichen Geliebten zu schützen. Mit Ballister war nicht zu spaßen, obwohl er nach außen hin eine so friedfertige Natur zeigte und den Eindruck hinterließ, er sei dauernd mit seiner Umwelt unzufrieden und würde sich am liebsten aufs Land zurückziehen, um dort in einem Blumengarten weiter seiner eigenen Philosophie nachzuhängen. Das täuschte, Darkster und alle Insider wußten das. Und irgendwie fühlte sich Darkster auch unwohl, wenn er an Ballister dachte. Schon am Tage nach Absenden des ersten Briefes hatte er sich gefragt, ob das nicht eine Dummheit gewesen sei. Mit Felicitas' Geld konnte man wie ein Playboy leben, vor allem aber gefahrlos. Aber dann siegte auch bei ihm die Geldgier. Monatlich 1000 Dollar mehr, das soll man nicht verkümmern lassen!

Äußerst vorsichtig wurde Darkster allerdings, als er zur

eigenen Information eine Reportage über das Postscheckamt machte und dabei — fast durch Zufall — durch einen geschwätzigen Beamten der Kontenführung erfuhr, daß sich jemand sehr intensiv nach seinem Konto erkundigt hatte. Nicht die Polizei, nicht der FBI, nicht der CIA, kein Detektiv, sondern ein Privatmann, der angegeben habe, er sei der Erbe des Kontoinhabers und ob man nicht wisse, ob der Kontoinhaber noch weitere Konten habe. Man habe den Mann an einen Anwalt verwiesen, der die Erbangelegenheiten regeln würde.

»Dabei lebt der Konteninhaber!« sagte der eifrige Beamte. »Wir haben gestern noch von ihm Anweisungen erhalten!«

Bei Darkster klingelte es wieder Alarm. Da haben wir Ballister, dachte er. Er nicht persönlich, natürlich nicht, aber er hat einen Spürhund auf meine Fährte gesetzt. Wie geahnt! Er muß sich wund und müde laufen!

In diesen Tagen mietete Darkster bei zwölf verschiedenen Postämtern in New York und Umgebung Schließfächer und ließ dem Postscheckamt einen genauen Plan zugehen, wohin jeden Monat das eingehende Geld zu überweisen sei. Kurz vor der Überweisung wollte er dann anrufen und das Geld auf ein anderes Schließfach umdirigieren. Es mußte mit dem Teufel zugehen, wenn dann noch seine Spur verfolgbar war.

Es schien, als habe Darkster richtig gedacht. Sein Plan war gut, aber noch besser war Ballisters Bedenken gewesen, hinter der ganzen Aktion stecke eine Racheattacke des Prinzen Khalif. Er hatte damit unbewußt etwas ins Rollen gebracht, was alles lähmte. Auf jeden Fall rührte sich Camino Cappadozza nicht mehr, obwohl 10 000 Dollar abholbereit dalagen.

Ballister zahlte drei Monate pünktlich.

Drei Monate, die vorübergingen wie jeder Monat in den vergangenen Jahren. ACF war nun ein Sender, der im Geld schwamm, die Abteilung AKTUELLES konnte es sich leisten, die besten Leute einzukaufen und galt — schnell wie man in Amerika ist — sofort als beste aktuelle Abteilung aller Sender überhaupt und Ballister als ein Mann, der das politische Bild der Amerikaner maßgebend mitformte. Die Parteien traten an ihn heran, ob er sich nicht in den Kongreß wählen lassen wollte, aber Ballister winkte ab. Keine Parteienpolitik! Er wollte kritisch nach allen Seiten sein! Dagegen richtete man für ihn eine neue Sendereihe ein: »Gedanken nach Acht«, in der Ballister auf einem Stuhl hockte, eine große Weltkarte hinter sich und seine Ansicht bekannt gab über alles, was so in dieser Welt passierte. Das machte ihn rasend schnell populär und beliebt, weil er genau das aussprach, was Millionen dachten, es aber nicht verbreiten konnten.

Hunters schwebte in allen erreichbaren Himmeln, die über dem siebten lagen, verkündete eine Steigerung der Werbesendungen um 145,7 Prozent, was es noch nie in Amerika gegeben hatte, und leistete sich eine neue Geliebte. Das war ein zierliches, puppenhaftes Ding aus dem Fernsehballett mit einem süßen, aber leeren Kopf, einer fabelhaften Figur und einer zwitschernden Stimme, mit der sie verkündete, wie wunderbar sie alles fand, was jetzt mit ihr geschah. Hunters blähte sich wie ein Nilpferd, das gerne ein Pfau sein wollte, und begann den Wahnsinn, in seinem riesigen Park jeden Morgen einige Runden im Dauerlauf zu drehen, um fit für die kleine zärtliche Maus zu bleiben.

Felicitas Saunders arbeitete wie bisher mit der Fehlerlosigkeit eines gut eingerichteten, gut gewarteten Roboters.

Sie interviewte Staatsbesuche, sprach mit dem Papst in Rom und sagte zu ihm: »Heiliger Vater, ich bin evangelisch. Dadurch erheben sich für mich viele Fragen, und ich bin glücklich, mit Ihnen darüber diskutieren zu können. Die Grundfrage: Würde man Luther in der Situation der heutigen Kirche auch heute wieder in Acht und Bann werfen und als Ketzer verteufeln?«

Eine einmalige Frau! Eine Frau, die vor Mut platzte. Eine Frau, die keinem Problem aus dem Weg ging. Eine Frau, die ganz Amerika bewunderte und liebte. »Unsere« Saunders, hieß es in der Presse. Wenn Felicitas auf dem Bildschirm erschien, röchelten die anderen Fernsehstationen. ACF hatte dann die höchste Einschaltzahl. Kaum jemand saß vor einem anderen Programm, auch wenn die anderen Gesellschaften sich alle Mühe gaben und gegen die Saunders die besten Stars aufmarschieren ließen. Felicitas war nicht zu schlagen. Sie im Verein mit Ballister beherrschten zeitweise das amerikanische Fernsehprogramm.

Und Felicitas zahlte. Darkster kassierte die ersten Gelder mit klopfendem Herzen, zog sich dann in seine nach Urin stinkende Wohnung bei Mrs. Havelook zurück, breitete die Dollarscheine auf dem Tisch aus und starrte sie an wie ein aus der Nationalgalerie gestohlenes Gemälde.

Beim Anblick dieses Geldes verlor er die letzten Bedenken, daß es sich bei ihm um einen Schuft handelte. Das ist ein ganz natürliches Geschäft, sagte er sich. Ich habe etwas, was einen anderen interessiert, und der kauft es mir ab. In Raten, weil der Preis zu hoch ist. Das ist normal. In Amerika kaufen Millionen auf Ratenzahlung, und es bleibt sich gleich, ob es ein Auto, ein Haus, ein Kühlschrank oder 36 Fotonegative sind. Man kauft und zahlt! Wer will darin etwas Unmoralisches sehen?

Lora Ballister kam in diesen drei Monaten nicht so recht wieder auf die Beine. Sie fühlte sich zwar besser, ging viel spazieren, saß unter der Markise der Terrasse des Golf-Clubhauses, wenn Ballister seinen Ball schlug und schlürfte Obstsäfte, die man noch extra mit Vitaminen anreicherte. Vier Wochen lang war sie sogar glücklich, weil Felicitas Saunders sich einen Urlaub gönnte und mit Rosa und Red Cummings, der fast schon zur Familie gehörte und in den Rosa mit der ganzen Intensität ihrer siebzehn Jahre verliebt war, nach Florida flog, um anonym unter tausenden anderen Urlaubern im Meer zu schwimmen. Zwar wartete Lora darauf, daß Jérome jetzt etwas in Florida zu tun hatte, eine wichtige Reportage, aber das war nicht der Fall. Ballister blieb in New York, und das machte Lora sehr glücklich.

Was sie nicht wußte, war der Abschied, den Felicitas und Jérome feierten. Sie trafen sich natürlich wieder in einem kleinen Hotel in Danbury, wo die Saunders eine pechschwarze Lockenperücke trug und sich Juanita Lopez Granadilla nannte, eine Mexikanerin aus San Eduardo. Ballister reiste als Raoul Vernon, ein Kanadier aus Libreville. Wie immer bei solchen seltenen Begegnungen kamen sie aus dem Bett nicht hinaus, ließen sich Essen und Trinken aufs Zimmer bringen und klammerten sich aneinander, als seien diese Stunden wirklich ihre letzten im Leben.

Plötzlich, noch vom schweren Atmen niedergedrückt und mit bebenden Fingern eine Zigarette rauchend, sagte Felicitas:

»Ich werde erpreßt, Jérome.« Er warf sich herum und starrte sie entsetzt an. Bevor er etwas sagen konnte, fuhr sie fort. »Man hat von uns Bilder gemacht. Auf dem Balkon des Hotels in Tripolis. Ich habe ein Muster gesehen. Es ist furchtbar. Sie dürfen nie an die Öffentlichkeit kommen! Deshalb zahle ich.«

»Ich auch!« sagte Ballister heiser. »Mein Gott, was macht man mit uns! Wenn ich diesen Kerl entdecke ...«

»Wir haben keine Chancen, Liebling. Ich habe mir alles überlegt. Wenn er Abzüge an verschiedenen Stellen deponiert hat, sind wir vernichtet, auch wenn wir ihn in die Hände bekommen. Seine Kontaktleute werden die Fotos versenden.«

»Wir haben 48 Stunden Zeit.«

»Was sind 48 Stunden? Wie willst du an die Fotos kommen? Willst du im Fernsehen einen Aufruf erlassen?«

»Wenn wir den Kerl enttarnen, wird es keine 48 Stunden dauern, bis er redet. Das — das weiß ich!« Ballister schloß die Augen. Er hörte wieder Cappadozzas Stimme und fror plötzlich. »Ich habe mich immer geweigert«, sagte er stokkend, »Gewalt anzuwenden. Aber es gibt Situationen, wo man durch Humanität verrecken kann. Auch Moralbegriffe haben ihre Grenzen. Das können wir von den Politikern lernen. Das Überleben hat eigene Gesetze, so schrecklich das klingt!«

»Ich will zahlen«, sagte Felicitas leise. Sie rutschte zu Ballister und schmiegte sich in seinen Arm. Ihr warmer, glatter Körper schien sich mit dem seinen zu verschmelzen. »Ich will Ruhe haben, Jérome. Ich will dich lieben dürfen, auch wenn ich dafür wahnsinnigerweise bezahlen muß. Ich will endlich einmal wieder glücklich sein. Endlich!« Sie schob die Hände unter ihren Nacken und benutzte Ballisters ausgestreckten Arm als Kopfkissen. »Was Glück ist, habe ich selten genug erfahren. Mit Bob war ich glücklich, aber nur ein paar Monate. Dann mußte Bob nach Vietnam, und ich sah ihn nie wieder. Captain Bob Saunders liegt bei

Peng-lem, am Oberlauf des Flusses Krong-bolah. Ganz in der Nähe der laotischen Grenze.«

»Du mußt darüber hinwegkommen, Felicitas ...«, sagte Ballister fast väterlich.

»Ich war dort. Weißt du das?«

»Nein.«

»Ich bin als einzige und erste Frau in diesem Gebiet gewesen. Mit Genehmigung der Regierung in Hanoi. Ich habe das Gebiet durchstreift und habe mir zeigen lassen, wie die Partisanen damals gekämpft haben. Auch sein Grab hat man mir gezeigt ... einen Flecken im Dschungelboden, auf dem bereits wieder ein tropischer Baum wuchs. So ist mein erstes Glück getötet worden. Ich habe mich immer geweigert, an ein neues Glück zu glauben. Ich habe nach Bob und vor dir andere Männer gekannt, natürlich, aber sie hatten alle eins gemeinsam: Sie durften mir die Hand geben, mehr nicht. Das macht auf die Dauer kein Mann mit, und ich habe sie ziehen lassen ohne große innere Regungen. Dann kamst du, und mit dir das Rätsel, warum ich dich liebe. Und nun ist wieder jemand da, der mir dieses zweite Glück wegnehmen will, nur mit dem Unterschied, daß du nicht aufgespießt wirst, sondern daß ich dich freikaufen kann. Und das will ich. Was er für mein Glück verlangt, ist zu zahlen, es vernichtet mich nicht, wie mich einmal Vietnam hatte vernichten können. Begreifst du das, Jérome? Wir können glücklich sein, wenn wir dafür bezahlen. Warum sollen wir nicht zahlen?«

»Es ist die gemeinste Erpressung, in der wir stecken!«

»Was im Leben ist keine Erpressung? Das Hochtreiben der Ölpreise. Ist das keine Erpressung? Und was tut die Welt? Sie zahlt! Das Wettrüsten der Nationen, ist das keine Erpressung? Und was tut man? Man rüstet mit. Und wir alle zahlen dafür! Wie lächerlich klein ist dagegen die Summe, die wir zahlen müssen! Aber wir kaufen uns damit das Schönste, was es auf dieser Welt gibt: Unsere Liebe!«

»So kann man es auch sehen!« sagte Ballister sarkastisch. »Dann ist unser ganzes Leben ein einziges Verbrechen.«

»Es *ist* es, Liebling! Was wir Menschen eine Ordnung nennen, ist in Wahrheit nur eine Kette von Untaten!« Sie wälzte sich auf die Seite, küßte Ballister auf den Hals und streichelte ihn. »Ich habe mich damit abgefunden.«

»Ich nicht!« sagte Ballister rauh. »Ich bin kein Mensch, der Schläge einsteckt und sich noch dafür bedankt! Ich schlage zurück!«

Aber der gute Vorsatz nützte Ballister wenig. Nachdem Felicitas nach Florida abgeflogen war, rief er wieder Cappadozza an.

Der Friseur war zunächst nicht zu sprechen, aber Ballister ließ nicht locker und bekam ihn spät abends ans Telefon. Camino war sehr wortkarg.

»Haben Sie eine Ausdauer!« sagte er. »Du lieber Himmel ...«

»Das ist meine Spezialität! Ich kann mich in eine Sache festbeißen wie ein Boxerhund! Cappadozza, warum höre ich von Ihnen nichts mehr? Erst schien alles gut zu laufen, Sie hatten einen Draht zum Postscheckamt, Sie garantierten, daß der Saukerl bei Ihnen wahre Arien singen würde, aber plötzlich fällt der Vorhang über Ihrem Theater.«

»Da hat einer dran gezogen, am Vorhang!« sagte CC trocken. »Ihr Wink mit dem Ölprinzen war Gold wert! Ich habe Informationen eingezogen. Wenn wirklich dieser Khalif dahinter steckt, wenn wir es mit den Scheichen zu tun haben, lassen wir die Finger weg! Unsere Devise ist: Nie dem in die Kniekehlen schießen, der beidhändig zurückballern kann! Oder anders: Eine Wespe kann zwar einen Elefanten stechen, aber nicht von den Beinen holen! — Ist das klar?«

»Sie haben Angst, Cappadozza? Ausgerechnet Sie haben nun Angst?«

»Das ist falsch ausgedrückt, Mr. Ballister. Ich gebe lediglich aussichtslose Sachen ab, bevor sie mich niederwalzen.«

»*Ist* es der Prinz?« fragte Ballister. »Wenigstens diese Information können Sie mir ja geben!«

»Ich weiß es nicht.« Cappadozza schien nicht geneigt, in diesem Fall weiter tätig zu werden. »Ich habe mich sehr rücksichtsvoll verhalten, nachdem ich erfahren habe, daß die Gelder auf zwölf Schließfächer verteilt werden, von denen jeweils eins kurz vor der Überweisung als Empfänger bekannt gegeben wird.«

»Zwölf Fächer?« fragte Ballister betroffen. »Ich verstehe das alles nicht. Khalif hat andere Methoden, mich fertigzumachen. Schnellere, wirksamere.«

»Er ist ein Spieler, ich habe mich erkundigt. Das liegt in seiner Natur. Er spielt jetzt mit Ihnen, wie eine Katze mit einem Garnknäuel! Ballister, es tut mir leid ...«

»Sie ziehen sich zurück, CC?«

»Die Gegenseite schmeckt mir nicht. Machen Sie 's gut.«

»Ein frommer Wunsch! Sonst haben Sie keinen Rat?«

»Doch! Schalten Sie aus, was den Prinzen so ärgert, dann haben Sie Ruhe.«

»Unmöglich!«

»Dann steht Ihr Schicksal fest, Ballister. Bye bye.«

Cappadozza legte auf. Ballister war eine Zeitlang wie narkotisiert, er saß herum, starrte gegen die Wand und dachte nur an eins: Felicitas aufgeben? Es war ein Gedanke, so widersinnig, als wolle man von ihm verlangen, das Weiße Haus in Washington in die Luft zu sprengen. Aber selbst die war noch denkbarer, als Felicitas herzugeben.

Um noch einmal mit dem Unbekannten zu reden, setzte er in alle New Yorker Zeitungen eine kleine Anzeige mit dem Text:

»Wir sollten noch einmal miteinander sprechen über ein Schließfach für die Rente«.

Aber der Erpresser meldete sich darauf nicht. Ballister blieb nichts anderes übrig, als die vierte Rate pünktlich zu bezahlen. Pünktlich bis zum 10. jeden Monats, bis zu seinem Lebensende.

Oder bis zum Tode von Lora.

Das war der häßlichste von allen Gedanken.

Es war in West Palm Beach, wo Felicitas für die Dauer ihres Urlaubes an der Küste eine Villa gemietet hatte, an einem sonnigen, warmen Morgen gegen 11 Uhr, als Rosa zu Red Cummings an den Strand lief und ihm einen Zettel auf die nackte, breite Brust legte. Sie war sehr aufgeregt und dem Weinen nahe.

»Sieh dir das an, Red«, rief sie. »Das habe ich gefunden. Mami hat es auf ihrem Schminktisch liegen lassen. Lies dir das durch. Ich glaube ... ich glaube ... Mami wird erpreßt.«

Red Cummings, dieser Klotz von Kerl, richtete sich auf, seine Muskeln traten dabei dick unter der Haut hervor. Er nahm den Zettel, hielt ihn vor die Augen und las:

»Heute wieder überwiesen. Danach Anruf von ihm. Bedankt sich. Ich kann seine Stimme nicht mehr hören! Wie komme ich nur an die Sachen heran?«

Mit Cummings vollzog sich eine erschreckende Wandlung. Er zerknüllte das Papier, knirschte mit den Zähnen, sein Gesicht erstarrte zu einer Fratze, und erst als Rosa rief: »Red, was ist denn los?«, entspannte er sich, und ein schiefes Lächeln wischte den schrecklichen Ausdruck weg.

»Das klingt danach!« sagte Cummings heiser. »Das klingt wirklich nach Erpressung. Man sollte Mama einmal ganz hart danach fragen ...«

»Aber wenn sie es nicht will? Sie hat nie darüber gesprochen. Wir sollen es bestimmt nicht wissen.« Rosa nahm den Zettel und las ihn noch einmal. »Wer kann das sein, Red? Was kann er von Mami wollen? Was sollte er wissen? Mami hat doch nie etwas Unrechtes getan. Nie! Man kann doch Mami niemals erpressen. Es gibt nichts, was sie verbergen muß.«

»Anscheinend doch.«

»Pfui, Red!«

»Sie zahlt! Hier steht es! Also ist sie erpreßbar! Irgendwas muß Mama so wichtig sein, daß es nie bekannt wird, und dafür zahlt sie! Oh, wenn ich den Kerl erwische!« Cummings ballte die Faust. Er hatte als Boxer dicke, respektheischende Fäuste, die er jetzt klatschend gegeneinanderstieß. Es war denkbar, daß Arthur Darkster einen zweiten Schlag nicht mehr bei Bewußtsein erlebte.

»Was sollen wir tun?« fragte Rosa kläglich.

»Im Augenblick nichts.« Cummings blickte mit merkwürdig starren Augen um sich. Seine breite Brust hob sich beim schnellen Atmen. Er drehte sich auf den Bauch und hielt die Luft an, bis er spürte, wie sich ein unbändiger Drang in seinem Inneren beruhigte und er wieder normal denken konnte. »Wir müssen Mama beobachten. Vielleicht gelingt es uns, zu erfahren, wohin sie zahlt. Dann werde ich mich darum kümmern. Noch wichtiger wäre es, zu wissen, warum sie zahlt. Wir dürfen jetzt nichts falsch machen und sie vielleicht in Gefahr bringen. Auf keinen Fall darf sie merken, daß wir es wissen.«

Wenig später kam Felicitas an den Strand. Sie trug einen goldfarbenen knappen Bikini und sah hinreißend aus. Lachend küßte sie ihre Tochter und gab auch Cummings einen Kuß auf die Wange. Nichts an ihr verriet, daß sie voll Sorgen stak und irgendein Geheimnis sie bedrückte, weil es ein Geheimnis bleiben mußte.

»Jérome hat eben angerufen!« sagte sie und legte sich neben Rosa auf eine Luftmatratze. »Vielleicht kommt da ein ganz großer Auftrag auf mich zu. Breschnew ist nicht abgeneigt, mich zu empfangen. Noch zögert er, aber er hat auf jeden Fall nicht sofort nein gesagt. In zehn Tagen will er sich entscheiden. Stell dir das vor, Kleinchen, ich interviewe Breschnew!«

»Das wäre toll, Mami! Das wäre der Gipfel deiner Karriere.«

»Und Anlaß vieler Neider, Sie zu bekämpfen!« sagte Cummings leichthin. »Sicherlich haben Sie auch Feinde, Felicitas.«

»Wer hat die nicht, Red.« Sie antwortete unbefangen und ohne Unterton. »Damit muß man leben. Der Ruhm hat auch dunkle Seiten.«

»Sie sagen es! Kennen Sie Ihre Feinde?«

»Nicht direkt. Sie halten sich meistens in der Anonymität. Aber ich übersehe sie. Neid ist ein Beweis des eigenen Erfolges.«

»Und wenn die Feinde aggressiv werden?«

»Das ist noch nicht vorgekommen.« Felicitas Saunders lachte unbefangen. »Ich möchte auch ein Beispiel nennen: Man kann eine Mauer beschmieren, aber man zerstört sie dadurch nicht. Sie bleibt stark und fest. Und die Farbe kann man jederzeit abwaschen.« Sie schüttelte den Kopf. »Gespräche haben wir heute! Ihr solltet lieber schwimmen. So ein herrlicher Tag! Am Nachmittag fahren wir mit dem Boot hinaus aufs Meer und angeln uns einen dicken Fisch. Red wird ihn grillen...«

Es wurde nicht mehr darüber gesprochen. Man lebte in diesen Wochen wirklich fern von allem Alltäglichen. Nur eine Woche vor Beendigung des Urlaubes rief Ballister wieder an.

»Lici —«, sagte er, » — es ist geschafft. Ich habe Nachricht aus Moskau. Breschnew ist bereit zum Interview. Allerdings sollst du die Fragen vorher einreichen. Das Gespräch wird genau einstudiert sein.«

»Das kann es!« Felicitas lachte laut. »Er wird sich wundern, wenn ich anders frage, als im Manuskript vorgesehen.«

»Das nützt dir nichts! Der Dolmetscher wird sie nicht übersetzen.«

»Aber die Welt hört und sieht es dann!«

»Wenn auch! Für dich wird es eine Niederlage, wenn die Leute in Moskau nicht von ihrer Linie abgehen.«

»Ich führe keine Propagandagespräche, Jérome!«

»Das soll es auch nicht werden! Lici, wir werden die Fragen gemeinsam zusammenstellen und einige harte Brocken einbauen.«

»Du fliegst mit nach Moskau?«

»Ich glaube nicht.«

»Aber ich glaube es! Liebling, ich verspreche dir: Ich werde in Moskauer Hotels Balkone vermeiden und mich nur angezogen am Fenster zeigen...«

»Lici! Wenn dich jemand hört! Bist du auch wirklich allein?«

»Nein!« Sie lachte schallend. »Rosa und Red sitzen neben mir. Und das Zimmer ist voll von guten Freunden. Wir sind mindestens 20 Personen! Und vor diesen lieben Freunden sage ich ganz laut: Ich liebe dich! Ich habe Sehnsucht nach dir! Ohne dich ist selbst Florida ein trostloses Nest! Ich will in deinen Armen liegen, heute noch, sofort ...!«

»Du bist ein verrücktes Weib!« sagte Ballister und lachte kurz. »Ein Glück, daß dich so niemand kennt! Wann bist du wieder hier?«

»Nächsten Samstag, Liebling. Ich werde dich im Bett zerreißen!«

Ballister legte schnell auf, aus Angst, Felicitas könnte ihre Ausdrucksweise noch weiter steigern.

Die Mordkommission kam in den Fällen Tito Varone und Stan Barley nicht weiter. Das war vorauszusehen: Ohne Motiv kein Mörder. Wo sollte man mit den Nachforschungen ansetzen? Die erste Version, bei Tito Varone, daß es sich um einen Irrtum handeln mußte, konnte nicht mehr aufrecht gehalten werden, nachdem auf die gleiche Weise, am gleichen Ort nun auch Barley erwürgt worden war. Auch Pemms Film über diese geheimnisvollen Morde, den er der Polizei in einer Vorausvorstellung vorführte, bewies nur, daß man alles in diese Tragödie hineindichten konnte. Die Friedhofsaufnahmen brachten auch nichts Neues. Es blieb der Verdacht, daß im engsten Bekanntenkreis von Ballister der Mörder herumlaufen mußte, aber niemand wagte es, das nur auszusprechen, weil jeder dieser Männer und Frauen zu den großen Namen New Yorks, der TV-Stationen oder des Showbusiness gehörten. Was Ballister dachte, sprach er nicht aus. Man hätte ihn für verrückt gehalten, wenn er gesagt hätte: »Kümmert euch mal um den Prinzen Khalif.« Man hätte sowieso die Hände davon gelassen, weil es sich dann um eine ganz heiße Sache gehandelt hätte, die in die Politik abglitt. Und dort ist ein Mord mehr oder weniger völlig ohne Bedeutung.

Lora Ballister ging es mittlerweile so gut, daß selbst Dr. Meyer verblüfft war und zu Ballister sagte: »Ich rede nicht gern von Wundern, in der Medizin schon gar nicht, aber was mit Lora geschieht, ist außerhalb aller Logik! Sie blüht richtig auf, und ihre hysterischen Anfälle reduzieren sich bis auf leichte Bitternisse, wenn sie an ihr Alter denkt. Aber wer kann das bei einer so schönen Frau wie Lora nicht verstehen? Marilyn Monroe ist daran zerbrochen und hat Tabletten geschluckt. Andere springen aus dem Fenster oder von Brücken. Ist schon eine schlimme Zeit für die Frauen, wenn keine Creme mehr hilft! Aber Lora hat es gepackt! Ballister, was haben Sie mit ihr angestellt?«

»Nichts!« antwortete Ballister und war sehr froh über diese Nachricht.

»Wirklich nichts? Nicht vermehrte Zärtlichkeit, wenn die Schlafzimmertür zuklappt?«

»Nein!«

»Sollten Sie aber, Jérome!«

»Sind Sie Arzt oder Sexualtrainer, Doktor?«

»Beides, Ballister. Ein guter Arzt ist einfach alles, wenn es der Gesundheit nützt! Auf jeden Fall, weiter so! Loras Leben haben wir gründlich verlängert.«

Dr. Meyer schien wirklich recht zu haben. Lora machte kein Theater — wie damals bei der Fahrt nach Libyen — als Ballister ihr eröffnete, er müsse mit Felicitas Saunders zum Breschnew-Interview nach Moskau fliegen. Sie sah die Notwendigkeit ein, freute sich über diesen ungeheuren Erfolg, und Ballister gab am Abend vor dem Abflug aus purer Freude über Loras Verständnis eine Party, eine Vorfeier zum Triumph in Moskau. Nur einen Schönheitsfehler hatte die Party: Im Garten standen zehn Kriminalbeamte herum und leuchteten den Park aus. Der unbekannte Würger hatte keine Chance, noch einmal zuzuschlagen. Wer von den Gästen im Garten spazierenging, um frische Luft einzuatmen, wurde von zwei Beamten begleitet oder wandelte im hellen Scheinwerferlicht herum. Pemm — wer sonst? — fand das ungeheuer spannend und attraktiv und wollte diese gespenstische Szene noch in seinen Film einbauen. Nur mit dem Knall, daß der Mörder trotzdem sein Opfer fand, unter den Augen der Polizei. Hunters, dem Pemm sofort seine Gedanken vortrug, seufzte vor Wonne.

Lora brachte Jérome sogar zum Flugzeug, küßte ihn und Felicitas und winkte ihnen nach, bis sie Ballister nicht mehr sah. Dann fuhr sie zurück zu ihrem Haus, wo sie Dr. Meyer vorfand. »Es geht mir blendend!« sagte sie. »Und wissen Sie, warum?«

»Darauf bin ich gespannt«, antwortete Dr. Meyer. »Ich kann nämlich darauf keine Antwort geben.«

»Ich habe eine ganze Zeit geglaubt, Jérome habe etwas mit Felicitas. Das hat mich fast zerrissen! Aber jetzt weiß ich, daß es nicht so ist. Ich war eine dumme Gans, Doktor. Felicitas ist ein kühles Aas, die nur ihre Arbeit kennt, und Jérome ist viel zu bequem, um solche Eisberge zum Schmelzen zu bringen. Ich habe lange gebraucht, um das zu begreifen. Wenn Jérome ein Verhältnis beginnen sollte, dann mit einem der Püppchen, die im TV zu Hunderten herumspringen und auf eine Chance warten. Da braucht er nur zu blinzeln, und die werfen die Kleider ab wie Bäume ihre Herbstblätter. Aber auch dazu ist Jérome zu faul geworden. Er will seine Ruhe haben. Bei mir! Endlich begreife ich das. Wenn er heimkommt, sehnt er sich nach allem, nur nicht nach einer Frau. Da ist ihm ein Drink hundertmal lieber.« Lora lachte befreit. »Auch das muß eine Ehefrau lernen und begreifen. Ich kann es jetzt, Doktor! Das ist das ganze Geheimnis.«

Dr. Meyer war bereit, das zu glauben. Die Erklärung klang gut und logisch, wenn man Lora kannte. Sie hatte Ballister wieder für sich allein, was sie eine Zeitlang nicht geglaubt hatte. Solche Erkenntnisse können eine Frau völlig verändern.

Man hatte nur mit einem nicht gerechnet, und wer konnte das auch: Bei der sonst so korrekten New Yorker Post ging ein Brief verloren. Das kommt überall vor, dagegen ist niemand gefeit. Ein Brief fällt aus der Sortiermaschine flattert unter einen Tisch, wo er erst viel später gefunden wird. Aber im Augenblick ist er vermißt. Bei täglich Millionen Briefen und Karten kann man das verzeihen.

Aber Darkster verzieh nicht. Er wartete vom 10. bis zum 15., und als das Geld nicht auf dem Postscheckkonto war, betrachtete er das als den Beginn einer Weigerung. Um jedem Versuch eines Aussteigens vorzubeugen und in aller Schärfe zu erklären, daß man mit ihm nicht spielen könne, rief er bei Felicitas Saunders an.

Sehr verwundert war er deshalb, als sich eine Männerstimme meldete und fragte: »Was ist los?«

»Wer sind Sie?« fragte Darkster zurück.

»Das geht Sie einen Dreck an!« sagte Cummings nicht sehr höflich. »Sie haben angerufen und müssen Ihren Namen nennen.«

»Ich muß einen Scheiß!« rief Darkster erregt. »Holen Sie Mrs. Saunders.«

»Nein!«

»Es ist wichtig.«

»Nichts ist wichtig von einem, der seinen Namen nicht nennt!«

»Wie Sie meinen, Sie Clown!« Darkster kochte vor Wut. »Bestellen Sie Mrs. Saunders, Sie hätte etwas vergessen! Wenn das morgen nicht da ist, kommt die Stunde Null!«

»Ah, du bist es, du Sauhund!« sagte Cummings zufrieden. »Du Kassier! Nun hör einmal zu: Keinen Cent bekommst du mehr! Wenn du was haben willst, komm her und hol es dir.«

»Du weißt nicht, wovon du sprichst!« sagte Darkster heiser. »Wenn ich auspacke, dann ...«

»Pack aus, du Sau!«

»Deine Mrs. Saunders ist erledigt!«

»Wer's glaubt, kann sich bepinkeln!« sagte Cummings fröhlich. »Halt die Schnauze, Junge, und such dir eine andere Kuh, die du melken kannst.«

Darkster legte mit zuckendem Gesicht auf. Auch Cummings warf den Hörer hin, weil Rosa gerade aus dem Garten kam vom Tennistraining. Sie übte Schläge gegen eine federnde Wand.

»Wer hat da angerufen?« rief sie. »Mami aus Moskau?«

»Nein«, sagte Cummings. »Ein Idiot, der sich Schauspieler nannte. Er wollte bei Felicitas Saunders vorsprechen. Den Mortimer aus Maria Stuart.«

»Bei Mami? Verrückt!«

»Sage ich ja. Ich habe ihn ans Studio, an Pemm, verwiesen.«

Sie lachten beide, breiteten die Arme aus und fielen sich um den Hals. Ihre Liebe war immerdar und unkompliziert.

Am Abend des dritten Tages ihres Moskauaufenthaltes

— sie hatten Breschnew noch nicht sprechen können, dafür aber einen Empfang in der Amerikanischen Botschaft hinter sich und einen Ausflug zum Kloster Sagorsk, was zu jedem Besucherprogramm gehört — rief zuerst Hunters an. Seine Stimme klang belegt, als läge dick Staub auf seinen Stimmbändern.

»Komm sofort zurück, Jérome!« sagte er. »Hier ist ein tolles Ding passiert! Nimm die nächste Maschine.«

»Was ist denn los?« Ballister sah erstaunt Felicitas an, die ihr Ohr auf der anderen Seite gegen den Hörer drückte. Sie war schon ausgezogen und trug nur einen winzigen Slip. »Sind wir pleite?«

»Komm sofort!« stöhnte Hunters. »Am Telefon kein Kommentar! Felicitas soll in Moskau bleiben und das Interview machen. Aber du mußt sofort kommen!«

»Bist du betrunken?« fragte Ballister.

»Verdammt! Flieg los!« schrie Hunters. »Das ist jetzt dienstlich! Ich will, daß du sofort zurückkommst!« Mit einem Ächzen warf Hunters den Hörer hin.

Zehn Minuten später — Ballister erklärte Felicitas gerade, Hunters müsse total übergeschnappt sein, vielleicht sei ihm sein neues Püppchen weggelaufen, rief Dr. Meyer an. Seine Stimme war nicht erregt, sie war eher kühl und abweisend.

»Ballister, es ist notwendig, daß Sie kommen!« sagte er. »Vor zwei Stunden wurde ich zu Ihnen gerufen, von ihrem Hausmädchen. Mit Lora stimmt etwas nicht. Ich komme hin, und sie liegt im Bett. Neben ihr liegt ein Foto, eine Vergrößerung. Der Brief wurde, wie man mir sagte, vor einer Stunde von einem kleinen Jungen abgegeben. Soll ich Ihnen sagen, was das Foto darstellt?«

»Nein!« sagte Ballister tonlos. »O dieses Schwein!«

»Ich habe das Foto sofort an mich genommen, ehe andere es sehen.«

»Danke, Doktor.« Ballister schluckte mehrmals. »Was sagt Lora dazu?«

»Nichts.« Dr. Meyer machte eine kurze Pause. »Man hat es geschafft. Lora ist tot.«

XII

Ballister nahm das nächste Flugzeug nach New York und ließ Felicitas mit dem Kamerateam allein in Moskau. Am übernächsten Tag sollte im Kreml das Interview mit Breschnew stattfinden. Eine Verschiebung oder gar Absage war unmöglich, man hätte nie wieder die Erlaubnis bekommen, ein neues Gespräch zu vereinbaren. Felicitas sah das ein, aber sie war durch Loras Tod geschockt.

»Es ist meine Schuld«, sagte sie immer wieder. »Irgend etwas muß mit der letzten Überweisung passiert sein! Aber ich schwöre dir, Jérome, ich schwöre es dir: Das war nicht gewollt!«

»Das weiß ich doch!« sagte Ballister. »Niemand denkt daran.«

»Doch! In deinem Inneren schwelt jetzt das Mißtrauen! Du denkst: Vielleicht hat sie es doch bewußt getan!«

»Bitte, red nicht solch einen Blödsinn!«

»Ich sehe es in deinen Augen, in deinem Blick, du glaubst mir nicht!«

»Jetzt dreh bitte nicht durch!« schrie Ballister verzweifelt. »Weder du noch ich haben uns etwas vorzuwerfen! Daß Lora ein Foto bekam, war bewußt gesteuert!«

»Von wem?«

»Wenn ich das wüßte! Du hast ja gehört: Ein Junge hat den Brief bei Lora abgegeben. Man hat gewartet, bis sie allein war!«

»Und was geschieht nun?« Sie sah ihn aus weiten, ängstlichen Augen an. Zum erstenmal bemerkte er, daß auch eine Saunders Angst haben konnte. Sie war jetzt nicht anders als andere Frauen, die mit ihrer Verzweiflung nicht zurecht kommen. Die unerschütterliche Überlegenheit, um die jeder die Saunders beneidete, fiel von ihr ab wie ein schlechtes Make-up.

»Da es ein normaler Herztod war, wird man Lora auch normal begraben«, sagte Ballister heiser. »Dr. Meyer hat sofort reagiert, er hat das Foto weggenommen. Es hat niemand außer ihm — und Lora gesehen. Nun bleibt abzuwarten, ob weitere Fotos bei den Redaktionen der Zeitungen und Zeitschriften auftauchen.«

»Und wenn das der Fall ist?«

Ballister starrte gegen die Wand des Hotelzimmers. Er wußte darauf auch keine Antwort, nicht in diesem Augenblick. Er konnte nur ahnen, wie seine und Felicitas' Vernichtung aussehen würde. Vielleicht wußte Hunters schon mehr, als er am Telefon sagen wollte.

In New York traf Ballister ein kleines Chaos an. Man hatte Lora aus dem Hause abtransportiert, allerdings nicht, um sie standesgemäß einzusargen, sondern die Polizei hatte die Leiche beschlagnahmt. Es sah also schlechter aus, als Ballister gedacht hatte. Der Leiter der Mordkommission, den er sofort nach seinem Eintreffen anrief, begründete seine Entscheidung so: »Bei Ihnen haben schon zwei Tote herumgelegen, nun stirbt Ihre Frau plötzlich. Da muß man ja nachdenklich werden.«

»Sie war schwer herzkrank!« sagte Ballister. »Oder hat man sie im Bett erdrosselt?«

»Uns liegt der Totenschein von Dr. Meyer vor. Aber wir wollen ihn amtlich überprüfen. Schließlich ist jeder Tod auf den Stillstand des Herzens zurückzuführen. Bitte verstehen Sie, daß wir in diesem Falle sehr genau sein müssen.«

Ballister verstand es nicht und meldete sich telefonisch bei Hunters und Dr. Meyer aus Moskau zurück. Hunters brüllte sofort los.

»Junge, das ist ja eine Sauerei!«

»Was ist eine Sauerei?« fragte Ballister nüchtern zurück.

»Gerade jetzt muß Lora sterben ...«

»Ich rede wieder mit dir, wenn du dir eine andere Ausdrucksweise angewöhnst«, sagte Ballister kalt. »Loras Tod als Sauerei zu bezeichnen, ist wert, dir eine unters Kinn zu setzen.«

»Hör mich an, Jérome ...«

»Nein! Ende!«

Ballister legte auf. Dafür war zehn Minuten später Dr. Meyer da, sah Ballister kopfschüttelnd an und holte ein Foto aus der Arzttasche. Es war eine Vergrößerung, ein sehr klares Foto, sonnendurchflutet, fröhliches Leben ausstrahlend. Ballister und Felicitas nackt auf einem Balkon, wie sie sich küssen.

Ballister legte das Foto weg. Dr. Meyer räusperte sich.

»Man kann unmöglich behaupten, das seien Doppelgänger«, sagte er. »Das Foto ist sogar eine ästhetische Augenweide, trotz Ihres Bauchansatzes, Jérome! Sie sollten etwas für die Figur tun. Gegen die Saunders sehen Sie unvorteilhaft aus. Leider hatte Lora keinen Sinn für Ästhetik solcher Art.«

»Wenn Sie mich jetzt verprügeln, halte ich still«, sagte Ballister bedrückt.

»Warum sollte ich? Weil Sie mich belogen haben?«

»Hätten Sie die Wahrheit gesagt?«

»In dieser Situation und vor einem Arzt ... ja! Ich hätte Lora anders behandelt. Wenn ich gewußt hätte, daß Sie mit der Saunders sonnenbaden und ein gemeinsames Kopfkissen haben, würden wir einen Ausweg gesucht haben. Gemeinsam, Ballister! Nicht so einen wie jetzt.«

»Ich habe mit der Übergabe des Bildes wirklich nichts zu tun.«

»Das glaube ich Ihnen.«

»Felicitas und ich werden von einem Unbekannten seit Monaten mit diesen Fotos erpreßt. Keiner konnte ahnen, daß er trotzdem zuschlägt!«

»Er konnte nicht wissen, daß Loras Herz so kaputt war. Er wollte Ihnen nur einen Schuß vor den Bug setzen, Ballister.« Dr. Meyer ließ sich schwer in einen Sessel fallen. »Warum haben Sie das getan? Geben Sie keine Antwort. Wenn man das Foto mit männlichen Augen betrachtet, ist die Antwort klar. Solch eine Frau zu besitzen, ist schon ein Kuß des Schicksals. Aber, verdammt nochmal, wenn man solch eine Frau besitzt und hat noch eine angetraute Frau zusätzlich, dann ist man vorsichtiger als der beste russische Agent! Aber was machen Sie? Sie springen frisch, fromm, fröhlich und nackt auf afrikanischen Hotelbalkons herum und lassen sich auch noch fotografieren! Soviel Dämlichkeit bei Ihnen hätte ich nie vermutet!«

»Wer denkt daran, daß in Libyen jemand uns belauert?«

»Man muß immer daran denken, wenn man etwas zu verbergen hat.« Dr. Meyer sah sich suchend um. »Jérome, gibt es bei Ihnen einen Whiskey?«

»Jede Menge! Irisch, Schottisch oder Bourbon?«

»Bourbon! Ohne Eis, mit Wasser.« Dr. Meyer schob das Foto in seine Arzttasche zurück. »Ich werde das Bild verbrennen, oder wollen Sie's jetzt haben als Erinnerung an Tripolis?«

»Vernichten Sie es!« Ballister brachte den Whiskey. »Wann kann ich Lora begraben?«

»Nächste Woche. Die Polizei war wie wild. Aber der Obduktionsbefund wird bestätigen, daß Lora eines natürlichen Todes gestorben ist. Wenn man von der auslösenden Ursache absieht, aber die kennen nur Sie und ich.«

»Und der Erpresser.«

»Er wird darüber entsetzt sein!«

»Das glaube ich nicht. Das ist ein eiskalter Bursche.« Ballister goß sich auch ein Glas ein. »Ich warte jetzt, daß noch woanders Bilder auftauchen.«

»Treten Sie die Flucht nach vorn an, Jérome.«

»Das müssen Sie mir erklären, Doktor.«

»Lassen Sie ausstreuen, Sie und die Saunders seien schon lange ein Paar. Lora habe es gewußt und stillschweigend geduldet, weil sie durch ihre Krankheit sehr behindert war. Die Ehe habe man nur noch zum Schein aufrecht erhalten.«

»Das wäre gegenüber Lora gemein, Doktor!«

»Stimmt. Sie kann sich nicht wehren! Aber man wird es Ihnen glauben, vor allem die mächtigen Frauenvereine! Loras plötzlicher Tod bestätigt ihre Krankheit. Man wird Lora wie eine neue Heilige bejubeln. Die Frau, die ihrem Mann vor dem Tod noch ein neues Glück gönnt. Tränen werden wie Wasserfälle rauschen! Sie und Felicitas wird man nicht verurteilen, sondern als Paar des Jahres küren!«

»Sie sind ein ganz raffinierter Hund, Doktor! Das hätte ich Ihnen nicht zugetraut!«

»Und der Erpresser kann seine Bildchen einstampfen. Sie sind frei von allen Zahlungen! Wenn alle Welt euer Verhältnis kennt, was sollen dann die Fotos? Neckische Morgenspiele setzt man voraus! Sie stehen plötzlich im weißen

Kleidchen da, Ballister! Nur eins möchte ich Ihnen dringend raten: Heiraten Sie die Saunders bald!«

»Wenn sie will, das ist noch zweifelhaft!«

»Ich denke, Sie sind ihre himmelhohe Liebe?«

»Die kann man sein ohne amtliches Siegel.«

»Natürlich. Aber vor der Öffentlichkeit macht es sich besser, wenn Sie im Standesamtregister stehen. Auch die moderne Welt ist irgendwo noch altmodisch. Gottseidank, sage ich!« Meyer trank noch einen großen Bourbon und schnaufte danach. »Na, was halten Sie von meinen Vorschlägen?«

»Sie wären ein neuer Betrug an Lora, Doktor«, sagte Ballister stockend.

»Der allerletzte, aber er rettet Sie! Oder wollen Sie jetzt der Märtyrer sein und mit Halleluja untergehen? Die moralische Schuld tragen Sie sowieso bis zum Ende mit sich herum, die nimmt Ihnen keiner ab! Aber nach außen hin sollten Sie ein blankpoliertes Schild tragen.« Dr. Meyer wedelte mit beiden Händen. »Wollen Sie das mir überlassen, Jérome?«

»Was?«

»Das Blankputzen Ihres Namens! Verdammt, man wird sagen, das ist keine Aufgabe eines Arztes, sich da hineinzuhängen. Stimmt! Aber ich kann auch nicht mit ansehen, wie Sie und Felicitas zugrunde gehen. Gut, ihr habt Lora seit langer Zeit betrogen, das war gemein, aber ich weiß auch, Jérome, daß Sie alles getan haben, um Lora zu schützen und sich ihrer Krankheit unterordneten. Sie wurden hin- und hergerissen. Und Sie hätten bis zum Konkurs gezahlt, um Lora diese Fotos zu ersparen.«

»Ja.«

»Obgleich es einfacher gewesen wäre, sie ihr zu zeigen

und das auszulösen, was nun geschehen ist. Damit wären Sie von allem frei gewesen.«

»Um Himmels Willen! Daran habe ich nie gedacht! Nie!«

»Das weiß ich ja. Und darum will ich Ihnen helfen. Jérome, ich werde hintenherum — das ist am wirksamsten und spricht sich am schnellsten rum — ganz vertraulich erzählen, was mir Lora anvertraut hat und wie großherzig sie gewesen ist. In spätestens vierzehn Tagen hat Amerika seine Super Love Story!«

»Geht es nicht unauffälliger, Doktor?« fragte Ballister bedrückt.

»Natürlich. Aber Sie kennen doch die Menschen! Gerade von Ihnen und der Saunders, der TV liebstes Kind, erwartet man den großen vulkanischen Ausbruch! Wer berühmt ist, hat kein Recht mehr auf Ruhe! Ruhm und Ruhe fangen zwar mit ›R‹ an, aber sie entfernen sich voneinander in dem Maße, in dem der eine wächst und man die andere sucht. Man muß im Leben eben für alles bezahlen.« Dr. Meyer trank den dritten Bourbon. »Also, was ist, Ballister?«

»Tun Sie, was Sie wollen, Doktor.« Ballister bedeckte seine Augen mit beiden Händen. »Ich gestehe, daß mir im Augenblick alles gleichgültig ist. Man hat es zum erstenmal geschafft, mich fertig zu machen.«

Am Abend rief er Felicitas in Moskau an. Als er sie endlich hörte, fragte er ohne Umschweife: »Willst du mich heiraten, Lici?«

»Das ist alles, was du jetzt zu sagen hast?« fragte sie verwirrt.

»Ist das nicht genug?«

»Man wird uns steinigen.«

»Im Gegenteil, man wird uns mit Glückstränen benässen.«

»Hast du getrunken, Jérome?«

»Nicht viel. Aber ich komme mir wie ein Stück Dreck vor. Dr. Meyer hat einen Plan, nach dem wir sofort heiraten müssen, wenn Lora begraben ist. Es war Loras Wunsch.«

»Bist du verrückt?«

»Man kann es werden, Lici! — Willst du mich heiraten?«

»Ja!«

»Dann ist es gut.« Ballister spürte, wie sein Herz hämmerte. Er hatte ebenso mit einem Nein gerechnet. »Ich glaube, es wird keine Katastrophe geben ...«

Man kann über Arthur Darkster denken, was man will, und daß er ein Gauner war, steht außer Zweifel, auch wenn er nur die Gelegenheit ausgenutzt hatte und plötzlich nach langen Hungerjahren auf eine Goldader stieß, die zufällig menschlicher Natur war, eines war er nicht: Einer jener eiskalten Gangster, denen ein Menschenleben uninteressanter ist als ein gut gemixter Drink! Im Grunde war Darkster eine Mischung aus verzweifeltem Wollen und lähmender Ängstlichkeit, genau die Mischung also, die nie zu einem Erfolg kommt. Seine plötzliche Erpresserlaufbahn war unbestritten der Höhepunkt seines Lebens, eine einsame Spitze, nie mehr erreichbar.

Die Nachricht von Lora Ballisters plötzlichem Herztod traf ihn deshalb wie ein Keulenschlag. Daß der Tod mit dem übersandten Foto zusammenhing, kam ihm nicht in den Sinn, vielmehr sah er es anders herum, nämlich als Schlag des Schicksals gegen ihn. Mit Loras Ableben war die größte Drohung für Ballister gestorben. Der Skandal einer Ehescheidung mit viel schmutziger Wäsche blieb aus. Die Wirkung der Fotos in der Presse war jetzt nur noch halb, denn wenn Lora Ballister nicht mehr lebte, kam es zu keinen Auseinandersetzungen mehr zwischen ihr und Felicitas Saunders, was ja die ganze Würze des Falles gewesen wäre! Ballisters große Angst vor Offenlegung seiner Liebschaft war jetzt auf einen Nullpunkt gesunken. Wenn er noch zahlte, war er ein Rindvieh. Auch Felicitas hatte keinen Grund mehr, aus Darkster einen reichen Rentner zu machen, der Weg zu Ballister war nach einer gewissen Trauerzeit frei!

Darkster sah es so und wurde sehr unruhig. Der Höhepunkt seines Lebens verwandelte sich zu einem Absturz. Zwar hatte er bisher schon 18 000 Dollar kassiert, aber das war lächerlich gegen die Million, mit der er bereits jongliert hatte.

Um sich zu orientieren, wie die Stimmung im Hause Ballister war, verwandelte er sich zum Reporter zurück und fuhr zu Ballisters Villa. Sie stand für jedermann offen, solange Lora noch nicht beerdigt war. In der großen Diele war ein Tisch aufgebaut, wo man sich in ein Kondolenzbuch eintragen konnte und Blumen abgab. Das war eine Idee des Bestattungsunternehmens Kolschynski und Popow gewesen, den größten Fachleuten in dieser Branche von New York. Ballister hatte sich dagegen gewehrt, aber Hunters wie auch Dr. Meyer waren der Ansicht, man müsse so etwas tun, im Gegenteil, zuviel sei noch zu wenig! Und so hatten Kolschynski und Popow die Idee verwirklicht, aus vier Lautsprechern die Diele von Ballisters Villa mit Trauermusik zu berieseln, vom Trauermarsch aus »Siegfried« von Wagner bis — keiner wußte, wie sie dahin gehörte — zur »Wassermusik« von Händel. Dazwischen lagen das Ave Maria von Bach-Gounod und das Lied »Jesu geh voran ...«, aber auch Nocturnes von Chopin. Ballister war vor dieser Schau geflüchtet, vor allem, als die Mannen von Kolschynski und Popow begannen, die Diele mit Lorbeerbäumen in Kübeln zu schmücken und schwarze Schleier an die Wände zu heften. Ein Girl mit schwarzen Haaren und in einem schwarzen Satinanzug, höllisch verführerisch, stand neben dem Kondolenztisch und verteilte die Kugelschreiber zur Eintragung. Wie gesagt, Kolschynski und Popow verstanden ihr Metier, eine Leiche würdig zu ehren.

Arthur Darkster trug sich wie alle anderen ein und ging dann zielstrebig weiter in die hinteren Räume. Er kannte sich ja aus. Waren Familienangehörige hier, saßen sie jetzt im Garten-Salon.

Darkster hatte Glück. Im in der Art eines Wintergartens gebauten Salon sah er Felicitas' Tochter Rosa mit einem großen, breitschultrigen Mann, der ihm den Rücken zudrehte und in den Garten hinaus blickte. Es war Red Cummings. Seit Loras Tod war er sehr still geworden und in sich gekehrt. Er lief bedrückt herum und klagte sich immer an, Schuld an Loras Tod zu haben, weil er den Erpresser nicht angehört hatte. Rosa versuchte vergeblich, ihm das auszureden, aber Cummings antwortete immer nur: »Du wirst es sehen, Rosa! Du wirst es sehen! Ohne mich könnte sie jetzt noch leben!« Das hatte er auch zu Ballister gesagt, und dabei kam heraus, daß Red und Rosa von der Erpressung wußten und Cummings mit dem Unbekannten gesprochen hatte.

»Es war mein Fehler!« sagte er. »Sie können mich beruhigen, soviel Sie wollen, Sir. Ihre Frau lebte heute noch, wenn ich anders reagiert hätte. Hatte ich eine Ahnung, was dahinter steckt? Wie kann ich das jemals wieder gut machen?«

»Indem Sie Rosa, wenn Sie sie wirklich heiraten wollen,

niemals betrügen«, sagte Ballister sarkastisch. »Vor allem aber lassen Sie sich nie fotografieren.«

Nun kam also Darkster herein, tippte an seinen Hut und sagte fröhlich und unbefangen, was zum Beruf eines Reporters gehört:

»Gott zum Gruße, meine Lieben! Kann man mit euch ein Gespräch über die vergangenen Ereignisse führen?«

Rosa sah ihn wie etwas Ekliges an und schwieg. Cummings dagegen zog die Schultern hoch und drehte sich langsam herum. Es war die Sekunde, in der Darksters Herz erst einen Sprung machte und dann stehenblieb.

Dieser Kopf, durchfuhr es ihn. Diese kalten Augen! Wie war das damals im Garten, als Tito Varone am Teich erdrosselt wurde und jemand von hinten auf ihn stürzte und ihn niederschlug? Nur im Fallen, im halbbewußtlosen Herumdrehen hatte er den Kopf gesehen, einen Blick lang, bevor er im Nebel versank. Und später, auf dem Friedhof, in der Trauermenge ... als er Alarm schlagen konnte, war der Mann verschwunden. Aber jetzt stand er da, massig, mit hochgezogenen Schultern, stand neben Rosa Saunders in Ballisters Villa und musterte ihn mit Bärenaugen.

Darkster öffnete den Mund und wollte schreien. Aber dann reagierte er mit dem Instinkt eines Tieres, warf sich herum und wollte weglaufen. Cummings ließ das nicht zu. Mit einem weiten Satz war er hinter Darkster, griff in die Rocktasche, riß ein Stück Hanfseil heraus und warf es um Darksters Hals.

Hinter sich hörte er Rosa grell aufschreien. »Red!« schrie sie. »Um Gottes Willen! Red! Was machst du? Red!«

Cummings atmete tief durch. Mit dem Strick riß er Darkster zurück. Dann schob er die Hände über Kreuz und zog zu. Darkster brüllte dumpf auf, trat um sich, aber im

gleichen Augenblick knackte etwas in seiner Kehle, es war ein Laut, der bis ins Hirn drang, sein Kehlkopf zersplitterte, die Luft wurde abgedrückt, er riß noch den Mund weit auf, schlug mit den Armen um sich und starb mit dem Gefühl, daß ihm die Tränen in die Augen schossen.

Schreiend rannte Rosa aus dem Salon. Cummings sah ihr mit leeren Augen nach, schleifte Darksters leblosen Körper zu einer Couch und legte ihn darauf. Dann setzte er sich daneben in einen der hohen Korbsessel, warf den Kopf nach hinten und schloß die Augen. Vollkommene Stille war um ihn. Er hörte nichts mehr. Die Welt war ein Vakuum.

So fand ihn der Lieutenant der Mordkommission. Cummings saß neben Darksters Leiche, den Strick gespannt zwischen beiden Händen. Es war ein Stück von einem Springseil, wie es Boxer zur Lockerung ihrer Beine gebrauchen. Cummings ließ sich widerstandslos den Strick abnehmen. Apathisch folgte er den Polizisten zum Wagen, man fesselte ihn nicht einmal. Dagegen mußte man Dr. Meyer rufen, um Rosa zu beruhigen. Sie hatte einen Nervenschock erlitten, und Dr. Meyer versetzte sie mit einer Injektion in einen heilenden Tiefschlaf.

Ballister kam wie ein Irrer aus der Stadt gerast. Was man ihm am Telefon berichtet hatte, war so unglaublich, daß er es einfach nicht begriff. Die Mordkommission war noch im Haus, sicherte Spuren, Darkster lag noch auf der Couch, mit aufgerissenem Mund, aus dem ein dünner Blutfaden gelaufen war, eingedrückter Kehle und schrecklich verkrümmten Fingern. Der Tascheninhalt seines Anzuges lag ausgebreitet auf einem Tisch und wurde gerade gesichtet. Der Lieutenant hatte einen Kleinbildfilm gegen die Lampe gehoben und betrachtete die Negative.

»Das ist ein Ding!« sagte er, als Ballister ins Zimmer

stürmte. »Wer hätte daran gedacht. Der Boyfriend der kleinen Saunders! Boxmeister der Universität. Erdrosselt andere mit seinem Springseilchen. Wer kommt denn auf so einen Gedanken? Jetzt brauchen wir nur noch die Motive! Was sagen Sie dazu?«

»Ich bin sprachlos!« sagte Ballister heiser. »Mir ist das völlig unbegreiflich.«

»Mir auch!« Der Lieutenant hielt Ballister den Film entgegen. »Den hatte Darkster in der Tasche. Tolle Aufnahmen. Faßmichan und Tumirwas auf dem Balkon! Muß ein besonders scharfes Paar sein! Bin gespannt, wer's ist, wenn wir den Film abgezogen haben.«

»Ich!« sagte Ballister trocken.

»Was ich?«

»Auf den Fotos bin ich mit einer auch Ihnen bekannten Dame. Sie können eine Vernichtungsaktion starten, wenn Sie diese Bilder freigeben!« Ballister warf einen Blick auf Darkster. Im Tode sah er weniger harmlos aus als im Leben. Er war es also, dachte Ballister. Wie war es möglich, daß ich diesen kleinen Reporter in Libyen übersehen konnte? Wie ist er auf unsere Spur gekommen? Wenn man das vorher gewußt hätte. Die große Angst wegen Prinz Khalif wäre gar nicht aufgekommen, denn mit einem Mann wie Darkster hätte man sich arrangieren können.

»Ist das ein Motiv?« fragte der Lieutenant und rollte den Film zusammen.

»Wohl kaum. Cummings hatte keine Ahnung, wer Darkster war.«

»Und Sie?«

»Ich weiß es seit genau 30 Sekunden, durch Sie!« Ballister streckte die Hand aus. »Geben Sie mir den Film, Lieutenant?«

»Ein Beweisstück? Ich bitte sie ...«

»Was beweist es? Nur eine heimliche Liebe! Ist das Aufgabe der Polizei?«

»Sie bekommen den Film, wenn der Staatsanwalt ihn freigibt. Er bleibt unter Verschluß! Zufrieden?«

»Halb ...«

»Mehr kann ich nicht für Sie tun. Oder glauben Sie, die Polizei könnte nicht diskret sein?«

»Ich möchte darauf hoffen.« Ballister zögerte, dann sagte er, etwas leiser: »Ich möchte den Film verbrennen.«

»So knallhart ist er?«

»Ich brauche keine Fotos von dem, was ich besitze. Ich werde die Dame in Kürze heiraten.«

Der Lieutenant nickte und sah Ballister nachdenklich an. »Uns liegt der Obduktionsbefund Ihrer Frau vor. Ein glatter Herzinfarkt. Sekundentod. Sie haben ein unverschämtes Glück, daß Ihre Frau diese Fotos nicht mehr gesehen hat.«

»Ja, das habe ich«, sagte Ballister ruhig. »Versäuern Sie dieses Glück nicht von Amts wegen ...«

Im oberen Stockwerk, in einem der Schlafzimmer, traf Ballister auf Dr. Meyer. Rosa lag reglos im Bett, die Fenster waren abgedunkelt.

»Wie geht es ihr?« fragte Ballister.

»Der Schock sitzt. Aber sie ist jung genug, um ihn zu verkraften.«

»Red Cummings! Haben Sie dafür eine Erklärung?«

»Nein. Ich gebe es auf, in dieser Familie nach Erklärungen zu suchen. Ich bin zwar Ihr Hausarzt, Jérome, aber diese Familie schafft auch mich als Arzt! — Was kommt denn noch?«

»Ich hoffe: Normalität!«

»Sprechen Sie das Wort nicht aus!« Dr. Meyer hob wie entsetzt beide Arme. »Dieses Wort in Ihrer Umgebung kann zur neuen Katastrophe werden! Als ob es bei euch ein normales Leben gäbe ...«

Lora Ballister wurde begraben unter der Regie von Kolschynski und Popow. Es war eine Art Staatsbegräbnis, für das man runde 10 000 Dollar in Rechnung stellte. Sechs Engel mit riesigen Palmwedeln umringten den Sarg und sangen einen Choral, als er in das Grab glitt. Über das Dach hatte man einen Baldachin gebaut, als handele es sich um eine Krönung. Ballister war das alles ungemein peinlich, aber Hunters und Dr. Meyer erklärten die Notwendigkeit dieser Inszenierung. Meyers geheime Aktion zeigte bereits Erfolge. Von den über 1000 Trauergästen am Grab waren Zweidrittel Frauen aus den Frauenverbänden. Ihr Mitgefühl war herzzerreißend. Hinzu kam, daß Felicitas Saunders in einem schlichten schwarzen Kleid mit Schleierchen neben Ballister am Grab stand und ihn unterhakte und einen großen Rosenstrauß auf den Sarg legte. So wie es Lora gewollt hatte, flüsterte man sich zu. Daß Ballister so schnell wie möglich die Saunders heiraten würde, war nun selbstverständlich. Man hatte Felicitas zwei Abende vorher wieder im Fernsehen bewundern können. Halb Amerika hörte ihr zu, als sie Breschnew ihre Fragen stellte und der Kremlherrscher sie geduldig beantwortete. Wenn man sie einem Mann gönnte, dann war es Ballister.

Darksters Begräbnis war weniger feierlich. Da sich keine Verwandten meldeten, die sich um seinen Leib kümmern wollten, fuhr man ihn zum Anatomischen Institut, wo man präparierte. An ihm lernten später junge Studenten die ersten Schnitte in einen menschlichen Körper.

Von Red Cummings hörten sie zuerst durch Dr. Meyer. Man hatte Cummings in einer neurologischen Klinik durchgetestet und ein Gutachten erstellt. Nach diesem Expertenurteil war es fraglich, ob er jemals vor ein Gericht gestellt wurde. Dr. Meyer erklärte es so:

»Vor ungefähr drei Jahren ist Cummings bei einem Boxkampf schwer k.o. gegangen. Fast vierzehn Tage lang war er wie benommen; aber keiner achtete darauf. Er wurde nicht untersucht, nicht geröntgt, nicht klinisch behandelt. Nach dem K.o. ließ man den kräftigen Kerl wieder laufen. Niemand bemerkte damals auch, daß er eine Gehirnblutung hatte, die aber lokalisiert war. Als sie zum Stillstand kam, bildete sich ein großer Blutpfropf im Hirn, ein Hämatom, das zunächst latent blieb. Aber in der letzten Zeit reagierte das Hirn auf besondere Erregungen, das Hämatom drückte bestimmte Schaltzentren ab, so auch das Bewußtsein für Unrecht und die Bremse des Vernichtungsdranges. Wenn Cummings in einen solchen Zustand kam, *mußte* er einfach töten, weil es ihm befohlen wurde in seinem Hirn. Er begriff gar nicht, daß er vernichtete ... er erkannte das erst viel später, und dieses Erkennen löste wieder eine neue Tötungsdrangperiode aus. Das ist natürlich etwas laienhaft ausgedrückt, man kann das präzisieren, aber im Endeffekt bleibt es sich gleich. Cummings ist nicht verantwortlich. Es war das grausame Schicksal von Varone und Barley, daß sie ihm gerade dann über den Weg liefen, als er ein Opfer haben mußte. Du lieber Himmel, wenn ich daran denke, was alles noch passiert wäre, wenn wir das nie entdeckt hätten und er Rosa wirklich geheiratet hätte!«

»Eines Tages hätte er auch sie umgebracht«, sagte Felicitas tonlos.

»Das glaube ich kaum.« Dr. Meyer sah wieder suchend um sich. Ballister kannte das und stand auf.

»Der Bourbon kommt sofort!« sagte er.

»An Rosa hing Cummings mit geradezu hündischer Liebe. Das ist ja das Schreckliche: Rosa hätte an ihm nie eine Veränderung bemerkt. Er hätte sich von ihr wie ein Tier beherrschen lassen und sich ihr völlig untergeordnet.« Er nahm das Glas aus Ballisters Hand und prostete Felicitas zu. »Wie ist das bei euch? Wer hat hier das große Wort?«

»Darüber sind wir uns noch nicht einig!« sagte Felicitas leichthin. »Im Augenblick herrscht wieder der große Krach.«

»Ach nein!«

»Sie will an die russisch-chinesische Grenze, an den Ussuri, und dort filmen! Das ist doch Wahnsinn!«

»Und ich fahre!« sagte sie laut. »Da war noch nie eine Frau!«

»Eben! Und deshalb verbiete ich das!« Ballister hob beide Hände. »Doktor, bitte helfen Sie mir gegen dieses schreckliche Weib!«

»Ich werde mich hüten!« Dr. Meyer trank sein Glas leer. »Mehr als notwendig will ich nicht in die Mahlsteine dieser Familie kommen! Den Ruhm, durch Verrücktheiten berühmt zu werden, überlasse ich euch!« Er setzte das Glas ab und starrte Ballister an, als habe er etwas vergessen. »Wann bekomme ich endlich die Fotos zu sehen? Das ist ungerecht, mich zum Beichtvater für alles zu machen, aber mir diese schönen Bilder vorzuenthalten.«

»Pech, Doktor.« Felicitas legte ihm ihre Hand auf das Knie. »Als der Film von der Staatsanwaltschaft zurückkam, habe ich ihn sofort verbrannt.«

»Aus Prinzip«, sagte Ballister. »Um diesen ganzen vergangenen Komplex auszulöschen. Außerdem war er jetzt ja wertlos. Alle Welt kennt unsere Liebe, dazu brauchen wir keine Fotodokumentation mehr. Wir wollen in Ruhe glücklich werden.«

Das Telefon klingelte. Dr. Meyer blies in sein leeres Glas, was einen hellen Klang ergab. »So viel Wünsche bleiben offen«, sagte er ahnungsvoll. »Das ist Hunters. Ich bin gekommen, um euch beizustehen.«

Ballister riß den Hörer hoch und stellte die Mithöranlage an. Es war wirklich Hunters' dröhnende Stimme.

»Jérome!« bellte er. »Ist Felicitas bei dir? Ja? Sag ihr, ich habe einen Wink bekommen! In einer Woche ist die Genehmigung für China und den Ussuri da!«

»Sie fährt nicht!« schrie Ballister.

»Und noch was. Pemm hat seinen halbfertigen Film abgeblasen. Die neue Entwicklung hat ihn geradezu paralysiert. Dieser Blutknubbel in Cummings Hirn, die Morde, Darksters Erpressung ... Junge, davon träumen Generationen von TV-Regisseuren vergeblich. Pemm schreibt ein neues Drehbuch. Er hat mir das Exposé vorgelesen. Ich bin fast aus der Hose gesprungen! So etwas ist bei ACF noch nicht gelaufen! Und weißt du, wie er den Film nennen will? Des Ruhmes dunkle Seite, Ballister, was hältst du davon?«

Ballister schwieg. Er sah Dr. Meyer qualvoll an und legte wortlos auf. Dann ging er zum Fenster, blickte hinaus in den Garten und fragte sich, ob dieses Leben nun beschissen oder grandios zu nennen war.

Auf jeden Fall hatte er es auf eine hassenswerte Art lieb gewonnen.

QUELLENVERZEICHNIS

TÖDLICHES PARADIES

Copyright © 1990 by Autor und AVA - Autoren- und
Verlags-Agentur GmbH, München-Breitbrunn
(Der Titel erschien bereits in der Allgemeinen Reihe
mit der Band-Nr. 01/7913.)

DIE DUNKLE SEITE DES RUHMS

Copyright © 1980 by Autor und AVA - Autoren- und
Verlags-Agentur GmbH, München-Breitbrunn
(Der Titel erschien bereits in der Allgemeinen Reihe
mit der Band-Nr. 01/5702.)

Heinz G. Konsalik

Dramatische Leidenschaft und menschliche Größe kennzeichnen die packenden Romane des Erfolgsschriftstellers.

Eine Auswahl:

Tödliches Paradies
01/7913

Der Arzt von Stalingrad
01/7917

Schiff der Hoffnung
01/7981

Die Verdammten der Taiga
01/8055

Airport-Klinik
01/8067

Liebesnächte in der Taiga
01/8105

Männerstation
01/8182

Das Bernsteinzimmer
01/8254

Der goldene Kuß
01/8377

Treibhaus der Träume
01/8469

Die braune Rose
01/8665

Mädchen im Moor
01/8737

Kinderstation
01/8855

Stadt der Liebe
01/8899

Das Mädchen und der Zauberer
01/9082

Das einsame Herz
01/9131

Frauenbataillon
01/9290

Frauen verstehen mehr von Liebe
01/9455

Im Auftrag des Tigers
01/9775

Der verhängnisvolle Urlaub
01/9906

Zerstörter Traum vom Ruhm
01/10022

Heyne-Taschenbücher

Sarah Harrison

Die mitreißenden Schicksalsromane der englischen Erfolgsautorin.

»Spannend, nicht mit groben Pinselstrichen skizziert, sondern in farbigen Nuancen ausgeführt.«
NORDWEST-ZEITUNG

Zwei sehr unterschiedliche Töchter
01/9522

Eine fast perfekte Frau
01/9760

01/9760

Heyne - Taschenbücher

Frauen-romane

Spritzig, witzig, frech.

01/10081

Eine Auswahl:

Britta Blum
Lea lernt fliegen
01/9892

Ana Capella
Liebe deinen Nächsten wie seinen Vorgänger
01/9873

Marte Cormann
Der Club der grünen Witwen
01/10081

Elfie Hamann
Luftschlösser im Angebot
01/9711

Monika Helfer
Ich lieb Dich überhaupt nicht mehr
01/9593

Gisa John
Mein Mann ist mein Hobby
01/9460

Annette Kast-Riedlinger
Adieu, ich rette meine Haut
01/9778

Karin Luginger
Männer fallen nicht vom Himmel
01/9566

Avra Wing
Tut mir leid, Herzchen
01/9729

H e y n e - T a s c h e n b ü c h e r

Catherine Cookson

Von ihren fesselnden Romanen wurden weltweit bereits mehr als 100 Millionen Exemplare verkauft. Catherine Cookson ist eine der erfolgreichsten Schriftstellerinnen der Welt!

Herz im Sturm
01/8363

Ein neues Leben
01/8478

Die Frauen von Bramble House
01/8892

Das ertrotzte Glück
01/9089

Fast ein Engel
01/9398

Das Glück zeigt Risse
01/9534

Es ist nie zu spät
01/9619

Die Versöhnung
01/9772

Ein Freund fürs Leben
01/9879

Goldener Schatten
01/9967

Die Chronik
01/10031

Der Himmel so hoch
01/10093

Nur eine Frau
(Lesefreundliche Großdruck-Ausgabe)
21/18

Heyne-Taschenbücher